白 马 时 光

还潮

The tide is like you

不问三九 —— 著

宁波出版社

『我会消失吗，潮哥？』

『不会。』

苗嘉颜工作室出货单

客户名称：阿潮　　　　收货地址：展旗工作室

制单人：苗嘉颜　　　　日　　期：3月9日

序号	产品名称	单位	数量	单价	总价	备注
1	棉花	斤	13	16.5	214.5	
2	月季	枝	14	9.9	138.6	
3	四季海棠	盆	5	49.8	249	
4	深蓝幻境	束	1	198	198	
5	伊丽莎白玫瑰	枝	99	8.8	871.2	
6	土耳其黑玫瑰	枝	11	6.6	72.6	

金额合计（大写）：壹仟柒佰肆拾叁元玖角零分　　　金额合计（小写）：1743.9

注：以上货品请仔细核对，如有数量、质量问题，请在收货3天内联系苗嘉颜工作室，逾期概不负责。

送货单位及经手人（盖章）　　　　　　收货单位及经手人（盖章）

"你会一直干干净净的,不会像她说的那样,不用害怕。"

"嗯。"

目录
Contents

One
第一章
再逢于冬
001

Two
第二章
相识于夏
020

Three
第三章
细碎时光
054

Four
第四章
重重心事
082

Five
第五章
谢谢潮哥
107

Six
第六章
新的开始
138

Seven
第七章
快长快大
158

Eight
第八章
月季花田
192

Nine
第九章
在各自的天空下
226

Ten
第十章
同　框
248

Eleven
第十一章
小意外
276

Twelve
第十二章
和　好
304

Extra
番　外
时间的河
330

第一章
再逢于冬

腊月二十三,小年了。

外头下了老厚的雪,不知道谁的自行车倒了,已经被雪埋得只剩下半边支起来的车把。片状的雪花一层一层地铺下来,打在棚布上沙沙地响。

苗嘉颜拖了个装花苗的泡沫箱过来坐下,手托着下巴,好半天都没动过,要不是眼睛还眨巴着,看着就跟睡着了似的。

棚里已经没人了,这个时间都回家过节去了。

婶婶们干活儿总得配着话,这家那家的闲事不管唠过多少遍,只要起了头儿都跟新鲜的一样,说激动了还得扔下手里做的事比画比画。常年伴着话音的花棚这会儿难得空了,除了下雪声,什么声音都没有。

还挺清静呢!

苗嘉颜已经在这儿坐了小半天了,上午吃了饭就戴着帽子过来了。快过年了,家里人很多,比起那一屋子人,他更愿意在这儿看花。他们家是种棉花的,暑假时苗嘉颜更多的是去棉花田,只有在冬天不种棉花的时候,他才会来花棚。

这一棚里都是四季海棠,是很便宜的花,不值钱。他们这儿没有贵的花,贵的卖不出去,只有这种花市里最常见的四季海棠是最好卖的。

他不是很喜欢来棚里,这里湿度大,空气总是黏黏的。

"哎哟,我的妈啊——"突如其来的一声喊,把好好发着呆的苗嘉颜吓得直接站了起来。

"妈呀,是小颜啊!"林婶儿一只手里攥着两只棉手套,深灰色围巾把头裹得严严实实,只露出一张脸。她另一只手还拍着心口,连声念叨着:"你可吓死我了,你这孩子坐这儿怎么不出声呢!往这儿一坐也没个动静!"

苗嘉颜也被她吓得挺狠,一下子站起来猛了,把泡沫箱都碰翻了,这会儿也很是无辜:"我一个人在这儿出声干什么啊……"

"那我进来你倒是给个动静,你看这把我吓得!"林婶儿拍了拍手套往里面走,边走边问,"你咋还不回家?没叫你回去吃饭?"

苗嘉颜把泡沫箱扣回去,答道:"没呢。"

"早点儿回去吧,我过来取仓房钥匙,让我给落这儿了。"林婶儿一边絮絮地说着,一边沿着一排排的花盆找她的钥匙。

苗嘉颜手揣在兜里,看着她找。钥匙就在她之前干活儿的位置,林婶儿捡起那串钥匙,问苗嘉颜:"你跟我一起走啊?"

苗嘉颜看着她,摇摇头,说:"我先不回。"

"大过节的你在这儿坐着干什么?你这小受气包样儿,"林婶儿话音一顿,声音压低了问,"你爸妈都回来了?说你了?"

苗嘉颜摇头,说:"没。"

林婶儿跟苗奶奶很熟,对他们家的事也都了解,她看着苗嘉颜,走过来拍拍他的胳膊,叹了口气说:"你在这儿蹲着算怎么回事,你爸妈和你姑姑都回来过年了,该回家你得回家。"

苗嘉颜一直是个老实孩子，没什么脾气，也不大声说话，棚里这些婶子们其实都疼他。

"反正过完年就都走了，说你什么你就当听不见，"林婶儿嘱咐他，"别跟你爸妈犟嘴，再招他们拾掇你。"

林婶儿说完也不再管他，急着回去帮忙做饭，只说："那我不管你了，你早点儿走，别等家里来人喊你。"

苗嘉颜刚要出声答应，就听见林婶儿又念叨着："刚才过来的时候看见老大个车，不知道是不是陈家那爷儿俩回来了——"

苗嘉颜站在原地，猛地扭过头去看林婶儿。

"应该就是他们爷儿俩，不然还能是谁家？"林婶儿戴上手套，又把围巾拉起来挡住脸，"我走了啊，别忘锁门。"

林婶儿推门走了，苗嘉颜还保持着刚才的姿势，眼睛瞪得溜圆。手心在兜里出了汗，变得潮乎乎的。苗嘉颜再顾不上家里那些人，也分不出神想旁的乱七八糟的，满脑子就剩下了一件事——

陈潮回来了。

"谁啊？"陈家院子里，陈奶奶从屋子里迈出来，手上还拎着棵没择完的白菜，"谁敲门？"

"我，奶奶，"门外答，"陈潮。"

"哟，我孙子回来了！"陈奶奶忙去拉开铁门闩，看着门外比她高出一头还多的男孩儿，笑得合不上嘴。

陈潮手上搬着两个箱子，老太太要接，陈潮侧了个身躲开了，边进门边说："我拿。"

"你爸呢？"老太太稀罕地用没拎白菜的那只手拍拍孙子的后背，"咋就这么高了？"

"停车呢。"陈潮把东西放在房门边，转身又往外走，"车里还有东西，我去拿。"

老太太穿着小棉袄也要跟着去，被陈潮拦下了："外边冷，挺远的。"

房子这边都是小胡同，车得停在挺远的一个空场子上。陈潮过去的时候他爸已经停好了车，正从车上搬东西下来。

"你爷、你奶在家没？"陈广达问。

"没看见我爷，"陈潮又搬了三个箱子，背上背着自己的书包，问他爸，"还有什么要拿？"

"剩下的我拿，走吧。"陈广达关了后备厢，拎着东西走在陈潮后头，说，"还行，刚才没走丢，我以为你找不着呢。"

陈潮回头看了他一眼。他爸不等他说话，先笑着说："也是，这地儿现在你比我熟。"

陈潮在这儿住了整三年，去年夏天才搬走。

在那之前，陈潮回来的次数数都数得过来。他是城市里长大的小孩儿，刚回来的时候跟这里格格不入。

"这一片区以前可是爸的地界，我像你这么大的时候，这儿我说了算。"陈广达近来有点儿发福，陈潮搬着东西都没喘，他跟在陈潮后面，说话倒听着不那么稳。

陈潮随口一接："现在顶峰坠落了？"

陈广达把拎着的东西换了个手，喘着气笑说："现在我那些小弟好多都不在这儿了，要都在，我说话还好使。"

"过年不得回来吗？"陈潮走进奶奶家那条胡同，今天情绪不错，还挺有心情跟他爸瞎扯，"大哥都回来了，小弟不得在家等着？也忒没个规矩了。"

陈广达边走边笑，走到院门口喊了一嗓子："爸！拿不动了，接我一把！"

"你爸没在家，别喊了！"老太太又穿着小棉袄出来了，要去接陈广

004

达手上的东西,陈潮说:"别让奶奶拿。"

"你孙子不让,"陈广达刚才笑得都快没劲儿了,强撑着把东西拎进院子,往小石桌上一放,长舒着气,"太沉了。"

"我才打电话说的,不让你们拿东西回来,你们吃的那些东西我和你爸都吃不惯!你们也吃不了几口,等你们一走,往冰箱一塞得压一年。"奶奶忙忙碌碌地在儿子、孙子跟前儿转,嘴里不停地念叨着,只是脸上的笑就没断过。

"我爸呢?"陈广达把东西搬进厨房后边的小仓子里,累得直喘。

"买鱼去了,说先前买的不够大。"奶奶又转头去看陈潮,那股骄傲劲儿都压不住,说了句,"我孙子太俊了。"

"就那样吧,比我小时候差点儿。"陈广达在旁边接话。

陈潮和奶奶都没搭理他。

陈潮的房间还跟之前一样,没人动过,乱七八糟的杂物也都没往他屋里放,二叔、小姑他们回来住奶奶也不让他们进这屋睡。

这次他回来前奶奶特意给他收拾过,床单、被罩都是新洗的,柜子、桌子都擦得干干净净。

陈潮把自己的书包放在桌子上,这动作就跟以前每天他放学回来一样。

"前两天小滔还来问呢,问你今年回不回来,说来找你玩。"

小滔是丁家的那个淘小子,初中跟陈潮一个班,他们俩天天一块儿上学。

陈潮问:"他上高中了吗?"

"念着呢,"奶奶笑着说,"他爸三天两头打他,在学校不好好念书,搞对象,被老师抓住了。"

陈潮也笑了,没说什么。屋里有点儿热,陈潮把外套脱了。

005

"小苗也问了你两三回,后来不怎么问了,"奶奶说,"那孩子不爱说话。"

陈潮把外套搭在椅子上,听见外面门响,是爷爷回来了。

"我爸回来了,我看看我爸买多大条鱼。"陈广达推门出去,接过老爷子手里拎着的黑袋子。

"你爷爷特意去给你买的大黄花,晚上我蒸上。"奶奶跟陈潮说。

陈潮说"好",放好东西就搭着奶奶的肩膀一起出了房间。

"谁给我爸买的小红棉袄,真能整!"陈广达嗓门儿大,站在院子里说话屋里都能听见。

爷爷像是对他的红棉袄挺满意,笑呵呵地说了句:"显得我多精神啊!"

"我爸本来就精神。"陈广达眼神往门口一瞟,问,"谁家小孩儿?"

苗嘉颜一路走得飞快,这会儿气喘得有点儿凶,冬天的风吸进肺里感觉有点儿疼。

他半边身子还掩在门口,往院子里瞧的眼神带着怯生生的试探。

爷爷回头看了一眼,说:"苗儿啊,进来。"

苗嘉颜本来想打招呼叫人,可刚一张嘴,高高的男生和陈奶奶就从屋里走了出来。苗嘉颜的眼神瞬间便被吸走了。

"潮……陈潮。"苗嘉颜的声音里含着没喘匀的气,他扒在门边朝里看。

陈潮本来没看见人,这会儿听见有人叫他,视线往这边一扫,看见了苗嘉颜。

那眼神里明晃晃的疏离让苗嘉颜把没打完的招呼给噎了回去。他眨眼看着陈潮,呆愣愣的。刚才走得急,头发被吹乱了,细细的几根头发无序地落下来,从额角斜斜地搭在鼻梁上。他的嘴巴被风吹得很干,嘴唇上有

006

小小的裂口。他的唇膏被小弟踩碎了。

眼神落在陈潮身上好半天,他的眼睛里渐渐漫上了失望。

陈潮没说话,甚至没多看他。

"来,小苗,进来待会儿。"奶奶招手叫他。

苗嘉颜看看陈奶奶,又看看陈潮,抿了抿嘴唇,轻轻地替他们关上院门,跑了。

"怎么跑了呢?"陈广达看向陈潮,"找你的?在这儿还交到好朋友了?"

奶奶"嘿"了一声,说:"隔壁你苗婶儿的孙子。"

"苗婶儿那小孙子?这么大了?"陈广达下意识地回头看了一眼已经关上了的院门,挺惊讶地问,"头发留那么长干什么?"

奶奶说:"从小就这么打扮,长得也秀气,第一眼看像小姑娘。"

"他家咋想的?"陈广达失笑,"刚才我还真以为是个女孩儿。"

"小时候当小姑娘养的,一直就这样了,"奶奶说,"挺好的孩子。"

"他爸不管啊?"陈广达想起苗建,觉得不可思议,"就他爸那臭脾气,能受得了?"

"可不受不了嘛,管也管不住。"奶奶想想上次苗嘉颜被他爸硬拎着给剪了头发,挣得脖子都被剪刀划了道口子,挺心疼地说,"总这样爸妈也不待见,孩子平时就扔在你苗婶儿这儿,没人管。"

陈广达跟苗建差不了几岁,也是从小一块儿玩大的,陈广达打小脾气就好,总笑呵呵的,苗建经常拉着张脸,动不动就跟人打起来。

"都这么大了,不好管了。"陈广达随口说了句。

"有什么好管的。"陈潮刚才一直没说话,这会儿在旁边开了口,"闲的,头发长短也管。"

苗嘉颜跑回自己家院子的时候,两个弟弟放的摔炮刚好摔在他脚边,崩起来的小炮打在苗嘉颜的小腿上。

小弟觉得自己闯祸了，眼神里透着点儿心虚，但他们平时都不怎么跟苗嘉颜说话，这会儿绷着面子，闭着嘴不道歉。苗嘉颜往旁边让了让，也没看他们，直接进屋了。

"回来了？"小姑看见他，问了一句。

苗嘉颜回了个"嗯"，越过一屋子人，直接上楼回了自己房间。

墙壁隔不住音，暖气管道的空隙把楼下小厅的话音都传了上来。

"这都高中了，还这样？"小姑问。

"老太太平时也不管，"大姑边择着菜叶子边说，"以后咋找工作？"

小姑不知道又说了句什么，话音放得极低，听不清楚。

"等会儿苗建进来你别说这个，大过年的，别让他又发火收拾孩子。"大姑嘱咐道。

"谁敢说，我连提都不敢提，"小姑年纪最小，也有点儿怕苗建，"昨晚吃饭我这心一直提着，就怕他在饭桌上又说这事……"

两个姑姑说了几句就说别的去了，苗嘉颜也没想听她们的对话，那几句话是透过墙壁钻进耳朵里的。

他在小桌前面坐下，蹲坐在椅子上，从外面回来时穿在身上的厚衣服还没脱，这样坐着显得人鼓鼓囊囊的。桌子就在窗台底下，苗嘉颜的胳膊搭在膝盖上，看着窗户外面。

二楼的窗户视野很好，能看见别人家的二楼露台，也能看到一楼的楼顶。有的人家楼顶上放着很多菜干，用布罩着，一团一团规规矩矩的。苗嘉颜平时就喜欢坐在这儿，夏天树都绿起来，很多人家会在二楼的露台上养花，偶尔下起小雨来，那真是漂亮极了。

陈家和苗家住隔壁，是很多年的老邻居了。

苗嘉颜的窗户正对面是陈家二楼的小窗户，陈潮的房间。陈潮的房间从来不拉窗帘，房间里什么样子都看得清清楚楚的。苗嘉颜不一样，他的窗帘偶尔会拉起来。

苗嘉颜侧着脸趴在自己胳膊上,这样坐了一会儿。直到楼下喊开饭了,苗嘉颜才起了身。他离开之前犹豫了一下,打开窗户,把窗台上一个空的小花盆放到了外面。

"潮哥你可回来了!妈呀,可把我想死了!"丁文滔扑到陈潮床上,一脸兴奋地跟陈潮说。

陈潮回来的第三天,丁文滔一早就过来捶门,陈奶奶给开了门,他一阵风似的跑到楼上去找陈潮。

八点钟没到,陈潮还睡着呢,让他这么一砸给砸醒了。

丁文滔一百六十七斤,沉甸甸地砸在陈潮身上。陈潮睁眼推他,丁文滔像条离水的鱼,在陈潮床上兴奋得直扑腾。

"起来……"陈潮皱着眉,"吓我一跳。"

"不起!我都想死你了!"丁文滔把脑袋往陈潮被子上一拱,"你一走一年多都不回来!"

陈潮推不动他,只能翻了个身,不然胸腔都压得喘不上气了。

"一身凉气都蹭我身上了,"陈潮嫌弃地说,"下去!"

丁文滔也不听,只知道"嘿嘿"地乐。

陈潮去洗漱,丁文滔坐在他的床上等着。等陈潮搭着毛巾回来,丁文滔神秘地从兜里掏出手机,跟陈潮说:"潮哥,我也有手机了!快把你的号码告诉我!"

"哪儿来的?"陈潮边擦头发边随口问。

"我二叔给我买的,我爸不知道!"丁文滔笑得眼睛眯成条缝儿,"赶紧加上QQ,这样我天天都能找你。"

陈潮说:"那不得烦死我。"

"我不吵你!"丁文滔从桌子上摸过陈潮的手机,"我自己打了啊?"

陈潮"嗯"了一声。他手机没有密码，丁文滔拨了号码，还顺便在陈潮的手机上把自己的号码存上，备注了个"滔滔"。

陈潮在这儿的时候，丁文滔经常往这边跑，在陈潮家熟得跟在自己家似的，有时候晚上不爱回家了就直接在陈潮房间打个地铺睡。

这会儿他坐在陈潮的椅子上，打量着房间，感叹了句："我都一年多没来了。"

陈潮擦完头发，找了身衣服换，丁文滔侧着头看他换衣服，说："你又长个儿了！你现在好像比我高了。"

陈潮把换下来的睡衣搭在椅背上，问："在学校还打架吗？"

"不怎么打了，没人惹我。"丁文滔晃着腿，"立棍儿了[1]。"

一个"立棍儿"直接把陈潮给逗笑了，丁文滔一直这样，土得极坦然。

"起来了，棍儿。"陈潮踢踢他的小腿，"下楼吃饭。"

"你自己吃吧，我吃完来的。"丁文滔站起来，眼睛扫到对面的小窗户，淡黄色的窗帘刚拉开。

苗嘉颜有点儿惊讶的表情正好被丁文滔看见，丁文滔很凶地瞪了对面一眼。

"棍儿"虽然在陈潮面前跟个二愣子似的，但是身为"棍儿"的威严还是有的，竖起眉眼睛一瞪，表情很能唬人，平时胆小的老实学生都躲着他走。

苗嘉颜还站在那儿，也没把窗帘再拉上，他的反应总是慢半拍，偶尔看着就会有点儿呆。

"看什么呢？"陈潮看见丁文滔在那儿瞪着，就问了句。

丁文滔指了指对面，说："那是个没良心的，你走了以后就再也没跟我说过话，见了面也不打招呼，跟不认识我似的。"

陈潮说他："赶紧下楼，你是不是闲的？"

---

1 立棍儿：东北方言，即为"要当老大，当大哥"。

"都白瞎帮他出的头了。"丁文滔愤愤地说。

陈潮出了个声,回头看了他一眼,丁文滔本来还要说点儿更难听的,见陈潮这样只好把话咽了回去。

苗嘉颜看着对面的丁文滔瞪他,还指着他朝旁边说话。他一直没动,直到对面窗户前面没人。

苗嘉颜看不清口型,不知道别人说了什么。但他知道说的不是好话。

每当过年家里人全都回来,家里会有十几口人,吃饭时围着好大一张圆桌,人挤着人坐。别人注意不到他的时候,苗嘉颜就不上桌吃了,他会等别人都吃完了再去厨房随便吃点儿什么。

这样是最舒服的,但也有风险。万一在饭桌上谁注意到了他不在,被特意叫过来的话会受到更多关注,还会挨说。

院子里有两排厢房,一边是厨房和一个很大的洗澡间,另外一边是仓房,堆东西用的。这个时间两个小弟都还没出来,大姑、小姑都在各自房间给孩子穿衣服洗脸,院子里只有他爸在刷牙。

苗嘉颜从他身后走过,声音很轻地叫了一声"爸"。

他爸听见了,看了他一眼。

苗嘉颜在他爸眼皮子底下走进了厨房,奶奶正掀开蒸屉盖子,热气蒸腾着往上涌,奶奶看见他进来,朝他招手:"小颜,来。"

"来了。"苗嘉颜走过去,从灶台边的盘子里捏了根咸菜条放进嘴里。

"别吃那个,看奶奶给你蒸的。"苗奶奶凑近了跟苗嘉颜说话,好像怕被别人听到似的,那眼神又神秘又神气。奶奶说着掀开第二层蒸屉,边把上层端走边吹风把白气吹散一点儿,苗嘉颜一眼就看到一堆馒头最中间有一颗粉紫色的大爱心。

苗嘉颜一下子笑出了声:"奶奶,这是什么啊……"

"小点儿声!"奶奶拍了他的胳膊一下,"让你俩姑姑听见该挑我理了,我就蒸了一个,没给你那俩弟弟弄。"

011

苗嘉颜于是配合着把声音放得极低："那就切成两半分给他们俩得了，省得他们俩看见了哭。"

奶奶就跟听不见他说话似的，又继续说自己的："我把你小姑带回来的火龙果榨汁了，就剩一个了，你偷着吃。"

"我不吃也行，"苗嘉颜边笑边说，"等他们都走了你再给我蒸，家里这么多人呢，我不能偷着吃啊。"

"不给他们，就给你吃，这里头我还放了奶黄馅儿呢，你不是爱吃吗？！"奶奶把那颗大爱心从笼屉上捡出来，拿了个盘子装好了放在碗柜里，"一会儿趁别人不注意我放到你房间去。"

苗嘉颜笑得不行，赶紧拦着她："别别，让我大姑、小姑看见成什么了，别闹。"

"看见能怎么的？我偏心眼儿也不是一天两天了。"奶奶说得还挺理直气壮的，"她们那孩子天天要这要那的，不招人稀罕。"

"嘘嘘，"苗嘉颜赶紧示意奶奶别说了，"都是你外孙，你好好的。"

苗嘉颜是从小在奶奶身边长大的，奶奶最疼他。每次他爸打他，爷爷、奶奶都拦着，他爸妈其实心里也有怨气，觉得苗嘉颜变成今天这样，都是爷爷、奶奶惯的。

"等他们都走了就好了，"奶奶还继续跟苗嘉颜说话，"都在家又吵又烦人。"

苗嘉颜说："难得都回来陪陪你，你高高兴兴的。"

"我用她们陪什么，"奶奶不乐意，"一个个就会针对你。"

"没事。"苗嘉颜笑了笑。

"他们说话你就当听不见，不搭理他们。"奶奶嫌弃地说。

奶奶拉着他的手，俩人在厨房里悄悄地说了半天话。爷爷后来也进来了，问："说什么呢你俩？"

苗嘉颜压低声音说："开小灶呢。"

于是爷爷回头往院子里瞅了一眼，小声催促道："都下来了，先藏起来。"

苗嘉颜被他们俩逗得不行，尖尖的下巴竟然笑成了双下巴。

苗奶奶可爱看孙子笑了，说他笑起来漂亮，眼睛会说话。

那颗心形大馒头可把苗嘉颜难坏了，奶奶把它装在一个保鲜袋里，藏在苗嘉颜房间的抽屉里面。

那么大一个馒头，苗嘉颜就是一天不吃饭，三顿都吃馒头也够了。

奶奶说，大的好看，喜庆。

苗嘉颜很小的时候，家里人给他留长头发、扎小辫儿、穿裙子，打扮成小姑娘的样子。他长得清秀，小不点儿的时候看着活脱脱就是个小姑娘。后来长大了点儿，也没剪掉头发，性格也文静，不像别家男孩儿那么淘。如果说世界上有谁真的对他这样没有任何偏见和议论，那就只有爷爷和奶奶。

奶奶不但不管他，还纵容他的那些小喜好，会给他挂淡黄色的窗帘，给他铺天蓝色的床单，还会这样偷着给他做一个粉紫色的爱心形馒头。

所以，尽管苗嘉颜因为不寻常的喜好受了很多议论和白眼，甚至连爸妈都不想要他，可他依然是个幸福的小孩儿，有很多很多爱。

在奶奶家的小楼里，他有着属于自己的梦幻世界，这里又静谧又美。

苗嘉颜揪了块馒头放进嘴里嚼着，奶奶蒸的馒头总是有点儿甜，因为加了奶黄馅，还有一丝温柔的香。但他实在吃不下了，揪了一个角就又把保鲜袋拧上口，放回抽屉里。

关上抽屉的时候，他一抬头看到了对面的小窗户，是陈奶奶上来开窗通风。那个房间总是不拉窗帘，坦坦荡荡的。

其实，还有一个人对苗嘉颜的那些"不正常"是发自内心地没有偏见和不在意。那是苗嘉颜遇到过的，除了爷爷、奶奶以外唯一的一个人。

陈潮的二叔一家是腊月二十七那天回来的，二叔家的小弟比陈潮小两岁，还在上初中。陈潮他爸和他二叔这哥儿俩是很像的，但是陈潮和小弟长得半点儿不像。陈潮长得有一半像妈妈，小弟是完全像二婶儿。小弟脸很圆，眼睛很大，身上处处都是圆圆的。

二叔一家回来的那天，陈潮去停车的地方接人。他低着头从家门口出来，正好撞上要去花棚的苗嘉颜。

苗嘉颜看见他明显吓了一跳，先是愣了两秒，接着往后一躲，让了路。陈潮看了看他，没说话，脸上不带表情地从他身边过去了。

这是自从陈潮回来，苗嘉颜与他见的第二面。第一面他好歹叫了一声"陈潮"，第二面苗嘉颜连嘴都没敢张。

二叔家的小弟跟陈潮的脾气也不像，小弟外向，之前陈潮在这儿住的时候他很喜欢过来玩。丁文滔也外向，这俩外向的凑到一块儿，终于把陈潮解放出来了。"棍儿"带着小弟四处溜达，陈潮能消停地在家躺着，或者画画。

陈广达晃晃悠悠地来到了陈潮的房间，陈潮正盘腿坐在床上看书，陈广达进来往他床上斜着一躺。

"你干什么来了？"陈潮问。

"躺会儿。"陈广达哼呀着长舒口气，伸了个懒腰。

"你上我这儿躺什么？"陈潮往旁边挪挪，嫌他爸挤，"回你自己屋里躺着。"

"我哪有屋？你当我是你呢？还有个屋。"陈广达的脑袋挪了挪，枕着陈潮的腿，"我们都得挤着睡。"

"我让你跟我睡，你不听。"陈潮说。

"我可不跟你睡，你事太多。"陈广达嗤笑一声，"挤着了碰着了的，得罪不起。"

014

陈潮倒是没反驳。陈潮的长相一半随妈，脾气也随了一多半。他事多、脾气差、不随和，从小就不是招人待见的那种小孩儿。

陈广达挺沉的脑袋一直压着陈潮的腿，这可受不了。没多一会儿，陈潮就拿了个枕头把腿换了出来。

陈广达眯了半个多小时，到了晚上陈潮才知道为什么陈广达要来他这儿睡觉。

晚饭时奶奶提起了话头，问陈广达："你跟姜荔就这样了？到底还过不过了？"

陈广达第一时间看向陈潮，陈潮垂着眼喝汤，没管他。

"你老说我这事干什么？"陈广达应付着，"再说吧。"

"几年了？"奶奶这次明显没想让他糊弄过去，"你都四十来岁了，怎么还没点儿正经啊？"

二叔和二婶儿在旁边跟着笑，他们就知道老太太不会不提。陈广达用膝盖碰碰陈潮，陈潮碰了回去，没帮他。

"你不用看孩子，你看他干什么。"奶奶虚虚地朝这边挥了几下胳膊，不让陈广达捣乱，"之前孩子在我这儿还好，现在他回去了，都上高中了，谁照顾啊？"

"他都这么大了还用谁照顾？"陈广达看了看儿子，不在意地说，"我像他这么大的时候也没用你们照顾啊。"

"你滚蛋！"奶奶瞪了他一眼，隔着两个人伸手过来打他的胳膊，"说的什么话？现在的孩子跟你们那时候一样吗？"

"哪不一样了，不都是孩子？"陈广达嬉皮笑脸的，"我儿子省事。"

陈广达和姜荔离婚四年多了，近两年每次奶奶看见他都会问这事，把陈广达都问怕了。他到底怎么想的他没说过，陈潮也没问过他。

陈潮对他爸妈还复不复婚无所谓，他不在意。这个话题他也不想参与，所以吃完饭就上楼了。

腊月二十八那天,陈广达和苗建两个发小儿还坐在一起吃了顿饭,喝了点儿酒。苗建一个人过来的,俩人坐在陈奶奶家的小厨房里,喝了半个下午,酒倒是没喝多少,多数时间都在聊天。

陈潮从门口路过的时候,听见苗建沉着声音说:"我也不想管他,管了也没用,但我看着是真闹心……"

陈广达劝道:"实在管不了就算了,说不定长大了他就不这样了。"

"那要是还这样呢?"苗建搓了搓脸,叹了口气,"成什么了……"

"那不然你还能怎么样,你就是钻牛角尖儿。"陈广达向来惯孩子,所以他其实不太能理解苗建的愁,在他看来虽说孩子有点儿奇怪,但也不算什么天大的事。

"早上我听你们院闹哄哄的,你是不是打孩子了?"陈广达不赞成地说,"别打,打了以后跟你不亲,到时候跟你隔着一层。"

"没打,就说了几句,我爸妈护着。"苗建说,"本来跟我也不亲,怕我。"

"不怕你就怪了。"陈广达说。

其实这顿饭是陈广达故意叫苗建来的,也是陈奶奶让叫的,怕他在家脾气上来了打孩子,过年把家里弄得乌烟瘴气的,不好。

苗嘉颜一早被他爸说了,起因是早上吹风机坏了,苗嘉颜顶着半湿的头发下楼,正要去花棚,被他爸从外面回来看见了。

苗嘉颜低着头走过去,被他爸拎着胳膊肘儿扯了回来,苗建手上力气用得有点儿大,苗嘉颜被那力道带得一斜,肩膀在门上磕了一下。

"你干吗!"苗奶奶听见声音从厨房里赶紧出来,"你别动他!"

苗建忍了这么多天,这会儿也是有点儿忍不下去了,盯着苗嘉颜说:"今天去把头发剪了!晚上我要是看你还没剪,那你就等着我给你剪。"

苗嘉颜的肩膀疼得厉害,但在他爸眼皮底下也没伸手去揉,只是低着头站在那儿。

"我跟你说话你听见没有？"苗建拎了拎苗嘉颜的衣领，"你聋了？"

奶奶跑过来拍开苗建的手："你松开！大早上的你抽什么风！"

"苗嘉颜，我忍你快到头了，你别惹我收拾你！"苗建瞪着他，还要再说什么，被奶奶连推带搡地给支走了。

奶奶回头冲苗嘉颜使眼色，让他赶紧走。

苗嘉颜于是在小花棚里待了一天，晚饭前爷爷拎了两个保温盒过来，让他晚点儿再回去。他在花棚里一直待到十点，满棚的潮气沾了他一身，连呼吸都是潮的。

第二天一早，苗嘉颜早早起来，把冰柜里冻的大馒头拿出来蒸了，拎着就走。

出门的时候家里只有奶奶起床了，奶奶说吃饭的时候还让爷爷给他送饭，让他别跟他爸打照面儿，等过完年他们就都走了。奶奶说着说着眼睛还有点儿红了，说："明年过年，奶奶不让他们回来了。"

"没事，"苗嘉颜搂着她的肩膀，笑了笑，"我挺愿意在花棚待着的，昨天育了一箱苗呢。"

"他们都在家吃好喝好的，我孙子被逼得没地方待，饭也吃不上。"奶奶说着擦了擦眼睛，"明年都给我滚蛋。"

"干吗啊奶奶……"苗嘉颜弯下身子，平视着奶奶，"怎么了啊……我在哪儿待着都一样，您别不高兴。"

"高兴什么高兴？"奶奶极不乐意地说，"明年谁也别回来，就咱们仨在家过年。"

苗嘉颜笑着哄她："行行，您说了算，高兴点儿，我走了啊，一会儿我爸就起来了。"

"快走，咱不看他！"奶奶推推他，"走吧。"

苗嘉颜拎着他的切片馒头走了，外面天才刚亮，胡同里连个人影都没有。刚蒸好的馒头还冒着热气，苗嘉颜从袋子里拿了一片，边走边吃。现在吃还是热的，等他走到花棚就得凉透了。

路过陈潮家门口，苗嘉颜侧头看了一眼。大门还关着，这个时间陈潮还没起呢，他有点儿赖床。

苗嘉颜边嚼着馒头边走着，身后的门发出响声，苗嘉颜下意识地回头看了一眼。

这一眼让他脚步顿了一下。

苗嘉颜手里还捏着半片馒头，他回过头把嘴里嚼着的馒头咽了下去。

陈潮是出来给小弟取药的，小弟有点儿发烧。

两人一前一后地走着，苗嘉颜边走边吃馒头，脚步慢慢的，也不敢回头。胡同里安安静静的，只有两个人的脚步声。

"站那儿。"

陈潮突然出声，苗嘉颜吓了一跳，脚步瞬间就停住了。

他赶紧回头看，陈潮几步走过来，面无表情地问了句："不认识我啊？"

苗嘉颜的眼睛瞪圆了，嘴里还有一口馒头没咽，他含含糊糊地说："没……不认识啊。"

"吃什么呢？"陈潮说。

"馒头……"苗嘉颜把手里剩的一块放进嘴里，打开拎着的保鲜袋，递给陈潮，"你吃吗？"

陈潮伸手撕了个角放进嘴里："什么色啊这是？"

"火龙果，我奶奶蒸的。"苗嘉颜的声音很小，带着点儿拘谨。

陈潮迈开步子，苗嘉颜顿了一下，还是跟上了，走在他旁边，也不敢说话，只悄悄跟着。

"我以为你不认识我呢，"陈潮没看他，"见着了也没个话。"

苗嘉颜抬眼看他，隔了两秒才说："我不敢。"

"你怕什么，"陈潮扫了他一眼，"我怎么你了？"

"第一天我叫你……你没理我，"苗嘉颜眨着眼睛，小声说话的模样窝囊中还带着点儿无辜，"就再也不敢叫你了。"

"你叫我了？"陈潮挑起了眉，一张脸帅帅的，他露出这样的表情时总会跟平时看起来有些不一样。

"叫了啊……"苗嘉颜看着他，低声说。

"叫什么了？"

"叫你名字了。"苗嘉颜答。

被陈潮突然伸手夹住脖子的时候，苗嘉颜整个人都是蒙的，陈潮用胳膊圈着他的脖子，还反手捏着他的下巴，让他仰起脸，凶巴巴地问："陈潮也是你叫的？"

苗嘉颜过了足足十几秒才反应过来，眼睛慢慢地亮了起来，笑着叫了一声："潮哥。"

"我走一年回来跟我在这儿叫'陈潮'，'陈潮'是你叫的吗？"陈潮就这么圈着苗嘉颜走路，凶他。

苗嘉颜被圈得脸都变了形，但他还在笑，眼睛微微弯出个浅浅的漂亮弧度，声音里都带上了笑意，又小声地喊了一遍："潮哥！"

"没大没小。"陈潮又胡乱撸了两把苗嘉颜的头发，这才放开了他。

"我以为你不想理我了。"苗嘉颜摸摸头发，有点儿不好意思。

已经走到了路口，陈潮的食指中指一扣一弹，在苗嘉颜的脑袋上弹了一下，说了一声"矫情"，说完便往卫生所那边走了。

剩下苗嘉颜拎着他的馒头袋子，走几步一回头，慢慢悠悠的，看起来很高兴。

019

第二章

相识于夏

　　陈潮第一次回到这儿的时候是夏天,那年夏天格外热。

　　陈潮坐在一个放倒的皮箱上,背靠着砖墙,腿边是另外一个巨大的箱子以及三四个手拎袋。

　　那条脏得看不出本色的毛毛狗再次从胡同那头晃了过来,边走边到处嗅。毛毛狗晃到陈潮腿边的时候想靠近,陈潮收了一下腿,小狗以为要踢它,头一躲,迅速颠了几步,跑了。

　　头顶的太阳晒得人眼花,墙根儿有半片阴影,陈潮缩在那半截儿阴影里,阴影能遮住他的腿却遮不住脑袋。他从旁边的手拎袋里随手掏了件衣服,往脑袋上一罩,衣服上还带着股他们家衣柜里的樟脑球味儿。

　　这应该是他爸的衣服,陈潮屋里的衣柜没放樟脑球,他闻到这味儿就恶心。

　　他爸把他扔在胡同口就走了,陈潮坐在卡车里颠了一路,颠得他有些晕。这会儿坐在奶奶家门口,他困得睁不开眼。奶奶家里没人,陈广达送他回来之前没跟爷爷、奶奶打招呼,他们也不知道陈潮今天会带着这么多行李回来。

陈广达向来不靠谱,他干出什么事来都不奇怪。

头顶的衣服被人轻轻掀起来一角,陈潮烦躁地睁开眼睛,瞪出了很凶的双眼皮。

外面的人跟他对上视线,往后缩了一下肩膀。

是个小姑娘,陈潮刚才在来的路上见过。

那会儿陈潮在破卡车上,他颠了一下午,加上车里陈腐的味儿,让陈潮很想吐。车窗外是连成片的棉花田,绿色的田地里掺着星星点点的白,没有陈广达说的那么漂亮。

陈潮打开了车窗,破卡车匆匆而过,陈潮跟外面棉花田里站着的一个小姑娘短暂地对上了视线。小姑娘不大,穿着条又大又长的白裙子,端着胳膊,呆愣愣地站着,像个稻草人。

"你是谁?"小姑娘惊讶地问。

陈潮又难受又困,脾气上来了,皱着眉很不耐烦地反问:"你是谁?"

"我是苗嘉颜。"小姑娘还挺老实,人家问了就好好答,把名字都报出来了。

陈潮懒得理对方,烦躁地把眼睛闭上了。

苗嘉颜见他又要睡,犹豫了一下,开口叫他:"哎……"

陈潮没理她,就当没听见。

外面正是热的时候,苗嘉颜被晒得脸和脖子都红了,就这么弯腰撅在那儿掀着陈潮头上衣服的一角,像在掀红盖头。"你别在这儿睡啊,你是谁呀……"苗嘉颜有些不知所措。

陈潮转了转头,倚着墙一直不睁眼。

这有点儿棘手了,胡同那边小狗又颠颠地跑来了,在苗嘉颜脚踝边蹭来蹭去。苗嘉颜左手摸了摸它,右手继续轻轻扇了扇拽着的衣角:"你别

021

睡了……"

两人就这样一个坐着一个弯着腰，互相僵持着，陈潮心情极差，苗嘉颜也有点儿不知所措。

他没完没了地晃陈潮的那件衣服，晃着晃着那件衣服就被他给扯了下来。

陈潮眼睛一睁，苗嘉颜害怕地往后一躲。

"我不是故意的。"苗嘉颜小声地解释。

"你有病？"陈潮脸色很难看。

苗嘉颜热得鼻尖上都冒了汗，无辜地说："我想回家……我渴了。"

"我不让你回家了？"陈潮烦得快炸了，声音听着好像要打人。

苗嘉颜又往后缩了一点儿，指指地上那堆东西以及被陈潮挡住的半扇门，终于也皱了皱眉，小声反驳说："让你挡上了……"

陈潮猛地回头看看大门，又回过头来看苗嘉颜："这是你家？"

"是啊……"

陈潮一下子站了起来，问："这不是陈家？"

苗嘉颜指了指隔壁的大门，答说："在那儿。"

陈潮往隔壁看了看，又看看自己脚下这一大堆东西，半晌才说："对不起啊。"

"没关系，"苗嘉颜赶紧晃晃头，"没事。"

陈潮挪开皮箱，让了个空出来让苗嘉颜进去，苗嘉颜进去之前还把刚才的那件衣服叠了一下放进了旁边的手提袋里。陈潮自己倒腾着其他的东西，过了一会儿苗嘉颜又探出头来，轻声问："陈奶奶和陈爷爷都在地里呢，你要进来待会儿吗？"

陈潮刚才的凶劲儿已经没了，半大孩子这会儿还有点儿放不下脸，闷声说："不了，我在这儿等会儿。"

"啊好，"苗嘉颜想了想又问，"那你喝水吗？"

022

"不用了,我有。"陈潮说。

苗嘉颜轻轻地"嗯"了一声,缩回去了。

撇开在路上匆匆对视的那一眼,这是他们两个第一次见面。

那会儿还都是小孩子,陈潮小学刚毕业,被他那不靠谱的爸坑得家都没了,带着大包小裹被送回了奶奶家。苗嘉颜长得瘦瘦小小的,他喜欢穿裙子,还没有变声。

陈潮在很长一段时间内,都以为苗嘉颜是个女孩儿。男孩儿和女孩儿之间向来有界限,玩不到一块儿去。陈潮刚来这儿,处处不适应,每天都拉着脸不高兴,苗嘉颜倒是每次看见他都会跟他打招呼。

一次陈潮在院子里坐着,苗嘉颜从门口路过,看见了他,对他笑了一下。

陈奶奶从屋子里出来,看见苗嘉颜,叫他:"苗儿,进来。"

苗嘉颜进来了,打招呼叫"陈奶奶"。

"见没见过呢?这是我孙子,叫陈潮,"陈奶奶和他说,"比你大一岁,你得叫哥哥。"

苗嘉颜乖乖地叫:"哥哥。"

陈潮虽然没什么心思跟小姑娘在这儿哥哥妹妹的,但因为第一天见面的尴尬,也没好意思拉着脸,"嗯"了一声。

"以后你俩一块儿玩,都差不多大,正好。"奶奶笑着摸了摸苗嘉颜的头。

苗嘉颜手里拿了根黄瓜,问陈潮:"吃吗,哥哥?"

陈潮让他这声"哥哥"叫得直起鸡皮疙瘩,但也不好说什么,摇头说:"不吃。"

"哦。"苗嘉颜点点头,也不在意,自己咬了一口,嚼得脆生生的。站着没一会儿一根黄瓜就吃完了,剩的黄瓜把儿被扔给了旁边溜达的

023

小鸡。

陈潮都没回过老家几次，偶尔在过年时回来匆匆住几天就走了。他是实打实的城里小孩儿，从小养得娇，像这么生啃黄瓜的陈潮不能理解。他们家只有他爸偶尔这么啃，还被他妈嫌弃。

陈潮听着苗嘉颜"咔嚓咔嚓"地把一根黄瓜啃完，被农村小孩儿土得心都麻了，他一脸麻木地坐在台阶上，不知道自己接下来的几年得怎么过。

苗嘉颜说话走路都有点儿慢，他是一个挺老实的小孩儿，陈奶奶的一句"比你大一岁，你得叫哥哥"，让他接下来每次看见陈潮都很有礼貌地打招呼叫"哥哥"。陈潮被一声一声的"哥哥"叫得浑身难受，有一次说："你别这么叫我。"

苗嘉颜微张着嘴，过了两秒问："那叫你什么？"

"叫我名字就行了。"陈潮说。

"哦。"苗嘉颜点点头，转身走了。

苗嘉颜虽然实诚，但并不笨，陈潮不喜欢跟他一起玩，他还是能感觉到的。

虽说以后叫名字，但从那之后苗嘉颜再没叫过他，见面也不那么主动地打招呼了。不过两家住得近，几乎每天都能见到，苗嘉颜独来独往惯了，陈潮不理他也不觉得有什么，他习惯了。

陈潮倒也没什么喜欢不喜欢的，他跟这个地方格格不入，跟这儿的人也一样。

老家这边很多人家都种棉花，都是被苗爷爷带起来的。

夏天只要下过大雨，家家都得去地里打沟排水。陈潮跟着去过一次，爷爷、奶奶怕他扛不住晒会中暑，让他在树荫下站着，什么都不让他干。

024

陈潮只要一伸手他们就过来拦,反倒耽误事。

苗嘉颜也不是每次都去,有时候会留在家里做饭,等爷爷、奶奶回来吃。太复杂的做不了,煮面炒菜这些简单的都可以,他还会把陈家的那一份也带出来。在他们这儿,这种邻里关系是比亲戚还近的。

陈潮不太好意思总是这样,所以在一次苗嘉颜一个人在院子里择菜、准备做饭的时候,主动过去了。

"我帮你干点儿什么?"陈潮问。

"你不用,"他过来让苗嘉颜很意外,苗嘉颜愣了一下后马上摇头,去给他搬了个凳子,"你坐着就行。"

"我帮你吧,你还有什么没弄的?"陈潮有点儿别扭地问。

苗嘉颜四处看了看,才说:"要不……要不你帮我洗菜吧?我择完后你洗。"

陈潮说"行"。

一个小男生和一个小女生一块儿洗菜做饭,这场面其实让陈潮很不自在,这么大的小孩儿开始在意这些性别界限,但是也没别的招儿了。

看得出来,苗嘉颜有点儿放不开,动作都是轻轻的,往陈潮面前的洗菜池里放东西的时候都很小心。

苗嘉颜去院子一角的鸡笼子那里,蹲下身探进胳膊去摸,也不知道是自言自语还是在跟陈潮解释,说:"拿两个鸡蛋打个汤。"

他穿的还是初次见面那天的白色吊带裙,这裙子对他来说不太合身,有点儿长,陈潮经常见他穿。这会儿苗嘉颜蹲在地上,裙摆散开垂在地面,散成圆圆的一朵花。

陈潮提醒了一句:"你的衣服沾土了。"

苗嘉颜这才注意到,"啊"了一声,起身把鸡蛋放在水池里,弯着腰开始搓裙边。

裙子因为洗菜溅了水,又带上点儿土,搓不干净了。苗嘉颜一直在轻轻地搓，缩着下巴，微微皱着眉。他确实很爱干净，陈潮每次见到他，衣服总是干干净净的。

陈潮说："你去换件衣服吧。"

苗嘉颜手上的动作停了一下，他低着头，慢慢地说："我没有这样的了……我只有这一件。"

后来苗嘉颜进去换了身短袖短裤，看起来利索多了。换完衣服可能觉得有点儿不好意思了，他莫名其妙地说了句："那是我姐姐的裙子，她不要了。"

陈潮哪是能跟小姑娘聊这个的小孩儿，这太奇怪了，所以他没吭声，没回应。

苗嘉颜也没再说话，气氛一时间有点儿尴尬。

好在也没尴尬多久，苗嘉颜拿了个小铁盆，去后院摘了十几个鸡蛋大小的小西红柿。

"你吃不吃？"苗嘉颜问陈潮。

陈潮摇头："不吃。"

苗嘉颜把小西红柿全洗了，自己吃了一个，剩下的用塑料袋装了起来。

陈潮看着他往水井那边去，把井里的水筲转了上来，将小西红柿装进水筲里，又放了下去。"干什么？"陈潮问。

"这样能冰一点儿，"苗嘉颜回头笑着说，"我奶奶吃不了很冰的东西，所以不能放冰箱里，用井水拔一拔刚刚好。"

陈潮问："有用吗？"

"有用啊。"苗嘉颜说着，把水筲又转了上来，倒了一点儿水在小盆里，端过来，表情美滋滋的，"你摸。"

陈潮伸手进去碰了一下，那水冰冰凉凉，甚至有点儿扎手。

这让城里小孩儿很意外，苗嘉颜解释说："井水就是很凉的。"

陈潮的奶奶家没有水井，他也没见过，那冰凉的手感在酷热的夏天着实让人很舒服。陈潮又伸手一摸，苗嘉颜在旁边笑了一下，说："明天我冰了西瓜给你送过去。"

陈潮赶紧说："不用。"

"你不吃，陈爷爷、陈奶奶也要吃的，他们也不能吃很凉的东西，夏天的西瓜都是我放井里凉过再切了给他们。"

陈潮坐在那儿抬头看了苗嘉颜一眼，说"谢谢"。

苗嘉颜用力晃了两下头，晃得头发都跟着甩了起来，他笑得很实在："不用，陈爷爷、陈奶奶对我可好了。"

其实苗嘉颜长得不算好看，在陈潮眼里甚至长得有点儿"薄"，很寡淡的长相。很瘦很小，脸上也没什么肉，眼皮薄薄的。刚才他实实在在地笑着摇头的这一下，让陈潮突然发现，苗嘉颜长得有点儿像男孩儿。

这话说了未免太伤小女生的自尊，陈潮很识相地没有提。

帮人洗了菜，中间有一句没一句地也聊了，陈潮身上的那点儿疏离劲儿自然也跟着散了一些。

他平时不爱理人倒也不是刻意端出来的架子，这点像他妈。当初陈广达就是被姜荔身上那股不搭理人的劲儿给迷住了，追了两年才追上，姜荔说她这也是随她爸。陈广达这么多年都不爱去陈潮姥姥家——陈潮姥姥、姥爷都是文化人，姜家从前就是城里大户，这一家子人身上都有股端着的劲儿，陈广达在那边就显得极不和谐。

陈潮从小就不像别人家小孩儿在外面疯淘，他不爱跟人玩。陈广达说陈潮除了长相遗传了他的三分英俊，其余处处不像他。

第二天苗嘉颜抱着半个西瓜送到陈家的时候，陈潮正被满身的蚊子包折磨得快崩溃了。

苗嘉颜一迈进院门就看见他那张皱着眉极暴躁的脸，愣愣地停住了脚步。

陈潮烦得没心思说话，看了他一眼算是打招呼了。

"你……"苗嘉颜抱着西瓜，怯怯地问，"咋了呀？"

陈潮站在那儿，掐着胳膊肘儿上的一个大包，说"没事"。

陈奶奶拿着肥皂盒出来，看见苗嘉颜在，招呼他说："苗儿来了？"

"嗯，吃西瓜，陈奶奶。"苗嘉颜走过去，把西瓜放下，又回头看陈潮。

"又给奶奶冰西瓜了？"陈奶奶笑着对他说，"等会儿切开一起吃。"

"我吃过了，你们吃。"苗嘉颜小声说。

苗嘉颜还是有点儿怕陈潮，见他那样就不敢说话。

陈奶奶招手叫陈潮过来，要给他抹肥皂。

苗嘉颜声音更小地问陈奶奶："他咋了？"

"昨晚嫌热没挂蚊帐，让蚊子叮了。"陈奶奶脾气很好，说话的时候总是笑盈盈的，很随和。

陈潮臭着脸走过来，他穿着短袖和短裤，露出来的胳膊和小腿上眼见着得有十几个包。走近一看，下巴和脖子上还有好多。

苗嘉颜一个农村小孩儿也被这阵势吓到了，忍不住发出了一声惊叹"妈呀"。

"这么多！"苗嘉颜的眼睛都瞪大了。

"开窗户睡的，他不知道咱们这儿晚上蚊子多凶。"陈奶奶自然心疼孙子，可一边往他身上涂肥皂水一边还有点儿想笑，"怎么这么招蚊子呢？你爸小时候，蚊子都不爱咬他。"

肥皂水根本就不管用，涂上了该痒还是痒，反而还不方便挠痒了。刚抹了一条胳膊，陈潮就心烦得直抽气。

苗嘉颜说："陈奶奶你别抹了，我回去拿那个……"

也不知道是要拿什么,他跑着回去了。

"苗儿是个好孩子,你平时多跟他玩玩,别老一个人闷着。"奶奶跟陈潮说。

陈潮已经被蚊子咬疯了,只想快点儿离开这儿,也不知道奶奶说的话他听进去了没有。

"明天让爷爷给你装个风扇,晚上可千万不能开窗户了。"奶奶吹了吹陈潮后脖子上的包,心疼地说,"都被蚊子咬烂了。"

苗嘉颜跑回来的时候手上拿了个小罐,边跑边说:"我被蚊子咬了的时候,我奶奶就给我涂这个,冒凉风。"他拿的是一小罐清凉油,拧开里面是绿色的膏。

陈潮看了一眼,想想那绿色的东西要往他身上抹,他有点儿不能接受。

"挺好使的,冒凉风就不那么痒痒了。"苗嘉颜说着用手指蘸了一下清凉油,站在陈潮身后用手指在他脖子上点了一下。

陈潮被碰了一下脖子,回头一看是苗嘉颜,猛地往旁边一躲。

苗嘉颜见他不让碰,伸手想把整罐清凉油都递给他。陈潮以为他还要再来,"哎"了一声,往旁边躲了好几步远。

苗嘉颜见他嫌弃得这么厉害,有点儿不解地问:"比肥皂水好用啊,你不冒凉风吗?"

那不是冒不冒凉风的事,怎么能让小姑娘摸自己的脖子呢?陈潮不知道第多少次震惊于这里的小孩儿心里没数。陈潮那一脸的暴躁和尴尬褪了一点儿,他看着苗嘉颜,只说:"……挺凉的,谢谢。"

"那让陈奶奶帮你抹吧,我回去了。"苗嘉颜把清凉油给了陈奶奶,跟陈奶奶打了声招呼回去了。走到半路,他回头说:"这个你留着用吧……你真招蚊子。"

陈潮闻不了蚊香味儿,平时都是挂着蚊帐睡觉,昨晚天气实在闷得厉害，窗户开着也透不进风，只能把蚊帐也打开了。这一宿对陈潮来说如同一场灾难，盖上薄毯子热得睡不着，掀开毯子就好像要被蚊子吞了。

陈广达做生意赔了，家里的房子和车全没了，这些陈潮没在意过，小孩子不在意这些。姜荔受不了了，跟陈广达离婚，这对爸妈一本正经地坐在他面前，说他们离婚了，让他选择跟谁。陈潮看看这个看看那个，说"我跟我爸"。

陈潮从小是骑着陈广达的脖子长大的，他要星星陈广达不给月亮。所以哪怕陈广达不靠谱，把家都赔没了，陈潮还是跟着他。

但是在他快被蚊子吃了的这一宿，陈潮凌晨两点从书包里摸出好几天没开过机的手机，给他爸发了条短信：你俩重离一次吧，我重新选。

陈广达凌晨五点半回复他：咋了儿子？

陈潮后来被咬疯了，也豁出去了，随便咬吧。他爸回短信的时候他刚睡着，后来醒了看见也没回。

苗嘉颜的这罐清凉油很大程度上缓解了陈潮的烦躁，他舒服多了。只要觉得痒了就抹一点儿，小小一罐很快就用掉了一大半。

他们俩的房间窗户正对着，又过了好几天陈潮才知道这事。

一天晚上下了点儿小雨，难得空气里带一丝凉风，下雨天没蚊子，陈潮开着窗户站在窗边吹风。过了一会儿，对面的窗帘也拉开了，一只手在里面拉开窗纱，推开了窗户。

俩人对上视线，陈潮没想到是苗嘉颜住在这个房间，有点儿意外。苗嘉颜主动打招呼，扬声问："没睡呀？"

陈潮说："还没有。"

"今天凉快，你挂着蚊帐吧。"苗嘉颜笑着说。

这不用说，从那宿之后陈潮的蚊帐白天都挂着。

尽管他们现在比之前熟了些，但陈潮跟他还是没话说，没说上几句话俩人就各自去睡了。

陈潮就像是个来这儿规规矩矩做客的小客人，相对地，在很多时候，苗嘉颜就像个生疏地帮大人招待客人的小主人。

夏天地里活儿多，大人们时常不在家。每当家里没人的时候，苗嘉颜就会主动过去照看陈潮，偶尔陈潮也会过来帮他择菜。当然，苗嘉颜本身就是个小孩儿，比陈潮还小一岁。他再懂事、再细心，毕竟也就是个小孩儿，有些时候照看得也不是那么好。

苗嘉颜去后院摘菜弄得满手都是泥，赶上今天停水，只好让陈潮帮他去井里打水，然后洗手。

水井那儿有两级台阶，陈潮打过几次水，这没什么难的。满满一桶水吊上来得摇半天，陈潮倒出半盆水，还剩大半桶。他把桶放回井里，合上井盖，去端水盆。

苗嘉颜站在洗菜池那儿等着洗手，一抬头吓得喊了一声："哎！"

但是明显来不及了，辘轳上的摇把反转回来，正好抽在刚起身的陈潮脸上。陈潮被抽得往后猛仰头，手差点儿没端住水盆。

"天！"苗嘉颜赶紧跑过去，陈潮已经被抽蒙了，眼前发黑。

"我看看我看看，"苗嘉颜接过陈潮手里的盆放在地上，抓着陈潮的手腕，拿开他捂着眼睛的那只手，"抽到哪儿了啊？"

陈潮的眉骨眼眶处已经迅速红了起来，略肿了些，估计之后会肿得更厉害。

陈潮说不了话，微微俯着身，手背按着眼眶，疼得直抽气。

"桶里有水你得往下送送，或者躲远一点儿，不然它有劲儿。"苗嘉颜还是头一次说话这么快，他急得也跟着俯下身去看陈潮的脸，"是不是可疼了？"

苗嘉颜也顾不上满手的泥，托着陈潮的胳膊肘儿让他坐在井边的台阶上："你别捂着，给我看看……"

最初剧烈的疼劲儿缓过去一点儿了,陈潮说:"没事。"

苗嘉颜吓坏了,俯身看他的眼睛,想碰碰,可手又脏,但也顾不得干不干净了,他在衣服上蹭蹭手,指着陈潮的右眼问:"刚才磕到眼睛了吗?你这只眼睛现在特别红。"

他离得太近了,几根头发都垂下来扫到陈潮的脸了。陈潮往后让了让,说:"没事,好点儿了。"

这个距离实在让人不好受。陈潮都疼成那样了,心里还是止不住地想,这农村小孩儿到底怎么回事,能不能离我稍微远点儿?

农村小孩儿可不知道城里小孩儿那些莫名其妙的心思,只顾着担心害怕,陈潮说了很多遍"没事",苗嘉颜还是放不下心,后来就在陈潮旁边坐下了。俩人一起坐在水井边的台阶上,一个脸上挂着彩,一个满脸的担心和忧愁。

"这不完了吗……"苗嘉颜喃喃地说着。

陈潮没听清,问:"什么?"

苗嘉颜于是重复道:"我说我完了。"

"什么完了?"陈潮又问。

"陈奶奶走之前让我帮着照看你,你现在都破……"苗嘉颜侧过头去又看了一眼陈潮,眼睛里的忧愁展露无遗,"破相了。"

陈潮下意识地又摸了摸眼眶,这会儿已经不疼了,只是又热又胀,陈潮说:"没事,破就破吧。"

苗嘉颜看了他一眼,表情看起来有些惊讶。他确实有点儿意外。陈奶奶这个城里回来的孙子娇得很,这不吃那不吃,脾气也大,苗嘉颜刚才还以为他会发火。

发火还真不至于。陈潮平时虽然事多,但大部分是不适应环境才引发的烦躁,磕这么一下犯不着发火,他都没放在心上。

苗嘉颜担心的事情都没有发生,陈潮没发火,陈奶奶也没怪他。陈奶奶就在回来看见时问了一句,还跟苗嘉颜开玩笑说:"小哥哥是不是很笨?"

苗嘉颜赶紧摇头。

陈奶奶两手托着孙子的脑袋,看了看,笑着说:"没事,都没破皮,只是明天就得变成独眼熊猫。"

陈奶奶一语中的,第二天一早,陈潮的眼眶连着眼皮高高肿起,泛着青紫,看起来滑稽中还带着点儿可怜。

男孩儿磕磕碰碰都正常,陈潮他爸小时候时常鼻青脸肿地回来,不管是跟人打架了还是翻墙头摔的,陈奶奶后来连问都懒得问。儿子自然不比孙子,孙子磕了奶奶还是心疼的,所以给抹了点儿消肿的药膏。

因为这一磕,苗嘉颜时常过来看望陈潮。来了就直接往陈潮脸上瞄,陈潮让他看得浑身不自在。

"还疼不疼?"苗嘉颜不知道第多少次问。

陈潮沉默了一会儿,之后说:"不疼。"

虽然陈潮这么说,可他的脸看起来实在吓人,苗嘉颜心里觉得他磕成这样自己需要负很大责任。然而在陈潮心里,这事跟苗嘉颜一点儿关系都没有,就是自己没注意磕的,邻居家小孩儿每天一脸担忧地关心和问候,这实在让他无法接受。

这简直要了这个年纪的"中二少年"的命了。

俩人各自揣着心思沉默了一会儿之后,陈潮说:"我没事了,你别再问了。"

苗嘉颜没吭声,只是微蹙着眉看着陈潮的眼眶。

陈广达往陈潮手机上打了好几次电话,陈潮平时不用手机,手机就在书包里搁着,早就没电了。陈广达的电话打到家里来,是陈爷爷接的。

陈爷爷在楼下喊陈潮:"孙子,你爸的电话——"

陈潮听见了,站在楼梯口喊:"他什么事?"

陈爷爷又喊:"你爸想你了——"

陈潮喊了一声:"不接,让他别想了!"

陈爷爷利索转达:"别想了,不接。"

陈广达在电话里不太有底气地问:"跟我生气了?"

"不知道,"陈爷爷说,"我们平时聊不到你。"

陈广达在电话里沉默了一会儿,只得挂了电话。

陈潮的脸彻底恢复已经是八月份了,天气一天热过一天,快把陈潮蒸熟了。他以往在家过夏天都是将空调设置成恒温二十三摄氏度,没遭过这罪。

陈爷爷也研究过能不能给孙子装个空调,但有人说他们这种老房子的电线扛不住空调的大功率,有隐患。而且不知道孙子住多久,陈广达也没给个话,万一刚装完陈广达就给接走了,这空调就没用了,老人用不上。后来陈爷爷往孙子房间里支了两台电风扇,一台立式的,远远对着陈潮的床,一台小台式就放在桌子一角,避开枕头方向摇头吹。窗纱也钉上了,这样就可以成宿地开着窗户。

老家这边虽不直接沿海,但距离海边也就二十多公里,空气潮得很。晚上睡觉时风扇吹来的全是热风,吹得人浑身发干,这又干又潮的感觉几次让陈潮半夜盘腿坐在床上,回想起以前的恒温二十三摄氏度,感觉在做梦。

陈潮的后背起了成片的痱子,打从记事起他就没怎么长过这东西。痱子痒起来直钻心,跟痱子比起来,蚊子包那点儿痒都不算什么了。奶奶给弄了罐痱子粉,每天一早一晚地往孙子后背上拍。拍了也没用,陈潮一天得冲好几次凉,痱子粉都冲掉了。

一天苗嘉颜过来送东西,陈潮正光着膀子被奶奶拍痱子粉,苗嘉颜一进来就闻到痱子粉独有的味道,嗅了嗅问:"你起痱子啦?"

苗嘉颜走路轻,刚才陈潮和奶奶都没注意到他,这会儿突然听见他说话,陈潮不等回头,先猛地抓起衣服往身上套。

"可不,他受不了热。"陈奶奶回头跟苗嘉颜说。

陈潮穿好衣服才转过身来,见苗嘉颜毫不避嫌地眨巴着眼睛盯着自己看,一时间有点儿没话说。

苗嘉颜看见陈潮拍痱子粉的画面,不知道为什么觉得很想笑,但他很理智地没真的笑出来,只说:"我小时候也抹这个,如果不出汗很快就好了。"

陈潮已经没脾气了,出去到院子里的小凉棚坐着去了。

陈潮再接到他爸电话的那天,外面难得下了点儿雨。陈潮觉得很舒适,连带着心情也很舒畅。电话一响,他看了一眼来电显示,接了:"找谁?"

陈广达听见是儿子接的,乐了:"找你。"

陈潮说:"不认识,挂了。"

陈广达笑着说:"别挂,爸正想你呢。"

陈潮都已经沦落到因为一场小雨就能高高兴兴的地步了,还能对他爸的想念回应出什么来。没直接坐车离开这里去姥姥家吹空调,已经是儿子对父亲最深的爱了。

"你怎么样啊儿子?"陈广达在电话里竟然还能问出这话。

"挺好,"陈潮平静地回答,"活着呢。"

陈广达问:"你待得适应不?"

陈潮站了两秒,甚至有点儿不知道咋回答。

陈广达说:"喂?"

陈潮回:"还行。"

"那你就在奶奶家先住着吧,爸这边一时半会儿回不去。"陈广达话说到这儿,刚才的轻松劲儿也散了一点儿,顿了两秒问,"想你妈不?你要是在奶奶家住够了,就去你妈妈那儿待几天?"

陈潮没考虑,说:"不用,我不去。"

陈广达于是又笑了一下,问他:"你是不是挺怪爸的?"

"没有,挂了,你自己注意。"陈潮说完就真不聊了,等陈广达说"那先这样吧",陈潮说"嗯",就挂了电话。

陈潮是个很怕腻歪的人,不会说也不爱听腻歪人的话,这对他来说很折磨。陈广达偶尔发短信问他"想爸没有",每次都把陈潮烦死了,他手机一扔,不愿再看。

这电话接完,陈广达能挺一周不找儿子,陈潮也能消停一周。

小雨连着下了好几天,陈潮最近心情不错,整个人带着一股平和的气质,眉眼间甚至都很温和。苗嘉颜有时候路过陈家看见他,都奇怪地多看他几眼,觉得他好像哪儿比原来顺眼了。

跟每天臭着脸的陈潮比起来,苗嘉颜就是个自在的快乐农村娃。家里、地里的那些活儿他都干得很顺手,没事往井里浸点儿水果给周围邻居们分一分,隔几天穿着那条白裙子赶着家里的小鸭、小鹅去草甸子上放一放,再捡一小兜野鸭蛋回来。天热的时候会戴个大宽檐的草帽,或者把头发扎起来。

陈潮经常看见苗嘉颜扎头发,皮套绷在两根手指上,用手随便拢拢头发,在脑后绑个乱七八糟的小尾巴。之前学校里的长头发女生要么绑辫子,要么就是规规矩矩的马尾,这么稀里糊涂绑头发的真没有。

陈潮有时候觉得苗嘉颜太野了,有在村里自由长大的那种粗糙的散漫,乱绑头发,跟男生没距离。但看多了竟然也能接受,觉得这样也没什么不好。

但快乐小孩儿也不是一直快乐,陈潮第一次看见苗嘉颜父母回来,当天晚上隔壁就乱哄哄地吵成了一团。当时陈潮已经躺下准备睡了,他第一次听见苗奶奶发脾气。苗嘉颜他爸听起来也很生气,吼起来很凶。

第二天一早,陈奶奶跟陈潮说:"上午你去叫小苗儿过来,别让他在家待着,他爸别火上来了打他。"

陈潮问:"打她干什么?"

陈潮没挨过打,他们家没人爱动手。他这当儿子的都不挨打,苗嘉颜一小姑娘挨打,陈潮挺不理解。

"唉,"陈奶奶叹了口气说,"看不上他留头发呗。"

陈潮扬起眉,以为自己没听清:"什么?"

"小苗儿可犟了,怎么说也不剪头发,因为这事,他爸每次回来都发火。"陈奶奶又跟陈潮说了一句,"一会儿你去把他带出来玩。"

陈潮彻底不理解了:"不剪头发就打?"

陈奶奶又叹了口气,没说什么。

因为不剪头发挨打陈潮是头一回听说,不知道是自己有病还是谁有病,反正肯定有个人有病。

陈爷爷偶尔会出海,他从前是个渔民——陈爷爷小时候住在海边,他们家是后来才搬过来的。现在不指着出海为生了,可陈爷爷还是放不下,时常跟着船出海下网。

陈爷爷昨天给陈潮带了些鱼片回来,说小孩子都爱吃这个。陈潮偏就是个例外,他不爱吃这些,嫌腥。

上午陈潮拎着鱼片去了隔壁,陈奶奶让他借着由头把小苗儿带出来。

陈潮来了这么长时间,跟苗爷爷、苗奶奶已经熟悉了。苗奶奶见是他来了,赶忙问:"找小颜吧?小颜在楼上呢,快去吧!"

陈潮没想上去,他上人家房间干什么啊?

"我不上去了,那我先回去了,这个给她吃。"陈潮放下东西就要走。

"没事,你上去玩!"苗奶奶很热情,没让陈潮走,挨近了他小声说,

"让他爸给打了,我没拦住,你帮奶奶上去看看,别再气坏了。"

陈潮一听这话也没法儿走,只得上了楼。

他没进过几次苗家的屋子,大部分来的时间只在外面的院子待着,上楼更是头一次。

他跟苗嘉颜是因为住得近平时才走动多,要说多熟真没有,陈潮就不是能跟小姑娘混得很熟的性格。陈潮边上楼边心里别扭,打算上去叫了苗嘉颜就走。

苗家跟陈家的格局差不多,当时是先后盖的小楼,两家帮衬着先盖这家再盖那家。两家房子都很大,楼上是两室一厅,加上一个小洗手间,房顶上装着太阳能热水器,小洗手间能洗澡。

陈潮清了清嗓子,叫了一声:"苗嘉颜?"

苗嘉颜的房门关着,里面也没出声。

陈潮走到房间门口,刚要敲门,没想到旁边洗手间的门先开了。陈潮下意识地一扭头,愣住了。

苗嘉颜也愣了,顶着还在滴水的头发,呆呆地站在那儿。

"你咋来了呀……"苗嘉颜回过神来,踩着拖鞋"啪嗒啪嗒"地就走了过去,"找我吗?"

然而这会儿陈潮已经蒙了。

"你……"陈潮也不知道这话问了合不合适,他现在已经错乱了。

苗嘉颜已经穿上了小裤衩,正在套短裤,闻言向后仰着往外看,问:"我怎么了?"他穿衣服、裤子的神态太坦然了,开着门当着陈潮的面一件件穿。

陈潮觉得难以置信,看着苗嘉颜问:"你是男孩儿还是女孩儿?"

苗嘉颜眨眨眼睛,没想到陈潮能问出这个来,显然也蒙了。俩人大眼对小眼地看着彼此,过了好半天苗嘉颜才结结巴巴地说:"我是男……男孩儿啊……"

俩人坐在苗嘉颜床边,谁也不看谁,相对无言。

苗嘉颜的头发还滴滴答答往下滴水,刚穿的短袖,没一会儿后背就让头发弄湿了。然而陈潮坐在这儿,他又是头一次来自己房间串门,苗嘉颜也不好干别的去,只能这么干巴巴地陪着。

"你是男孩儿你不说?"陈潮突然问。

苗嘉颜轻轻地转头看他:"我以为你知道,你也……没问。"

陈潮问:"我问这干什么?"

苗嘉颜心想,那我说这干什么啊。但他嘴上没敢说。

陈潮觉得这事简直莫名其妙,说:"算了。"

他站起来,苗嘉颜也跟着站起来,陈潮又回头问:"你留这么长头发干什么?"

苗嘉颜下意识地摸摸自己的头发,摸了一手水,抿了抿嘴唇,小声说:"我习惯了。"

"也习惯了穿裙子,是吧?"陈潮又问。

苗嘉颜轻轻地点了点头,说"嗯"。

陈潮没什么要说的了,只能点头表示知道了。之后没再多问,说:"你跟我走吧,别在家待着了。"

苗嘉颜抬头看看他,说"好"。

俩人一前一后地从苗家出来,陈潮领着苗嘉颜回了自家院子。陈爷爷正在院子里收拾渔网,丝线乱糟糟地团成一坨,得把它们尽量捋开晾干。渔网上面还挂着些已经死掉的小鱼小虾和成串的丁点儿大的海虹、海蛎子。

苗嘉颜主动过去帮忙,很熟练地抻起渔网的一角,摘下上面的小海蛎子扔进旁边的垃圾盆里。

陈潮碰不了这东西,他都没法儿走近,闻不了那腥味儿。

"苗儿,今天在爷爷家待着,晚上爷爷给你蒸鱼吃。"陈爷爷跟苗嘉颜说。

苗嘉颜笑着点头，他明明不胖，可一笑起来就能看见微微的双下巴颏儿。以前陈潮总觉得他笑的时候有点儿憨，现在想想也不知道到底是谁憨。

陈潮坐在墙根儿的小花坛边，看着爷爷和苗嘉颜抻渔网。天热，苗嘉颜的头发已经晒得快干了。

"昨天打到很多鱼吗？"苗嘉颜问。

"不太多，"陈爷爷坐着个小板凳，悠闲地和苗嘉颜说话，"打到两条大黄花，还挺好。"

苗嘉颜又问："昨天海上下雨了吗？"

"下了点儿，没起风。"

苗嘉颜能就着打鱼的话题跟陈爷爷一直聊，看得出来他时常这么帮着收拾渔网。后来头发彻底干了，苗嘉颜用手腕上缠着的黑色小皮筋把头发绑了起来。

刚才知道了苗嘉颜的性别，到现在陈潮还不太适应，看着苗嘉颜总有种错乱感，还觉得他是个女孩儿。这种错乱感使得陈潮时不时地盯着苗嘉颜看一会儿，搞得原本很坦然的苗嘉颜都被盯得不太自在了。

傍晚天不热了，苗嘉颜又把头发解开了，揉了揉刚才绑头绳的位置，让头发能顺一点儿地散下来。他的动作极熟练，黑皮筋又戴回了手腕上。本来每天都在做的事情，只是陈潮平时也没像这样看过他。

"你老看我干什么……"苗嘉颜让他给看虚了，拽了一下自己手腕上的皮筋，再看它轻轻弹回去。

陈潮问："你热不热？"

苗嘉颜说："不热啊，"想了一下才"啊"了一声，说，"你问头发吗？"

陈潮说："嗯。"

"热就绑起来，"苗嘉颜说话的声音很小，可能也有点儿不好意思了，

"我习惯了。"

看得出来苗嘉颜说起这个的时候没那么轻松,不像他平时说话那么利索,声音又小,语速又慢。

陈潮没接着问,苗嘉颜就低着头溜溜达达地去厨房帮陈奶奶洗菜了。他走到厨房门口的时候还悄悄回头看了陈潮一眼,发现陈潮没在看他了。苗嘉颜摸摸自己的头发,嘴唇抿起来,表情看着有点儿执拗,也像是有点儿难过。

"怎么了苗儿?"陈奶奶正在切葱花,问他。

苗嘉颜"唉"了一声,回过头脚迈进来,问还有什么没弄的。

"你帮奶奶把豆角掐了。"陈奶奶指指旁边的袋子,和他说。

"来了,"苗嘉颜走过来蹲下,"马上就好。"

苗嘉颜在陈家待了一整天没回去,直到天黑。他也不跟着陈潮,这个家他比陈潮待得自在。小时候苗爷爷、苗奶奶去地里干活儿都不在家,就把他放在陈奶奶这儿,甚至晚上都直接睡在这儿。所以苗嘉颜在陈家算不上小客人,他熟悉得很。陈潮上楼画画他就自己在楼下跟陈奶奶聊天,陈奶奶问他困不困,要不要在这儿睡。

"不了,"苗嘉颜摇摇头,"那样我爸会更生气。"

"不管他,反正他待不了两天就走了。"陈奶奶说。

苗嘉颜还是说:"不了,不惹他生气。"

陈奶奶摸摸他的头,怜爱地看着他。周围的这些邻居都是看着他长大的,小苗儿又听话又懂事,只是爸妈都不疼他。

以往每次苗建管孩子苗奶奶只是拦着,不会这么激烈地跟他吵。这次苗奶奶的反应之所以这么激烈,是因为苗建说要把苗嘉颜带回市里去,让他在那边上学。

苗嘉颜当时听了第一时间看向奶奶。

奶奶的态度就是完全不能沟通，这事不可能。苗建本来看到苗嘉颜就上火，愁得慌，话赶话地就吵了几句。然而不管他怎么说，奶奶都是同样的拒绝，没有商量的余地。

"你觉得你这是护着他啊，妈？"苗建后来压着脾气，想再劝劝，"你得让他接受教育，这儿的学校不行。"

"怎么不行？你们小时候不都是这么读出来的？"苗奶奶反问他，"怎么就不行了？"

"年代不一样了，妈。"苗建很头疼，"你这是坑他。"

"我认坑了，我孙子也让我坑，不怪我。"苗奶奶看着自己的儿子，没人比当妈的更了解儿子，苗奶奶说，"孩子到了你手里还有好日子过吗？"

苗建跟老太太简直说不到一块儿去，皱着眉说："我是他亲爸，我能怎么他？"

"就是亲爸才容不下他呢，别跟我在这儿来这一套，你少打他了？"苗奶奶摆摆手，不想再说了，"总之你想把他带走绝不可能！"

"妈，你讲点儿理！"苗建脸色很难看，又说。

"我不讲理，"苗奶奶站起来就走，"我跟你爸不管怎么也能把他拉扯大，用不着你们。孩子各有各的命，用不着他有多大出息，不上你们市里那中学去。"

苗嘉颜的妈妈是市里重点中学的教师，教数学的。他们想把苗嘉颜带回去，让他亲妈带。不管孩子有什么毛病，在亲妈眼皮底下这么盯三年也都扳过来了。

苗奶奶知道他们怎么想的，亲妈自己带肯定好，但那是对别人家来说。她孙子跟别人家小孩儿不太一样，苗奶奶也知道。

苗建回来一趟，攒了一肚子火，小的管不了，老的说不通。临走前的那天晚上，吃完晚饭，苗建按着苗嘉颜的肩膀，拿剪子强行把他的头发剪了。

那院子吵起来的时候,陈家这边正围坐着石桌吃西瓜。陈奶奶的手上还有半颗石榴,剥出来的石榴籽儿都放在小碗里,晚上放进冰箱,明天给孙子和小苗儿吃。

"又闹起来了。"陈奶奶往那边看了一眼,有点儿担心。

"闹不起来,苗小子犟不过老太太。"陈爷爷倒没担心,还在慢悠悠地吃西瓜。

直到苗嘉颜尖叫着哭起来,陈奶奶立刻放下手里的石榴,站起来就要过去。

"你别去,"陈爷爷拦着她,"人家爸管儿子,有你邻居老太太啥事?"

苗嘉颜还在哭,陈潮来了这么长时间,从来没见他哭过。苗嘉颜哭起来撕心裂肺的,不像平时轻声细语的那个小孩儿。

"再打就给打坏了,"陈奶奶担心得不行,"那孩子瘦。"

苗嘉颜被他爸按着肩膀扣在桌沿边,他爸一剪子下去,苗嘉颜的头发就没了一把。

苗嘉颜跺着脚哭,胳膊推着桌沿,又挣不过他爸。爷爷、奶奶见他爸是真生气,也不敢硬拦,怕激得他更生气再打孩子,现在只是剪头发,出不了大事。

苗嘉颜趴在桌上,一手攥着自己剩下的大部分头发,哭着喊爸。

他爸喘着粗气,红着眼睛问他:"你到底想干什么啊!"

苗嘉颜只知道哭,也答不上来,捂着头发一声声叫爸。

苗建的眼眶都红了,像逼问,也像是真的不明白:"你是个小伙子,你非留着头发干什么!"

苗嘉颜哭得嗓子都哑了,苗奶奶在一边也直抹眼泪,拽着苗建的胳膊不让他剪了。

"妈!你怎么什么都不让?你想让他成什么样啊!"苗建说,"这是我儿子！"

陈潮推开铁门进来的时候，苗嘉颜还在护着头发躲他爸的剪子，又反抗不了。

铁门发出声响，大家都朝他看过来。

"我找苗嘉颜。"陈潮看着苗嘉颜他爸，挺平静地说了一句。

"快去吧，领他玩去！"苗奶奶过来扯着苗嘉颜的胳膊把他拽出来，往陈潮那边推，"去跟小哥哥玩！"

陈潮是隔壁陈家的孙子，是陈广达的儿子，苗建也不好再说什么。

苗嘉颜的头发乱糟糟的，眼泪糊了满脸，头发也沾得哪儿都是。他朝陈潮跑过去，哭得还在抽气。陈潮攥着他的手腕把他扯了出来，带回了自己家，大门直接落了锁。

陈奶奶听着苗嘉颜一路哭着过来，心疼坏了，搂着给他擦脸，问："你爸打你了？"

苗嘉颜摇头，一直抽气缓不过来。

陈奶奶抚着他的后背给他顺气，苗嘉颜的另外一只手还攥着头发，攥不住的另半边头发只到耳朵根儿了。他哭得实在可怜，陈奶奶心疼地把他搂在怀里哄。

"不哭了，咱这几天都不回去了，就在奶奶这儿住。"陈奶奶看见了他被剪了一截的头发，伸手摸了摸，"很快就长回来了。"

苗嘉颜哭了好一会儿，才渐渐地不哭了，只时不时地抽搭两下。抽气的时候下嘴唇跟着哆嗦着，看着要多可怜有多可怜。

陈潮把陈奶奶刚才剥的那一小碗石榴推过来，说："吃石榴，别哭了。"

苗嘉颜的眼皮肿得厚厚的，摇了摇头。摇头的时候长头发都搭在肩膀上，被剪了的那一半头发搭不住，在脸边跟着晃。

苗嘉颜抬起手捏了捏头发梢，又把手放下了。

这晚苗嘉颜就在陈家睡的,陈奶奶让他跟陈潮一块儿住,小哥儿俩住一屋。

陈潮跟别人睡不了,他从小就自己住,但苗嘉颜都这么可怜了,陈潮也不可能把他撵出去。最后陈奶奶在地上铺了个褥子,陈潮睡地上,苗嘉颜睡床上。

苗嘉颜洗漱完穿着陈潮的拖鞋回来了,看见陈潮已经躺好了,蹲在旁边叫他。

"哥……"话刚起个头儿就咽回去又换了一个称呼,"陈潮。"

陈潮看他:"怎么了?"

苗嘉颜指指床,他嗓子哑了所以声音听起来比平时小:"你在床上睡吧,我睡地上就可以。"

"不用,"陈潮说,"没事,睡你的吧。"

苗嘉颜于是去关了灯,回来坐在床边,两只手放在腿的两侧,安安静静的。过了一会儿,陈潮听见了两声压抑的、类似小动物发出的声音。就着窗户外面的光,陈潮看见苗嘉颜在用手背抹眼睛。

陈潮说:"别哭了。"

苗嘉颜放下手,轻声说:"哥哥,我不想剪头发。"

此刻苗嘉颜又乖又安静地坐在这儿,带着点儿无助和依赖地倾诉,陈潮就是再不喜欢腻歪,这一幕都让他有点儿不忍心。

他坐了起来,看着苗嘉颜,问:"你为什么不想剪头发?"

苗嘉颜把手从眼睛上拿了下来,虚攥着放在自己腿上,低声回答说:"我就是不想。"

陈潮的声音听起来很平和,也不凶:"为什么?"

苗嘉颜先是没出声,过了一会儿才慢慢地说:"我不知道……我很害怕剪头发。"

"你怕什么？"陈潮又问。

"怕变成短头发，"苗嘉颜像是不知道怎么说，视线定在陈潮脸上，风扇每一次转过来，都会把他的头发吹起来一些，"我一直都是这样的。"

"那长大以后呢？还这样吗？"陈潮伸手把桌子上的风扇推了个角度。

"我不知道，"苗嘉颜摇摇头，"……我没想过。"

在陈潮以为苗嘉颜是女孩儿的时候，连话都不怎么和他说，像这样单独坐在一起说话更是不可能。然而在知道他是个小男生之后，陈潮那些别扭就没有了，现在看着苗嘉颜，可以把他当成一个弟弟。

陈潮问他："你要不剪一次试试？"

苗嘉颜立刻摇头，说"不要"。

陈潮再没别的话能说了，也没话能劝。

苗嘉颜过了一会儿，说："你睡吧。"

陈潮"嗯"了一声，又坐了几分钟，苗嘉颜老老实实的，也没再抹眼睛。

陈潮先睡着的，这一宿睡得没什么幸福感，尽管铺了褥子，在地上睡也还是又硌又硬，好在还挺凉快。苗嘉颜不知道什么时候睡的，早上陈潮起来的时候他还没醒。

苗嘉颜的睡觉姿势看着还挺老实，板板正正地盖着毯子，手放在身体两边。

陈潮站起来直接把地上的褥子、枕头卷了起来放在床脚，苗嘉颜睡得挺沉，眼皮还肿肿地合在一起。陈潮洗漱完出来时，苗嘉颜已经坐了起来，头发乱乱地披散着，正在捋自己那半边被剪短了的头发。

他看见陈潮，打招呼叫了一声"哥哥"。

陈潮没去纠正他，一个小男孩儿，他爱怎么叫怎么叫吧。

苗建让这家里一老一小气得没话说，早上起来就走了。

苗嘉颜也不再哭了，头发这样一半长一半短实在是丑，奶奶把他剩下的一半长头发也剪了，后来他又被苗爷爷带着去镇上的理发店修了修，原来齐肩的头发就变成了半长不短的，碎碎地盖着耳朵。虽然没有原来好看了，可看了几天之后习惯了也觉得挺顺眼的。

苗嘉颜从那晚过后，就又开始管陈潮叫"哥哥"，以前没事不会专门过来找陈潮，现在偶尔会溜达过来，跟陈潮待在一起。

陈潮也不撵他，反正苗嘉颜也不多话，不烦人。

陈广达不知道在外头忙什么，把陈潮扔在这儿，一整个夏天没回来过。

陈潮倒不想管他去哪儿了，但是到了八月中旬，陈潮还是跟他爸通了个电话。

陈广达估计这段时间也是忙飞了，在电话里听得出来声音挺疲惫的。

陈潮先是跟他聊了几句，陈广达说："你是不是想爸了？爸过几天回去一趟，肯定回。"

陈潮说："你回不回来无所谓，但是八月份了，爸。"

陈广达心里没一点儿数，竟然还说："啊，热劲儿快过去了。"

陈潮有些无奈地说："我得上学。"

前天陈潮他妈姜荔打电话过来还问了这事，问陈潮什么时候回去，是小学直升本部初中，还是他爸给他报别的学校了。陈潮说不知道，姜荔让他赶紧回她那儿，别在奶奶家继续住了。

陈广达像是到现在才想起来这回事，忍不住发出一声恍然大悟的感叹。当爸的是真把这事忘了，刚开始还想着，后来真忙忘了。生意赔得底儿掉，外面还欠着七位数的债，事多压得向来没个正形儿的人都沧桑了很多。

陈广达在电话里连声说着："爸尽快回，尽快回！爸真给忘了！"

陈潮打电话,苗嘉颜就盘腿坐在他旁边,一边帮陈奶奶剥豌豆,一边听陈潮说话。滚圆的小豆子剥出来,几颗几颗地放在小铁盆里,再把豌豆皮的透明膜撕下来,剩下软塌塌的豌豆皮留着跟肉丝炒酱吃。

有颗豆子崩飞到了八仙桌上,陈潮看了一眼,用没拿电话的那只手捡了回来,随手扔进苗嘉颜腿上的小铁盆里。

"你是不是一时半会儿忙不完啊?"陈潮问他爸,"我开学之后你回得来吗?"

不知道他爸在电话里怎么说的,陈潮说:"打了。"

"不去。"

苗嘉颜明显感觉到陈潮不高兴了。

陈潮好半天没说话,只皱着眉,再之后问:"你是因为没时间,还是不想要我了啊?"

这个电话打完,陈潮的脸就一直臭着。苗嘉颜在他旁边不敢说话,安安静静地剥豌豆。到一袋豌豆都快剥完的时候,苗嘉颜才小声问:"你是要走了吗?"

陈潮看他一眼,没答。

苗嘉颜低头看手里的豆子,用手背刮了刮下巴。

当然了,陈潮没有走。

人家都是农村小孩儿拼了命地往城里送,挤破了脑袋往好学校进。到了陈潮这儿,好好一个城里小孩儿,硬是落到镇里初中来了。

小地方的初中跟陈潮原来上的城里学校自然没法儿比,不管是师资还是同学。陈潮在刚进学校的很长一段时间里,跟周围的同学们都没有共同语言。班里几十个学生,他是最不爱说话、独来独往的那个。

因为上学的事,姜荔还特意来过一次。这些年姜荔很少回奶奶家,这次来给爷爷、奶奶带了很多东西,但彼此之间其实都带着点儿尴尬。虽然姜荔还叫着"爸妈",可毕竟她和陈广达已经离婚了。

她那次来就是要接陈潮走的,想把陈潮接到姥姥家去,在那边上学。

陈潮到底也没跟他妈走。姜荔走的时候很生气,说陈潮跟他爸一样,干什么心里都没数。

学校在镇上,离家大概步行半个小时。有校车,不过陈潮没坐。车上一群农村小孩儿唱着网络歌曲,敞开嗓门儿聊着他听不下去的话题,时不时再夹着几句土土的话。

开学头一天,陈潮坐在车里看着外面连片的棉花田,不知道自己在过什么生活,心如止水。从那天之后陈潮再没坐过校车,天天都是走着去走着回,每天放学的时候太阳还没落山,开学还没多久,陈潮就已经晒黑了两个度。

苗嘉颜的头发还没留长,扎不起小尾巴,手腕上也用不着戴个小皮筋了。只有洗脸的时候头发碍事,才会把前面的刘海儿绑起来,在头顶扎个鬏儿。

因为陈潮上初中了放学晚,陈家的晚饭时间比原来晚了些,苗嘉颜已经吃过了,端着个盆过来送玉米。陈潮刚回来,去厨房洗了把脸,也没擦干,脸上还滴着水。

苗嘉颜有几天没见着他了,这一见挺惊讶,说:"你黑了好多。"

陈潮看了他一眼,看见他头顶的小鬏儿,被逗笑了。陈潮撩起身上的短袖在脸上随便擦了一把,食指和中指夹着苗嘉颜那鬏儿抻了抻,没使劲儿。

苗嘉颜跟着他的力气歪了歪头。

"好像个道士。"陈潮笑着说。

他笑的时候不多,臭着脸的时候倒不少。苗嘉颜也抬手到自己头顶摸了摸,小声解释说:"不扎起来不好洗脸。"

陈潮又蹭了两下,苗嘉颜也不生气,很大方地给他蹭。

如果学校里的农村小孩儿都能跟苗嘉颜似的,陈潮上学也不至于上得这么痛苦。

学校管得不严,从前上学那些规矩现在好多都没有了。不规定每天必须穿校服,也不限制在教室里吃零食。陈潮受不了有人在教室里吃东西的味儿,周围一有人吃东西陈潮就闹心。

然而怕什么来什么,他身后有个人天天吃辣条。那股又腥又辣的劣质油味儿,在夏天闷热的教室里弥散,吃完辣条的包装袋不知道被塞在哪个角落没扔,导致那股味道一直不散,最终把这个城里来的事多少爷给折磨疯了。

"以后吃东西出去吃。"陈潮沉着脸回头跟那个吃辣条的胖子说。

胖子估计之前在小学也是个"校霸"级别的,现在他天天在教室做大哥状,有人公然挑衅大哥权威,那必然不能忍。胖子挑起眉,爱搭不理地回了句:"你跟谁说话呢?"

陈潮说:"跟你。"

胖子"哧"的一声笑了。

当天下午,胖子又撕开一袋辣条,特意过来坐在陈潮身边吃。

陈潮看了他一眼,胖子挑衅地咂咂嘴,朝这边吹了口气。

后来每次说起来这事,丁文滔都不让提,谁在他面前提这事他就捂谁嘴。

学校就这么大,班里的这些人还都是小学的那些人,就算当时不是一个班的也都见过。只有陈潮不是,陈潮是这个镇上的全新面孔,带着一点儿在他们看来有点儿装的气质,挺多人都看他不顺眼有一阵了。

丁文滔早就想找机会收拾收拾他立个威,这次陈潮自己送上门来,丁文滔心想,这正好,由头都不用找了。

具体经过不提,当晚放学丁文滔捂着肋骨,走路都不稳当。

在陈广达做生意还没这么忙的那几年，爷儿俩在小区对面的武馆练了三年跆拳道。那阵子市里男孩儿流行学这个，陈广达就凑热闹，也带着陈潮去了，他自己就当健身锻炼，一屋子半大孩子里面掺了个陈广达。

丁文滔还挺有大哥的硬气，至少挨了打回家没告状，也没让小弟们跟老师说。初中开学第一次立威就折在陈潮这儿了，吃了个哑巴亏，丁文滔倒也没记仇，后面也没再找陈潮麻烦。

周围不再有人吃东西，闻不着怪味儿，这让陈潮接下来的一段时间好过多了。

终于凉快下来了，一场小雨下完，空气里那股燥热劲儿就散了很多。陈潮晚上睡觉不用再开风扇，只要开着窗户就能睡得挺好。只是屋里的蚊子还是不少，尤其是他晚上要开着灯写作业，蚊子从窗纱缝里循着光钻进来，落在陈潮身上就是一个包。

陈潮挠了挠胳膊，痒得心烦。

苗嘉颜也开着灯，窗帘遮着，不知道是在写作业还是干什么。

陈潮站起来走到窗户边上，朝外面喊了一声"苗儿"。

两边都开着窗户，陈潮马上听见苗嘉颜应："唉！"

过了两秒苗嘉颜拉开窗帘，掀起窗纱，探头出来问："你叫我吗，哥哥？"

陈潮问他："清凉油你还有没有了？"

"有，你又挨咬了吗？"苗嘉颜回答。

村里晚上很静，说话都带着回音的，他们俩不用喊就能互相听得很清楚。

陈潮说："你出来开门，我过去拿。"

苗嘉颜摆摆手："你等着我，我去给你送。"说完就缩了回去，窗纱也放下了。

两分钟不到,苗嘉颜就推门进来了,穿着一套印着青蛙的蓝色睡衣,手上拿着一罐新的清凉油。

他把清凉油给陈潮,问:"你屋里有蚊子?"

陈潮说:"多了。"

苗嘉颜说:"你写作业,我帮你打。"

"打不着,算了。"经过了这么一夏天,陈潮已经被咬得没脾气了,听见蚊子嗡嗡声都免疫了。

"能。"苗嘉颜把桌上陈潮喝完的水瓶拿起来,拧开盖子,"你写吧,我给你抓干净。"

苗嘉颜仰着头贴着墙找蚊子,陈潮一边往蚊子叮的包上抹清凉油,一边看他。苗嘉颜身上的睡衣应该是去年或前年的,裤子有点儿短了,露着脚踝,看着更像小孩儿了。

"你作业写完了?"陈潮问他。

"我没有作业,"苗嘉颜的手指摆在嘴边示意他不要吵,轻声回答,"六年级了,作业很少。"

陈潮心想,这又是什么农村习惯,六年级为什么不留作业?

"我找着只蚊子。"苗嘉颜轻声陈述,拿水瓶慢悠悠地去扣蚊子,扣住了以后一挪一晃,就把蚊子晃晕了。

"这能扣住?"陈潮挺意外。

"能,我都是这么抓蚊子,"苗嘉颜笑笑,"可好用了。"

苗嘉颜在陈潮屋里待了半小时,抓了六只蚊子,最后拧上瓶盖带走了。

"我回去了哥哥。"苗嘉颜打了个哈欠,说。

陈潮打算送他出去,苗嘉颜却已经跑走了,出去了还能从门上小方口里熟练地伸手进来把门闩插上。

过了没几分钟对面就关了灯。

来这儿短短几个月，陈潮把过去一些没体验过的都体验了个遍，并且逐渐适应。

比如痱子粉，比如清凉油。他已经在这个环境里待得越来越平静了，可能陈潮对自己城市少年的身份最后的坚持，就是黄瓜一定要切了才吃。

第三章
细碎时光

国庆节的时候,陈广达回来了,虽然还在维持着他嬉皮笑脸的人设,但依然看得出来他很疲惫,待了两天就走了。二叔一家也回来了,小弟见了陈潮刚开始有点儿羞答答的,不敢跟他说话,过了一会儿就开始黏人。

小弟看见苗嘉颜,很有礼貌地打招呼。

小弟来了后苗嘉颜很少再过来,他就像有点儿怕生,陈潮身边有其他人的时候他就不怎么敢说话。

二叔回来,有朋友过来串门,给小孩子拿了两桶冰激凌。这还是陈潮从前在家常吃的、这边镇上没有的东西,镇上超市里只有平价雪糕。

小弟盛了两碗上来,陈潮打开窗户,朝对面喊:"苗儿。"

苗嘉颜答了一声,打开窗户问:"啊?"

"过来。"陈潮叫他。

苗嘉颜犹豫了一下,问:"什么事?"

平时都是一喊马上就过来了,这次还矜持地问什么事。

陈潮说:"过来。"

苗嘉颜说:"……来了。"

陈潮身边有人在的时候,看得出苗嘉颜十分拘谨。下巴总是有点儿缩着,也不说话,表情显得冷冷清清的。他把自己熟悉的那一小圈人划分得很明白,圈里舒适放松,圈外防备拘谨。

小弟在这儿的那几天陈潮不叫他他不会来,等小弟走了,苗嘉颜笑呵呵地啃着西红柿过来了。一只手拿着西红柿放在嘴边啃,另一只手还拿着一个。

陈潮看了他一眼,让那巨大的西红柿给逗笑了,说:"赶上你脸大了。"

"这个更大。"苗嘉颜举着西红柿递过来给陈潮,手上还带着刚才洗西红柿的水,湿淋淋的。

陈潮再怎么"堕落"也不会拿着这么大个西红柿啃,跟啃黄瓜一样的道理。

"很甜,你尝尝吧,"苗嘉颜还有点儿不死心,劝道,"真的。"

陈潮只说:"你放那儿吧,晚上炒了吃。"

"炒着吃浪费了,"苗嘉颜拿着巨大的西红柿在陈潮眼前晃晃,"你就尝尝吧。"

他自己啃得满脸都是,陈潮一看他吃成这样更不可能吃了,摇头说:"不。"

苗嘉颜一脸遗憾,转头拿着走了。

陈潮在房间背单词,一个单元还没背完,苗嘉颜又回来了。

他推门进来,自己那个西红柿还没啃完,另一只手端个盘子。

"吃吧。"苗嘉颜从身后把盘子放到陈潮手边,里面的西红柿被切成瓣儿,还插着牙签。

陈潮抬头,苗嘉颜站在旁边垂眼看他,不带表情地说了句:"你事真多,哥哥。"

陈潮笑出了声,苗嘉颜扫他一眼,坐在了他床边。

西红柿确实甜,陈潮也承认它甜,他又用手捏了一瓣儿放进嘴里,苗嘉颜指指盘子说:"有牙签。"

陈潮看着他,眉毛一挑:"都敢在我这儿嘲讽了?"

苗嘉颜的表情很茫然,啃着西红柿看陈潮。

陈潮看着他无辜的眼神,也没话可说,苗嘉颜眼皮薄,一眨一眨的时候能看到他眼皮上细小的青色血管,莫名地带着点儿老实和可怜。陈潮用手指在他脑门儿上一弹,接着背单词了。

那些西红柿是苗嘉颜家后园子里结的,自己家种的肯定比买的好吃,最后两棵秧埋在最里面,一直没人看见,也就漏下了没摘。过季了植株都已经蔫了,好在果实还新鲜,四五颗西红柿偷偷长成这么大。

苗家算老家这片的大户人家,苗爷爷有很大一片棉花田,苗奶奶把日子经营得可好了。苗家后院的园子很大,里头还有一棵海棠树、一棵李子树,园子里菜垄一排排的,什么菜都有。苗家还有个花棚,里面培育观赏花供给花市,去年苗爷爷在花棚旁边又新搭了个棚,里面不养花。那里种着苗奶奶去年留的草莓籽儿,明年差不多就能长出草莓了。

苗嘉颜从初夏开始就能陆续摘自己家的蔬果吃,能慢悠悠地一直摘到秋天呢。到了深秋,菜都摘完了,园子最外边还留着一排甜秆儿和向日葵,苗嘉颜到了冬天就抱着朵大向日葵花,一粒一粒地抠瓜子。

当然了,陈潮那么讲究,他不可能跟苗嘉颜抠瓜子,也不会站在园子里剥甜秆儿。苗嘉颜已经习惯了他,都不去问了,直接把甜秆儿皮给他咬着剥下来只留芯儿,再把最上面自己咬到的地方掰下来。尽管这样,苗嘉颜捏着甜秆儿的底端递过去时,陈潮还是嫌弃地往后退了一步。

"不吃。"陈潮说。

"剥完了都不吃?很甜。"苗嘉颜又往前递递,"你尝尝。"

"我吃过，"陈潮摇头，表情还是很嫌弃，"拿走。"

苗嘉颜其实不太能理解他的那些规矩，问他："甘蔗你也不吃吗？"

陈潮说："吃。"

苗嘉颜更不懂了，在拎的塑料袋里吐掉嘴里嚼完的甜秆儿渣，问陈潮："甘蔗就比甜秆儿洋气吗？"

"……"

陈潮说："超市里甘蔗都是切好装盒的，不带皮。"

苗嘉颜晃晃手里的甜秆儿："我这不也给你剥完皮了吗？不带皮你也不吃。"

陈潮实在答不上来他的问题了，只得说："你自己吃吧。"

刚开始陈潮只觉得苗嘉颜土，后来看多了，在学校见到了其他同学，渐渐觉得苗嘉颜也没那么土，或者说土得不一样。跟学校那些唱网络情歌吃辣条的同学比起来，苗嘉颜的土更天然，纯粹很多，也更直接。

陈潮觉得那是一种……干干净净的土气。

苗嘉颜根本不知道陈潮心里把这儿的"土"还分出了等级，而他自己据守着最高等级，且守得稳稳的。他只知道陈潮规矩多，嫌这嫌那。一声"哥哥"苗嘉颜实实在在地叫了一年多，直到后来他也上初中了。

初中学生早上走得更早，晚上回来得更晚，苗嘉颜就不让苗爷爷送了，来回都自己坐校车。他也不跟陈潮一块儿走，在学校碰见了都不怎么跟陈潮说话。

陈潮好几次在学校看见他，苗嘉颜都低着头走过去，装作没看见对方。

苗嘉颜的头发又能搭着肩膀了，初中开学前苗建两口子都回来了，想把孩子带走。两口子本来打定了主意的，可赶上苗奶奶一整个夏天心脏都不舒服，血压也高，俩人提了几次话头儿，苗奶奶一捂心口，夫妻俩也不敢硬来。

最后苗嘉颜还是被奶奶给留住了。苗建两口子一走，苗奶奶搂着苗嘉颜，笑着摸他的头，顺着头发从后脑勺捋到肩膀，慈爱地说："我们小颜就在奶奶这儿高高兴兴地长大，自由自在的。"

苗嘉颜还是担心奶奶的身体，不敢放松。

"奶奶跟他们装呢，"苗奶奶跟他说，"怕留不住你。"

"真的啊？"苗嘉颜不太相信，奶奶演得很像。

"真的，"苗奶奶哈哈笑着，"吓唬他们。"

苗奶奶倒真没骗他，最初是真有点儿不得劲儿，到后来就是装的。

她不能让苗嘉颜跟他爸妈走，可能从某些方面讲是老太太溺爱孩子，但是在她这儿，孩子能好好长大比什么都强。

这对父母，她这当奶奶的没法儿深说，有些事既然已经这样了就别再回头说没用的，但她不能让他们把孩子带走难为孩子。老太太什么都不图，用不着孩子有多大出息，当个平凡人，过好他自己那一生就够了。

苗嘉颜在强大的奶奶的保护下，能够继续过他快乐的日子。虽说上了初中课多了，作业也多了，玩的时间一下子缩减了不少，可他依然是自在的。

九月、十月陆续收棉花了，国庆节几天苗嘉颜全泡在棉花地里，戴着他的宽檐草帽，变成了一个小棉衣。

今年收棉花陈潮也去了，天气不热也不晒了，陈爷爷、陈奶奶也不用再怕他晒坏。

陈潮哪会摘什么棉花，爷爷、奶奶也不教他，压根儿就没想让他干活儿，最后把他托付给了苗嘉颜，让苗嘉颜带着他。

"哥哥，"苗嘉颜朝他招手，"你来我这儿。"

苗嘉颜的脸被草帽遮了大半，陈潮走过来，掀开他的帽檐，苗嘉颜跟着仰起脸看他。

"你跟着我。"苗嘉颜就着这个姿势从帽檐底下仰脸说话。

"你教我吧。"陈潮说。

苗嘉颜在陈潮身前系了个大口袋,又在他腰后系了个结。

"这是花兜,"苗嘉颜主动解释说,"摘了棉花你就放这个兜里。"

陈潮低头看着苗嘉颜给自己系上的这个大口袋,像个巨大的围裙。

"太丑了吧。"陈潮仿佛生无可恋。

"方便,"苗嘉颜系完了带子,往前推了推陈潮,"你就像这样,摘下来就可以了,但是你要注意不要划到手。"

苗嘉颜的手指轻轻地一落一捏,就摘了两朵棉花下来,他用手指点了点棉托的部分:"这个东西能把手划破,你小心一点儿。"

苗嘉颜从小就在棉花地里玩,他做这个格外熟练。在他还没有棉花高的时候,奶奶就给他缝了个很小的花兜,绑在他腰上让他摘着玩。

他摘棉花的速度很快,手里能抓着很多朵,再一起放兜里,身前的兜没一会儿就鼓鼓的了。

"哥哥。"苗嘉颜回头找陈潮。

陈潮的手上刚刚划了个小口子,苗嘉颜把手上戴的手套摘了下来,说:"你戴着这个就不划手了。"

陈潮没要,让他自己戴。

"我不戴也行。"苗嘉颜走过来要给他戴上。

陈潮抬了一下手,没让苗嘉颜给他戴,说:"干你的活儿吧。"

苗嘉颜只得又把手套戴上,时不时回头看看陈潮。

这活儿真不是刚上手就能干好的,陈潮尽管已经很努力了,可他那点儿完成量基本可以忽略不计。苗嘉颜一条线唰唰唰地从前到后摘完了,再扭头回来去接陈潮的那条。

走到陈潮那儿的时候,苗嘉颜问:"你累吗?"

陈潮说还行。累倒不是很累,就是得一直弯着腰,时间长了窝得难受。

苗嘉颜从身上那个大兜里又掏出了一个兜,把现在绑着的这个差不多装满了的兜解下来,系严实了。系好的花兜在手里拍平拍匀称了,苗嘉颜往地上一铺,坐了上去。自己只坐了一半,仰头看陈潮,拍拍旁边的一半:"咱俩坐着摘。"

他一套动作下来,陈潮都看呆了,实在太专业了。

"咱俩把这一圈摘完,再换下一圈,这样就不累了。"苗嘉颜笑着说,"第一兜棉花能当小垫儿。"

那种熟悉的感觉又来了。陈潮看着苗嘉颜,再一次感受到了苗嘉颜身上那种"自然又干干净净的土气"。

陈潮看着他乐了,苗嘉颜也不知道他笑什么,嘴角也跟着勾起个漂亮的小弯弯,边摘棉花边跟陈潮说话。

他说手摘的棉花很干净,棉花又白又软,说别人收走能做毛巾。

棉花地一片连着一片,绵延不断的,一眼望不到边。两个人坐在棉花地里,周围都是半人多高的棉花秆儿,像不小心迈进了一片软白的丛林。

丛林里两个半大男孩儿,他们后背贴着后背,各自摘着眼前的棉花。

棉花一小团一小团的,像蓬松的胖星星。

陈潮在棉花地里泡了几天,国庆结束再上学的时候两只手上都是被棉托和叶子划的小口子,少爷一双总是干干净净的手现在看起来极狼狈。

丁文滔凑过来,瞅了一眼:"下田干活儿了?"

陈潮回头,看见丁文滔叼着根棒棒糖,歪着头探过来跟他说话。

"嗯,"陈潮转回来,接着拿起根笔在手指间转,"离我远点儿。"

"离远点儿我怕你听不见,"丁文滔笑嘻嘻的,"你耳朵好像不咋好使。"

"耳朵好使,"陈潮说,"没想搭理你而已。"

丁文滔也不生气,一屁股坐回椅子上,抖了抖腿。

初中生也是挺逗,或者说丁文滔这人挺逗,他当初让陈潮给撅了面子,在教室里就把他收拾了,过后丁文滔不但没寻仇,还主动跟陈潮说话缓和了关系。

初中小男生好像很向往力量,能打的才是大哥。丁文滔算是被陈潮打服了,最初的别扭劲儿一过,就天天喊着"潮哥"往上凑,主动去贴人家。

陈潮每天往教室一坐不怎么说话,丁文滔坐他身后,跟陈潮说话总嬉皮笑脸的。

有一次陈潮跟他爸打电话说起丁文滔,陈广达问:"他爸是不是丁伟啊?当初那可是我小弟。"

陈潮也没问丁文滔他爸是不是丁伟,听过就忘了。倒是过了段时间,有一天丁文滔高高兴兴地走进教室,跟陈潮说:"潮哥,我爸跟你爸认识!"

小镇就这么大,这家和那家多多少少都认识。到了丁文滔嘴里,那就是"我跟陈潮是世交"。

陈潮跟乡村"土校霸"无法产生亲密友谊,在这儿一年多了,陈潮还是没能很好地融入这个环境。倒也不是陈潮瞧不上谁,他就是跟丁文滔玩不到一块儿去,他们俩爱好的东西不一样。

丁文滔喜欢出风头打架,爱招惹小姑娘,喜欢去台球厅、网吧泡着,这些陈潮都不喜欢。他喜欢一放学就回家,这儿的任何场所他都不感兴趣。

苗嘉颜坐校车回来,每天能比陈潮早回来二十分钟,陈潮走到家门口的时候苗嘉颜恰好推门出来。

"你回来啦。"苗嘉颜打招呼说。

陈潮问他干什么去。

"买醋,"苗嘉颜从兜里掏出颗红彤彤的秋海棠果放到陈潮手里,"洗过了的。"

"洗过了你揣兜里?"陈潮十分不理解地看着苗嘉颜,"那你洗它的意义是什么?"

苗嘉颜已经猜到陈潮会这么说,他已经习惯了陈潮的那些讲究,陈潮话音一落他就笑了:"那你还给我吧。"

陈潮还给他,苗嘉颜直接脆生生地咬了一口,边吃边买醋去了。

晚上苗嘉颜拎着个白色小塑料袋,里面放了四个秋海棠果,给陈潮送了过来。还顺便带了自己的作业来,搬了个凳子坐在陈潮旁边,挨着他写作业。

苗嘉颜的手就不像陈潮的手那样都是小口子,他只有几个指尖上有点儿小伤口,其他地方都好好的没带伤。摘棉花那几天苗嘉颜又一直穿着长袖长裤,戴着宽檐大帽子,所以也没有晒黑。两人坐在一块儿,胳膊挨着胳膊,陈潮比他黑了好几度。

"你走神儿了,"苗嘉颜用笔帽敲了敲陈潮的手,"你没看书。"

陈潮被手上的一堆小口子扰得心烦,说疼也没多疼,但痛感始终提醒着他,陈潮索性把笔一扔,手空着放在一边。

苗嘉颜愣了一下,小心地问:"咋了啊?"

他抬眼看了看陈潮,也跟着放下笔,抓着陈潮的手腕,轻轻地两面翻着看看,说:"明后天就能好啦。"

陈潮说:"写你的。"

苗嘉颜问:"那你咋不写了?"

"我写完了。"陈潮合上书,卷子叠起来随手往书里一塞扔进书包里,说,"快写。"

苗嘉颜很听陈潮的话,基本上陈潮让他干什么他就干什么。陈潮每次一喊他,他就笑着答"唉",一声声"哥哥"喊得真心实意的。所以当不知道第几次苗嘉颜在学校门口看见陈潮,低着头装不认识的时候,被陈潮一把扯住了衣服。

苗嘉颜被扯得往后仰了一下，陈潮一抓一拖，苗嘉颜就仰头跟他对上了视线。

苗嘉颜轻启嘴唇做了个"哥"的口型，没叫出声就又把嘴闭上了。

"没看见我？"陈潮挑起眉，问。

苗嘉颜没出声，眼神也不跟陈潮对视，像是很不习惯在学校里和陈潮说话。

陈潮也不是真的非让他打招呼不可，就是恰好离得近，扯过来逗了一把。

正是午休学生陆续回教室的时间，周围有几个人看过来，苗嘉颜怕陈潮生气，还有点儿不敢直接走，低着头在他面前站着。他的头发还是跟之前一样绑了个乱七八糟的辫子，陈潮在他脑袋上弹了一下，说："去吧。"

苗嘉颜抬眼看了看他，这才转身走了。

因为这事，当天晚上苗嘉颜没来找陈潮，小窗帘早早就拉上了，之后两天也没来。陈潮刚开始没注意，等陈潮意识到的时候，回头想想都好几天没看见他了。

生气了？陈潮心里想。窗户开着，陈潮站起来喊了一声"苗嘉颜"。

对面窗帘马上掀起一角，苗嘉颜开窗户答应："啊？"

陈潮没再说话，苗嘉颜过了一会儿喊着问："叫我了吗？"

没听见陈潮的回音，苗嘉颜犹豫着关上窗户。五分钟之后，陈潮房间的门被轻轻推开，苗嘉颜探头进来，试探着问："哥哥？"

陈潮回头看他。

"你刚才叫我了吗？"苗嘉颜还趴着门缝，头发垂下来一片，发梢晃晃悠悠的。

"过来。"陈潮说。

苗嘉颜马上走过去，身上穿着最近新换的睡衣，还是蓝色的。

"跟我生气了？"陈潮边拖了一下旁边的椅子示意他坐下边问。

苗嘉颜吓了一跳，都不敢坐了，站在陈潮旁边摇头说"没有"。

"别别扭扭的干什么，"陈潮的语气平平常常的，"生气了你就说。"

"没有没有，"苗嘉颜惊得眼睛比平时瞪大了一圈，"我是怕你跟我生气。"

"我哪儿来的气？"陈潮今天不知道怎么了，格外有耐心，一边划拉单词本一边跟苗嘉颜在这儿你问我答。

苗嘉颜像是有点儿不敢说："我在学校不跟你说话。"

"不说拉倒，这也至于让我生气？"陈潮不在意地说了一句。

苗嘉颜听了这话瞄他一眼，张了张嘴，想说什么又咽了回去。

陈潮就是想问苗嘉颜是不是生气了，问完就没别的事了。

苗嘉颜坐在他旁边的椅子上，也没走，又多待了一会儿。

陈潮见他打哈欠了，说："回去睡吧。"

苗嘉颜站起来，要回去睡了。他站起来却没马上走，又叫了陈潮一声。

陈潮问："嗯？"

苗嘉颜说："你在学校……还是别跟我说话吧。"

陈潮不解地抬头："为什么？"

苗嘉颜不太想说，也不看他。

"你们老师不让？"陈潮问。

有的班主任不让学生跟其他班或是高年级的学生混在一起，而且管得挺严。陈潮能想到的只有这个。

苗嘉颜刚开始没回话，陈潮又问他才点头说"是的"。

"知道了，"陈潮没当回事，说，"睡觉去吧。"

苗嘉颜成绩不算很好但也不坏，中等偏上。他不是很爱学习，天天回家把作业写完就不再学了。

陈潮比苗嘉颜能学习，他本来底子就比这边学生好，在这边上初中显得他格外拔尖儿。但这并不能代表什么,用姜荔的话说,这反而让人更不踏实。陈潮倒没不踏实,他一直处于一种游离在外的状态,就像一个借读生,并不真正属于这里。

姜荔对这父子俩很失望,她来看过陈潮几次,每次来都是一种恨铁不成钢的态度。

陈广达心大,什么事都觉得不是事,把孩子往老家一扔他自己就跑了,撒手不管。好好的附中不去,来乡下小镇中学,当妈的都快气炸了,但是她谁也管不了。陈潮坚持不回去,愿意留在奶奶家上学,姜荔其实知道他怎么想的。

这爷儿俩不靠谱到一块儿去了,拿学业开玩笑。

陈潮有些方面还是像他爸,总在一些不该坚持的地方坚持。

陈广达隔几个月回来一次,每次回来会给家里老人和陈潮带很多东西。陈潮那些穿惯了、用惯了的东西,当爸的心里还是记着的。

"学习能跟上不?"陈广达问陈潮。

也不知道他是怎么能问出这么个问题来的,陈潮都懒得回答。

"我孙子比你强一百倍,"陈爷爷在后面说,"半点儿不像你。"

"那是,比我强多了。"陈广达刚才去楼上冲了个澡,这会儿累得眼皮都耷拉下来了,坐在陈潮旁边直打哈欠。

陈潮说:"你睡会儿。"

陈广达于是歪下来,头枕着陈潮的肩膀。陈潮坐直了让他靠着,陈广达说:"肩膀宽了。"

陈潮没出声,也没嫌他爸脑袋沉。

陈广达打了个哈欠,含含糊糊地叫了一声"儿子"。

陈潮说:"嗯?"

"爸好累。"陈广达长长地舒了口气,枕着陈潮的肩膀,闭着眼睛说,"爸没不想着你。"

陈潮侧头看他,只能看见他爸的头顶。他们家基因还是挺好的,爷爷到现在头发都很浓密,陈广达脑袋顶上的头发也厚厚实实的。

"不用想着我,"陈潮抬起另一边手,在他爸脑袋上随手抓了抓,说,"加油。"

小孩子长大是个又漫长又短暂的过程,经常一眨眼就那么大了。

陈广达每次回来都觉得儿子又长大了。初中本来就是成长最快的阶段,每隔几个月,儿子看起来跟上一次见就不一样了。

陈潮在长大,隔壁的苗嘉颜也在长大。

在他爸妈的眼里,他也是每一次看着都比上次大了不少,个子越长越高,那种童真和稚气也在一次次跟着减少。所以看着他还跟小时候一样的那些习惯,就更不顺眼。

元旦苗建自己回来了,苗嘉颜的妈妈没回来。这几天里苗建没跟苗嘉颜说过一句话,甚至不怎么看他。苗嘉颜也不敢跟他打照面,每次碰上了都低着头小声叫"爸",他爸不理他,苗嘉颜就贴着边儿无声地走了。

冬天开窗户屋里冷,叫个人不像夏天那么方便。陈潮打开窗户,捡了颗小石子儿掷过去,打在苗嘉颜的窗框上。

苗嘉颜很快开了窗户,声音不太大,问:"怎么啦?"

陈潮问:"你爸打你没?"

苗嘉颜探头出来往前面院子那边看看,看不着,不知道他爸在不在,也不敢说话,只摆摆手,做口型说"没有"。

"打你了你就喊。"陈潮告诉他。

苗嘉颜笑着摇头。

"没逗你玩,"陈潮说,"你得能让我听见。"

苗嘉颜还是摇头,笑得眼睛弯弯的、亮亮的。

苗建每次回来,苗嘉颜都尽量降低存在感,巴不得谁都注意不到他。

放学、放假在家门都不敢出，只待在自己房间里，等什么时候他爸走了才能恢复自由。他爸一走，苗嘉颜连走路都轻快了，溜溜达达的。溜达到陈家喊声"哥哥"，陈潮从窗户往下看，问他"干什么"。

苗嘉颜仰头笑着说："我爸走啦。"

"啊。"陈潮应一声表示知道了。

苗嘉颜于是又转身溜达回去了。

初中这么大的孩子是最烦人的，踩在青春期的起点上，对什么都新鲜，在很多事情上开始启蒙。

初中男孩儿之间也开始有了很多私下里的悄悄话，总有一些幻想和感受需要分享。丁文滔迫切地想有个人听他分享，学校里那些人他看不上，只能揪着陈潮说个没完。

陈潮偏偏又不听他说，丁文滔揣着一肚子话找不着人讲，憋得难受。

为了跟陈潮说话，丁文滔也不骑自行车了，天天放学跟陈潮一块儿走着回家。

"潮哥，你就没有那种感觉吗？"丁文滔用胳膊肘儿碰碰陈潮，凑近了问他。

陈潮说："离我远点儿说话。"

"我怕让人听见，"丁文滔看看周围几个也在走路的学生，小声说，"回头出去乱传我。"

陈潮心想，你是什么名人还乱传你，说他："包袱还挺重。"

"那你是不知道，"丁文滔故意耍帅撸了把头发，"好多小妹儿对我有意思。"

陈潮被他的动作土得难受，又往旁边避了一步，不想挨着他。

"我说真的，潮哥，"丁文滔过会儿又凑过来，神秘地问他，"你不做梦吗？"

陈潮把兜里的 MP3 掏出来，戴上耳机，拒绝再跟他交流。

"你喜欢什么类型的？"丁文滔还在问，"我上次看你跟 3 班的那个谁说话了，你喜欢她啊？她长得也挺漂亮的，但是我不喜欢那种，我喜欢脾气软绵绵的。"

陈潮也没听清他说话，把耳机里音量开到很大。

"我上次做梦，你猜我梦着谁了……"丁文滔也不管陈潮能不能听见，他太需要倾诉了，不说出来都快被青春期的秘密憋死了。

陈潮耳机里轰轰轰地放着音乐，耳机外头丁文滔没完没了地分享他的"少男秘事"。陈潮在这种魔音贯耳的环境下，还默默背了篇今天学的课文。

"前面那个哪个班的？"音乐切歌的间隙，陈潮听见丁文滔问。

抬头随意看了一眼，陈潮挑了一下眉。

苗嘉颜手揣着兜慢慢走着，下巴缩进上衣拉链里。他肩膀上挂着书包，头发搭在衣服上有点儿起静电了，一小部分头发乱七八糟地支着。

刚才他下车的时候没站稳，崴了一下脚。脚踝有点儿疼，但是疼得不厉害。突然听见有人在身后叫他，苗嘉颜动作顿了一下，转过头。

"哎！"丁文滔本来还以为是谁呢，苗嘉颜一回头，丁文滔没忍住说了句，"是他啊。"后面又嘟囔着说了个词。

陈潮原本看着苗嘉颜，听见丁文滔说话，诧异地转过头来看他，像是没听清："嗯？"

"你不知道他吗？"丁文滔还没察觉到什么，跟陈潮科普学校里那些关于苗嘉颜的并不好听的、带着偏见的讨论。

苗嘉颜早已迅速转了过去，急急走了几步，越走越快。

陈潮看着丁文滔，表情甚至有点儿难以置信，问："你管他叫什么？"

丁文滔又说了一遍，之后说："都这么叫，看着就怪硌硬的。"

"都这么叫？"陈潮重复着问了一次。

"对啊，"丁文滔还挺莫名其妙的，"这不就是吗？"

这是陈潮这么长时间以来，第一次直观地感受到这里跟自己的巨大差距。陈潮意识到这不是丁文滔或者某一个人的看法，而是这个环境里具有普遍性的看法。他有十几秒的时间没说出话来，想做的很多种反应挤在一起，反而呈现出一种空白状态。

陈潮把耳机缠起来揣进兜里，喊了一声："苗嘉颜！"

苗嘉颜像是没听见，已经快走到路口了。

陈潮又喊了一次，苗嘉颜还是没停。

"我数仨数你给我站那儿！"陈潮朝前面又喊了句。

苗嘉颜的脚步短暂地停了一下，之后还是走了。

"怎么回事啊，潮哥？"丁文滔已经蒙了。

陈潮没搭理他，往前跑了过去。

丁文滔在后面扬声问："你认识他啊？"

苗嘉颜被陈潮扯住书包带的瞬间，害怕地闭上了眼睛，细细浅浅的青色血管在薄薄的眼睑上脆弱地颤着。

"我叫你你听不见？"陈潮拽着他的书包带把人扯到自己跟前。

苗嘉颜睁开眼睛，眼睛里有点儿红，看着陈潮的视线透着股战战兢兢的无措和难过。

陈潮被他那眼神一看，到嘴边的话又咽了回去。最后只抓着苗嘉颜的书包带，说："叫我。"

苗嘉颜抿了抿嘴唇，在陈潮很凶的视线下还是很小声地叫了"哥哥"。

"你跑什么？"陈潮黑着脸问他。

苗嘉颜不回答，陈潮也用不着他回答，只抓着他的书包不让他走。

丁文滔已经跟了过来，叫了一声"潮哥"。他见陈潮像提溜小鸡崽一样拎着苗嘉颜的书包，以为陈潮要动手，问："他惹你了？"

苗嘉颜往后挣了挣，没用很大力，没能挣开。

陈潮又把他往前提了提,说:"叫我。"

苗嘉颜的嘴巴紧紧地闭着,陈潮的声音又冷了很多,垂眼看着他:"叫。"

三个人都站这儿,两个僵持着,一个不明就里地蒙着。

苗嘉颜到底还是怕陈潮,也挨不过陈潮那脾气,最后反手过去攥着陈潮的手腕把他的手拉下来,轻轻地叫了一声:"哥……"

不是平时软乎乎像小孩儿喊的"哥哥",是在外人听起来十分正常的单字。

丁文滔在旁边吸了口气,一脸呆滞地看看苗嘉颜,再看看陈潮。

陈潮放开了苗嘉颜,这俩人他谁也没理,转身大步走了。

陈潮很明显在生气,苗嘉颜不敢凑上去,只能不远不近地跟在他后面,慢慢往家走。

他的脚踝很酸,每踩下去一步都有点儿疼。

丁文滔见陈潮发脾气也不敢再跟着他,而且心虚,刚才他说的那些,让他有点儿怕陈潮跟他生气。他打也打不过陈潮,再说也不想打。

苗嘉颜一路跟着陈潮回了家,陈潮推开陈家的院门,门磕在墙上,"当"的一声。

陈爷爷正在钉个小板凳,见陈潮黑着脸回来,问:"咋了?跟人打架了?"

陈潮说"没"。

陈爷爷看见苗嘉颜站在门口,不敢进来,问:"苗儿,咋了?"

陈潮已经进屋子上楼了,苗嘉颜说:"没事,陈爷爷。"

"你俩吵架啦?"陈爷爷小声问苗嘉颜。

"没有。"苗嘉颜摇摇头,又看看陈潮房间的窗户。

陈潮那个臭脾气,苗嘉颜从陈潮来这儿的第一天就见识过了。从那之后到现在一年多的时间,苗嘉颜也见过几次他生气,平时陈潮只要脸一拉下来，苗嘉颜就不敢说话了。

自那之后的几天，陈潮连话都不跟他说，苗嘉颜跟个受气包一样在后面跟着，偏偏嘴又笨不会哄人，只能像个沉默的小尾巴。

周六中午，陈奶奶在院子里晾衣服，陈爷爷去花棚了。

苗嘉颜从隔壁慢慢转悠过来，进来先在院子里扫视一圈，没看见陈潮。

"在楼上呢，去找他玩吧。"陈奶奶笑着跟他说。

苗嘉颜也笑笑，过来帮陈奶奶把衣服晾好，才上了楼。

楼梯口旁边鞋架上摆着陈潮的很多双鞋，各式各样的球鞋、帆布鞋摆满了架子，小厅沙发背上搭着陈潮的几件衣服，一件摞着一件堆在一起。苗嘉颜先过去把衣服叠好摆在旁边，才过去轻轻推开陈潮房间的门。

陈潮正在床上闭眼躺着，一条腿支着，一条腿放平，很随意的姿势。

苗嘉颜走过去，脚步落地尽量不发出声音来。他走到陈潮床边看了看，陈潮像是睡着了。

陈潮没睁眼，翻了个身，背对着外面。

苗嘉颜试探着叫了一声："哥哥？"

陈潮不理他。

苗嘉颜微微俯下身，探身过去看陈潮的脸，又叫一声："哥哥？"

陈潮眼睛都不睁，伸手往后一推，把他推开。

苗嘉颜被推开了也不敢再往前硬凑，也不知道找点儿什么话说，只能在床边干巴巴地站着。

这个时间屋子里挺冷，陈潮身上只穿着一件长袖T恤，连毛衣都没穿。苗嘉颜站了半天，也不知道他睡着了没有，怕他睡冷了，从陈潮头顶抱起被子，铺开了搭在陈潮身上。

陈潮也没攮他，过了一会儿苗嘉颜站累了，在陈潮腿边挨着床边坐下了。

晚上苗嘉颜就在陈家吃的饭，饭桌上几次想找话跟陈潮说，都没能说成。

陈爷爷、陈奶奶也看出来孙子生气了，笑呵呵地当乐事看。苗嘉颜没有哄人的经验，爷爷、奶奶不和他生气，爸爸、妈妈生气了他也不敢凑上前，除此之外也没什么朋友，可以说，长这么大，苗嘉颜根本就没怎么遇到过现在这种情况，而且还一下就碰到了十分难搞的陈潮。

情况一时间非常棘手。

丁文滔在学校也不敢往陈潮身边贴了，还挺尴尬的。

刚开始他以为苗嘉颜跟陈潮真有什么亲戚关系才叫的"哥"，后来回家一打听才知道他们俩就是邻居。知道只是邻居他就放松多了，邻居算个啥，他跟陈潮还是"世交"呢。

"潮哥，你还真因为那个小……孩儿跟我生气啊？"丁文滔差点儿把那个不好的词说出口，好在及时收住了话头儿。

陈潮跟他没生什么气，观念不同而已，顶多是没有共同语言，生气犯不上。

"我原来也不知道你俩认识，再说我也没欺负过他啊，"丁文滔也挺冤的，"我都没跟他说过话，也没吓唬过他。"

丁文滔虽然也挺爱打架的，但是跟其他几个"校霸"比起来还是有底线的。他不欺负老实学生，顶多只跟同类叫嚣一下，不是无差别攻击。

陈潮没道理强迫别人跟他一样正常看待苗嘉颜，别人也做不到。

"既然都没说过话，他也没惹过你，"陈潮拉上书包拉链，"以后就别那么叫了。"

那天丁文滔说的词，陈潮提都不愿提。

"你要不爱听我就不叫了呗，"丁文滔笑着说，"都那么叫我才跟着叫的。"

还有十分钟才打下课铃,老师没在,教室里乱哄哄的,陈潮已经收拾东西准备走了,丁文滔见他要走也跟着站了起来。

陈潮说:"我去楼上一趟,你跟不跟我去?"

"干吗去?"丁文滔抓起书包就跟着走了,"去去去!"

三楼是初一的楼层,他们去年就在三楼,今年才搬来二楼。丁文滔一头雾水地跟着陈潮上了楼,站在一年级3班门口,往教室里看。苗嘉颜个子小,坐在第一排靠墙的位置。

老师没在的教室都是同样乱哄哄的,学生们只等着下课铃了,苗嘉颜书包都背好了,见着门口有人,无意间抬头看了一眼,看见陈潮他一个激灵,下意识地坐直了。

陈潮好多天没跟他说话了,苗嘉颜在这儿看见他真的很意外。

陈潮表情冷冷地冲他招了一下手。

苗嘉颜没动,班里同学都在教室坐着,看得出来苗嘉颜很挣扎。

丁文滔在陈潮旁边露了个脑袋,前排的同学看见他了,都往班里那几个爱打架的刺儿头身上看,不知道他是来找谁打架的。

陈潮只盯着苗嘉颜,教室里有一些同学随着他的视线也看过去。

苗嘉颜眼巴巴地看着陈潮,他的眼睛这么看人的时候总显得有点儿可怜。陈潮不管他可不可怜,冲苗嘉颜比了个"三"。

苗嘉颜还没看明白,陈潮的手势又换成了"二"。

不等陈潮的"一"比出来,苗嘉颜顾不上别的,"腾"的一下站了起来。

苗嘉颜出来,陈潮搭着他的肩膀把他带到靠窗户的那侧,苗嘉颜无措地看着陈潮,陈潮也不跟他说话,只让他站着。

下课铃响起,学生们陆续从教室里出来,就看见陈潮和丁文滔倚着窗台,陈潮的手放在苗嘉颜头上,给他捋了捋头发。

"以后我叫你,你痛快点儿,"陈潮垂眼看着苗嘉颜,"别跟反应迟钝似的。"

苗嘉颜很拘谨，站得板板正正的。走廊的学生都看着他们，有的看见丁文滔，主动过来打招呼。

陈潮推着苗嘉颜的后背，带着他一起下楼。

"不会说话？"陈潮皱着眉，问了句。

苗嘉颜让陈潮无视了这么多天，这会儿陈潮说什么他都不敢违抗，只得马上说："会。"

"会你不说？"陈潮的表情还是很凶。

苗嘉颜紧张得不知道说什么好，又怕陈潮生气，只能一眼一眼地去瞄他。

陈潮那天没让苗嘉颜坐校车，就这么一路带着他回了家。路上丁文滔还跟平时一样在旁边嘟嘟囔囔说个没完，苗嘉颜一直被陈潮抓着书包带，想走也走不了。

苗嘉颜的头发起静电，陈潮抓着苗嘉颜书包带的手被他的头发凌乱地盖着，偶尔觉得痒时，陈潮会在苗嘉颜书包上蹭蹭手背。

路上来来往往的学生会往他们这边看。苗嘉颜的书包带被陈潮攥在手里，陈潮和丁文滔都是大高个儿，腿长，苗嘉颜走一会儿就跟不上了，陈潮就会提着他的书包把他往前带带。

路边的棉花田早已经收完了，现在地里空空的，只有一层很薄的、若有似无的雪。

陈潮一直把他拎到家门口才松了手，自己进了门。

苗嘉颜被扔在门口，看着陈潮，觉得他好像没那么生气了，但也不是很确定。

于是他连书包都不回去放了，也跟着陈潮进了门，陈奶奶叫他："小苗儿。"

"唉。"苗嘉颜答应着。

"晚上在这儿吃，奶奶做糖醋排骨了。"陈奶奶说。

"好的陈奶奶，"苗嘉颜笑着说，"我都闻到香味儿了。"

陈奶奶给了他一盘水果，让他端上去跟陈潮一块儿吃。

苗嘉颜端着水果上楼，陈潮还是跟之前一样不理他。

"哥哥，"苗嘉颜小声叫他，"吃水果。"

陈潮刚换完衣服，回头扫了他一眼，问："干什么来了？"

苗嘉颜没好意思说"是来看你还生不生气了"，想了想说："来找你一起写作业。"

陈潮的下巴朝旁边的椅子扬了扬："写。"

苗嘉颜赶紧把书包放下，脱了外套坐下了。

陈潮站在旁边，从盘子里捡了颗橘子剥开，还没洗手也没摸橘子瓣，剥了一半的皮就直接咬了两瓣吃了。

"下次我喊你还跑不跑了？"陈潮说。

苗嘉颜赶紧摇头，眼神像小狗似的看着陈潮。

"我说数仨数你站那儿，当没听见，是吧？"陈潮边吃橘子边说。

他真的很记仇，苗嘉颜还是不够机灵，这个时候陈潮就是想听软话，可苗嘉颜的脑子不知道怎么想的，小声说了句："可是你没数……"

陈潮没想到他还能顶嘴，嚼东西的动作一顿，橘子瓣儿把脸撑起了一点儿弧度，挑眉问："那怎么的，还非得我数到一？跟我练数数呢？"

苗嘉颜又不敢说话了，声音可小了说"没有"。

陈潮把橘子吃完了，要去洗手，走过苗嘉颜身后的时候顺手按着苗嘉颜的头把他按在桌面上。苗嘉颜的脸被扣在作业纸上，鼻子都被压扁了，闷声求饶："哥哥我错了。"

陈潮抬手后又把苗嘉颜的头发揉得乱七八糟的，说了句："跟我装不认识，把你能耐的。"说完陈潮去洗手了，苗嘉颜的侧脸贴在作业纸上，在桌子上趴了会儿，眼睛眨巴眨巴的。

如果换个人天天在这儿"哥哥"长"哥哥"短的,陈潮早就受不了了。但可能是听苗嘉颜这么叫已经听习惯了,他并不觉得别扭。苗嘉颜刚开始这么叫的时候个子矮矮的,就是个小孩儿。再加上他本身那种天然的"土"感,这个称呼从他嘴里叫出来并不让人觉得违和。

苗嘉颜是从什么时候开始叫"哥哥"了呢?

这还得赖丁文滔。

寒假里有一天,丁文滔实在无聊,带着游戏机过来找陈潮。陈潮这楼上没有电视,游戏也玩不了,最后实在没招儿了,丁文滔从兜里掏出个掌上游戏机来。

苗嘉颜不知道陈潮这里有客人,端着小铁盆来了,上楼了喊陈潮。

"哥哥?"推门进来,苗嘉颜一下子愣了。

屋子里陈潮正歪靠着床头打电话,一腿屈着膝盖靠墙,丁文滔斜着躺在床尾那头,举着掌上游戏机玩俄罗斯方块。

苗嘉颜穿了一身白色绒睡衣,相当厚,上面还印着粉色小象,脚上穿了双陈奶奶给做的棉拖鞋。陈潮第一次见他穿的时候笑了半天,说像从前的棉袄棉裤,苗嘉颜也跟着笑,说"我觉得挺可爱的啊"。这会儿他愣在门口,手上还端着小盆。

丁文滔看向门口,眼睛都没看着游戏机,还"啪啪"地按着键。

"我不去,我还在这边过年。"陈潮跟电话里说着,看见苗嘉颜进来,冲他扬了扬下巴,示意他进来。

"还'哥哥',"丁文滔怪声怪调地学,视线又落回游戏机上,"真黏糊人!"

苗嘉颜缩着下巴,脚不明显地往后退了点儿,想走。

陈潮"咝"了一声,踢了丁文滔一脚,看着苗嘉颜,用眼神示意他赶紧进来。

苗嘉颜两只手托着小盆,过来放在桌子上。

"没不想,我就是不想折腾。"陈潮往小盆里看了一眼,里面是山楂罐头。

"你忙你的,妈,我真不去。"陈潮说。

苗嘉颜一直在旁边站着,丁文滔那个游戏机总是"biu biu biu"地响,听起来很吵。

陈潮又说了几句挂了电话,问苗嘉颜:"什么?"

"罐头,昨晚我和奶奶做的,"苗嘉颜小声说,"你的这些我都去过籽儿了。"

陈潮靠过来,拿勺尝了一个,入口酸酸甜甜,陈潮说:"好吃。"

"什么东西?"丁文滔凑过去,"我尝尝!"

苗嘉颜只拿了一个勺,丁文滔舀起一个的时候苗嘉颜下意识地张嘴喊了一声"哎"。

可惜没能拦住,丁文滔已经把勺子放进嘴里了。

苗嘉颜看了一眼陈潮,俩人对视,苗嘉颜抿抿唇,转头走了。

"确实挺好吃,酸溜溜的。"丁文滔没心没肺的,还在边吃边点评。

陈潮捡起刚丁文滔玩到一半的俄罗斯方块,玩了起来。

"给你,"丁文滔还打算跟陈潮分享着吃,把勺递过来,很自然地说,"你再吃一会儿。"

"你吃吧。"陈潮没接,"我不爱吃酸的。"

"哦,"丁文滔信了,自顾自地吃了起来,"比买的好吃。"

"那你都吃了吧。"陈潮说。

苗嘉颜过了几分钟又来了。手上拿了个小碗,里面又装了个勺,拿过来递给陈潮。

碗里装的还是跟刚才一样的山楂罐头,这次苗嘉颜都没往桌上放,直接放到陈潮手里了。

陈潮那些乱七八糟的穷讲究,苗嘉颜都记得很清楚。

"你吃了吗?"陈潮问。

"我那儿还有好多,"苗嘉颜回答说,"我留了。"

"你不是不爱吃酸的吗?"丁文滔傻了吧唧地问。

"所以我吃小份的。"陈潮说。

"那你从这里面少吃点儿不一样吗?"丁文滔看了一眼陈潮手里的碗,"还非得盛出来吃?"

陈潮嫌他吵,说:"你哪儿那么多话。"

这天苗嘉颜的头发是绑起来的,厚厚的绒睡衣、棉拖鞋,加上绑起来的头发,让他看起来显得特别乖。他就坐在椅子上看着陈潮吃,差不多快吃完的时候,苗嘉颜抽了张纸递了过来。

丁文滔看着苗嘉颜那打扮,在旁边"扑哧"一声笑了出来。

陈潮瞥了他一眼,丁文滔笑完像是有话想说但没说,那表情一看就知道不是什么好话。陈潮说:"吃你的得了。"

丁文滔于是闭了嘴,低头接着吃罐头。

"哥……"苗嘉颜本来要叫出口的称呼临时咽了回去,不太自在地叫了一声"潮哥"。

丁文滔就是这么叫的,这样听起来很常见,不像"哥哥"那么黏糊。

陈潮抬眼看他,苗嘉颜说:"我回去了。"

陈潮问他:"作业写多少了?拿这儿写?"

苗嘉颜摇了摇头,端着空碗走了。

不知道是因为丁文滔作怪学的那一声,还是因为别的什么,总之从这天开始苗嘉颜不再叫陈潮"哥哥"了。从软塌塌、黏糊糊的"哥哥",变成了很平常的"潮哥"。

对此陈潮没什么感觉,就是一个称呼,叫什么都一样。

除了这个称呼,苗嘉颜一切都和之前没有不同,还是时常往陈潮这儿跑,只不过来之前会先往陈潮窗户这边看一会儿,看看丁文滔在不在,丁文滔要是在，他就不来了。

这一年春节苗建两口子都没回来，苗嘉颜平安度过了又一个冬天。大姑、小姑带着弟弟们回来了，弟弟们都不跟他说话，苗嘉颜也不在意，他反正也不怎么在家待着，一般都在隔壁院子里。

这一年春天苗嘉颜的头发过了肩膀一大截儿，苗奶奶和他一起去镇上的理发店，苗奶奶烫了个时髦的羊毛细卷儿，苗嘉颜的头发也修了形，头发细软亮滑，长长地搭在后背上，苗奶奶看自家孩子怎么看都好，连声地夸。

修完头发回来苗嘉颜站在自己窗户边上喊"潮哥"，陈潮背单词没站起来，喊了一声："干什么？"

苗嘉颜问："你看我头发好不好看啊？"

陈潮喊："看不着，上这儿来我看。"

苗嘉颜噔噔噔地跑过去，头发被理发师吹得很柔顺很飘逸，走路的时候风一吹边上的几绺就跟着扬起来。他手腕上还系着一条刚才在镇上奶奶给他买的灰格发带。

陈潮夸他："好看，像香港电影里面的学生。"

苗嘉颜于是笑了，多尖溜的下巴笑出双下巴颏儿来都显得笨："不像吧，我没那么好看。"

陈潮实在地说："笑起来就不像了，笑起来太憨。"

苗嘉颜还是像陈潮刚来的时候见到的那么穿，那会儿穿着又大又长的衣服，现在已经合身了。布料不像当初那么白了，但依然很干净，变成了一种很柔软的乳白色。

没有白色不会变黄，时间走过都有痕迹，无论快慢。

这一年雨大，连着一个星期的雨让村里的各家都忙了起来，不管地里种的什么，这么下雨都保不住。

苗家、陈家都得排涝，两家人穿着雨衣雨靴，每天都要去地里。苗家地多，尽管雇了工也还是忙不过来，陈潮那几天都在苗家帮忙。他已经不像最初那么"业务"生疏了，现在地里很多活儿他都能干明白。

苗嘉颜每天把头发绑个小鬏儿藏在雨衣的大帽子里，帽子一摘，就像哪个神仙家看门的小仙童。陈潮说他这样把额头都露出来显得额头特别圆，苗嘉颜就摸摸自己额头，笑着说："我们家都是鼓夜来盖儿[1]。"

陈潮让他一个"夜来盖儿"差点儿土一跟头，往后退了一步说："好好说话。"

苗嘉颜还是笑，笑得帽子都掉下去了一些，雨点溅在鼻梁上。苗嘉颜用手背抹了，问陈潮："两年了，你学会方言了吗？"

陈潮一脸麻木地说："我闲的学这个？！"

这年夏天开学，陈潮就初三了。他晚上学习的时间逐渐变长，好久都不关灯。苗嘉颜在班里还是中上游的成绩，不好不坏。

陈广达的生意好像有了起色，每次打电话听着声音都挺神气。他在电话里跟陈潮说："儿子你中考放开了考吧。"

陈潮问他："不准备让我当留守儿童了啊？"

陈广达就哈哈地笑着，说："爸尽量争取。"

初三开学早，暑假总共就放了半个月，最热的那段时间没能躲过去。有前两年的酷暑垫着，这一年的夏天陈潮的内心已经相对平和了。两个风扇都开着，窗户也开着，时不时冲个凉，晚上也没有那么难熬。

两只蚊子在耳边"嗡嗡"个没完，不管到了什么时候陈潮还是无法跟蚊子达成和解。陈潮扬声一喊："苗儿！"

苗嘉颜刚洗完澡出来，正在擦头发，毛巾还搭在头顶，赶紧应了一

---

[1] 夜来盖儿：方言，即额头。

声:"唉!"

"我这儿有蚊子!"陈潮喊。

苗嘉颜把毛巾往脑袋顶一系:"好的,我来搞定!"

陈潮又喊了一声:"它咬我!"

"来了来了!"苗嘉颜关了灯关了门,拿了矿泉水瓶就去了隔壁院子。

推开陈潮房间的门,苗嘉颜说:"我来了我来了。"

陈潮其实刚才已经喊好几遍了,苗嘉颜洗澡去了没听见,陈潮打又打不着,早就被"嗡嗡"得心烦极了。

苗嘉颜问:"你开窗纱了?"

"没开,从门缝钻进来的。"陈潮皱着眉说。

苗嘉颜的头发用毛巾包成一团,他晃晃水瓶说:"马上就好!"

第四章

重重心事

陈潮白天上学，苗嘉颜就开开心心在家里消暑。吃着西瓜吹着风扇，也不怕晒黑。

男孩子初中长得快，苗嘉颜这一年好像长了不少，陈潮现在一米七六左右，苗嘉颜的头顶到他鼻尖。

苗嘉颜在男生里不算高，但是还是比同龄的女生要高一点儿。他身上那种特别的错乱感也开始给他带来麻烦，比如在路上走的时候，会被身后的辍学男高中生搭讪。

苗嘉颜穿着他那条裙子，从花棚朝家走。太阳大，他又戴上了一顶大草帽子。草帽其实就是乡里人干活儿时戴的东西，但是搭着他的长头发和裙子，看起来就像女孩子夏天戴的遮阳帽一样。

身后有人对他吹口哨，喊了一声"妞儿"。

苗嘉颜直愣愣地走着，没有意识到是在叫他。直到被人突然攥住胳膊，苗嘉颜才吓了一跳，猛一回头。

"干什么啊?"苗嘉颜皱着眉,往外抽自己的胳膊,抽了一下没抽开。

"哥哥喊你怎么不答应呢?"男生笑得很猥琐,攥着他胳膊不松手,一手的汗沾了苗嘉颜满胳膊。

苗嘉颜感觉被这样湿乎乎地抓着胳膊很恶心,但又挣不脱,只能又问一次:"你要干什么啊?"

对方暧昧地说:"交个朋友呗,妹妹。"

苗嘉颜看着他,也不挣了,只稍微仰了仰头让对方看自己的脖子。男孩儿发育了,已经有了小喉结。苗嘉颜指着自己脖子,说:"我不是妹妹。"

那个男生明显愣了,一时间像是分不出真假,不知道是不是苗嘉颜在唬他。

苗嘉颜又问:"听声你还听不出来吗?"

苗嘉颜的换声期还没结束,这会儿听起来确实不像女孩儿,对方傻了,赶紧甩开手。男生也觉得有点儿硌硬:"真的假的?"

被他攥过的胳膊还黏糊糊的,苗嘉颜也烦得够呛,眼神不耐烦地一挑:"那要不我脱了给你看看啊?"

跟陈潮待久了,他那眼神有八分像陈潮。陈潮心烦时眼神就那样,又冷又带搭不理的。

此时最硌硬的肯定不是苗嘉颜,那个男生不停地往裤子上蹭手,好像觉得刚才摸了苗嘉颜一下都很晦气。

"那你穿成这样?"男生简直无法接受,又骂了一句。

"我愿意啊,"苗嘉颜的眼神比刚才更冷了点儿,"我愿意穿什么就穿什么,我不想穿还不穿呢!"

男生朝地上吐了口吐沫,边骂边走了。

苗嘉颜回家先洗了个澡,洗完换上背心,盘腿往自己床上一坐,从脸上看得出情绪不高。其实他并没有表现出来的那么硬气,虽然每天跟陈潮一块儿待着不免染上一些陈潮说话时的神态,可实际上他没法儿真正像陈潮那么坦荡。

陈潮是一个在学校周围人都指指点点朝他们看的情况下，依然能毫不在意地用胳膊圈着苗嘉颜脖子走路的人。

身高的增长和稚气的退减带来的体态上的变化，导致这种硌硬人的麻烦事发生的频率也随之增加。

陈潮对此并不了解，他没遇上过，苗嘉颜跟他一块儿走的时候也碰不着这种事。

陈潮背着书包放学回来，到了自己家门口没进去，往后仰着往苗家院子瞄了一眼，见苗嘉颜正坐在小板凳上发呆。

陈潮用舌头打了个响儿，苗嘉颜回头看过来，看见陈潮回来，笑了："潮哥你回来啦。"

"干什么呢？"陈潮问他。

"没干什么，"苗嘉颜站起来走过来，端起地上用玉米叶盛着的一团黑乎乎的东西走了过来，递给陈潮，"给。"

陈潮嫌弃地往后一退，没接。

"烧鸽子，你上次吃过的。"苗嘉颜知道他会嫌弃，也不在意，托着玉米叶跟着陈潮去了陈家。

陈潮不记得自己吃过，这种黑了吧唧糊成一团的东西他不可能吃过。

夏天回家的第一件事是先冲澡，一天在教室待下来汗都出了好几轮。陈潮在有些方面穷讲究，但在有些方面又没那么在意。他洗完澡经常穿着平角裤衩就出来了，丁文滔晚上住这儿也这样，俩人都只穿条短裤，男生之间没那么多计较。

苗嘉颜虽然从来不在陈潮面前这么穿，但他看陈潮这样已经看习惯了，不觉得有什么。

"你后背怎么青了一块儿？"苗嘉颜惊讶地看着陈潮的肩膀，"打架了吗?"

陈潮脑袋往后转着看,看不着:"磕窗户上了。"

苗嘉颜已经把鸽子给收拾了,最外面煳的烧焦的黑毛被剥掉了,胸脯上的肉撕成一条条的放在一边,两条腿撕下来摆着,剩下的骨架和黑灰都扔了。

这么看着就很有食欲了,苗嘉颜的两只手弄得黪黑,摊开给陈潮看,笑着说:"我现在要是摸你一下你都得疯。"

"那你可以试试,"陈潮扬扬眉毛,在苗嘉颜的脑门儿上弹了一下,"看看会有什么后果。"

"我不试,"苗嘉颜乖乖地去洗手了,边走边说,"我怕你生气。"

陈潮说反话:"我可真能生气。"

苗嘉颜心说"嗯嗯",嘴巴却闭得严严的,只是笑。

陈潮暑假补课结束,初三正式开学以后,晚上加了两节晚自习,要比之前晚两个小时放学。

苗嘉颜不能跟陈潮一块儿放学了,只能每天自己往家走。他早就不坐校车了,车上的人总是挤对他,阴阳怪气地说很难听的话。

从前都是三个人一块儿走,陈潮是全校都知道的尖子生,丁文滔是每个学生都认识的刺儿头,这一路上都没人招惹他们。现在苗嘉颜又落了单,总会有那么几个无聊的人在放学路上拿他解闷儿。

苗嘉颜把陈潮身上的那股气质学了几分,谁说话他也不搭理。从前苗嘉颜是低着头快速走路,现在是跟没事人一样目视前方,只当听不见别人说话。

陈潮不让他低着头,平时苗嘉颜如果低着头走路陈潮就会扯他领子,问他是不是记不住抬头。

又有人像苍蝇一样跟在他旁边聒噪地招他,苗嘉颜一路连眼神都没给过他们，手揣着兜不停地走着，有人在前面故意挡住他的路，他就面无表情地绕过去。

这些话他从小就在听，小孩儿是从大人嘴里学的，小学时的那些同学虽然都不爱跟他玩，也会带着些疏远和敌意，但是毕竟年纪小，没有那么坏。

上初中以后他接收到的恶意确实比以前多了很多，小孩子受到的教育各不相同，有的在成长中越来越包容，有的则越来越恶劣。

在一个相比城市来说更闭塞落后的乡镇，包容性不会强到哪里去。

陈潮晚上回来天都黑了，洗完澡坐在桌前正要学习，一抬头看见对面苗嘉颜正趴在窗户边上朝外面看。

陈潮于是走到窗户边上，隔着窗纱问："干什么呢？"

"等你。"苗嘉颜回答。

"有事？"陈潮问。

"没有，潮哥。"苗嘉颜趴在那里，下巴抵在胳膊上，平静地说。

夜晚的村庄是没有灯光的，唯一的光亮就是天上的那个月亮，如果是个阴天，月亮被厚厚的云层遮住，那就是彻底的漆黑。

周围除了他们俩房间的灯光看不到别的光亮，爷爷、奶奶们都已经睡了。

两个窗户像两片小小的光源，在漆黑的夜里画出两个明亮的圈。蚊虫都循着难得的光过来，小飞虫"噼噼啪啪"地撞在窗纱上，还能听见蛾子扑打翅膀的声音。

"怎么跟个小傻子似的，"陈潮用手背在窗纱上敲敲，怕那些小飞虫从网眼儿钻进来，"谁惹你了？"

苗嘉颜不会把那些无聊的事跟陈潮说，所以只趴在那儿，说："没人惹我，我在发呆。"

陈潮觉得这晚的苗嘉颜有点儿低沉，问他："你爸回来了？"

"没没，"苗嘉颜听见"你爸"这俩字就紧张，摇头笑，"你可别吓我了。"

陈潮皱了一下眉："到底怎么了，问你你就说。"

苗嘉颜不敢惹他不高兴，可也不想拿破事烦他。他说话的时候下巴抵着胳膊，头一动一动的，像小时候看的木偶人动画片："有时候我不明白，为什么我和别人不一样。"

陈潮听他说完，松了口气说："我当什么事，这么晚不睡觉往这儿一趴。

"有什么一样不一样的，谁跟谁都不一样。"陈潮完全不当回事，"我跟丁文滔一样吗？"

苗嘉颜赶紧摇头，那肯定不一样。陈潮跟谁都不一样，陈潮就是陈潮。

"那不就得了。睡觉去，别琢磨那些没用的。"陈潮撵他，"我学习了。"

苗嘉颜于是站起来答应着："好的。"

"你要嫌没意思就自己带枕头上这儿来打地铺，"陈潮说，"不来就赶紧睡觉。"

他一训人苗嘉颜下意识地就绷紧神经，嘴上连忙说："就睡了！"

"明早跟我一起走，收拾完过来等我，"陈潮下了指令，又问，"明早你洗不洗头？"

"明早不洗。"苗嘉颜回答。

"不洗正好，洗头还得等你十分钟。"陈潮坐下，拿了本练习册出来，"睡觉去。"

乡里人晚上睡得早，清晨起得也早，老人们每天五点多钟就起来了，陈潮天天都能在家吃完早饭再上学。

苗嘉颜不一样，他如果赶上早上要洗头发的话就来不及吃早饭了，奶奶会给他装点儿东西让他带去学校吃。

不过一般苗嘉颜在路上就吃完了，不等走到一半就吃得干干净净的了。

陈潮手插兜走在一边，苗嘉颜边走边吃豆沙包，手里拿着豆沙包，手腕上还套着装豆沙包的袋子。

"你吃吗？挺好吃的。"苗嘉颜问。

"不吃。"陈潮看都不看，他不可能边走路边吃东西。从小姜荔就不允许他在外面吃东西，如果非要吃就找个地方坐下，吃完再继续走。

"尝尝？"苗嘉颜撕了一块儿递过来。

陈潮的脑袋往后一仰："不尝，拿走。"

苗嘉颜也不在意，不吃算了。

丁文滔从后面跑上来："等我一会儿，潮哥！"

陈潮脚步没停，回头看了一眼。

丁文滔追上他们俩，"呼哧呼哧"地喘，问："你俩吃啥呢？"

苗嘉颜看看他，刚要把自己手腕上的袋子递过去，陈潮伸手一挡："吃你的。"

"我不吃，在家吃过了。"丁文滔对豆沙包明显不感兴趣，跟陈潮说，"等会儿给我抄抄作业，我还没写。"

陈潮笑着调侃他："出息了啊？还要交作业？"

"这不是莎莎收作业嘛，我不得支持一下工作？要不到我这儿交不上来，别人的她还怎么收。"丁文滔把自己都给感动了。

自从上了初三，每天早上作业都是副班长收，副班长是个女生，丁文滔总叫她莎莎。

陈潮对丁文滔那些少男心事丝毫不感兴趣，他有那闲工夫不如做两道题。

苗嘉颜从来不掺和他们俩说话，在旁边默默地吃，吃完了就在陈潮旁边安静地跟着走。

陈潮和苗嘉颜已经太熟了，时不时会逗逗他。

一次陈潮踩在梯子上帮奶奶把东西放在房顶上晾，苗嘉颜端了盆水出来往院子里一泼，陈潮在梯子上看见他，朝他吹了一声口哨。

苗嘉颜循声看见他，见他踩在梯子上，赶紧说："你小心点儿，潮哥。"

陈奶奶听见陈潮吹口哨，忙笑着说："不好好叫人呢？"

陈潮说："玩呢。"

陈奶奶递菜给他，扶着梯子小声说："跟小苗儿别这么玩。"

陈潮问："怎么？"

"让你苗奶奶听见了再多心，"陈奶奶拍拍陈潮，说，"觉得你是故意的，对小苗儿不尊重。"

陈潮不管那些，也不往心里去："哪有的事。"

这的确是陈奶奶多心了，苗奶奶听见的时候还乐了好一会儿，说小孩儿闹起来真有意思。

在亲近的人眼里他们还都是孩子呢，可初二、初三的孩子，跟从前比起来又确实长大了。

苗嘉颜从前是个小孩儿，是别人嘴里的怪小孩儿。长到初二的学生了，各种意义上跟小学时都不一样了。他的这种不寻常，给别人带来性别上的混淆感，除了时不时会被错认成女孩子被搭讪，还会招来一些别的。在一个落后的小乡镇，苗嘉颜没有同类。

而苗嘉颜的不寻常彰显在外，初中的男孩儿已经发育了，他就是人群里显眼的靶子。

苗嘉颜房间桌面上有个陈旧的台灯，上面带着个小闹钟，绿色塑料的，上面的秒针每一秒都在"咔嗒咔嗒"地走。

晚上八点，闹钟"嘀嘀嘀"地响了起来。苗嘉颜把书本一合，穿着背心短裤下了楼。苗奶奶和苗爷爷在房间里看电视，听见他下来，问："去陈家啊？"

"啊，你们睡吧奶奶，等会儿我自己开门！"苗嘉颜在门口换了鞋，轻轻关了门。

最近天气太热，头发披在肩膀上闷得出汗，苗嘉颜这几天晚上洗澡都是把头发绑起来。他先去厨房找了个小盆，拿着去了水井那儿。井里有苗嘉颜傍晚就洗好装起来的草莓和小西红柿，装了满满一小袋。还有一块西瓜，也隔着袋凉着。

每天晚上苗嘉颜都这么给陈潮弄水果吃，井水的"凉"比冰箱冷藏出来的要天然很多。而且陈潮太挑，嫌冰箱有味儿，水果从冰箱拿出来他就不爱吃。反正有人挑就有人伺候，苗嘉颜也不嫌麻烦，放学回来吃饭前经常这么往井里放一袋水果准备着。

陈潮拎着书包走进胡同，苗嘉颜正好端着水果出来，看见陈潮远远地就小声喊："潮哥。"

院子大门边上的小灯还亮着，是陈爷爷每天特意给陈潮留的，怕他晚上回来黑。灯边上围着成群结队的蚊子和小飞虫，陈潮走过来拎着苗嘉颜的胳膊肘儿让他进去："别站这儿喂蚊子。"

"我没那么招蚊子，"苗嘉颜说，"一般有别人就不咬我。"

"那个别人就是我。"陈潮面无表情地说。

"哈哈，"苗嘉颜笑笑，边跟着走边说，"我下午回来路上去给你摘草莓了，草莓可甜了，就是特别小，不知道为什么。"

自己家种出来的草莓跟买的味儿都不一样，吃着口感特别实，甜得很自然。苗嘉颜已经是挑大的摘了，可最大的也没有手表表盘大。

苗嘉颜是很喜欢夏天的，尽管特别热。夏天很漂亮，园子里瓜果蔬菜都陆续会结出来。

陈潮学习时，苗嘉颜就支着脸坐在床边看他写，突然指指陈潮拿笔的手，说："你写字的时候这个骨节支起来好高。"

陈潮做题的手没停，只是不在意地回了句："写字不都这样。"

"别人没有这么高，"苗嘉颜的食指在陈潮中指下面那个骨节处轻轻点了一下，又点了点他手背上的筋，说，"你的跟别人不一样。"

陈潮往手上扫了一眼，苗嘉颜手白，尽管夏天时会比冬天黑点儿，但是跟自己晒到没人样的手对比还是很明显，苗嘉颜那根手指在自己手边显得白到发亮。

陈潮说："拿走，显得我更黑了。"

苗嘉颜于是笑着缩回手，说："我已经晒黑了。"

陈潮把刚解出来的题目答案在草稿纸上一圈，又回去看题干确认，说："显摆。"

看得出苗嘉颜心情不错，其实他是个挺爱笑的小孩儿，只要没人故意惹他，他一般都能笑呵呵的，也不爱生气。所以他只要不说话开始发呆，就说明他心情不好，要么是有人说了很难听的话，要么就是心里装着事了。

陈潮是过了几天才发现苗嘉颜不对劲儿的，话少，逗两句也不笑了。

陈潮刚开始以为他又在琢磨那些有的没的乱七八糟的了，问了两句苗嘉颜没说，陈潮也没再问。苗嘉颜不是个爱钻牛角尖的小孩儿，他通常自己就能把自己捋顺了，他不爱说陈潮也没深问。

早上苗嘉颜站在门口等他，陈潮一开门出来看见苗嘉颜蹲在墙根儿愣神儿，陈潮在他头上拍拍，说："走了。"

苗嘉颜这才回神，站了起来。

"没睡醒？"陈潮问。

苗嘉颜回答得也不是很走心，"嗯"了一声。

陈潮看了他一眼，苗嘉颜没注意到。他不想说话，陈潮也没再跟他聊，俩人就这么各自沉默着到了学校。

苗嘉颜这种心不在焉的状态持续了好几天，晚上连陈潮这儿都不来了。

陈潮白天在体育课上碰上他，俩人都快撞在一起了，苗嘉颜愣是没认出来。丁文滔在陈潮旁边抱着个篮球，看见苗嘉颜，说："你那小邻居。"

"苗嘉颜。"陈潮叫了一声。

苗嘉颜有些茫然地抬头，看见陈潮，赶紧叫："潮哥。"

"你怎么回事？"陈潮问。

苗嘉颜摇摇头，低声说："我没看见。"

"晚上等我。"陈潮说。

苗嘉颜问："在哪儿等？"

"还能在哪儿？"陈潮费解地看着他，"你到底怎么了？"

苗嘉颜看起来有点儿无措，没说话，只是点了点头。

陈潮本意是让苗嘉颜像平时一样在家等他，然而晚自习下课，陈潮在学校大门口看见了苗嘉颜。他一个人坐在校门口花坛架子最底下一层，远远看着就像蹲在那儿，像一个孤独的小朋友，也像只小狗。

从放学等到现在，这太离谱了。这脑子是在想什么？陈潮有点儿生气，但也有些哭笑不得。

丁文滔看见苗嘉颜也觉得很惊讶，跟陈潮说："他咋在这儿等你啊？"

听见初三的放学了，苗嘉颜侧过头朝教学楼这边看，正好看见陈潮出来，俩人对上了视线。陈潮眼神凶凶地瞪着他，苗嘉颜有点儿心虚，却也觉得踏实。

"我让你在这儿等我了？"陈潮问。

苗嘉颜已经站了起来，视线虚虚地垂下去，睫毛在灯光下的剪影遮着眼睛。

"脑子怎么突然变笨了，"陈潮皱着眉，"走。"

苗嘉颜什么都没解释，一路上贴着陈潮走路。陈潮被他挤得时不时就得往旁边挪一点，苗嘉颜还是贴得很紧。身边路过个人，苗嘉颜突然蹿到了陈潮的另外一侧，走到了陈潮和丁文滔中间。

三个人走路的时候向来是陈潮走中间，丁文滔和苗嘉颜互相不挨着，苗嘉颜突然挤进来丁文滔还挺纳闷儿，垂眼看了他好几次。

"跟我凑什么近乎？"丁文滔问，"你干吗？"

苗嘉颜也不回话，只是一个劲儿地贴陈潮的胳膊。陈潮并不傻，苗嘉颜的反常他在脑子里一过就猜测了个大概。

三个人离得很近，走得挤，陈潮往外让了两步，苗嘉颜马上跟上，胳膊贴着陈潮的胳膊。

"你害怕？"陈潮突然问。

苗嘉颜的动作有一个不明显的卡顿，他不会说谎，从来都是问什么说什么，不想说的就不说，但是不会撒谎。

陈潮心里有数了，问他："有人找你麻烦？"

苗嘉颜抬眼看他，那眼神明显在示弱，却不想说。

陈潮本来还想说点儿什么，最后却还是没开口，让苗嘉颜走在他跟丁文滔中间，穿过那条两边都是棉花田的乡道。

丁文滔比他们先到家，一个路口之后丁文滔拐进去了，现在只剩下他们俩。

苗嘉颜另外一边没人了，他下意识地离陈潮又近了些。

"苗儿。"陈潮出了声。

苗嘉颜像是有点儿紧张，陈潮突然开口都吓了他一跳："……唉。"

"有事跟我说，"陈潮伸手搭上苗嘉颜的肩膀，环着他走，"谁找你麻烦了？"

苗嘉颜先是沉默了几秒，之后小声说："我不认识。"

"不认识？"陈潮又问，"学校的？"

苗嘉颜想了想，说："应该不是……"

"怎么你了？"陈潮问。

这句苗嘉颜却没答，怎么都不肯说。苗嘉颜今天就是故意在学校等陈潮，他甚至放学之后先去电话亭给奶奶打了电话，说今天跟陈潮一块儿回去，让她别担心。

从那之后的一个星期，他每天都在学校等陈潮晚自习结束跟着一起回。

丁文滔晚上放学又看见苗嘉颜，小声问陈潮："他咋了？"

陈潮只说："嫌回家没意思。"

"这……"丁文滔一时有点儿无语，"这还怪黏糊人的。"

陈潮出了个声，苗嘉颜抬头，沉默着走过来。

"走了。"陈潮说。

三个人一起走，这条放学路就显得没有那么长。

"我困死了，刚才晚自习我都睡了一觉了。"丁文滔打了个哈欠说。

陈潮被他勾得也想打哈欠，说："你打了半小时呼噜。"

前面路边停了辆摩托车，村里人多靠摩托车代步。摩托车边上坐了个人，如果不是烟头的红光一明一灭的，根本注意不到。

苗嘉颜突然紧张地贴紧了陈潮，手心汗津津地攥住了陈潮的手腕。

陈潮哈欠打到一半，被苗嘉颜的动作打断了。苗嘉颜太紧张了，陈潮眯着眼往摩托车那边看了看。

苗嘉颜攥得陈潮的手腕都有点儿疼，旁边丁文滔不知道在说什么，陈潮忽然说："这么晚谁停个摩托车在这儿？"

丁文滔看他一眼，不知道他怎么说到这事了，迷茫地说："啊，不知道。"

"吓我一跳。"陈潮说。

他说话的时候苗嘉颜紧紧地攥着他，陈潮安抚地晃晃手腕说："有毛病，蹲这儿装鬼呢。"

丁文滔是真蒙了，问他："咋了啊……"

摩托车边上那人没吭声，也没动，只是又点了根烟。

苗嘉颜的头发蹭在陈潮的胳膊上，陈潮用闲着的左手随意地给他拢了一下头发，苗嘉颜整个人都呈现出一种不自然的僵硬状态。陈潮低了点儿头，在苗嘉颜耳朵边上用只有他们俩能听见的声音，边走边装作很不在意地说了一声："没事，不用害怕。"

陈潮知道苗嘉颜平时会遇到些心烦的事，但他的印象还停留在学校那些嘴欠的学生身上，除此之外的情况陈潮没遇到过，也没想到。

今天看见路边抽烟的那个男的，陈潮虽然当时表现得很淡定，像是一点儿不当回事，但其实心里也吓了一跳，确实有点儿吓着了。

天太黑，摩托车又挡了多半，陈潮其实没怎么看清，但是大概看到的一些让他心里直打鼓。那个男人很明显不是学生，身形也不是，蹲坐在那儿抽烟的形态，一看就是一个成年男人，身上穿的衣服也不像是这边人干农活儿时常穿的汗衫。

这让陈潮心里没底，不踏实。让他不踏实和害怕的并不是那个男的，而是这种人为什么会盯上苗嘉颜。

"是他吗？"苗嘉颜被陈潮直接领了回去，没让他回苗家。两人上了楼，陈潮放下书包，回头问。

苗嘉颜的脸色还泛着不自然的冷白，看着陈潮，好半天没能说出话。

"你怎么惹着他了？"陈潮又问。

苗嘉颜摇头，声音还有点儿发颤："我没惹着他。"

"那他堵你干什么？"陈潮实在想不明白，"到底怎么回事？"

苗嘉颜的眼圈慢慢红了，嘴巴张了又闭，说不出话来。

陈潮看着他，莫名地有些不忍心问了。他皱着眉，烦躁地呼出口气，问："你今晚还回去睡吗？"

苗嘉颜摇了摇头。

"那去洗澡。"陈潮说完没再管他，去柜子里拿了被褥和枕头往地上一扔。

苗嘉颜不是第一次在陈潮这儿住，有时晚上陈潮屋里有蚊子又一时间找不着，苗嘉颜就直接在他这儿住，什么时候蚊子出来了什么时候起来抓。苗嘉颜还挺喜欢在陈潮这儿打地铺的，晚上关了灯还能聊天。

他洗完澡出来陈潮已经给他找了身夏天穿的睡衣，姜荔买的，拿过来陈潮就没穿过，他夏天睡觉只穿裤衩。

姜荔还说他来这儿待两年已经越来越野蛮了。

苗嘉颜绑着头发，脖子边还落了一撮，刚才沾湿了，这会儿正在滴滴答答地淌水。

陈潮说："换睡衣吧，你衣服扔这儿，明天穿我的上学。"

苗嘉颜先是点头，又说："我明早回去换就行。"

"不管你，"陈潮去洗澡了，"写作业，写完了就躺下吧。"

陈潮被这事闹得也没什么心思学习，作业都在晚自习的时候做完了，洗澡出来苗嘉颜已经躺好了，褥子就铺在他床边。他躺得很老实，头发规整地放在一侧。

"你睡床？"陈潮问。

"不用，"苗嘉颜说，"我在地上就行，你在地上睡不好。"

陈潮于是关了灯，也躺下了。

俩人谁都没睡着，苗嘉颜的呼吸轻轻的，像是怕打扰陈潮，一点儿声音都不出。

陈潮心里有事，想不明白苗嘉颜能怎么惹着一个成年男人，或者说中年男性。他一个不起刺儿也从来不招惹人的小孩儿，别人堵他干什么。而且从苗嘉颜当时的紧张程度来看,他非常害怕。

"苗儿。"陈潮还是开了口。

苗嘉颜神经一紧,往陈潮的方向看了看:"嗯?"

"他堵你几回了?"陈潮问。

"两回。"苗嘉颜侧躺着,半张脸埋在枕头里,声音也有一半收进了枕头里,听起来声音很小,"之前我也看到过他,但他……跟我说话只有两回。"

"说什么了?"陈潮紧接着问。

夏天还没彻底过去,晚上房间里还是有点儿热的,但是不用开风扇了。窗户开着,时不时会有一阵微弱的凉风吹进来,吹在身上很舒服。外面蝈蝈儿在墙根儿底下没完没了地叫,但是听起来并不吵,他们早就听习惯了。

这样的晚上,苗嘉颜又睡在陈潮这儿,本来应该是高高兴兴的。可现在苗嘉颜把一只眼睛藏在枕头里,呼吸渐渐变得重了一些,叫了一声"潮哥"。

"嗯。"陈潮答应了一声。

苗嘉颜说得很困难,他在一个闭塞的小镇里长大,有些事情说起来并不那么轻松。

这个年纪的少年们总是会莫名地惧怕很多事情,哪怕他们并没有做错什么。苗嘉颜从小到大接收到很多不知来由的恶意,就连被欺负好像都是自己的错。

陈潮听他说完,尽管非常愤怒,但并没有多说什么,让苗嘉颜睡了。

从这天开始,苗嘉颜就差被陈潮绑到身上了。陈潮还特意在班级最后一排留了个位置,让苗嘉颜每天放学后先来教室里写作业等他。陈潮作为尖子生,这点儿"特权"还是有的。

苗嘉颜每天放了学直接过来，坐在教室角落里安安静静地写作业。班里有人偶尔回头看看他，看个两天也就不新鲜了，没人再去看。

丁文滔问陈潮："怎么回事啊？"

陈潮说："没事。"

"有事你就说。"丁文滔回头看看苗嘉颜，"遇上啥了你们？"

"遇上点儿恶心的事。"陈潮这几天脸色都不好看，心里那股气没撒出去，一直堵在那儿不痛快。

但这几天那人一直没再出现，陈潮的这点儿脾气也不知道往哪儿撒。

苗嘉颜觉得陈潮不高兴的起因都在自己，心里有点儿内疚，却不知道怎么办，小心翼翼地不敢说话。

教室的窗户是没有纱窗的，每天晚自习开着窗户，什么虫都往教室里飞。陈潮坐在苗嘉颜前面一排，时不时拿卷子一抽，有虫子在周围飞，烦得他闹心。

苗嘉颜早上特意带了花露水，这会儿从书包里掏出来，悄悄地往陈潮的胳膊两边喷。

安静的教室里，这两声按压喷头出水的声音格外明显。周围坐得近的都转过头来看他，苗嘉颜低着头有点儿不太好意思。陈潮回头看了一眼，说："拿来给我。"

苗嘉颜伸手递过去。

陈潮拿来"滋滋"几声喷在自己穿着短裤的腿上，前桌说："也借我用用。"

陈潮和苗嘉颜平时就这种相处模式，他们都已经习惯了，也不觉得有什么。可一旦换了个环境，到了人群中，就显得他们俩之间的这种默契格外亲近。

陈潮做题的时候不喜欢被分散精力，有人发作业过来，陈潮攥着笔的手随意往后一扬，科代表没看明白。

"给我就行。"苗嘉颜小声说。

科代表看了他一眼,把陈潮的作业递给他。苗嘉颜接过来,装进自己书包里。

陈潮的水喝完了,靠在椅背上手朝后一伸。苗嘉颜把刚发的作业塞他手里,陈潮没接。苗嘉颜想想,又把自己的水杯拿出来放他手里。

陈潮接了过去,拧开喝了半杯。喝完了又把杯子从前面递了过来,苗嘉颜放回了书包,放书包的时候摸到个棒棒糖,敲敲陈潮后背,从旁边递了过去。陈潮低头看了一眼,拿过来撕开糖纸放进了嘴里。

不知道是不是因为陈潮当时说的那几句话,总之很长时间内那辆摩托车和那个人都再没有出现在那条乡道上。

陈潮每天把苗嘉颜绑在身边带着,虽然那人再没来过,可也并没让人觉得多安心。

苗嘉颜父母都不在,平时家里只有爷爷、奶奶,他自己本身又瘦瘦小小的,是个十足的弱势者。陈潮刚开始的生气劲儿过了,很多事情就慢慢意识到了。

苗嘉颜本身的特别使他在未来也会不可避免地遇到这种麻烦。

"苗儿。"陈潮看看在旁边抠纸上商标的苗嘉颜,叫了他一声。

苗嘉颜的后背猛地挺直,开小差被抓了包,有点儿心虚地说"嗯",低头接着写作业。

陈潮在他作业上敲了敲,问:"写完了吗?"

"还差点儿……"苗嘉颜低头做认真状,"马上。"

"马上什么马上,你总共也没写几个字。"陈潮戳穿他,掀开他的第一张卷子看底下,下面还压着好几张空白的作业试卷。

苗嘉颜不好意思地笑笑,他写作业本来也不专心,而且这才周六上午,还不着急呢。

"写错了，"陈潮在他上一道大题上点了一下，"你能不能走点儿心？"

苗嘉颜一看，推算结果明明算出来"1"，到最后写了个"-1"。

"哦哦，"苗嘉颜赶紧勾了重新写，"抄错了。"

苗嘉颜把那个小小的"-"勾了，陈潮说："别勾一半，全勾了重写。"

"好好。"苗嘉颜只得全勾了又重新写了"1"。

陈潮叫他本来也不是因为这个，看苗嘉颜在这儿迷迷糊糊的模样，陈潮说："要不你回你爸妈那儿吧。"

苗嘉颜没反应过来，一下子愣了，抬起头："……啊？"

"你在这儿跟个留守儿童似的。"陈潮说，"你没爸妈谁都欺负你。"

"我有……有爸妈啊……"苗嘉颜很无辜地说。

"你有爸妈，但是他们不在这儿，"陈潮又说，"没区别，别人欺负你没人给你撑腰。"

苗嘉颜看着陈潮，没有说"不是还有你吗"这样的话，因为他们都知道陈潮不会一直在这儿。他从来就不属于这里。

"你总不能一直在这儿，早晚也得有离开的一天。"陈潮说。

苗嘉颜本来并不爱听这个话题，但这是陈潮在和他说，苗嘉颜还是听得进去的。

"等我走了你上学怎么办？"陈潮想想那条很长的两边都是棉花田的乡道，整条道上都没有几处灯，明年苗嘉颜也要开始上晚自习了，到时候只有他自己。

苗嘉颜被"等我走了"这几个字轻轻地刺了一下，睫毛不明显地颤了颤。

"到时候有人堵你，你说你怎么办？"陈潮皱了一下眉，"你害不害怕？"

"害怕。"苗嘉颜诚实地说。

"你越来越大了,你又不想剪头发,到时候什么样的人都找上你。"陈潮又说。

"我可以坐校车……"苗嘉颜低着头,轻声说。

"那你现在怎么不坐?"陈潮直接问。

苗嘉颜又不说话了。

校车上,不管他坐在哪儿,他的旁边都空着,没人跟他坐一起,宁可跟别人挤着坐。车上的学生总是指桑骂槐、含沙射影地说些难听的话,第一次陈潮在路上看见苗嘉颜,就是因为苗嘉颜在车上实在坐不下去了,只能下了车。

"市里学校其实也这样,不一定能比这儿好,"陈潮倒也没对市里的学校抱什么期望,"只是不至于会有人堵你、招惹你,你安全很多。"

陈潮给人的感觉一直像个很靠谱的哥哥,虽然他才初三,但他身上始终有种跟这儿的孩子不一样的气质。他这样耐着性子跟苗嘉颜说这些,苗嘉颜也很认真地回答他。

"我不想离开爷爷、奶奶,也不想去我爸妈那儿,"苗嘉颜低声说,"我妈妈有点儿讨厌我,我爸也是。"

"那你可以住校,"陈潮说,"平时不回家。"

苗嘉颜没回应。陈潮说完突然也觉得让苗嘉颜那样离开自己生活了十几年的熟悉的地方,到一个陌生的冷漠的环境里,或许也并不真的比现在好。

夏天过去了,秋天过去了,等到冬天下起雪来,这样隔着窗户喊人就又听不见了。

陈潮经常捡几个小石块放在窗台上,想叫人了就拿小石头砸对面窗户,只要窗户一响苗嘉颜就知道了。

一天,陈潮一个寸劲儿过去,苗嘉颜的窗户玻璃裂了个纹。

苗嘉颜看着那道斜纹，开窗户小声跟对面说："你把我窗户打坏了。"

陈潮说："不可能。"

"真的，"苗嘉颜的胳膊伸出来比画着那条纹，"裂了。"

陈潮眯着眼仔细看，冲着光看还真有条细纹。陈潮哭笑不得，苗嘉颜冲他比了个"嘘"的手势。

从那之后苗嘉颜就往外面摆了个空花盆，让陈潮往花盆里扔着玩，这样就算投不准，小石头磕磕碰碰的也能听见。

时间长了，花盆里铺了浅浅一层底，里面都是小石头。

村里暖气都是自己烧火供的，陈爷爷总是怕陈潮冷，到了冬天火就烧得很足。即便这样，一天里也只在下午过后才开始热，早上和上午都是冷的。早上起床时外面天都还是黑的，屋里又冷，陈潮一到冬天就变成"起床困难户"。

苗嘉颜早早起来，头发都洗完吹干了，收拾完过来等陈潮一起上学，陈奶奶说："还没下来呢。"

"嗯？"苗嘉颜往墙上的挂钟上看了一眼，很意外，平常这个时间陈潮应该已经快吃完早饭了。

苗嘉颜背着书包上楼，见陈潮还在睡觉，赶紧叫他："潮哥！"

陈潮睁眼，一下子反应过来，"腾"地从床上坐起来。

"你怎么了啊？"苗嘉颜伸手去摸他的额头，"不舒服了吗？"

"没有，睡过了。"陈潮站在地上，边说话边往身上套衣服。

苗嘉颜把裤子拿来递给他，问："你还不穿秋裤吗？很冷了。"

"不穿，我没有秋裤。"陈潮已经穿好了，跑去洗手间，站在马桶前跟苗嘉颜喊，"把我的书包装上！"

"好！"苗嘉颜帮陈潮把书包装好，装英语书的时候从里面掉了个信封出来。信封是天蓝色的，上面还画着卡通的小云朵。信封上的封口还没

102

有撕开，明显还没被打开过。

陈潮向来招人喜欢，经常收到女生的情书。

苗嘉颜赶紧把信封夹回了书里，一起装进书包。

陈潮迅速洗漱过之后就下了楼，苗嘉颜拎着他的书包跟着。吃早饭显然已经来不及了，陈奶奶特意一早起来烙的糖饼，让他们俩吃完再走。

"时间不够了，晚上回来吃。"陈潮说。

"那装两张带着啊？"陈奶奶问。

苗嘉颜连忙说："带着吧，路上吃，他不吃我吃。"

"我都装好了，你俩的我分开装的，放书包里，等会儿到了教室吃啊。"陈奶奶装了两袋烙饼，递给他们。

陈潮已经走了，苗嘉颜在后面还跟陈奶奶说饼的事，陈潮远远地催了一声："快点儿！"

"来了！"苗嘉颜拎着两袋饼和陈潮的书包跟了上去。

陈潮在路上本来是不吃东西的，但苗嘉颜在他旁边吃得实在很香，一口饼一口豆奶，糖饼的香味儿在冬天的早上显得格外柔软。

苗嘉颜撕了个角递到他嘴边："尝尝吧？"

陈潮下意识地仰头躲开，苗嘉颜说："周围都没人，没人看你。"

可能是这句话起到了一定作用，也可能是苗嘉颜吃得太香了，总之陈潮最后把那块饼给吃了。

这是陈潮来这儿两年半的时间里，苗嘉颜第一次见他在外面边走路边吃东西。苗嘉颜笑着问他："是不是很香？"说着又把豆奶也递了过去。

第一步反正已经迈出去了，之后的也无所谓了，陈潮稍一低头，咬着吸管喝了一口。

不过陈潮能接受的最多也就是这样了，自己不拿，得苗嘉颜递过来，好像这样就能比自己拿张饼啃稍微洋气一些。苗嘉颜很乐意顾及他潮哥的城里人架子，自己吃一口，然后扯一块递过去，一条乡道走到头俩人就都吃饱了。

苗嘉颜每天被陈潮带着早出晚归地上学，日子变得平静而缓慢。渐渐地他们都快忘了那回事，那个小插曲再没被提起过。

直到一天放学，他们又在那条路上听到了摩托车的声音，苗嘉颜还没反应过来，就被陈潮一把扯到了他跟丁文滔的中间。

苗嘉颜这才反应过来，攥住了陈潮的胳膊。

"没事。"陈潮说。

结果这次真的只是路人，骑摩托车的是个婶婶，从娘家回来。

摩托车过去之后陈潮搓了搓苗嘉颜的头发，说："等我走了你就坐校车吧。"

苗嘉颜没说话，反倒是丁文滔问："上哪儿去？潮哥你上哪儿去！"

"上学啊。"陈潮说。

"你要走啊？"丁文滔看起来像是很失落，"你不在这儿上高中？"

"不，"陈潮手揣回兜里，说，"高中我就得走了。"

对于陈潮要走这件事，丁文滔的反应比苗嘉颜大得多。他每天吵吵嚷嚷地不让陈潮走，说陈潮走了他就没朋友了。

陈潮让他磨得很无奈，说："我这还没走呢。"

"那不是快了吗！"丁文滔一脸不高兴，"你走了我咋整！我天天干啥！中午谁跟我一起吃饭啊！"

陈潮说："我在这儿也没跟你干什么。"

"那不一样！"丁文滔坐在陈潮后桌，晃着桌子说，"你走了我就没朋友了！"

"你朋友不是遍地都是吗？"陈潮随意一接话头。

"那你看我和他们一起吃饭了吗？"丁文滔用手指敲敲桌面，"不都是咱俩一起吃吗？"

陈潮本来没再说话，他也安抚不了"校霸"大哥的失落情绪。过了几秒却又回头叫了一声"小滔"。

"干吗？"

"我走了你帮我看着点儿啊？"陈潮问。

"看着点儿什么啊？"丁文滔哭丧着脸问。

陈潮说："我小弟。也不用你干什么，你跟他一起走就行。"

"苗嘉颜啊？我不。"丁文滔利索地摇头，"你走了我才不跟他一块儿走！别人怎么想我啊？再说我跟他一起走心里不得劲儿。"

丁文滔也不知道是真的不愿意还是因为陈潮要走带着脾气才这样说，总之没答应。

陈潮问他："一起走了这么长时间了，你还觉得他有问题？"

丁文滔说："我是觉得他挺正常的，但我觉得没用啊，别人还是觉得他是变……"

一个字的音还没发完，丁文滔及时收了口。

但是陈潮还是因为丁文滔没说完的这个词，想到了那天晚上苗嘉颜躺在他房间的地板上，闷闷地说着因为自己的不一样而承受的欺辱和恐惧。

在这个小镇里，苗嘉颜好像永远也摘不掉异类的标签，尽管他什么都没做，只是因为留着长头发，夏天偶尔穿裙子。

下过雪的路面很脏，雪化了后地面上会有泥水。

苗嘉颜穿着小白鞋，走路小心翼翼的。陈潮走路不注意，鞋底甩的泥甩了自己满裤腿。

苗嘉颜尽管已经离他两步远了，还是被甩到了裤脚。他看了看自己裤子上被崩上的泥，没说什么，只是又往外让了一步。

陈潮不知道他想什么，还问："干什么？"

苗嘉颜没说"你甩我身上泥了"，只说："地上太脏了，走近了溅泥。"

"我都一身泥了，"陈潮还说，"不差那一点儿。"

105

苗嘉颜只当陈潮是叫他回来,于是又挪了回来,还说:"没关系,我给你洗。"

陈潮看着苗嘉颜在他前面一步一步迈着走,鞋都还是干干净净的。苗嘉颜其实真的又懂事又听话,比别人家的小孩儿懂事很多。

陈潮突然伸手在他头上按了按,抓了抓他的头发。

苗嘉颜仰头看看他,见陈潮没想跟他说话,又安静地转了回来继续走路。

第五章

谢谢潮哥

丁文滔在最初的失落和气愤之后，每天反倒哼哼唧唧的，比之前更爱跟着陈潮，寒假放了一周多，他几乎天天来。如果不是冬天地上太凉，他可能晚上干脆就不走了。

天天这么在人家待着也不是回事，丁文滔又能吃，一顿得吃三碗饭。后来丁文滔他爸妈不让他来了，但也拦不住他偷着往陈家跑。

丁文滔他爸特意买了好多东西过来看望陈爷爷、陈奶奶，陈爷爷、陈奶奶说他太见外了。丁文滔他爸上学那会儿跟陈广达就像现在的丁文滔和陈潮一样，也是天天一块儿待着。那时候丁文滔他爸就经常在陈家吃饭，现在他儿子又给续上了。

丁文滔把家里二叔给他买的笔记本电脑都端过来了，还带了好多碟片来。碟片也是二叔带回来的，一箱子里全是电影碟，什么片子都有。二叔有朋友是卖影碟的，隔一段时间就能拿一箱回来。以前丁文滔他爸不让他看，说里面有小孩儿不该看的，后来把那些过滤了一次，剩下的就让看了。

有时候苗嘉颜也在,会跟着他们一起看电影。

苗嘉颜在看电影这方面和他们看不到一起去,丁文滔和陈潮喜欢看香港枪战片,喜欢那些打打杀杀的类型。苗嘉颜不太喜欢看那种,觉得吵也觉得乱,时常看着看着就睡着了。他更喜欢看安静一点儿的,温柔一点儿的。

陈潮每天都学习,姜荔给他送了很多附中的学习资料,还有月考和期末考的试卷,陈潮寒假里会把它们都做完。姜荔原本并不相信陈潮真这么能学习,他小学那会儿没这么坐得住,作业写完就合上书包,一眼也不会多看。

姜荔真在这儿住了两天才发现陈潮的变化还是很大的,跟小学时比简直像变了个人。

陈潮学习时,丁文滔就自己在那儿看电影,声音放小点儿。

这天,陈潮刚做了张卷子,答案还没对,就被丁文滔拉过去看电影。丁文滔看的是个恐怖片,自己不敢看,一直在等陈潮写完试卷。

苗嘉颜上来的时候,电影里正放到吓人镜头,推门的声音跟电影画面合在一起,那俩人都吓了一跳,丁文滔还脱口而出一声:"妈呀——"

他一嗓子给苗嘉颜喊愣了,见那俩人都瞪着眼看自己,站在门口有点儿不敢进了。

"……怎么了?"苗嘉颜问陈潮。

陈潮呼了口气说:"看鬼片呢,吓一跳。"

"啊。"苗嘉颜合上门走过来,习惯性地坐在陈潮床上,找了个空靠着墙。

陈潮把他往自己身边拽了拽,让他挨着自己。

苗嘉颜问:"潮哥你害怕啊?"

陈潮没说自己害怕,只说:"坐近点儿暖和。"

苗嘉颜在这方面跟他们俩也不一样,恐怖片完全吓不到他。那两人看得屏息凝神的,时不时被突然出现的惊悚镜头吓得一哆嗦,苗嘉颜却只觉得造型很假。后来就变成了陈潮挤着他坐,苗嘉颜还偶尔平静地安慰他一下,说:"别害怕,都是假的。"

丁文滔诧异地看看苗嘉颜,问:"你一点儿都不害怕吗?"

"不害怕,"苗嘉颜说,"只是有点儿无聊。"

"你胆儿真大。"丁文滔说了一句。

苗嘉颜不明白这有什么好害怕的。

陈潮肩膀倚着他,被屏幕吓一跳时苗嘉颜就拍拍他,像拍小狗一样。

腊月二十三,小年送灶神。家里人通常都赶在这天回来,苗奶奶从早上起来就开始忙,蒸大馒头,卤了满满一大锅的肉。

家里做馒头的面只剩一小袋了,苗奶奶让苗爷爷下午去拉一袋回来,免得这几天不够用,粮油店春节期间不开门。但是昨天花棚的棚杆塌了一根,爷爷白天得去花棚修理。

苗嘉颜说:"我去吧,让他们送过来。"

"冷着呢,你别折腾。"天气不好,苗奶奶舍不得让他去。

苗嘉颜戴上奶奶给他织的毛线帽和围脖,说:"没事,不冷。"

镇上粮店人很多,方方正正的一间小店铺都快被人挤满了。

苗嘉颜订了一袋白面和一桶油,让给送到家里去。老板娘拿着本子记上了,苗嘉颜拉拉围脖,转身要走。人太多,苗嘉颜出门时跟人撞了一下,对方捏了一下他的胳膊。

苗嘉颜侧身一躲,对方松了手,苗嘉颜离开前不经意地抬眼一扫,一时间却连呼吸都停了。

那人也正在看着他。

其实当时惊慌之下苗嘉颜并没有看清对方的脸,对方的衣服也和以前不一样了，可苗嘉颜还是看一眼就知道是那人。

　　人的眼睛会暴露很多东西，那直勾勾的眼神显示着丑恶的、扭曲的内心。

　　苗嘉颜特意没直接走那条乡道回家，而是在各种小店里转来转去，在镇上多待了一个多小时。

　　回去的一路上苗嘉颜几乎是跑着的，毛线围脖替他过滤了一道道冷风，风吸进肺里还是很凉，苗嘉颜却不敢停下来。

　　身后摩托车的声音远远地响起来，苗嘉颜脑袋里"嗡"的一声，跑得更快了。

　　他不知道自己是应该继续在道上跑，这样如果有人经过就能看见他，还是应该朝摩托车骑不进去的地里跑。

　　摩托车的声音越来越近，苗嘉颜心脏跳得快要从嗓子眼儿里出来了。

　　幸运的是摩托车径直开了过去，骑车的是个五六十岁的大伯，苗嘉颜没有见过。

　　苗嘉颜站在原地喘了几秒，刚才那一段他跑得腿都快没力气了。

　　然而苗嘉颜气都还没喘匀，摩托车的声音再次响了起来。

　　他回头看了一眼，刚从心里卸下去的恐惧再次爬了上来。

　　他没有连续两次都幸运。

　　被抓着头发扯住的一瞬间，苗嘉颜疼得喊了一声。对方抓他用了蛮力，直接把苗嘉颜困住了。

　　苗嘉颜使出了所有力气去挣，也挣不过一个成年人。那人把他往摩托车上拉，想把他拽上车。

　　这个时候说什么都没用，苗嘉颜没有浪费力气说话，他只是拼命地挣，把摩托车踢倒了。苗嘉颜身上穿的棉袄都被扯开了，拉链从中间绽开，拉链头却还卡在脖领处。

　　苗嘉颜的脸挣得通红，嘴唇却是白的。

陈潮和丁文滔中的谁喊了句什么苗嘉颜没有听清,那人抓着他的衣服最后一扯,拉链头卡着脖子,苗嘉颜有那么几秒钟没喘过气来。

丁文滔扯着那人的脖领边骂边揍,陈潮踹在那人肚子上。

苗嘉颜在一边吃力地喘气,没能弄开拉链头。他过来扯扯陈潮的袖子,指指自己的脖子。

陈潮黑着脸帮他弄拉链,人在情绪激动时手都是抖的。弄了几下没弄下来,陈潮直接把手往领子处一伸,蛮横地把衣服扯开了,拉链头崩了出去。

苗嘉颜嗓音嘶哑地叫了一声"哥哥"。

陈潮在他脑袋上用力按了一把,那力道把苗嘉颜推到了旁边,说:"一边儿等着。"

这是陈潮第二次跟人打架,小学五年级的时候也有过一次。那次是跟初中部一个欺负人的刺儿头,打架没吃着亏,回家让姜荔给罚了一通。

姜荔明令禁止陈潮打架,说这样不文明,像野蛮没教的孩子。

这次陈潮和丁文滔都下了狠手,陈潮泄愤一样地砸着拳头,他实在不能理解为什么一个平凡的小孩儿却总摆脱不了各种各样的恶意。他们俩得把人收拾服了,让这人以后再也不敢招惹苗嘉颜。

过后苗嘉颜被陈潮攥着手腕领着走开时,浑身还在控制不住地微颤。一是因为刚才吓得还没缓过来,一是因为冷。他衣服拉链扣不上来,这么敞着怀走路,风一直往身上灌。

丁文滔在旁边一直骂骂咧咧的,骂人的话半天都不重样。

"还算不缺心眼儿,知道打电话,"陈潮问苗嘉颜,"疼不疼?"

苗嘉颜说"不疼"。

陈潮又说:"你就应该站那儿等我们过去接你,你明知道他看见你了还自己走?"

他声音可凶了,是气的,也是吓的。不管怎么说陈潮也才是个初中生，遇见这种事现在想想还是后怕。

　　苗嘉颜从镇上回来之前是往陈家打了电话的，陈潮接的，苗嘉颜不好意思地说想让他出来顺着这条道接自己。到时候如果没碰上什么也不至于让陈潮走太远折腾他，万一真碰上了，苗嘉颜只要拖着时间就能等到陈潮来。

　　这是他能想到的唯一办法。这种事情如果跟爷爷、奶奶说了，老人会害怕会上火，还会把事情闹得十里八村都知道。因为留长发，苗嘉颜从小被人指指点点地长大，到时候别人说不定还会说出更难听的话。

　　如果没有陈潮，现在的苗嘉颜只会更绝望。

　　"你是不是还害怕？你晚上去我那儿住，等会儿回家换个衣服就过来吧。"到了家门口，陈潮跟苗嘉颜说。

　　"我也想住，我也不回去了。"丁文滔在旁边说。

　　苗嘉颜有点儿犹豫，说："我爸妈今天回来。"

　　陈潮皱了一下眉，又说："那就算了，那你在家待着吧。"

　　苗嘉颜看看他，显得有点儿呆愣愣的。陈潮怕他被吓傻了，叫了一声"苗嘉颜"。

　　苗嘉颜本来都要推门进去了，听见叫他又回过头。他的帽子和围脖脏得不能看，一路在手里拿着，他脸上红肿着，头发乱糟糟的，衣服也敞着，看起来狼狈极了。

　　陈潮嘱咐他："别瞎琢磨，过去了就拉倒了。"

　　苗嘉颜轻轻点头，说："谢谢潮哥。"

　　说完又看向丁文滔，说："谢谢丁……"

　　"别谢我，我就是随手帮个忙。"丁文滔看起来很不自在，挥了一下胳膊说，"千万别谢我。"

　　苗嘉颜进门之后，陈潮跟丁文滔说："别跟别人说这事。"

　　丁文滔说："我知道，我又不欠。"

俩孩子好好地出去的，回来这一身架势一看就是打架了。陈奶奶吓了一跳，忙问："咋了这是？你们打架了？闹别扭了？"

"没有，奶奶，我俩疯玩来着。"丁文滔嬉皮笑脸地说着。

"哎哟，这得疯成什么样啊？这脖子都划坏了，拉锁划的？"陈奶奶问。

"没事，他非攥我。"陈潮说。

陈潮不像他爸小时候三天两头地打架，孙子比儿子强一百倍还多，自从陈潮来这儿陈奶奶都没怎么操过心，唯一需要费点儿心的就是孙子太挑，讲究多。然而老人从来也不会觉得自己家孩子事多有什么，他们都乐呵呵地伺候着。

别人家儿女这会儿都回来了，他们家还得几天，估计得腊月二十七八才能都回来。

旁边苗家人陆续都回来了，苗嘉颜的爸妈也到家了。

陈潮和丁文滔回来都换了衣服，陈潮找了件自己穿着宽松的衣服给丁文滔。换完衣服陈潮开窗户捡了几颗小石头往对面花盆里扔，全扔没了苗嘉颜也没露脸。

"估计愣神儿呢，吓坏了都。"丁文滔说。

陈潮关上窗户，估计苗嘉颜在洗澡，那小孩儿爱干净。

然而这个时候的苗嘉颜正在经历这一天里的第二次恐惧。

苗嘉颜一推院门，正好跟他爸对上视线。四目相对，苗嘉颜那一身狼藉在父母眼里就是胡闹跟人打架了。

苗嘉颜的嘴巴闭得很严，他什么都没说。

他很久没看见爸妈了，爸妈其实也并不想看见他。妈妈扫了他两眼就进房间躺着了，说身体不舒服，晕车。他爸积攒了多年的火气在这一天里莫名地爆发了，说苗嘉颜在这儿整天混得"人不人鬼不鬼"。话音一顿，后半句到底也没收住，耷着眼皮说："你看你这鬼样子！"

苗嘉颜一直沉默地承受他爸的怒火，可他爸觉得他这是在较劲儿，更生气了。连爷爷、奶奶都没能拦住，他爸动手打了他。

苗奶奶一边打苗建一边扯着胳膊拦他，苗爷爷也吼着不让他打。苗嘉颜妈妈从头到尾没出过房间，也没有过问。

"你滚回去！滚回你们自己家！"苗奶奶一边哭着一边说，"别一回来就上我这儿当爹妈来，你们早干什么去了？！"

苗嘉颜的胳膊上、腰上之前被那人抓着的地方，现在被他爸一打，全都火辣辣地疼。苗嘉颜也不躲，眼睛里没什么神采，随他爸打。

"有些话我从来不说，我这当妈的、当婆婆的够可以了！"苗奶奶的情绪也被激了起来，搂着苗嘉颜直哭，"孩子你们不待见，我跟你爸给带大的，我们用着你们什么了？你们一年回来打一回，心里那点儿怨气别只往孩子身上撒！孩子小的时候一口一个'姑娘'，那都是谁叫的？！小辫儿都是谁梳的！"

苗爷爷咳嗽一声，示意苗奶奶别说了。

苗奶奶喊起来的声音也很尖厉："你不用咳嗽！一个个现在觉得孩子有毛病，不正常！我孙子生下来那也是好好的带把儿的，你们非当成姑娘养，到现在了又说我孙子'这鬼样子'！话都让你们说了！

"从今往后！谁再敢动我孙子一下，都给我滚出去！永远别再回来！"苗奶奶一只胳膊搂着苗嘉颜，另一只胳膊随着话音来回比画着。

冬天门窗都封得严，苗家这么大动静，陈家那边什么都听不见。

苗奶奶闹了一通之后，擦了把脸，红着眼眶把苗嘉颜送去了陈家。陈奶奶一看她这样，连忙问怎么了。

苗奶奶又抹着眼泪哭了一通。

陈潮听见声音从楼上下来，见苗嘉颜缩着肩膀在沙发上坐着，站在楼梯上叫了他一声。

苗嘉颜没反应，陈潮皱了皱眉，又叫了一遍。苗嘉颜还跟听不见似的，陈潮迈下来，拍了拍他的肩膀。

苗嘉颜这才抬起头，看向他。

丁文滔被他爸抓回去了，家里人都回来了，他还不着家成什么样子。

苗嘉颜习惯性地坐在陈潮的床上，陈潮拉了桌前的椅子坐过来。

刚才丁文滔用笔记本玩游戏了，这会儿电脑还没收起来，陈潮扣上屏幕，问苗嘉颜："你爸说你了？"

苗嘉颜点点头，说"嗯"。

"因为什么？"陈潮声音冷冷地问。

苗嘉颜空洞地摇了摇头，说："不知道。"

他是真的不知道，可能是因为他回家的样子太狼狈了，也可能还是因为头发。

陈潮说："我真是服了。"

苗嘉颜可能是这一天里受的刺激太过了，反应很慢，也不爱说话。只是一直跟着陈潮，上楼下楼干什么都跟着。陈爷爷、陈奶奶都有点儿担心，说怕孩子被他爸打傻了。

陈潮回头看看，在苗嘉颜的脑袋上摸了两把，说："没事，不能。"

冬天地板不能睡，苗嘉颜从柜子里把自己打地铺的褥子抱了出来，陈潮又给塞了回去。

"进去睡。"陈潮抬抬下巴，示意苗嘉颜睡里面，"咱俩挤挤吧。"

苗嘉颜摇摇头说："这样你睡不好。"

"别管我了，"陈潮在他头上弹了一下，"我事多也分时候。"

于是苗嘉颜上了床，贴着墙躺下了。

陈潮躺下之前，苗嘉颜把自己的头发捋成一束，放在靠里的一侧。尽管这样，陈潮躺下还是觉得脸痒，有几根长头发蹭着他的脸了。

苗嘉颜穿着之前陈潮给他的一套睡衣,他很瘦,这么躺着其实也没占多少地方。

"太瘦了你,也不知道饭都吃哪儿去了。"陈潮说。

苗嘉颜没吭声,连呼吸都是轻轻的,他今天一直是这个状态。

"苗儿。"过了会儿,陈潮在黑暗中叫他。

苗嘉颜侧过头来,答应道:"嗯?"

陈潮看着他,平静地问他:"为什么一定要留长头发?"

苗嘉颜保持着胳膊搭在胸前的姿势,安安静静地想了半天。

"我就是害怕……"眼角的一滴眼泪滑下来洇进枕头里,苗嘉颜慢慢地说,"我小时候一直是这样的,就不知道为什么……突然大家就都不愿意了,非让我剪头发。

"我觉得很害怕,不知道是怎么了。"

苗嘉颜侧身过来,抓着陈潮的袖子,颤着声音说:"我害怕剪了头发就不是我了……"

苗嘉颜搓搓陈潮的袖子,问:"我会消失吗,潮哥?"

陈潮说:"不会。"

"可万一哪天又有谁想让我做别人,所有人都变了脸说我不应该是那样的……"苗嘉颜轻轻地问,"我又应该是什么样的?"

苗嘉颜的出生是个意外。

他妈妈当时刚毕业不久,在学校实习,并没有想那么早生小孩儿。刚得知怀孕的那段时间,她根本没打算留下这个孩子。

苗建虽然想留,可媳妇儿不想生,他也没办法。

差一点儿苗嘉颜就没有机会来到这个世界了。

差的这"一点儿"就在于当时一个家里有九个孩子的邻居老太太说了一句:"看反应像女孩儿呢。"

那时候苗嘉颜的妈妈怀孕还不到六十天,妊娠反应很重,闻不了任何腥味儿和油烟味儿。老太太凭借自己生过九个孩子的经验,判断苗嘉颜的妈妈怀的是女孩儿。

"……是女孩儿啊?"苗嘉颜的妈妈停顿片刻,轻声问。

"按我这经验,肯定是!"老太太笃定地说。

女孩儿多好啊,女孩儿跟妈妈都亲。那个年代其实还有好多人家更喜欢男孩儿,传宗接代的观念还很重,都想生小子。可他们家不一样,苗嘉颜的妈妈因为这一句"像女孩儿",最终把他留下了。

苗嘉颜的妈妈被怀孕折腾得不但没胖反而还瘦了不少,临产前,她抚着自己的肚子,感觉到里面的小家伙在翻身。

她温柔地笑了一下,说:"小闺女好。"

因此当护士在产房里跟她说"是个男孩儿,六斤四两"时,苗嘉颜的妈妈震惊地说:"不可能吧……"

护士笑着把浑身紫红色的小孩儿抱了过来,皱巴巴、丑丑的小孩儿眼睛还没睁开,嘴巴很小,"啊啊"地卖力哭着——的确是个男孩儿。

小衣服、小玩具都是照着女孩儿的样式准备的,就连名字都起的是女孩儿名。生下来的却是个男孩儿,这把一切都打乱了。

苗嘉颜的太姥姥那时还在,可高兴坏了,一边抱着小家伙稀罕得不行,一边劝着苗嘉颜的妈妈:"哎呀,可不敢哭!月子里哭以后眼睛就不好了!你稀罕女孩儿你就当女孩儿养得了,都一样的!"

苗爷爷当时说不然把名字改了,叫"苗嘉颜"看着就像男孩儿了。苗奶奶说:"'嘉颜'也好,看着听着都好,叫什么都好。"

最终户口上还是落了"苗嘉颜"。他妈妈真按着太姥姥的话,给他留长头发,绑小辫儿,每天戴着五颜六色漂亮的小发卡,叫他的时候也是一口一个"姑娘"。

苗嘉颜长得很秀气,眼睛不算很大,有点儿内双,长得像妈妈。皮肤

117

又很白,扎着两个羊角辫儿,穿着漂漂亮亮的小裙子,活脱脱一个可爱的小姑娘。

苗嘉颜的妈妈在家带了他两年半,之后才回市里工作。刚开始苗嘉颜很依恋妈妈,每次妈妈走了都哭。那时候农村不兴上幼儿园这回事,苗嘉颜就这样一直长到五岁多。

要上学前班了,苗建让奶奶带着苗嘉颜把头发剪了,以后不能再这样了。

苗嘉颜的妈妈当时还不愿意,可也没说什么。

没想到向来听话的苗嘉颜却说什么也不肯剪头发,两只小手攥着小辫儿,哭得气都喘不上来了,他还从来没哭成这样过。苗奶奶没忍心,又抱了回去。

刚开始大人只当他是不愿意剪头发,等到真的意识到小孩儿有点儿不一样之后,苗建尝试了各种各样的办法,软的硬的都试过,甚至带他去市里的儿童医院看过,最终也没能把他这"毛病"给扳过来。

苗家从来没有人在苗嘉颜的妈妈跟前埋怨过什么,可不知道她出于什么原因,就是慢慢跟孩子不亲近了。

这一天里,苗嘉颜先是在路上被吓了一通,接着回家又挨了他爸的打,连着折腾下来显得精神都不足了,看着愣愣的。

陈潮睡前提起头发的事,原本是想劝他不然把头发剪了吧,可苗嘉颜后来说的那些,让陈潮又什么都不想说了。后来陈潮只说:"不想剪别剪了,留着吧。"

苗嘉颜流了几滴眼泪过后就再没哭了,尽量贴着墙不挤陈潮。

半夜里他总是做梦,一惊一惊的,陈潮几次被他吵醒,后来睡糊涂了翻了个身,把苗嘉颜挤得只剩了个小空儿,不知道是不是这样在一定程度上让睡着的苗嘉颜感觉到了安全,总之后半宿他再没惊着了。

苗嘉颜在陈潮这儿住了好几天，直到陈潮他爸和他二叔他们都要回来了才走。

这几天里，苗嘉颜一直格外依赖陈潮。不管陈潮干什么苗嘉颜都安安静静地跟在他身边。

这个年过得很不怎么样，苗家气压一直很低，苗奶奶始终没露笑脸，苗建两口子也都不怎么说话，初一下午就走了。

大姑和小姑也没再多待，第二天也走了。

家里人都走了，按往常苗嘉颜应该会觉得轻松又快乐，可他看起来没有多高兴。他时常趴在自己的小桌子前，脸枕着胳膊，呆呆地看着一个点，不知道在想什么。

陈广达本来说好过年要回来，却临时变了卦，说不折腾了，买不着票了。

陈潮问他在哪儿过年，陈广达说在朋友家。

除夕夜，陈广达喝了酒，往家里打电话，陈爷爷和陈奶奶都看着电视没空理酒鬼，只有二叔和他聊了几句，然后把电话给了陈潮。

陈广达在电话里醉醺醺地说："儿子，当初把你放在奶奶家爸心里就想，我得什么时候能再把我儿子接回来。爸跟你说……房子爸都买好了，就在附高旁边，你撒手考……考不上咱花钱也去附高！"

"你喝了多少啊？"陈潮无奈地问他，"舌头都直了。"

"没喝多，这才哪儿到哪儿啊？"陈广达接着说，"这两年爸一直害怕，怕再起不来了……对不起我儿子。"

陈潮最怕这些肉麻兮兮的话，尤其他爸一喝多了更黏糊人，陈潮说："快行了行了。"

陈广达又絮叨了半天才把电话挂了，陈潮陪爷爷、奶奶一直把春晚看到唱《难忘今宵》。

这是陈潮在奶奶家过的第三个年,他的初中只剩最后一学期了。

和刚来的时候比起来,陈潮现在住得已经没那么不适应了。这栋小楼的二层堆的全是他的东西,在这儿他有了朋友,还有了个苗嘉颜。

这个学期里,丁文滔与莎莎单方面的"爱情"无疾而终,莎莎明确地拒绝了他。

人高马大的少年小丁陷入了伤痛的"失恋"情绪中,整天唉声叹气。

陈潮的房间现在经常装着三个人,一个坐在桌子前写作业的,一个搭着桌子角写作业的,还有一个不写作业的。

丁文滔用力地叹了口气,靠在墙边继续忧愁。

陈潮和苗嘉颜对视一眼,陈潮笑了一下,苗嘉颜不敢笑。丁文滔看看他们俩,说:"没同情心。"

苗嘉颜一张卷子写半小时了,他有点儿写不进去。陈潮看了一眼,是直接从练习册上扯下来复印的卷子,质量不怎么样,陈潮说:"不想写就别写了。"

"明天要交,"苗嘉颜收心继续做题,"不写作业哪能行。"

"抄答案。"陈潮指指卷子最上面跟着一起印出来的页眉,"你不有这本书吗?"

陈潮不想写的作业向来都是抄答案,不浪费时间。苗嘉颜却从来没这样过,在他心里就没有抄答案这个选项。他看着陈潮摇摇头,不敢。

"一根筋。"陈潮说完就不管他了。

"你说我看你俩在这儿说话,我怎么心里不得劲儿呢?"丁文滔倚着墙,木着张脸说,"我吃醋。"

"你吃错药了。"陈潮说。

苗嘉颜喝着水呛了一口,咳嗽得眼泪都出来了,陈潮看看卷子上的水,一时间也不太想碰了,站起来开了窗户,等吹干。

苗嘉颜用袖子给他擦，陈潮说："别擦了，晾着吧。"

丁文滔又待了一会儿就走了，陈潮的视线从草稿纸上挪开，往苗嘉颜身上瞥了一眼。

"我一直还没问过你，"陈潮又继续做题，岔开话问，"你喜欢谁没有？"

苗嘉颜原本就坐得挺直了，这会儿后背又下意识地一绷，吭吭哧哧地没说出话来。

陈潮和苗嘉颜都不像丁文滔，整天把这点儿事挂嘴边说，他们俩从来不提这个。苗嘉颜一时间不太适应这个话题，也不好意思说，他本来就很内向，不爱表达，陈潮一个问题把他问得脸涨得通红。

"脸红什么？问你你就说。"陈潮见他一直没吱声，说。

"我没……没有啊……"苗嘉颜只得回答。

陈潮抬手用笔杆在苗嘉颜的头顶敲了一下，说："支支吾吾的。"

五月还没到，天气就已经渐渐暖和了起来，有几天热得像是夏天要来了。

难得陈潮这天没学习，歪在椅子上看了部电影，本来是跟苗嘉颜和丁文滔一起看的，后来丁文滔出去跟人打球了，苗嘉颜睡着了。

陈潮看完电影一扭头，看见苗嘉颜睡得微张着嘴，以一个看着就不舒服的姿势侧躺在他床上。不管什么人，睡觉只要像这么张着嘴，都会显得滑稽。

陈潮笑笑，去了趟厕所，回来的时候苗嘉颜听见了脚步声，睁开眼睛看着他。

"睡得真香，"陈潮在他腿上拍了拍，"往里点儿。"

苗嘉颜原本没脱鞋，所以小腿搭在床外面，陈潮这么一说他就把拖鞋蹬掉了，往里挪了挪。

陈潮坐上来，手机上不知道从哪儿来的乱七八糟一堆消息，他靠着床头边看边删。

苗嘉颜睡得迷迷糊糊的，换个姿势闭上眼睛就又睡了。床不是很宽，陈潮偶尔一动胳膊就能碰到他的脸。苗嘉颜睡觉轻，碰着脸就醒，醒了睁眼看看，再闭上眼接着睡。

他睡得太舒服了，陈潮原本不困，看了他几眼也跟着困了。

他将手机往桌上一扔，把落在这边枕头上的苗嘉颜的长头发团了团后往苗嘉颜头顶一放，也躺下了。

窗外有小风断断续续地吹进来，陈潮睡冷了，胳膊挨着苗嘉颜。

苗嘉颜迷迷瞪瞪地睁开眼睛看看他，陈潮皱着眉"嗯"了一声，蜷了蜷腿。苗嘉颜支起身，把被子拉下来给陈潮盖上，才接着睡了。

苗嘉颜是柔软的，他就像一块布，像一杯水。他依赖着陈潮，如果说苗嘉颜是一棵脆嫩嫩的细芽，那陈潮就是他旁边那块挡风的石头。

这种朋友间的依赖是相互的，三年下来，尽管陈潮是个那么不爱腻歪的人，可在初中的最后两个月里，他依然表现出了很多对这个地方、对爷爷和奶奶，以及对苗嘉颜的不舍。

苗嘉颜晚上写完作业要回去了，陈潮打了个哈欠说："别回了，在这儿睡吧。"

"啊，"苗嘉颜没有拒绝，转头又回来了，说，"行。"

天气不冷了，苗嘉颜又能在地上睡了，睡地上其实很舒服，跟睡床的感觉不一样。

陈潮洗澡回来，苗嘉颜已经在地铺上躺好了。陈潮一屁股坐下，一歪身靠着苗嘉颜。

"苗儿。"陈潮叫他。

苗嘉颜说："唉。"

陈潮问:"我走了谁伺候我啊?"

苗嘉颜笑笑,说:"到时候你该谈恋爱了。"

"跟那有什么关系,"陈潮莫名其妙地说,"再说谈恋爱了也没人伺候我,我不伺候别人就不错了。"

"你怎么伺候别人啊?"苗嘉颜想象不出来,"我潮哥只会挑毛病。"

"我不伺候,"陈潮一脸不感兴趣的表情,"我也不谈。"

苗嘉颜没说话,只是笑。

"你也别瞎谈。"陈潮过了会儿跟苗嘉颜说。

"谈什么?"苗嘉颜天真地问。

"恋爱。"陈潮说。

苗嘉颜赶紧说:"我不……不会的。"

"别在这儿谈,"陈潮动了动脖子,换了个更舒服的姿势,跟苗嘉颜说,"这儿太小了,你得去外面看看,好好上学。"

"你就是外面的人,"苗嘉颜躺在那里,视线垂下去,轻声说,"你跟这里的人都不一样。"

陈潮说:"我往大了说只能算个外面的小孩儿。"

苗嘉颜没说话,放在身侧的手动了动,像是想摸摸陈潮的头发,最后又没有摸。

春夏交际的时节总是下雨,雨大得连学校都放了假。

苗嘉颜的生日在五月十五日,他出生那年的这天就是个雨天。

这一年又赶上暴雨,风很大,把村里一根电线杆刮倒了。村里连着片地停电,下着雨又没法儿检修。那天从下午开始一直到晚上都停着电,家里黑漆漆的。爷爷点了好多根蜡烛,奶奶给煮了面,还滚了鸡蛋。本来每年都会在镇上订个小蛋糕的,但是这两天都在下雨,镇上蛋糕店没开门。

陈潮开着窗户喊人,苗嘉颜扯着雨披就跑了过来。

陈爷爷、陈奶奶已经躺下准备睡了，苗嘉颜把雨披搭在门口，摸黑上了楼。

"什么事，潮哥？"苗嘉颜推开门问。

"你今晚在这儿睡吧，"陈潮说，"雷太响了我害怕。"

苗嘉颜一下就乐了："你别逗我了。"

"真的。"陈潮又说，"风都吹出什么声了，听着我都害怕，还停电，太黑了。"

苗嘉颜笑得不行，陈潮说："多吓人，别笑了。"

"好好，"苗嘉颜边笑边说，"今晚我在这儿睡，我下楼去把门闩插上。"

"一起去吧。"陈潮也跟着站了起来。

苗嘉颜从小就在这种环境里长大的，农村停电了还赶上刮风下雨确实挺恐怖，可苗嘉颜在这方面胆子奇大，这就跟他看恐怖片不害怕一样。

插完门闩回来，上楼的一路上苗嘉颜都在前面攥着陈潮的手腕，带着他上楼。

"小心台阶，"苗嘉颜温声提醒，"别踩空。"

陈潮走得小心翼翼，下雨天停电实在黑得太彻底了，好在眼睛已经适应了黑暗，多多少少还能看见点儿东西。房间里好歹还有两根蜡烛，陈潮关了门，呼了口气。

苗嘉颜不敢笑出声来，只敢偷偷地弯着嘴角。

外面的风刮得有些放肆，吹得窗户都噼噼啪啪地响。

苗嘉颜坐到床边去，刚要说话，手边碰到个东西。他摸了摸，是个手拎袋。

"你拿回去吧。"陈潮守着蜡烛坐在桌前，跟苗嘉颜说。

"什么啊？"苗嘉颜惊讶地问。

"就当生日礼物吧，"陈潮说，"潮哥要走了，送你的。"

苗嘉颜伸手进去摸了摸,还是个袋子。

"为什么送我东西……"苗嘉颜眨眨眼睛,"你不是考完才走吗?"

陈潮嫌他啰唆,说:"我又没说明天就走。"

苗嘉颜不说话了,抱着硬壳手拎袋坐在床边发愣。

陈潮本来想看看他,但是这种天气里,配上房间里两根蜡烛照出来的这点儿寒碜的光线,苗嘉颜脸白,头发又那么长,说实话陈潮有点儿不敢看他。

苗嘉颜又伸手进袋子里摸了一遍,还低头看,但也看不清楚。

"是衣服,别摸了。"陈潮说。

苗嘉颜慢慢瞪圆了眼睛,看着陈潮的表情里充满了难以置信。

陈潮转过去一下就马上转回来,说:"你别这么看我,我害怕。"

苗嘉颜小声问:"为什么……给我买衣服啊?"

陈潮说:"不为什么。有什么为什么。"

苗嘉颜低着头,抱着礼物的样子看起来就像个很乖的小朋友。

"你给我买的吗?"苗嘉颜又问。

"我买不着,"陈潮说,"上回我让我妈带来的。你别一直低着头。"

原本陈潮也不至于这么害怕,也赖丁文滔弄了太多恐怖片,所以现在看见这种黑长直的头发,他心里就下意识地有点儿发毛。

苗嘉颜只得抬起头,冲着陈潮。

陈潮:"……"

陈潮说:"你也别看我。"

苗嘉颜不知道该怎么办了,最后用手腕上的小皮筋把头发扎了起来。

这瞬间就清爽多了,陈潮整个人仿佛连神经都放松了不少。

"谢谢潮哥。"苗嘉颜的声音小小的、轻轻的。

陈潮像往常一样随意地摸摸他的头,说"不客气"。他说:"别人说什么不重要,穿裤子自在,穿裙子漂亮,乐意穿什么就穿什么,别人管不着，对吧？"

苗嘉颜不说话，只看着陈潮，嘴巴微微抿着。

外面风猛地一刮，窗户一响，陈潮的手从他头上拿下来，深吸一口气说："别看我，你要不睡觉吧。"

苗嘉颜很想看看衣服，可当时太黑了，看不清楚。

而且陈潮也不让他拿出来，摁着手拎袋不让苗嘉颜动，说："你可千万别说想试试，我不可能让你试。"

开玩笑吗，黑头发白衣服，要人命了。

苗嘉颜说："我不试。"

"乖。"陈潮这才拿开了手。

前半宿一直打雷，本来看的那些恐怖片陈潮都没记得，这会儿全想起来了。各种片段接连往脑子里挤，陈潮时不时得往苗嘉颜那儿看看，看苗嘉颜安静地睡着就觉得安心多了。

第二天一早，陈潮一睁眼，苗嘉颜已经收拾利索了，正坐在他床边抱着袋子发呆。

陈潮用膝盖碰了碰他。

"潮哥你醒了？"苗嘉颜回头看他。

"没有。"陈潮又把眼睛闭上了。

苗嘉颜伸手轻轻晃晃他的腿，试探着问："我能看了吗？"

陈潮还困着呢，说："看。"

陈潮前半宿根本就没怎么睡，他这觉只睡了一半，要想睡到自然醒还得至少仨小时。回笼觉刚续上，感觉到有只微凉的手又在晃自己。

陈潮皱着眉，不耐烦地哼出个声。

"潮哥……"苗嘉颜虚攥着陈潮的手臂，还不敢晃得太使劲儿。

陈潮睁眼，见苗嘉颜蹲在床头，搭着床边眼巴巴地看着自己。

"干什么？"陈潮没睡醒的样子总是显得很凶。

苗嘉颜倒不怕他，带着一点点不好意思："你看我穿着好看吗？"

陈潮困得睁不开眼睛，努力睁了睁："我看看。"

苗嘉颜站起来，往后站站，让陈潮看他。

这是陈潮想得到的，姜荔会买的样式。陈潮好像就没怎么看过姜荔穿色彩鲜艳的衣服，她不喜欢那些特别明艳的颜色。

苗嘉颜的头发规整地披在后背，小皮筋绑在手腕上，像戴的小手绳。这会儿光脚站在地上，脚踝因为瘦，骨节很明显，夏天没到，还没晒黑。

"好看。"陈潮虽然困，然而夸得真心实意。

苗嘉颜许久没穿裙子，看得出稍微有点儿拘谨。

陈潮实在扛不住了，眯了眯眼，又重复了一次："好看。"

今年陈潮还没有去过棉花田，陈爷爷和陈奶奶不让他去，怕他中暑。

苗嘉颜也不让他去，跟陈爷爷、陈奶奶站在一队，到了六月，几乎不让陈潮出门。反正陈潮本来也不想出门，他夏天不爱动。

陈潮送的那件衣服苗嘉颜一直没拿出来穿，放在柜子里藏着，也不怎么拿出来。

陈潮问他怎么不穿。

苗嘉颜拄着胳膊说："我不舍得呢。"

"有什么不舍得？"陈潮说，"穿不坏。"

"我怕穿脏，"苗嘉颜轻轻地笑着，"那么白。"

"穿脏了洗。"

"经常洗会变黄。"苗嘉颜说。

中考之前姜荔请了一周假，提前过来了。

苗嘉颜见了姜荔，打了声招呼，说："阿姨好。"

姜荔之前就见过他，跟他问了好。

"谢谢阿姨给我买的……衣服，"苗嘉颜中间停顿了一下，"很漂亮。"

陈潮听他说这个，还意外地挑了一下眉毛。苗嘉颜并不是个能主动跟人说话的人，何况是说这个。

"我也觉得漂亮，干干净净的。"姜荔笑着说。

姜荔说起这个很平常，仿佛给苗嘉颜买的是一件衬衫。她也没有主动去提"裙子"，而且话语间没有视线的回避，也不会显得多么热络，而是一种熟悉的不刻意的自然感，和陈潮很像。

陈广达一直到现在都还没露面，姜荔天天说他不靠谱。陈广达给陈潮打电话，姜荔接过来，问他："你还好意思问呢？"

陈广达在电话里受了姜荔一顿数落，陈潮在一边听，听得直想笑。

姜荔训人很凶，陈广达以前经常挨训。有时候爷儿俩一起闯了什么祸，就在家一起挨训。姜荔在那边说，爷儿俩都各自听着，不敢对上视线，只要眼神一对，就总想笑。

"陈广达，你这辈子就没靠谱过，你心里有数吗？你儿子快中考了。"姜荔说着都理解不了，想不通为什么会有这么当爸的。

"那你说得对，确实你儿子优秀，你儿子但凡稍微不优秀点儿，就毁这儿了。"姜荔看看陈潮，"你儿子什么都不像你，就这一根筋全随了你。

"还当美事呢，"姜荔损他，"我看你现在都不知道好赖了。"

姜荔说话不让人，得说解气了才行。陈潮现在晚上不会学到太晚。陈奶奶送水果上来，姜荔刚要说话，看见陈奶奶就把话收了回去，再怎么也不能当着老人面数落人家儿子。

"行了，挂吧。"姜荔说。

镇里学校不能做考场，没有监考环境，考生都要去市里参加考试。

临考前两天，陈潮就要跟着姜荔回市里。陈潮让丁文滔跟他一块儿住,丁文滔他爸妈没让,到时候他们带着去。

回市里前一天晚上,苗嘉颜来了一次。

他过来给陈潮送清凉油。

"你别忘了带这个,你还有吗?"苗嘉颜拿了一罐新的给他,"你记得涂。考场可以带吗?"

"不能吧,"陈潮说着把东西塞进书包侧面的口袋,"不知道宾馆有没有蚊子,我带着。"

陈潮没在学习,而是坐在椅子上,无所事事地转笔。姜荔在楼下,没在陈潮的房间。苗嘉颜没马上走,而是坐在陈潮的床边。他洗完澡过来的,头发还没擦干。

"东西都收拾好啦?"苗嘉颜问。

"嗯,没什么收拾的。"陈潮说。他没什么要带的东西,就带身换的衣服,书本也不打算带了。

苗嘉颜点点头,安静地坐在旁边看他。

陈潮笑了一下,转头问:"看我干什么?"

苗嘉颜也跟着笑笑,问:"你还回来吧,潮哥?"

"回啊,我东西都在这儿呢。"陈潮伸手搭在他的头上,"考完就回来。"

苗嘉颜顺着他的手劲儿低头,说:"嗯,好。"

陈潮知道苗嘉颜很失落,这几天姜荔来了之后苗嘉颜就没怎么过来。他们这几天见得不多,但是每次见了面苗嘉颜都笑呵呵的,今天是他第一次把他这种失落不明显地表现出来。

陈潮说:"这不还有个假期吗?"

"嗯嗯,"苗嘉颜又点点头,"是的。"

陈潮说:"考完就回来了。"

然而陈潮却没能考完就回来。他自从去了奶奶家就基本没怎么来过姥姥家，这都来了，不去待两天说不过去。

　　陈潮虽然本来也不是皮肤多白的孩子，可之前绝对没有现在这么黑，在农村待了三年，现在俨然已经是一个黑小子了。

　　姥姥和姥爷看见他，边笑边嫌弃，说太黑了。他们对陈广达意见很大，话里话外总是透着一股明显的不喜欢。姥姥和姥爷一向觉得姜荔和陈广达门不当户不对，现在离了，他们觉得这是必然结果。

　　陈潮虽然不至于挂着脸摆出不高兴来，可也不太想听。这三年陈潮和爷爷、奶奶每天在一起生活，没有听过他们说姜荔一句不好。

　　苗嘉颜过来给陈奶奶送馒头，问："陈奶奶，潮哥今天回来吗？"

　　"没打电话呀，"陈奶奶在围裙上擦擦手，接过小盆说，"他姥姥和姥爷不让走，可能还得留他多住几天。"

　　苗嘉颜点点头，帮陈奶奶把土豆削了皮才回去。

　　一周了，陈潮还没回来。苗嘉颜每天早上起来都会站在窗户前，往对面的房间看。

　　陈潮如果回来了，在房间里一走动他就看得见。

　　苗嘉颜这几天放学都是坐校车回来的，现在车上人说什么他已经不在意了。校车窗户都开着，车开起来时会兜进风来，把苗嘉颜的头发吹起来。身后有人在故意发出"呕"的声音，夸张又滑稽，苗嘉颜就像听不见一样。

　　跟之前比起来，现在他的冷淡不像从前一般是在人前刻意绷出来的保护层，而是从陈潮身上学来的发自内心的不在乎。

　　校车一直停在村口，苗嘉颜走不了多远就能到家。

　　苗奶奶已经做好了晚饭，苗嘉颜放下书包，去洗手吃饭。

　　"是不是快要放假了？"苗爷爷问。

　　"还有一周。"苗嘉颜想到放假就有点儿开心。

　　"放假了好，"苗奶奶也高兴，老人总觉得孩子每天早出晚归地上学很辛苦,"放假了早上能多睡会儿。"

吃过晚饭帮奶奶洗了碗,苗嘉颜才上了楼。

对面房间还是没开灯,苗嘉颜把书包放在一边,坐了一会儿。直到窗户外面有清脆的"咔嗒"声传进来,苗嘉颜才猛地一抬头。

陈潮正站在对面,开着窗户往他这儿扔石头。

苗嘉颜"腾"的一下站了起来。

陈潮笑着看他:"还不过来?"

"来了!"苗嘉颜转身就走,走了几步又回来一把拎起书包,带着一起走了。

苗奶奶在外面刷鞋,见苗嘉颜拎着书包跑出去,问:"干吗去啊?"

苗嘉颜边关门边说:"去陈奶奶家,晚上不回来了!"

苗嘉颜在陈潮那儿住,丁文滔也总是过来挤一块儿。地铺睡不下两个人,丁文滔来了,就得苗嘉颜和陈潮挤着睡床,苗嘉颜怕陈潮嫌挤,只得回去。

陈潮说:"没事。"

三个人又开始看恐怖片,丁文滔坐在地铺上,倚着床边。

苗嘉颜和陈潮坐在床上靠着墙,苗嘉颜看得很无聊,而那俩总吓得一蹦一蹦的。

"要不别看了吧?"苗嘉颜见陈潮又吓了一跳,说。

剧情正到紧张处,他一出声那俩人又是一抖。

"……"苗嘉颜不明白为什么明明害怕还要在这儿看,却又不敢再出声了。

陈潮害怕了就往他身上靠。他靠过来苗嘉颜就拍拍他,丁文滔一回头看见他们俩,不干了。

"你俩别坐一块儿!"丁文滔吼,"都一样害怕凭什么我自己坐着!"

"那你什么意思？"陈潮的眼睛还看着屏幕，说。

"要不你也搂着我！"丁文滔提出诉求。

陈潮毫不犹豫地拒绝了："你滚。"

中考完这个暑假很爽，又长，还没有作业。

丁文滔基本上常住在陈家了，每天就是跟陈潮一块儿待着，明明什么都不干，也不觉得无聊。

苗嘉颜考试去了，剩下两个初中毕业的高大男生，丁文滔神神秘秘地从电脑包里掏出张碟，放了进去。

苗嘉颜考试回来，跟爷爷、奶奶说了一声就来了陈家。

陈潮房间门关得严严的，苗嘉颜敲了敲："潮哥？"

"进。"陈潮应着。

"哎！等会儿！"丁文滔急急地跟了句。

"他没事。"陈潮说。

"那也不行啊，多别扭……"

可丁文滔说"等会儿"的时候已经晚了，苗嘉颜已经推开了门。

只见丁文滔慌忙扣下电脑屏幕，清清嗓子，从椅子上站起来直接去了厕所。

陈潮倚着墙坐着，盘着腿，看起来很正常。

苗嘉颜愣愣地看着丁文滔出去的方向，问："怎么了啊……"

"没事。"陈潮笑着说，"不管他。"

苗嘉颜刚开始不明白，想了想也就明白了，脸"腾"地红透了。

"要不我……我出去吧，"苗嘉颜已经站了起来，说着就要走，"我是不是打扰你们看……电影了？"

"回来。"陈潮哭笑不得。

苗嘉颜回头又看见他，只觉得手足无措："我还是先……先走吧……"

"往哪儿走？"陈潮踢踢他的腿。

苗嘉颜只得又坐下。

丁文滔从厕所回来，见苗嘉颜两只手都放在腿上，坐姿如同在上课。

"这咋整的？"丁文滔诧异地看了一眼陈潮，"你给他看了？"

"没有。"陈潮说。

苗嘉颜再次站了起来："我……"

"你什么你，"陈潮笑着说，"坐下。"

因为这个事，苗嘉颜接下来几天都有点儿不自然。

陈潮觉得他逗，还问："你有什么不好意思的？"

苗嘉颜支支吾吾地说不出来。

陈潮问他："你发育没有？"

苗嘉颜"唉"了一声，往旁边一转："你问这干……干什么啊？"

"问问，"陈潮还在笑，"咋这么放不开？"

苗嘉颜都这样了，竟然还老老实实地回答："发了……"

"发了？"陈潮都笑出声来了，"说得跟中彩票似的。"

后来陈潮不逗他了，摸摸他的头："苗儿也长大了。"

苗儿当然也会长大的，他一直在随着陈潮一起长大。

时间进了八月，陈潮马上就要走了。

他不可能在这儿住到开学，他得提前回去适应。陈潮之所以现在还没走，完全是因为他爸还没回来。可最迟八月中旬也得走了，得准备不少东西，也得收收心。

其实原本的计划不是这样的，这个暑假陈潮是要出门转转的，可最终他哪儿也没去，就一直在奶奶家。

陈奶奶偷着抹了几次眼泪，孙子在她这儿住了三年，这会儿要走了，奶奶肯定不舍得。乐观的陈爷爷也难得地唉声叹气，可他们都知道没法儿再留。

苗嘉颜绝口不提陈潮要走的事,只是经常看着他。

陈潮收拾着他的那些东西,不知不觉东西已经多得一次带不走了,陈潮有好多东西都没带走,留着给苗嘉颜了。

"衣服你留着穿吧,有的我穿着小了。"陈潮把两箱衣服推给苗嘉颜,对他说。

苗嘉颜摇头。

"真小了,我长得快,我来的时候还没到一米七。"陈潮说的是事实,他这三年长了十厘米还多。

那些书陈潮也都没拿,只拿了几本字典,剩下的也都给了苗嘉颜。

"笔记和书你都留着看,"陈潮蹲在地上看着桌子底下那些乱糟糟的书,"好好学习。"

他说什么苗嘉颜就点点头表示听到了,却什么都不想说。

陈潮说:"别傻了吧唧地闷头写作业,没用的作业你就抄答案。"

苗嘉颜还是点头。

陈潮抬眼看看他,顺手把苗嘉颜裤子上的小飞虫掸走了。

陈潮当初来的时候是在夏天,现在他要走了,也还是在盛夏。

他走的前一天,苗嘉颜去棉花地里排水。前一天夜里下了暴雨,地里的水怕是排不出去。天气闷得像个蒸锅,他的汗一滴滴地顺着额头往下淌。

陈潮也跟着去了地里,这个时间棉花上已经有豆虫了,今年的豆虫很多,打了几次药农却还是没杀干净。

苗嘉颜伸手拿掉陈潮后背上的一条虫,陈潮回头问:"怎么了?"

"没怎么,"苗嘉颜已经把虫扔掉了,"有片小叶子。"

来的时候只是空气很闷,天有点儿阴,等到都收拾完,天却开始下起了雨。

苗爷爷和陈爷爷都开三轮车来的,苗爷爷拉着两个小的先走了。

两个人坐在三轮车的后车斗里,陈潮有点儿窝腿。

"你放我腿上。"苗嘉颜说。

陈潮也不计较,直接腿伸直了压着苗嘉颜的腿。

"明天潮哥要走了,"陈潮靠近了一点儿,跟苗嘉颜说,"我得回去上学了。"

苗嘉颜侧过头,看着他,几秒之后才"啊"了一声。

雨噼里啪啦地落下来,陈潮脱了防晒服,遮着他们俩。

苗嘉颜说:"你不会再回来了。"

陈潮没有反驳,他知道苗嘉颜说的不是假期探亲似的回来。像这样长期地在一个地方生活,陈潮确实不会了。

回了陈潮的房间,两个人都换了身衣服。

每天都有人住,地上的褥子就没收,陈潮冲了澡出来坐在地上,苗嘉颜穿着陈潮的短袖短裤,盘腿坐在床上。

"你个儿怎么长那么慢?"陈潮说,"我穿小那么多,你穿还是松。"

苗嘉颜说:"是因为我太瘦了。"

"我也不胖啊,"陈潮拍拍自己的腿,"我也挺瘦。"

苗嘉颜说"嗯"。

他的失落有点儿藏不住了,陈潮却没什么话能安慰他。

"上学放学别自己走,坐校车,或者去找丁文滔。"陈潮说,"他要不理你你就在后边跟着他。"

苗嘉颜低着头,说"嗯"。

陈潮把手机从兜里掏出来,塞进苗嘉颜手里:"这部手机我用了好几年了,留给你用,旧了不值钱。你就用我这张卡吧,等我换了号给你发短信,有事给我打电话。"

苗嘉颜不想要,可陈潮还是往他手里塞,于是苗嘉颜还是说"嗯"。

"不会说话了？"陈潮坐在他腿边，抬着脸看他，笑着说，"在这儿'嗯嗯嗯'的。"

苗嘉颜的眼睛已经红了，张了张嘴，却还是没说出什么话来。

"高中要上，大学也要上。"陈潮胳膊搭着苗嘉颜的膝盖，靠着跟他说，"这里很小，外面世界很大。你得出去看看，我也一样。"

这话是陈潮第二次和他说了。

"你爸回来你就上这儿来住，打你你就跑。"陈潮抬手摸摸他的头发，"头发很好看，但是也有很多麻烦，你得想办法护着自己。"

苗嘉颜连"嗯"都不说了，一直低头。陈潮探头从底下看他的眼睛，问："哭了？"

苗嘉颜没应，也没摇头。

"你要不是实在让我有点儿不放心，我就不用在这儿念叨了。整得好像我在训你。"

苗嘉颜这次却开了口，声音听着很轻，说："没训。"

陈潮说："三年比我想的过得快。"

苗嘉颜抬手，用手背蹭了一下鼻子。

"虽然这儿蚊子很多，夏天太热，土也多，"陈潮笑着说完，又接着说，"但是习惯了也还行。

"来这儿之前我以为我得臭着脸过三年，过完马上就走。现在三年一晃过去了，我还多待了一个半月。"

陈潮很帅，虽然初中毕业的男孩儿还没彻底长开，但已经能看清轮廓了。眉骨、鼻梁都很高，嘴唇也很好看。苗嘉颜看着他，这会儿陈潮一点儿也不凶，是个很温柔的邻家哥哥。

"这三年过得没我想的那么不容易。"陈潮说。

苗嘉颜的眼泪落了下来，薄薄的眼皮到底还是兜不住了。

"我事这么多，还能过得挺舒服的。"陈潮看着他的眼睛，说，"谢谢苗儿。"

又有两滴眼泪落了下来,苗嘉颜用力闭了闭眼。

苗嘉颜难过地拥抱过来的时候,陈潮刚开始没反应过来,因为他被扑面而来的湿头发给扑蒙了。

等反应过来之后还不等他说话,苗嘉颜就站起来没敢再看他,留了句颤抖着的"谢谢潮哥",推门跑了。

第六章
新的开始

陈潮一走就是一年半。

苗嘉颜没有怎么问过陈奶奶关于陈潮的事,他知道陈潮不会回来。陈潮本来就是这里的一个矜贵的小客人。他在夏天来,又在夏天走,给这里留下了一场带着夏日气息的梦。

上一年的春节,陈爷爷、陈奶奶被陈家二叔接走了,全家在二叔那儿过的年。那年春节苗建两口子回来,腊月二十九,苗嘉颜被他爸按着要剪掉他的头发。苗嘉颜挣扎的时候划伤了脖子,最后推开了他爸。

这一年的夏天,苗嘉颜初中毕业了。中考前被他爸带回了市里的家,四天里父子俩和平共处,苗建没说他。中考结束那天,苗嘉颜一到家就说累了,饭都没吃就躺下睡了。第二天,爸妈都上班了,苗嘉颜一天都没耽搁,直接打车去了汽车站,回了奶奶家。

也是这个夏天,苗嘉颜考上了镇里的高中,并且成绩高出分数线好几十分。秋天,苗嘉颜成了一名高中生,并且在最好的那个班里。

学校里有一些报考县里、市里的高中落榜的考生，报考的学校没考上，又付不起市里学校的择校费，就只能被随机分到周边的乡镇中学。或许是因为他们，也或许是因为当初的学生们都长大了。不知道究竟是什么原因，总之苗嘉颜上了高中后，觉得周围的环境好像突然就变得没那么刻薄了。偶尔会有女孩子主动跟苗嘉颜说话，平时发作业和值日的时候，也会有同学和他正常交流。

甚至有那么几个女生，还跟苗嘉颜聊过天。语气里虽然带着明显的好奇，但听得出来她们没有恶意。

可苗嘉颜却还是不习惯和人交朋友，在一个并不让他觉得安全的环境里，他的防备几乎是种本能。他没有那么爱说话，也不爱表达。对他来说，最舒服的就是坐在房间里，坐在小桌前，看着外面发呆。

"苗儿？"苗爷爷拎着饭盒进来，没看见苗嘉颜。

"唉！这儿呢。"苗嘉颜从边上的一个杂物堆里站起来，手上还端着个塑料花盆。

"我以为你上哪儿去了。"苗爷爷把饭盒放在泡沫箱上，走过来看。

苗嘉颜这两天待在花棚里，把接下来的活儿都干得差不多了。苗爷爷说："嘿哟，真勤快。"

"反正闲着也无聊。"苗嘉颜笑着说，"被我弄坏了一个，根给碰断了。"

"没事，"苗爷爷催他，"撂下吧，先吃饭。"

苗嘉颜为了躲他爸，这几天都打算待在花棚里。按原本的打算，苗嘉颜会一直在棚里待到天黑，最好是待到大家都准备睡觉的时候。然而今天他却不想待到那么晚。

"你早点儿回来，趁他们都不在厅里你就悄悄上楼。"苗爷爷坐在苗嘉颜对面，看着他吃饭，"爷爷帮你拖住你爸。"

苗嘉颜正啃着一截玉米，被爷爷逗笑了，配合着说："好，到时候我在门口整点儿声音出来,你听见了就帮我叫住他们,我快点儿上楼。"

"明白明白,"苗爷爷比了个"OK"的手势,"你看爷爷的。"

苗爷爷嘴上答应得好,然而等真正实践的时候却掉了链子,完全把这事忘干净了。

苗嘉颜回来时从门缝往里看了一眼,房间里没点灯,只有厅里灯亮着,明显大家都在厅里呢。苗嘉颜捡了块小石头在门上砸了一下,弄出声不大不小的动静。苗爷爷靠在椅子上喝着茶,半点儿没反应过来。

苗嘉颜试了三回,苗爷爷坐得相当瓷实,杯子里的茶水喝没了又续了一杯。苗嘉颜手揣兜站在门口,往隔壁楼上看了一眼,二楼房间亮着灯。

他不死心地又拿小石头试了一次,这次声音稍微大了点儿。

苗建朝门口看了过来,大姑叨咕:"谁干什么呢?"

苗爷爷仍然没想起来,吹开热气吸溜了口茶水:"谁知道哪家孩子淘气。"

苗嘉颜干等了好久也不见爷爷开门出来,心里想,老苗再也不会得到我的信任了。

就在苗嘉颜打算干脆直接推门进去的前几秒,隔壁门突然开了。

苗嘉颜往后退了半步,像是吓了一跳。

"干什么呢你?"陈潮看着他,问。

苗嘉颜因为早上已经和陈潮说过话,显得没那么拘谨了,小声答:"我叫我爷爷。"

"叫爷爷干什么?你不敢进去?"陈潮问。

"我不想我爸看见我……"苗嘉颜回答,"怕他发火。"

陈潮看看他,转身进去了。苗嘉颜站在原地,看着陈家敞开的大门。

"能不能进来了?"陈潮不耐烦地在里面问,"进来带上门。"

如果是以前的话,苗嘉颜早溜溜地跟进去了,这会儿却没动,说:"我不……不用了吧,我等会儿。"

"行。"陈潮皱了一下眉,说。

"小旭还烧不烧了?"陈广达伸手摸摸侄子的脑门儿,"退烧药吃了吗?"

"等你问早烧傻了。"陈潮听见了,接了一句。

"我这不是才倒出空问吗?"陈广达"嘿嘿"笑了两声,"我看着挺精神的。"

陈潮问小弟:"还烧不烧了?"

"好了,哥。"小弟答说。

"你就不像你哥,你哥身体比你强,从小就不怎么发烧感冒。"陈广达拍拍儿子的后腰,那动作像拍个牲口,"你妈把你养得太精了,你看你哥多皮实。"

"别闹了大伯,"小弟就算发着烧也不能接受这种拉踩,"我哥是咱们家最讲究的,他皮实可不是你们养得糙。"

"他讲究那是他矫情,你抵抗力差那是娇生惯养,你俩……"陈广达看着外面犹犹豫豫迈进来的小孩儿,问陈潮,"找你的?"

陈潮回头看了一眼,苗嘉颜看着他,叫了一声"潮哥"。

陈潮示意他进来,陈广达站起来把位置让出来:"来坐,你们玩吧,我待着去。"走前还不忘跟侄子把话说完,"你俩磨人的样式不一样,都那么烦人。"

小弟跟苗嘉颜打了一声招呼,他以前来玩过,还记得。

苗嘉颜坐在那儿,听陈潮和小弟说话。后来小弟被叫去吃药了,厅里一时间只剩了他们俩。俩人谁都没说什么话,陈潮看手机,苗嘉颜安静地坐着。

后来苗嘉颜叫了一声"潮哥"。

"不叫陈潮了?"陈潮没抬头,只挑了挑眉。

苗嘉颜说："我叫错啦……"

陈潮没吭声，显然还不是很高兴。

苗嘉颜又说："你又长高了，潮哥。"

"你长了吗？"陈潮转头，看看他，"长得不多。"

俩人视线对上，苗嘉颜抿抿嘴唇，对他笑了一下。陈潮问他："手机你没用？"

"我没怎么打开过。"苗嘉颜实话实说，"电池没电了，我总不记得充。"

那部手机苗嘉颜只在最初的一段时间里开过机，后来就没再打开过。

他不可能主动给陈潮打电话，也没有理由。时间长了手机对他来说就没用了，开不开机都一样。

一年半不见，曾经再亲近的关系也免不得变生疏了。

两个人都有点儿没话说，苗嘉颜看着地面上的一个点，盯着看个没完。陈潮不知道是出于什么原因，坐那儿也没个声。俩人各坐各的，也不聊天。

陈奶奶从厨房出来，看见苗嘉颜在，笑着说："苗儿来啦？这次你潮哥回来你俩还没说说话呢，我还想呢，你怎么还不过来。"

苗嘉颜应着，叫了一声"陈奶奶"。

"你俩上楼玩吧，楼下多冷。"陈奶奶撵他们俩上楼，"楼上暖和，去房间玩。"

然而她话说完那俩人谁都没动，也没人站起来。

苗嘉颜说："我等会儿就回去了，陈奶奶。"

"在这儿玩啊，回去干什么？"陈奶奶继续留他，"你就在这儿跟你潮哥住，省得你爸又说你，别回去。"

"不……不了，"苗嘉颜站起来说，"这就回去了。"

陈奶奶笑着说:"生分了,你俩以前多好啊!"

"没生分,"苗嘉颜不小心跟陈潮对上视线,又慌忙转开,"我走了潮哥。"

陈潮说:"等会儿吧,等你爸睡了。"

"应该睡了,"苗嘉颜摆了摆手,"我去看看。"

陈广达不愧是亲爸。

侄子胃肠型感冒了上吐下泻,自己儿子没染上,白天跟侄子一顿神吹,小旗帜在地上插了一个又一个,明晃晃的。陈潮要是不跟着烧一通,好像都对不起他爸为他插的旗。

当天晚上,陈潮先是觉得不太舒服,头疼。到了晚上睡前开始觉得胃里烧得难受,怎么躺都睡不着。在床上翻了半天,难受劲儿压不住,冷一阵热一阵的,最后还是坐了起来,开了灯。

这时候楼下都已经睡了,到处都安安静静的。小弟每次在奶奶家住都不适应农村的晚上,觉得太静了害怕。但陈潮很能适应,刚回市里的时候到了晚上九点多外面还灯火通明的,他甚至还不太习惯。

陈潮想去楼下小弟那儿拿点儿药吃,又懒得折腾,浑身肌肉泛着酸疼,陈潮坐在床边,低头想着白天他爸念叨的那几句"身体好",一时间觉得这很滑稽。

胃里那股烧灼感持续不断,反胃劲儿一直顶到喉咙,后来陈潮去厕所吐了一通,漱了口再回来躺下,觉得比刚才好点儿了,自己用手背试试温度,觉得不烧了。

睡了半小时不到,始终也没睡踏实,胃里还是难受。等到又烧起来了,陈潮躺着连呼吸都不顺畅,只得又坐了起来。陈潮的脸色难看得很,一半是因为难受,一半是因为睡不好发的脾气。

就那么睡一会儿醒一会儿地折腾,生生折腾了半宿。他去厕所吐了好几次，到后来实在没东西吐了，吐的都是胆汁。食道和喉管被胆汁刺激得火辣辣地疼，陈潮一遍遍地漱着口，每次吐完都能消停一会儿，他现在只想睡觉。

从厕所回来，关了灯刚要躺下，陈潮听见窗户外面不轻不重的"咔嗒"一声，隔了几秒又有一声。陈潮往窗户那边看了看，他这角度什么也看不见。

窗外再次响了一声，陈潮起身穿了拖鞋，走过去开了窗户。

对面的苗嘉颜刚准备扔下一颗小石子，见窗户被推开了，收回了手上的动作。

陈潮被外面的冷风一打，脸色更难看了，发着烧再被冷风一灌，只觉得冷得钻心。

"你怎么了潮哥？"苗嘉颜微皱着眉，看起来有点儿担忧，压低了声音问。

陈潮吐得嗓子都哑了，清清嗓子说："让我弟传染了。"

"你发烧了？"苗嘉颜问。

"不知道。"陈潮裹了裹身上的睡衣，"估计是。"

"那你吃药了吗？"苗嘉颜也有点儿冷，声音冻得打战。

"没吃，不愿意下去了。"陈潮说。

这样开着窗户压低声音说话，好像瞬间把时间拉回了从前，无形间把俩人之间那些若有似无的别扭劲儿打散了不少，寒风夜幕下，一切都那么熟悉。

"我这有药，我扔给你，你能接住吗？"苗嘉颜问。

"接不住，你扔不过来。"陈潮有点儿站不住了，说，"不吃了，明早再说。"

"那不行吧？"苗嘉颜有点儿犹豫，却又明显不太放心，停顿了一下，问，"楼下门锁了吗？"

"干什么？你给我送？"陈潮拒绝说，"别来，太冷了。"

如果是从前的苗嘉颜，这会儿估计早都已经坐在陈潮的房间里了。

这晚的他却只能在自己房间里，看着陈潮的灯亮一会儿暗一会儿，前后犹豫了好半天，才起身站到窗户边问一问。

陈潮说不让他去，苗嘉颜就不敢去了。

陈潮已经不常住在这儿了，他们一年半没有见过，再见面苗嘉颜就没有立场再随便过来敲他的门了。可在陈潮又起来折腾了两次之后，苗嘉颜还是过来了。

伸手进来拉开门，陈爷爷站在房间里警惕地问："谁？"

苗嘉颜在窗户边小声说："是我，陈爷爷，我上楼找潮哥。"

陈爷爷说："是小苗儿啊，去吧，门没锁。"

苗嘉颜拉开门，轻手轻脚地上了楼，他上去的时候陈潮还在厕所，正站在洗手池边漱口。苗嘉颜没直接过去，上了楼先远远地弄出声音，叫了一声"潮哥"。

陈潮没听见，苗嘉颜于是走近了点儿又叫了一次，紧跟着马上说："是我，苗嘉颜，你别吓一跳。"

陈潮发着烧，反应慢半拍，还没来得及吓一跳已经听见了后面的话。陈潮哑着嗓子诧异地问："你还没睡？"

"没，你把药吃了吧……我看你一直折腾。"苗嘉颜抱着保温杯，手腕上套着装药的塑料袋，轻声说。

这茬胃肠型感冒苗嘉颜之前也得了，才刚好了没几天。

他带过来一盒退烧药，还有一盒冲剂。

用保温杯杯盖冲了半杯，苗嘉颜边晃边说："不知道水还够不够热，应该能冲开。"

陈潮围着被子坐在床边，这么裹着看起来很傻，一看就是个病号，看起来还挺脆弱。

苗嘉颜的睡衣外面直接套了件羽绒服，穿着棉拖鞋。晃了半天的冲剂递过来，陈潮从被子里伸出只手接过来，喝了。

杯底还有些没冲开的颗粒，苗嘉颜又倒了点儿水，晃晃杯底让他喝了。

"这次感冒特别难受，你这几天别乱吃东西了。"苗嘉颜拧上杯盖，和陈潮说，"药和水都放你这儿吧，你要是不舒服就喝点儿热水，能好些。"

陈潮被折腾得已经没精神了，脸色泛着病态的白，坐在那儿不知道在想什么。

苗嘉颜看着他把药吃完了，说："你赶紧睡吧……我回去了。"

他说完转身就要走，陈潮开口说："别折腾了，你就在这儿睡吧。"

"我不……不了……"苗嘉颜结巴了一下，回头却没敢看陈潮，"你快睡吧潮哥。"

苗嘉颜是真的没想多留，开门就走了，陈潮喊了几声也没叫住他。

苗嘉颜在两个院子间来回开门锁门轻车熟路，夜里十二点多，他带着满身凉气回到房间，脱了羽绒服赶紧钻进被窝。被窝晾了这么半天已经凉透了，苗嘉颜把被子在自己身上严严实实卷成个被筒，一直遮到鼻尖。

小腿和脚踝冻得冰凉，苗嘉颜呼了口气，今年冬天真的很冷。

第二天一早，陈广达晃晃悠悠地来儿子房间叫他起床，眼看着儿子状态不对，陈广达俯身盯着陈潮的脸，问："儿子，你咋了？爸看你怎么这么憔悴呢？"

虽然清楚这事跟他爸并没有什么关系，但陈潮现在还是不怎么想和他爸说话。

"你别是让你弟传染了吧？"陈广达伸手摸摸陈潮的额头，"还行，没烧。"

他手冰凉的就往人头上摸，凉得陈潮扭头一躲，说："我再睡会儿。"

"我看你好像真不舒服,你感觉咋样?"陈广达一屁股坐在陈潮床上,"等会儿爸给你找体温计量量啊?"

"不用,我吃过药了。"陈潮闭着眼说,"你让我躺着就行了。"

"你在哪儿整的药?早上起来了?"陈广达往儿子身上一歪,一早上不让人睡觉,问东问西的,"哪儿来的大杯子?"

陈潮翻了个身,冲着墙,困得迷迷糊糊地说:"我小弟的。"

"没见过他用啊。"陈广达说。

陈潮没再说话,过了两分钟就又睡着了。

年三十这天,苗嘉颜没出门去花棚,要是今天再出去,感觉像是他有意在跟他爸较劲儿。

他没怎么下楼,楼下大人连着小孩儿热热闹闹地过着节,苗嘉颜在自己的房间里安然地待着,时不时地往对面看看。不知道陈潮还烧不烧了,他前半宿几乎没怎么睡。

苗嘉颜坐在椅子上发呆,恍惚间听见楼下大姑在喊他。

"小颜——"大姑喊了好几声。

苗嘉颜应了一声。

"找你呢,你下来啊?"大姑喊道。

苗嘉颜不知道谁找他,下了楼,站在楼梯上一看,是陈潮二叔的儿子,说找他过去玩。

苗嘉颜一脸茫然地跟他走了,小弟说:"我哥说把你叫过去,让你去我家待着。"

小弟性格外向,不等苗嘉颜说话,他自己又说:"大过年的谁想跟他玩,这不闲的吗?"

陈潮难受得厉害,早上什么都没吃,根本就起不来。奶奶也不敢让他吃,怕他吃了再吐。陈潮除了躺着也没别的事干,家里没人管他,就让他睡。

小弟把苗嘉颜带过来就去玩游戏了,让苗嘉颜自己上楼找陈潮。

苗嘉颜上了楼,陈潮还在睡着,估计睡得不舒服,那表情一看就很烦躁。苗嘉颜伸手想试试他额头的温度,却没有真的碰到他。

"在家待着等你爸发脾气啊?"陈潮睁眼看见苗嘉颜,说。

他语气不怎么好,苗嘉颜没想到他醒着,站在一边,问:"你还烧不烧了?"

陈潮说:"不知道。"

苗嘉颜这才摸了摸他的额头,动作轻轻的、小心翼翼的,之后说:"不烧了。"

陈潮睡不好觉就没什么耐心,跟苗嘉颜说:"你待你的,我睡觉,你自己找事干。"

苗嘉颜说"好"。

陈潮闭上眼睛准备睡觉,苗嘉颜拎着保温杯去楼下灌水。再上来的时候陈潮像是已经睡熟了,苗嘉颜把保温杯轻轻地放在桌子上,拉开椅子坐了下来。

农村的年味儿总是比城市里浓。

从下午开始各家各户就炊烟不断,蒸馒头的,卤肉的,地锅一直不断火。外面小孩儿揣着摔炮、划炮,走几步扔一个,有的淘孩子还故意往别人家院门上扔,听个响就迅速跑走。院子里姑姑、婶婶们和家里老人一起收拾着肉和菜,边收拾边聊天。

厨房里的卤肉味儿漫得满院满屋子都是,油滋滋的肉香味儿馋得家里小孩儿一遍遍往厨房跑,直到能尝着肉了才消停。

陈潮躺在奶奶家属于他的这个小房间里,飘上来的肉味儿却不让他觉得香,反而很煎熬。昨晚吐了半宿,这会儿在睡梦里还本能地觉得反胃。

梦里陈潮跟着陈爷爷一起出了海，小小的渔船上，渔网和打上来的鱼堆了满船，陈潮被挤得坐在一个小角落里，小船在海上漂漂忽忽的，晃得陈潮直发晕。渔网上的水沾湿他的腿，陈潮往旁边又挪了挪，有点儿嫌弃。

旁边伸出一只细瘦的手臂，利索地把渔网往前推空出地方来，笑得眼睛弯着，乐呵呵地用眼神安抚陈潮。

陈潮闻到一阵洗发水味儿，带着一点点橘子味儿的清爽味道。苗嘉颜细软的长头发被海风吹着扑上陈潮的脸。陈潮伸手拂开，苗嘉颜看看他，问："刮着你了？"

陈潮没说话，苗嘉颜于是用手上的皮筋把头发绑了起来。

爷爷在那边笑着说打了条好大的鱼，苗嘉颜绑完头发高高兴兴地过去："我看看我看看！"

"哇，好多海虹，"苗嘉颜一边帮陈爷爷扯渔网一边笑着说，"又能煮熟了晾海虹干了。"

陈潮鼻息间仿佛已经闻到了那股煮海鲜的腥味儿，一时间晕得更厉害了。

陈潮这一觉睡得并不踏实，睡醒前梦里最后的画面就是苗嘉颜和爷爷搞了满船黑压压的海虹，快把陈潮埋上了。

刚睁眼还不清醒，楼下飘上来的卤汤味儿和梦里的渔网味道混杂在一起分不清，陈潮脸色难看地坐起来，苗嘉颜趴在旁边桌上，问："你不舒服吗，潮哥？"

陈潮看向他，苗嘉颜好像也睡着了，枕着自己的胳膊，看着睡眼蒙眬的。

梦里的他比现在小，应该是他们更小一点儿的时候。陈潮想到梦里那个干瘦的小孩儿，笑得傻里傻气，眼睛又黑又亮。好像那个时期的苗嘉颜确实是那样，总是脆生生的。

"怎么了？"苗嘉颜坐了起来，脸被袖子上的褶皱硌出了两道红痕。

陈潮看着苗嘉颜,在这一瞬间忽然莫名地有些怀念。这次见面,两个人交流的次数很少,好像就是在时间里生分了。

这会儿两个人都刚睡醒,糊里糊涂地对视上,苗嘉颜回过神刚要避开眼神,却因为陈潮突然笑的那一下而怔住了。

"梦见你了。"陈潮说。

苗嘉颜有些惊讶:"啊?"

"你和我爷爷弄了一船的海虹。"陈潮想想梦里那黑黢黢的一片都要窒息。

苗嘉颜顺着他的话接下去:"那你呢?"

"我也在船上。"

苗嘉颜于是笑了,脸上的两条印子让他笑起来更显滑稽:"你这个梦不成立,你那么讨厌海虹。"

陈潮不喜欢吃海鲜,海鲜里又格外讨厌海虹和海蛎子,可能因为陈爷爷每次出海回来渔网上都缠着一串串脏兮兮的海虹和海蛎子。他觉得这种附着在什么东西上成串生长的海生物很脏,又丑。

"你们一网一网地往船上扔,快把我的腿埋上了。"陈潮掀开被子下了地,边朝洗手间走边说。

苗嘉颜的视线跟着他动,陈潮出了房间他就看不见了,苗嘉颜说:"我不会的。"

一年半没见的两个朋友,不可避免地有些生分了,然而这种生分又随着昨夜以及今天的互动和对话很快消散了大半。

陈潮洗漱回来,精神了不少。

苗嘉颜问他:"好点儿了吗?"

"还行。"陈潮说。

"那你一会儿吃点儿东西。"苗嘉颜说。

陈潮摇了一下头,说:"吃不下去。"

手机铃声响了，丁文滔打电话过来，说要过来玩，家里没意思。

陈潮说："你快算了，你爸还得来抓你。"

"家里都顾不上我，他们打麻将，我待不住了！"丁文滔趴在床上说。

"待着吧。"陈潮还是没让他来。

苗嘉颜还坐在椅子上，脚踩着椅子边，下巴搭着膝盖。

"你怎么不跟他说话？"陈潮把手机放一边，问苗嘉颜。

苗嘉颜抬头看看他，又把下巴搭回去，没出声。

"烦他？"陈潮问。

"没。"苗嘉颜低声回答，"我也没不跟他说话。"

陈潮挑了挑眉。

"他挺好的。"苗嘉颜说。

丁文滔其实人并不坏，虽然有时候烦人，但总体来说并不是个讨厌的人。他就像是这个环境里一小部分男生的缩影，小时候淘气，上学了混日子，长大了才知道奋斗顾家。

陈潮走了之后，丁文滔很热情地去找过苗嘉颜，从高中特意回初中这边，很扎眼地站在苗嘉颜的教室门口，把苗嘉颜叫出来，大哥罩小弟一样和他说话，说"以后你上学放学都跟我走，有事了就跟我说"。

在陈潮没走以前，丁文滔很少和苗嘉颜说话，总别扭着。不知道是因为陈潮走前让他照应着，还是因为这几年他俩毕竟没少在一块儿看电影，总之陈潮一走，丁文滔就把照看苗嘉颜的责任揽到自己身上了。

可苗嘉颜却不识好歹地没有接受，这极大程度损伤了"校霸"大哥的面子，大哥罩着你这是多有排面的事，别人求都求不来，你还不稀罕。从那之后丁文滔再没跟苗嘉颜说过话，碰见了扫一眼，俩人连招呼都不打。

"他说潮哥走了他管着我。"苗嘉颜的头发一半搭在背上，一半垂下来，他的胳膊搭在膝盖上，侧脸枕着胳膊。

陈潮笑了一下说："这不挺讲究吗？"

苗嘉颜把头转了过去，朝另一边趴着，圆圆的一个发旋对着陈潮。陈潮听见他转过去之后说："我不用别人管着我。"

"啊，这么厉害。"陈潮开玩笑说。

苗嘉颜没有转回来，慢慢地眨了一下眼睛，低声道："你在这儿的时候你就是你……你走了我也不需要别人替你照看我。"

他这句话说得像是带了点儿执拗的小脾气，让陈潮很意外。

苗嘉颜是个没脾气的小孩儿，总是软绵绵的。这应该是陈潮这次回来，苗嘉颜说的最"出格"的一句话了。

陈潮却没有回应他这句话，只笑了一下，用手指敲敲他的椅背说："别钻牛角尖儿。"

苗嘉颜只说了那一句，就再没说过跟这相关的话了。

每家的年夜饭都是热热闹闹的，陈奶奶包了三种馅儿的饺子，下午苗嘉颜下去帮着擀了皮。他不会包，只会擀皮。苗奶奶过来叫他回去吃饭，陈奶奶没让。

包饺子的时候，陈奶奶感叹了一句："连小苗儿都上高中了。"

苗嘉颜笑笑，说："长大啦。"

"可不，"陈奶奶看着他，有点儿怅然地说，"我总感觉你还是小不点儿呢，这都上高中了。"

苗奶奶也经常会说同样的话，小孩子的成长在老人眼里总是一晃就过去了。

"把我们都混老了。"陈广达进来找吃的，跟着掺和了一句。

农村春节不禁燃，家家都会凑个热闹放一挂鞭。二叔拉回来很多烟花，他从小就喜欢鞭炮这些东西。晚饭过后，家里这三个男孩儿都穿上外套去外面看二叔放烟花。

"爸,你要不摆一排都点上得了,那么放好看。"小弟说。

"那不一下子就看完了吗?咱不得抻悠着看吗?"二叔说,"我们小时候,我跟你大伯一挂鞭都舍不得一下子放完,我俩得拆成一个一个的,揣兜里慢慢放,放完的小炮里面的面面儿我俩都撕开倒出来攒着。"

"哎呀妈呀,真心酸,别在这儿忆苦思甜了,快点儿吧。"小弟催着。

苗嘉颜站在陈潮后面,陈潮比他高一头,把他挡得严严实实的。

隔壁院子里,苗建也在带着两个外甥玩手摇花。俩小孩儿嘻嘻哈哈的,听着可高兴啦。

"子鑫你把帽子好好戴着,再冻感冒了!"大姑吼了一声。

"我热!"小孩儿好像都不爱戴帽子,"不能感冒!"

这边二叔已经把烟花点上了,"砰砰"的声音连续响起,把隔壁院子的话音隔断了。

烟花在天上四散炸开,有一个小碎片落下来崩在陈潮的肩膀上,陈潮把苗嘉颜往墙边带着扯了扯。

一组烟花放完,二叔走过去要点另一组。

小弟回头说:"不咋好看,还是老样式。"

隔壁院子的两个小孩也欢呼着等新一轮烟花放出来。

点火的间隙,听见大姑问苗建:"孩子现在几个月了?"

苗建说什么没听见。

大姑又说:"明年过年应该都能抱回来了。"

陈潮低头看苗嘉颜,苗嘉颜感受到他的视线,也抬头看他。

也不知道是听见了还是没听见,跟陈潮对上视线后,苗嘉颜还没心没肺地朝他笑了一下。

苗嘉颜在很多事情上敏感细腻,可在一些事情上又确实会显得没心没肺。比如刚才他爸和大姑说的话,苗嘉颜其实听见了,而且比陈潮听见的还多。

陈潮问他："你爸妈要生二胎了？"

苗嘉颜摇头，带着点儿茫然和不在意的态度："我不知道，可能是吧。"

二叔又点燃了烟花，烟花在头顶"砰"的一声炸开，银白色的花火大片地铺开，隔壁院子两个小孩儿跳起来拍手，连苗嘉颜都没忍住小声"哇"了一下。

陈潮看着他，都这时候了还有闲心看烟花，真的很傻。

苗嘉颜跟他说："这个真好看。"

陈潮问："这两年镇里元宵节不放花了？"

"不放了，"苗嘉颜摇摇头说，"去年没放，今年好像也不放了。"

以前镇里每年元宵节的晚上都会集中放烟花，在小广场上。全镇一大半的人晚饭后都会过去，人挤人地看。那时候陈潮不爱去，苗嘉颜总拉着他去，攥着他的手腕给拖走，还哄着他说看一会儿就回来。

苗嘉颜抬头问陈潮："你能待到十五吗，潮哥？"

"待不到，"陈潮说，"我初四走。"

"啊。"苗嘉颜应了一声，又点点头，表示知道了。

那些烟花二叔抻悠着放了二十分钟，隔壁院子苗嘉颜的那两个小弟没看够，还吵着要看。二叔在这边喊了一嗓子："没有了！明年看吧！"

苗嘉颜说要回去了，陈潮的下巴朝隔壁院子侧了侧，苗建还在陪孩子放烟花，顺便和大姑说话。

"你再等会儿。"陈潮转身先进了屋，示意苗嘉颜也进来。

苗嘉颜于是又跟着陈潮上了楼。

丁文滔从家拎着笔记本电脑过来的时候，陈潮在洗漱，苗嘉颜正站在洗手间门口和他说话。不知道在说什么，表情笑呵呵的。

丁文滔上楼看见苗嘉颜，瞪了他一眼。

"跨年夜你不在家待着？"陈潮漱完口，吐掉嘴里的泡沫说。

"这不也有不在家待着的吗？咋就我不能来？"丁文滔反问。

"谁不让你来了？"陈潮说，"你爸不管你就行。"

"我爸喝多了，睡了，"丁文滔进房间把电脑拿出来，"我上你这儿跨年。"

陈潮白天睡得多，这会儿也不困。丁文滔说想看电影，陈潮觉得也行。

电脑里装的都是游戏，打开个视频播放器都卡了好半天。以前放电影都用的碟片，现在丁文滔提前用下载软件下载好了，一个文件夹里全是恐怖片，自己平时又不敢看。

"看这个吧，我听说巨吓人。"丁文滔想看，但还有点儿怵，回头问陈潮，"我一直想看，没找着人陪我看。"

陈潮笑了一下说："只要你敢自己回家就行。"

"我不敢，"丁文滔马上说，"我晚上在你这儿住。"

这个年纪的男生总是喜欢聚堆，丁文滔好像特别喜欢在陈潮这儿打地铺。苗嘉颜还站在门口犹豫着是不是应该回去了，陈潮回头看他："进来啊，站那儿干什么？"

苗嘉颜只得跟了进来。

他一进来，丁文滔又瞪了他一眼，说："没良心。"

"你差不多得了，"陈潮踢了踢椅子腿儿，"你有点儿'棍儿'的样子。"

"我不跟他一起看，你让他走吧。"丁文滔一边插电源线一边说。

苗嘉颜靠在墙边，抿了抿唇。

"这心里怎么还没数了呢？"陈潮笑出了声，看了一眼苗嘉颜，说，"过来坐这儿。"

苗嘉颜听话地走过来，丁文滔瞥了他们俩一眼，气哼哼地弄出了个动静。

陈潮跟苗嘉颜说："别搭理他。"

"本来人家也不搭理我啊，"丁文滔酸溜溜地说了句，"不认识我。"

"这是'棍儿哥'，以后见面打招呼。"陈潮说，"你不主动打招呼，'棍儿哥'没面子。"

苗嘉颜学得倒快，看着丁文滔张口就来："棍儿哥。"

"滚滚滚，都滚，"丁文滔知道陈潮是故意寒碜他，一挥胳膊，"那么烦人呢。"

这样挤在一起看恐怖片，时间好像回到了两年前。只是那时候苗嘉颜总是让陈潮靠着，现在苗嘉颜一个人坐在床的最边上，离他们都远远的。

陈潮中途看了他几次，苗嘉颜都没看自己。丁文滔吓得缩在陈潮旁边，一到紧张的场景就把头往陈潮身上埋。

苗嘉颜小声地打了个哈欠，之后睁大着眼，强打精神。

"困了？"陈潮问。

苗嘉颜回答："还行。"

"困了你就睡。"陈潮扔了个枕头过去。

"没困。"苗嘉颜说。

后来苗嘉颜抱着陈潮的枕头，坐着睡着了。脸贴在枕头上睡得很实，一副没防备的样子。

陈潮和丁文滔看完了恐怖片又放了部喜剧电影，他们俩是什么时候睡着的就不知道了，吵闹闹的喜剧自己放到结束，一切就都静了下去，只剩下了苗嘉颜和陈潮平稳的呼吸声，以及丁文滔的呼噜声。

陈潮的小床装三个高中生实在是难为床了。

冬天天亮得晚，加上过年了各家的大公鸡全被宰杀吃肉了，早上也没有鸡叫。天光大亮时已经八点多了，楼下倒是早热闹了起来，陈爷爷、陈奶奶早饭都吃完了，二叔和小弟也起来了。

苗嘉颜因为昨晚是最先睡的，而且还靠着墙，他占的地方最大，贴墙侧躺着，大半身体都在床上。陈潮个子高，又睡得稀里糊涂的，膝盖以下还是垂在地上的姿势，头挨着苗嘉颜的肩膀。丁文滔最惨，一个小床被苗嘉颜竖着占了三分之一，剩下的部分被陈潮斜着占了三分之二，只给这个胖子留了极少的空儿，他只能以一个扭曲的姿势艰难地蜷缩着。

苗嘉颜最先醒，是被冻醒的，半条腿冻得冰凉。被子不知道什么时候被他拉过来垫在身后了，隔着墙还不至于太冰，可惜被子只盖了他半身，不然应该还能睡一会儿。苗嘉颜想坐起来，一动身却没能起来——他的头发被压住了。

之前刚睁眼还不清醒，这会儿苗嘉颜看着眼前陈潮的头发，才意识到他们离得挺近的。苗嘉颜看着陈潮，又抬头看看丁文滔，他们俩睡得晚，这会儿都还没醒。

大年初一，新一年的开端。

苗嘉颜的后背和腿都冻得冰凉，可还是没起来，也没换姿势。他重新闭上眼睛，轻轻地呼吸着。脑子里并没有复杂的念头，只是觉得这一刻很难得，可能以后再也不会有。这如同回忆般的短暂的重逢和亲近，像是时间送给质朴真诚的孩子的一份温柔的礼物。

外面有人家在放春节的鞭炮，初一迎新年。

苗嘉颜心想，这一定会是幸运的一年。

第七章
快长快大

陈潮睁眼的时候，苗嘉颜已经起来了，回去换了身衣服，洗漱过又把头发扎了起来，陈潮下楼时正好看见苗嘉颜拎着只大铁桶迈进院门。

陈潮"哎"了一声，喊他："干什么呢你？"

苗嘉颜朝他笑，眼睛弯着，说："你吃药了吗？还难受吗？"

"不怎么难受了，不吃了。"陈潮说。

"那你饿吗？"苗嘉颜又问。

"饿。"陈潮摸着肚子，他昨天几乎就没怎么吃东西，这会儿都饿得不行了。

"那你等我，"苗嘉颜用手背蹭开垂下来的头发，袖子撸到手肘，拎着大桶挪到院子边上，"很快。"

苗嘉颜拎的那只铁桶沉甸甸的，里面有半桶都是干泥。陈潮搞不明白他在干什么，只看见苗嘉颜来来回回地取这个取那个生火。

"你是不是又觉得我土？"苗嘉颜蹲在桶前，仰头笑着问陈潮。

陈潮只笑，不说话。

苗嘉颜转回来说："你总嫌我土，土就土吧。"

"后来没有了，"陈潮在他头上弹了一下，解释说，"后来看习惯了就看不出来了。"

"你后来只是不说出来了，"苗嘉颜戳穿他，"但你的表情很明显。"

陈潮挑眉问："什么时候？"

苗嘉颜说："我啃西红柿滋出汁的时候。"

陈潮一下子就乐出了声。不知道为什么，陈潮觉得今天的苗嘉颜跟这几天的他都不一样，更像从前那个农村小孩儿。

陈潮想摸摸他的头，手揣在兜里却没伸出来，只是一起蹲了下去，说："你不土。"

苗嘉颜的手上都是灰，还是只能用手背蹭蹭碎头发，看得出来他今天很高兴。

"你不爱吃煮饺子，昨天剩的馅儿，我给你做个饼。"苗嘉颜生起了火，把木条和炭块都塞进铁桶底下的小洞里，站了起来，"很快！"

陈潮问："用我帮你干点儿什么吗？"

"不用，你不会。"苗嘉颜进了厨房，扬声喊，"你帮我看着点儿火，别灭了就行了。"

铁桶是苗爷爷夏天闲着没事给苗嘉颜做着玩的，爷儿俩看电视里面的人吃锅盔，苗爷爷就给苗嘉颜自制了个做锅盔的炉子。

破铁桶把爷儿俩稀罕得够呛，包子饺子都不好好吃了，得放炉子里贴，非得烤梆硬了才吃。苗奶奶嫌他们俩烦，后来也不给他们俩包了，和了面和馅往那儿一放，让他们俩自己折腾着"贴大饼"。

苗嘉颜夏天攒的一身本事这会儿可用着了，没一会儿从厨房端出个大盖帘，上面铺着几张薄薄的馅儿饼，馅儿饼上面还粘着芝麻。

"你别烫着。"陈潮看着苗嘉颜伸手进去贴饼，总怕他的手腕碰上桶边。

"不能，没事。"苗嘉颜都贴完了，盖帘放在一边，蹲下拄着脸说，"你肯定爱吃这个，你就喜欢吃脆脆的东西。"

陈潮没说话，苗嘉颜又说："爷爷先前说这个炉子不好了，说要扔了明年重新做。"

"幸好我没让，"苗嘉颜转头笑着看陈潮，"你看这不就用上了嘛。"

饼贴进去后，过了一会儿苗嘉颜从兜里掏出一个巨大的手套戴上，是个铺满小花的粉色隔热手套。

苗嘉颜伸手进去给饼翻了个面。他细瘦的胳膊在桶沿和大手套的衬托下显得更单薄了，手臂内侧隐隐的青色血管透出来，陈潮说："我总怕你烫着胳膊。"

"不会的！"苗嘉颜利落地翻好饼，手拿出来，拍了拍手套，问，"手套土吗？"

陈潮回答："这是你现在身上最洋气的东西了。"

"哈哈哈，"苗嘉颜认同地说，"我也觉得，我看别人都戴着这种手套烤小蛋糕。"

人家戴着烘焙手套进烤箱，苗嘉颜戴着进炉子里翻饼。

不知道他今天为什么这么高兴，连话都多了起来。陈潮蹲在炉子边吃饼，苗嘉颜问他："潮哥，你在学校累吗？"

"就那样，"陈潮被烫得直呵气，热气从嘴里呵出来，白乎乎的一团散在空气里，看着就很暖和，"哪儿的高中都一样。"

苗嘉颜点点头。

陈潮问他："你呢？成绩能跟上吗？"

"能，"苗嘉颜回答得还挺肯定的，没怎么谦虚，说完又补充了一句，"但是跟得有点儿累，我不知道高二、高三会不会跟不上。"

"尽力了就行。"陈潮边吹气边转圈咬，外面酥脆，里面肉馅很香，最外面一层芝麻烤得稍微带点儿煳,焦香焦香的。

苗嘉颜从炉子里拿出另外一个,放在旁边的盖帘上,说:"先晾着,等下就不烫了。"

陈潮昨天没吃东西,现在吃着热腾腾的脆锅盔,满足感很强。

苗嘉颜又问他:"潮哥,你现在有很多朋友吗?"

陈潮让他给问笑了:"你说呢?"

"我不知道,"苗嘉颜回答得很诚实,"我说不好。"

陈潮看了他一眼,接着吃饼,答说:"有几个朋友,没有很多。"

苗嘉颜像个好奇的小孩儿,对陈潮现在的生活、他的学校,都问了些问题。

陈潮没不耐烦,苗嘉颜问他什么他说什么,没嫌苗嘉颜问得多。

苗嘉颜也拿了张饼,两只手拿着啃,看着陈潮,又问:"那你谈恋爱了吗?"

"没有,哪有时间。"陈潮回答说。

苗嘉颜笑笑,咬了口饼,酥酥脆脆的饼渣掉在地上,苗嘉颜说:"班里好多同学都谈恋爱了。"

"你也想谈?"陈潮挑眉,有意逗他。

"我不想,"苗嘉颜摇摇头说,"一点儿也不想。"

"不想就好好上学。"陈潮说。

苗嘉颜点头"嗯"了声,说:"我记着呢。"

丁文滔打着哈欠下楼的时候,饼已经快被吃完了,还剩最后两个。

"你俩开小灶啊!"丁文滔指着他们俩,"不叫我起来!你俩蹲这儿吃!"

陈潮从那两张里面又拿起一张,咬了口说:"叫了,你没起来。"

"不可能!别骗人了,你俩就是开小灶。"丁文滔过来捡起最后的那张,问,"还有没有了?"

苗嘉颜摇头:"就这些了,没有馅儿了。"

他们俩蹲了这么半天,陈潮腿都有点儿僵了,他站起来,伸手递给苗嘉颜,苗嘉颜拽着他的手跟着站起来。陈潮跺了跺脚,跟苗嘉颜说:"晚上我还想吃这个。"

"好的。"苗嘉颜把手套叠了一下揣回兜里,"那炉子就先放这儿。"

昨天除夕,苗嘉颜从白天到晚上都没在家,今天早上回去取了个铁桶又走了。

然而意外的是苗建竟然没找他麻烦,白天看见了也没多说他,扫了他两眼,没开口。

苗嘉颜顺着墙边走,为了避开他爸,绕了一大圈。

苗建今年回来对苗嘉颜已经相当宽容了,除了那天早上有点儿发火的苗头,还被奶奶给压住了,其余时间并没怎么说过他。

苗建正月初二就走了,去了苗嘉颜姥姥家。也就是说这个年苗嘉颜基本已经安然地度过了。

苗奶奶也松了口气,小声跟苗嘉颜说:"今年出息了。"

家里人一多,苗奶奶和苗嘉颜说话就总像是在说悄悄话,苗嘉颜也小声说:"你别总是瞪他。"

"他烦人我怎么能不瞪他?"苗奶奶说着还是觉得生气,"他小时候没这么讨厌。"

苗嘉颜笑着说:"那可是你儿子。"

"我不要儿子,我有孙子就够了。"苗奶奶一只手上拿着东西,用空着的那只手搂了一下苗嘉颜。

苗嘉颜已经比奶奶高不少了,他拍了拍奶奶的背,说:"等人都走了你要歇几天,这几天很辛苦。"

"要不说呢,他们回来有啥用,累人。"苗奶奶低声抱怨着,"我还得伺候他们。"

苗嘉颜这天没躲出去,一直陪着奶奶在厨房。下午奶奶做饭,苗嘉颜在一个角落里剁馅儿。

葱姜都用水煮出来借点儿味道,馅儿里就没放葱姜末。苗嘉颜馅儿会调,面却实在不会和,最后还是求助奶奶,帮着给和了坨面。

"这待遇……"晚饭前陈广达看了一眼在外面蹲着吃饼的陈潮,感叹了一句,"这比我当年混得都开,还有上门来给贴饼的小弟。我那时候'称王称霸'了也没这待遇啊。"

"那你比不了,"陈爷爷叮叮当当地钉着凳子腿,"你小时候,你们一群臭鱼烂虾光知道打架。"

"怎么就臭鱼烂虾呢?"陈广达不乐意地"嘿哟"一声,"我学习不也挺好的吗?"

二叔在旁边无情地戳穿他:"你都是抄的。"

屋子里说什么外面都听不见,陈潮只知道吃饼。他现在这副样子可半点儿不像城里的高中生,往炉子前一蹲,浑身的气质与这个院子协调得很。

苗嘉颜笑话他,陈潮挑眉说:"我发现你现在比以前胆大了。"

"因为你马上要走啦,我说什么你都不会生气。"苗嘉颜低头,浅浅地笑着说。

一年半的时间虽然不算特别长,可小少年们还是长大了不少。上一次苗嘉颜还会因为陈潮要走而在他面前掉眼泪,这次却无论如何也不会了。

苗嘉颜每天乐呵呵地在陈潮周围转,眼睛总是弯着。上一次哭是因为害怕他走,这次高兴是因为本来也没想过他会回来。

到了陈潮真要走的那天,苗嘉颜过来送他。

陈潮就一个包,没什么要收拾的。

苗嘉颜没说什么话,只安静地陪着他。应该是刚洗了头,头发披在肩上看着有点儿乱。

"明年你还回来吗？"苗嘉颜问。

"现在还不知道，"陈潮拉上背包拉链，"定不下来。"

"好的。"苗嘉颜点头。

"下次回来还不跟我说话？"陈潮在他头上胡乱抓了一把，问他。

苗嘉颜忙说："不了，这次是没敢，下次好好说。"

陈潮笑了一下，苗嘉颜没说为什么不敢，陈潮也没问。

苗嘉颜一直送陈潮到车上，走了挺远一段路。

陈潮每次回头的时候苗嘉颜都抬头看他，眼神透亮又很简单。

"知道我手机号吗？"陈潮问。

苗嘉颜心想，我都会背。

"我之前发你手机上了，不知道你收到没有，等会儿我再给你发一次。"陈潮想想苗嘉颜那个从来不开机的手机，说，"回去充电开机。"

"好。"苗嘉颜答应着。

"行了，回去吧。"陈潮和他说，"有事给我打电话。"

苗嘉颜想看他上了车再走，所以站在原地没动。

陈广达已经坐进车里了，正看着他们俩，觉得挺有意思。

陈潮低着头用手机给苗嘉颜发了条短信，发送成功之后冲苗嘉颜晃了晃手机，转身上了车。

苗嘉颜看着他们走了才慢慢回了家。

年过完家里人都走了，屋子里一下空了起来。

苗嘉颜从抽屉里拿出手机开了机，过了几分钟后果然进了短信，还是两条。

显示发信人是"潮"。

潮：开机回我。

潮：下次再管我叫"陈潮"你试试。

苗嘉颜没想到他能发来这个,先是惊讶地眨了眨眼,之后眼睛里带了软软的笑意。

手机在手里攥了会儿,他来回看着陈潮发的那两条短信。过了几分钟,苗嘉颜回了一条,犹豫了一会儿才点了发送。

苗嘉颜:那你什么时候回来呀?

"我看小孩儿还挺舍不得你,"陈广达边开车边侧头看了一眼儿子,开他玩笑,"我以为你在这儿三年交不上什么朋友呢,没想到啊,挺有我年轻时候的架势。"

"那不能,跟你比不了。"陈潮拿了瓶水拧开,递给他爸,"咳嗽了就少抽点儿烟。"

他爸就着陈潮的手喝了一口,说:"丁伟那儿子跟他小时候一模一样,一米八,二百斤。"

"他没那么胖,到不了二百斤。"陈潮想想丁文滔那壮身材,改口说,"倒也差不多。"

"他爸那时候二百二,有一回我俩跳墙头,他一脚跟踩我脚上,当时我以为我脚指头没了。"陈广达想起那时候,笑着骂了一句,又说,"我在家躺了两天,走不了道了,瘸了得有半个月。"

那时候人也皮实,放现在就得去医院拍片,说不定真是骨头裂缝了。

"那你不知道躲,"陈潮话说一半,手机在兜里响了,他从兜里掏出来,"跳墙头你就站那儿等?"

"我刚跳下来还没来得及走呢!"陈广达说。

"明年回来吗?"陈潮看着手机问。

"想回就回呗,"陈广达不在意地说,"那还不是你说了算。"

陈潮低头回复:过年可能回。

苗嘉颜早上起得早,这会儿人都走了,他抱着枕头趴在床上,闭着眼睛有点儿昏昏欲睡的意思。

手机短促地振动两下，有短信进来了。

苗嘉颜摸过来，放在眼前看。看完下巴支在枕头上，两只手慢慢按着键盘，他没怎么用过手机，按键打字不是很熟练。

苗嘉颜：那还要一年。

陈潮看着屏幕上的新消息，回了个"嗯"，锁了屏。

"我看苗家那小孩儿挺随和的，一点儿也不像他爸。"陈广达开车无聊，一直找话跟儿子聊。

陈潮说："脾气好。"

"小孩儿看着不错。"陈广达评价道。

陈潮没回应，陈广达看向他，问："是不？"

"很好啊。"陈潮答得理所当然，平静道。

"我看刚开始你俩不说话，还以为你俩关系不好呢。"陈广达说。

"好，"陈潮看着窗外，说，"那是我小弟。"

苗嘉颜抱着枕头睡了一会儿，趴在被窝里舒舒服服地睡了一觉，还做了一个软塌塌的梦。醒来他又看了看陈潮之前发来的那几条短信，看完把手机收了起来，抻了抻胳膊，打了个醒盹儿的哈欠。

陈潮在寒假里短暂回来的这一趟，好像什么都没变，又好像无形中让很多东西有了变化。

春季新学期开学，苗嘉颜一早起来收拾完，头发扎起来，拎着书包出门。

"我走了啊，奶奶，"苗嘉颜扬声说，"上学去了！"

"去吧，晚上想吃什么？"苗奶奶问。

"吃面！"苗嘉颜答说，"热汤面条就可以了，不用做别的了！"

"知道啦。"苗奶奶应声答。

学生们放了个假回来，一早上好多来补作业的。

后桌男生拍拍他的后背："英语作业给我抄抄！"

苗嘉颜从书包里拿出来，后桌说："谢谢！"

有女同学跟他打招呼，苗嘉颜笑笑，回声"早上好"。

苗嘉颜是个没什么存在感的人，在小学和初中里，这种没有存在感是被迫形成的状态，被孤立、被排挤，只能独来独往。而现在是来自他的安静和淡然，他好像很多时候都在旁观，哪怕现在的环境对他已经友好了很多，可这种状态依然保持着。

然而从这学期开始，苗嘉颜笑得比之前多了，看起来没那么防备和"高冷"了。好像每天都心情不错，是一种明显的更积极的状态。

"这题你会吗？"前桌女生拿着物理卷回头，问苗嘉颜。

苗嘉颜说会，又问她哪里不懂。

"加速度我一直学得不好，重力加速度我总是做错。"

苗嘉颜把自己的解题过程给她看，说："你先看看。"

女生看了一眼他的卷子，眉眼一僵："你这字也太……"

苗嘉颜笑了，说："挺乱的。"

"跟你的形象反差很大，"女生把卷子还他，"你应该写得秀气一点儿。"

这话有点儿没法儿接，苗嘉颜笑了一下，没回话。

"你真的很有特点，"女生夸得真情实感，"很……不一样，你千万别改。"

座位是这学期新调的，之前苗嘉颜没有跟这个女生说过话，女生是从市里转来的，一个很活泼的小姑娘。苗嘉颜其实不太适应这么跟人聊天，可别人给出的明显的友好和善意还是让苗嘉颜心里觉得感激。

"我是认真的，"女生认真强调，又问他，"有人跟你说过你好看吗？"

苗嘉颜本来想说只有家里的几个长辈说过，可开口之前却想到了什么，于是说："有过。"

"有眼光。"女生冲着外面,手指小小地比画了一圈,压低声音说,"我以为你们这儿都很……嗯,不能接受别人的不一样。"

俩人对上视线,女生没再继续说,苗嘉颜知道她的意思,两个人心照不宣,苗嘉颜眼里带着笑意说:"他不是这里的。"

苗嘉颜这段时间每天都开着机,放学回去都会看看。虽然再没收到过陈潮的短信,可苗嘉颜还是很听话地没有再关机过。

手机就放在抽屉里,偶尔会有垃圾短信和打错的电话,苗嘉颜对陌生号码从来不接。这东西对他来说实在垃圾,苗嘉颜每次打开都不知道能用来干什么。

陈潮的下一条消息是在四月发过来的。

苗嘉颜已经习惯了每次短信提示音响后收到的都是垃圾短信,所以消息刚过来时他并没有点开看,还在闷头做题。

电话铃声有些突兀地在抽屉里响起来,苗嘉颜做题被打扰了,不知道这又是哪个打错电话的。他有点儿无奈地叹了口气,拉开抽屉拿出手机。

屏幕上明晃晃的"潮"字却让苗嘉颜愣住了。

"喂?"苗嘉颜按了接听键,不确定地出了声。

"我。"陈潮在那边说。

苗嘉颜的呼吸里带着一点点不明显的颤抖,说:"我知道。"

"你找我?"陈潮问他。

"嗯?"苗嘉颜迷茫地说,"我没有啊……"

陈潮说:"我还以为是你怎么了。"

苗嘉颜一头雾水,坐在桌前,茫然地看着窗户外面,可这个时间的外面早就一片黑了,对面陈潮的房间也没亮着灯,苗嘉颜往窗外看就只能看到窗户上反光映出来的自己。

陈潮像是在走路,能听到他走路时的呼吸声。

苗嘉颜说："我没怎么……我写作业呢。"

"短信也不回。"陈潮说，"你们没有晚自习吗？"

"有。"苗嘉颜回答，"我没去上，晚上回家太晚了，我不想让爷爷每天这么晚接我。"

陈潮听完"嗯"了一声说："那就别上了，放学早点儿回家。"

当初苗嘉颜被人堵在路上欺负的事他们都记着，苗嘉颜现在比那时候又长大了一些，比那会儿高了，比那时候结实，可随着年龄的增长，苗嘉颜也比从前更柔和了。

他已经彻底不像个小孩儿，身高和长相里抽掉了那股小孩子的稚气，童年时期的可爱渐渐变成了另外一种不一样的温和。内双的眼睑到眼尾画出柔和的弧度，鼻梁微挺，鼻梁上有一个浅浅支起来的小骨节，嘴唇下缘兜出一条浅淡的圆弧唇线。

这个时期的苗嘉颜，长得和他妈妈年轻时有七分像。

"你刚放学吗？"苗嘉颜抱着膝盖，轻声问。

"对，晚自习九点半下课。"陈潮边走路边说话，声音听起来挺轻松的，"丁文滔说有人找我，我还以为是你呢。"

苗嘉颜连忙说："不是我，潮哥。"

他在电话里一问一答的，听着很乖。陈潮的声音里带了点儿笑意，说："行，不是你，知道了。"

苗嘉颜听出了他的语气，用指腹刮了刮膝盖上的布料，不知道还能说点儿什么。可难得接到的电话，又舍不得挂。

"你每天都是这个时间下课吗？"苗嘉颜又问。

"是。"陈潮不知道跟谁打了个招呼，说了一声"拜拜"，又跟苗嘉颜说，"就差住教室里了，要不是必须放我们回去睡觉，老师恨不得把我们锁在教室里。"

"你们真辛苦。"苗嘉颜感叹地说。

"就那么回事吧，都这样。"

自从陈潮离开，到现在有两个月了，除了走的那天发了两条短信，俩人没再联系过。可这天晚上的一个电话却没像过年见面时那样生分，反而说起话来很熟悉。陈潮误会之下打来电话，俩人索性就聊了起来。苗嘉颜提了很多问题，每一个问题都能聊几分钟。

陈潮从学校回家正常走十五分钟就差不多了，这天边打电话边走路，走了二十多分钟还没到。

"你还没到家吗？"苗嘉颜说，"离得真远。"

"到楼下了。"陈潮抬头看了一眼，陈广达在家呢，家里亮着灯。

"那你上楼吧，潮哥。"苗嘉颜的侧脸枕着胳膊，说。

"嗯，我上楼了。"陈潮说。

苗嘉颜捏着已经有点儿发热的手机，轻声说："很晚了，你早点儿休息。"

陈潮说"嗯"。

苗嘉颜说："那你挂吧。"

陈潮接着"嗯"了一声，上楼时的呼吸声很明显，说"睡吧"，之后挂了电话。

这个电话来得莫名其妙却令人欢欣，苗嘉颜的手机只剩下最后一格电了，拿了充电器出来充上。

电话里的陈潮说话语速不快，带着一点儿轻松感，两个人慢慢地说着没什么意义的话，让这个夜晚变得宁静柔和。

苗嘉颜用胳膊支着脸发了一会儿呆，另一只手无意识地转着笔。过了一小会儿才把刚才没写完的作业继续写完。

丁文滔确实跟陈潮说了有人找他。

他连着给陈潮发了三条消息，在 QQ 上。

丁文滔：潮哥。

丁文滔：潮哥有人找你！

丁文滔：潮哥！

陈潮上晚自习没看手机，放学了才看见消息，都已经过去一个多小时了，陈潮回了个"？"，丁文滔就没再回。

陈潮刚开始没当回事，手机揣起来就没再管。然而出了校门不知道想到了什么，却给苗嘉颜打了个电话。

这事也是赶得巧，丁文滔倒也不是发完故意不回，而是晚自习玩手机被老师抓住了，直接给没收了。接下来的好几天，丁文滔每天都去老师那儿装乖，老师也没还他。学校不让学生上学带手机，尤其丁文滔这种刺儿头，这手机更不可能还给他。

丁文滔整了个手机天天跟个大宝贝儿似的稀罕着，现在被没收了，看起来整个人都没了精神。

苗嘉颜在学校操场碰见他，主动打招呼："棍儿……"

丁文滔不等他第二个字音落下，就瞪了他一眼。

苗嘉颜赶紧改了口："滔哥。"

丁文滔收回瞪人的眼神，又切回没精打采的神情，从嗓子眼儿里哼出个声算是应了。

苗嘉颜低着头要走，丁文滔快快地叫了他一声："哎。"

苗嘉颜回头："嗯？"

丁文滔问："有人欺负你没有？"

苗嘉颜没想到他问这个，顿了一下，摇头说："没有。"

"哦。"丁文滔挥了一下手让他走，"走吧。"

丁文滔在学校的架势和在陈潮家吃吃喝喝的邋遢样子很不一样，人家现在好歹也算高中部"大哥"之一，风风火火跩兮兮的。

他跟陈潮说了一半话就没动静了，陈潮那边早就忘了，丁文滔还惦记着这回事。但是惦记也没办法了,他现在联系不上陈潮。

苗嘉颜在学校吃完午饭一般会在座位上趴着睡会儿,教室里人并不少,走读学生一般中午都不回家。

这天中午他刚睡着,就听见有人叫他。

苗嘉颜坐起来,看见门口有人正在问:"哪个是苗嘉颜啊?"

是一个男生,苗嘉颜并不认识。

"你是啊?"男生跟他对视上,扬起眉毛问。

苗嘉颜不知道对方要干什么,他站起来走了出去。

男生长得很高,穿着牛仔裤和球鞋,下巴上有条疤。苗嘉颜走到门口,男生问他:"苗嘉颜?"

苗嘉颜的表情淡淡的,应了一声"是"。

教室里有人在看热闹,苗嘉颜站在教室门口,虽然也不明白自己什么时候又惹着谁了,可神情坦坦荡荡的,一点儿也不躲。

"你认识陈潮?"男生问。

苗嘉颜一直到现在才见了点儿表情,有点儿惊讶地看着对方。

"问你话呢,怎么不说话呢?"对方微微皱着点儿眉,看起来不太高兴。

苗嘉颜打量着他,没答他的话,反问:"你找他干什么?"

"有事。"对方不想和他多说,"你把他电话号码给我。"

"我没有。"苗嘉颜站得直溜溜的,开口说。

"这么费劲儿呢?"男生"啧"了一声,"赶紧给我得了。"

苗嘉颜不可能把陈潮的联系方式随便给别人,而且他都不知道对方是谁,为什么要找陈潮。

不论这男生怎么问,苗嘉颜就是说没有陈潮的电话号码,后来那男生好像突然明白了什么,哭笑不得地问:"你不会以为我要找他打架吧?"

苗嘉颜不回话了，只看着对方。

"我不跟他打架，以前那可是我邻居。"男生说了半天感觉苗嘉颜油盐不进，只得说，"这么着吧，你回去问问他，我叫姜寻，你看他怎么说。或者你直接把我的电话号码给他……"

苗嘉颜打断了他，又说了一次："我联系不上他。"

男生摆手说："得了，别跟我扯了，我在8班，你要想找我就上我班里来。"

他说完话就要走，苗嘉颜问："你怎么知道我认识他？"

"丁文滔让我找你的啊，要不我哪知道？"男生说完扬了扬胳膊，走了。

苗嘉颜想去问问丁文滔怎么不直接把陈潮的号码给他，可一直也没碰上他。

晚上放学回去，他拿出手机给陈潮发了条短信：*潮哥，有个叫姜寻的找你，你认识吗？*

陈潮回得挺快的，过了没几分钟苗嘉颜的手机就响了。

潮：*认识，他在你们那边上学？*

苗嘉颜慢慢地打字回：*是的，他说是你邻居。*

潮：*以前是。他怎么找你那儿去了？*

苗嘉颜回：*丁文滔让他来问我，我不知道他要干什么，就没告诉他。*

陈潮那边晚自习还没上课，趁着这点儿空跟苗嘉颜发了几条消息，自习铃响了，陈潮发：*没事。上自习了。*

第二天一早姜寻又来班级门口找苗嘉颜，苗嘉颜看见他，低头从笔记本上撕了张纸，把陈潮的电话号码写给了他。

姜寻还开他玩笑："不是说不知道吗？"

苗嘉颜跟外人不爱说话，也不解释。

姜寻直接掏出手机把号码存了，跟苗嘉颜说："我俩从穿开裆裤的时

173

候就在一块儿玩了,你不用以为我要找他麻烦,我俩玩的时候他还不认识你呢。"

苗嘉颜心想,原来是发小儿。可姜寻和陈潮看起来并不是很像,陈潮看起来一点儿都不痞气。

"行了,谢了啊。"姜寻晃了晃手里的纸,说完转身走了。

那会儿苗嘉颜跟姜寻不熟,甚至根本不认识。姜寻本来就是个爱招猫逗狗的人,有时候闹起来没分寸。

这一点他和陈潮也完全不一样,陈潮几乎不主动和外人说话,说话的时候也是疏离高冷的。只有跟他熟了之后才知道,臭脸之下其实是温和的内核。

五月的一天,苗嘉颜早上刚睁眼就听见抽屉里的手机响了一声。

他起身去看,是陈潮发来的短信。

潮:苗儿?

苗嘉颜:潮哥。

他不知道陈潮这么早找他干什么,以为他有事。拿着手机站在原地等了一会儿,短信又来了。

苗嘉颜点开,是一行看起来就莫名觉得欢快的字——

潮:生日快乐,快长快大。

突如其来的一句"生日快乐",苗嘉颜恍惚了一下才想起今天是自己的生日。

陈潮让他快长快大,苗嘉颜以前从来没听别人这样说过,却莫名觉得这四个字很可爱。

苗嘉颜:谢谢潮哥,我会快点儿长大的!

陈潮在手机上看到他的回复,笑出了声,又发:就那么一说,倒也不用急着长。

苗嘉颜说：急急急。

快点儿长大是每一个小孩子的愿望，盼着长大，去做一个独立的大人。苗嘉颜比别人都想长得更快点儿。

这一年好像真的过得很快。不知道是不是因为高中的时间本来就过得快，每天很充实地上课学习，周末只休一天，放四次假一个月就过去了。

高一下学期的期末考试，苗嘉颜考了全校第十五名，他们学校每年能有二十多个学生考去一本大学，十几名还是挺有希望的。

苗嘉颜在小学和初中就是中等成绩，他不是特别聪明的小孩儿，高中能排进前十几名，这挺不可思议。

陈潮在电话里问他考得怎么样，苗嘉颜跟他说了，陈潮夸了句："好样儿的。"

他们不是经常联系，没什么事可能一个月都联系不上一回。手机电池不好用了，充满电放着也扛不住一天，苗嘉颜自己去镇上的手机店买了块电池换上，这样就不用每天都充电了。

高中了暑假也要补课，夏天陈广达来接陈爷爷和陈奶奶去市里住一段时间，他来的那天是个周日，苗嘉颜正戴着草帽要去地里。

陈广达攥着车钥匙走过来，苗嘉颜讶异地看着他，叫了一声"陈叔"。

"唉，你好，"陈广达笑呵呵的，说，"长高了。"

苗嘉颜慌忙往陈广达身后看，陈广达看出他什么意思，笑着说："别找了，陈潮没回来。"

失望的情绪瞬间把苗嘉颜卷了起来，他点点头说"哦"，跟陈广达说了声"再见"，走了。

陈爷爷、陈奶奶被接走住了半个多月，陈广达想让他们就定居在市里算了，老两口没同意。他们在乡下已经住惯了，到了市里处处不方便。

他们走的那些天苗嘉颜时常放学回来帮陈奶奶浇浇花和照料菜园子，

还每天帮着喂小鸡小鸭。

等补课也结束了,一年中最热的一段时间就到来了。

一个大晴天,苗嘉颜从衣柜里翻出当时陈潮送他的衣服穿上了。长长的下摆短了几厘米也看不出来,看着还挺合身,只是显得苗嘉颜很瘦。

宽宽的帽檐遮住脸,路过的人不会多看他。

棉花已经打苞了,最近有人来他们这儿看棉花,苗家一半的棉花都被订走了,价格给得很公道。

苗嘉颜在棉花地里看见了那伙人,他之前一直没说过话,只沉默着干活儿,有个人就站在他旁边,无聊跟他搭话。

那人叫了他一声,问:"我怎么没看见你们这儿做滴灌呢?你们没埋管道?"

苗嘉颜本来弯着腰在给棉花掐顶,听见了抬头看过去。

他这一抬头那人愣了一下,看着苗嘉颜的脸,视线微微下移看向他的脖子。

苗嘉颜说:"有滴灌,那不是有机井吗?"

他往前面指了指,指着那所小红房子,说。

对方三十岁左右,看着挺年轻的。他看了苗嘉颜半天,才感叹着发出了一声表示震惊的语气词。

苗嘉颜的头发垂下来,也不在意别人怎么看他。

"绝了。"这人来回观察着苗嘉颜,从头到脚看了好几遍。

苗嘉颜想走了,站直了身转身就要走。

"你还上学吗?"那人问。

苗嘉颜说:"上啊。"

"给你拍张照行不?"那人说完赶紧补充,"我不是坏人啊,别多想。"

苗嘉颜干脆地说:"不行。"

"我就随便拍一张,拍个背影,"这人还在说,"你不用露脸。"

苗嘉颜一脚迈得更远了,边摇头边一脸防备地说:"不行。"

苗嘉颜迅速离开了,到底也没让那人拍照。

因为有一半的棉花都被买走了,并且不用他们收,所以今年没上机器,全部都人工采的,人工采的棉花更干净。

买棉花的那伙人是花商,他们买走当观赏花搭着卖的,夏天搞了次活动,棉花不够卖了,才临时在周边收。他们的棉花都是自己收,不用人管,也不是一次收完,而是隔几天来收一批。

国庆假期苗嘉颜帮着爷爷、奶奶收棉花的那两天,又赶上那伙人来剪枝。上次那个男的还在,这次又多了个年轻姐姐,二十五六岁,她看着亲近多了。

她跟苗嘉颜说了半天话,又跟爷爷、奶奶解释了好半天,拿着手机给他们看。爷爷和奶奶倒是不太在意,说看我们小颜想不想的。

于是那一天,苗嘉颜穿着旧衣服,腰上绑着大大的花兜,里面装了半袋棉花,他跟往常一样干着活儿,只是在别人说"看这儿"的时候抬个头。他脸上一点儿妆都没打,干干净净一张脸,额角还带着汗。

他眼神里始终带着点儿茫然,刚开始还稍微有点儿紧张和局促,后来就忘了。

一天的活儿干下来,已经忘了有人在拍照,太阳落山苗嘉颜要回家了,姐姐给了他两千块钱。对方说他们是运营卖花的,开网店,说以后还想找他拍。

苗嘉颜说:"还拍我采棉花吗?采没了,今年没有了。"

对方说:"不拍棉花了,拍别的花。"

"我没有别的花,"苗嘉颜老实地说,"我们家只有棉花。"

"不用你有,我带你去拍。"姐姐看着他的眼神竟然很慈爱,"你跟着我就行。"

"去哪儿拍?"苗嘉颜一听要被带走,摇头拒绝说,"我不拍了。"

"哈哈，你太可爱了，"姐姐拍拍他的肩膀说，"你怕被拐走吗？姐姐看着像坏人？"

苗嘉颜也不回话，反正不拍了。

这两千块钱苗嘉颜回去都给了奶奶，奶奶没拿，说让他留着当零花钱。

苗嘉颜没什么用钱的地方，他平时花钱也不多，最后在抽屉里放了好长时间。

后来那个姐姐还打电话过来，说要传照片给他看看，问他有没有邮箱，苗嘉颜说没有。又问他有没有QQ什么的，苗嘉颜也说没有。

"那你爸妈有没有啊？"对面的姐姐已经无奈了，"你怎么才能收到？"

苗嘉颜说："我收不着，我不看了。"

"那你自己去店里看？"姐姐跟他说了个名字，说，"你能上网的话自己去搜这个店，点进去就能看到。"

苗嘉颜其实还是想看看的，他有点儿好奇自己在照片里是什么样的。但他没上过网，家里也没有电脑，他看不着。

陈潮留给他的手机已经是好几年前的款了，能上手机网页却看不到图片，只能看到简单的文字。

姐姐说："我强烈建议你看看，你拍的图都不用怎么修。弟弟，你太特别了。"

对农村小孩儿来说，别人越热情看着就越像骗子。苗嘉颜任对方把嘴皮子磨破都没答应再让他们拍照，说了不拍就再不改口。

后来对方只得无奈地说："姐姐真的不会坑你，你给姐姐当模特，姐姐给你钱，这是多少学生巴不得的事，到了你这儿看把你吓的。"

哪个骗子也不会直接说自己是骗子，她热情得令人慌张，苗嘉颜后来连她的电话都不接了。

学校附近有好几个网吧，苗嘉颜都没进去过。

他当然不会为了看看照片进去,在那个时候,在学生心里网吧跟台球厅、游戏厅一样,是不良少年聚集的地方。

后来苗嘉颜就把这事抛到脑后了,想不起来了。

"哎!"

苗嘉颜刚吃完饭,正从食堂回教学楼,听见身后有人喊了一声,回头看。

是姜寻,他手上拍着个篮球,问他:"上哪儿去?"

"回教室。"苗嘉颜答说。

"看我打球去啊?"姜寻挑挑眉,痞里痞气的,"看寻哥投三分球。"

"不去。"苗嘉颜摇头,不感兴趣。

"不去拉倒。"姜寻也就随口一问,摆了一下手自己去操场了。

因为陈潮的关系,苗嘉颜和姜寻现在也渐渐熟悉了。他们都跟陈潮关系好,也就变成了"自己人"。

他们俩见得多,都是高二的,在一个楼层,丁文滔高三,跟他们不在一块儿。有时候中午在食堂碰着了会坐在一起吃饭,偶尔也聊起陈潮。

苗嘉颜也是后来才想到可以用姜寻的手机看看照片。

姜寻这学期新换的智能手机,午饭时翻出来个图片给苗嘉颜看,问他:"看这俩哪个帅?"

两款套头T恤在苗嘉颜看来都一样,只能说:"看不出来。"

"估计你也看不出来,你个农村小孩儿。"姜寻轻笑一声说。

他总这样叫,苗嘉颜习惯了,也不和他生气。看着他一直用手机看图,才突然想起来。

他问姜寻:"你手机可以搜店铺吗?"

"能啊,你要买什么?"姜寻问。

"不买东西,我就看看。"苗嘉颜把店铺名字告诉他,又跟他说了照片的事。

"哟，厉害啊，"姜寻边搜边说，"我看看拍的什么照片。"

苗嘉颜以这样的方式看到照片里的自己，很不适应。

照片里的他和印象里的自己很不一样，画面里的人显得十分陌生。他站在连片的棉花田里，用直愣愣的眼神直视着镜头，一只手上捏着好几朵刚摘下来的棉花。脸边的头发有细细的几缕被汗沾湿，其余的头发披在脑后，并不十分整齐。

这是最大的一张照片，一点进店铺就看得到。苗嘉颜和照片里的自己对视着，看了一会儿说："这不像我。"

"挺像的了，"姜寻点评说，"拍得挺像那么回事的。"

"别人都能看到吗？"苗嘉颜又问，"他们不会觉得奇怪吗？"

"这有什么好奇怪的，"姜寻笑着说他，"少见才多怪，见多了就见怪不怪了。"

姜寻点进几个有棉花的商品里，又看见了其他几张照片。

苗嘉颜又看了一会儿，把手机还给了他。

苗嘉颜没有跟陈潮说过这事，是因为他们这段时间没联系过。上次打电话还是陈潮问他期末考试成绩，之后就再没有联系过了。

这天晚上苗嘉颜早早地写完作业，坐在床上看一本闲书，打算看会儿就睡觉。

手机在桌面上响了一下，苗嘉颜探头去看，显示陈潮发来了短信。

他放下书，把手机拿了过来。

潮：拍什么照片了？

苗嘉颜好久没收到他的短信了，有点儿小小的高兴。

他坐直了打字回复：说让我拍照片，给了我两千块钱。

潮：什么照片？

苗嘉颜：就是我摘棉花的照片，你能上网吗，潮哥？

潮：能。

苗嘉颜把店铺名称发了过去。

过了一会儿陈潮的电话直接打了过来，苗嘉颜看了一眼时间，陈潮晚自习下课了。

"谁让你拍的照片，怎么说的？"陈潮直接问。

苗嘉颜很喜欢听他走路时说话的声音，回答说："就是过来收花的人，他们是卖花的。"

陈潮又问："照片都干什么用？"

苗嘉颜说："他们说就这样贴在这里，不干别的用。"

"他们说？"陈潮的语气听着像是有点儿生气了，苗嘉颜已经能想到他皱眉的样子，"签合同了？落纸上了？"

他问的这事苗嘉颜根本就没概念，答不上来。苗嘉颜听出他不高兴，也不敢再说这个，只小心地问："怎么了啊……潮哥？"

他向来都怕陈潮生气，不想让陈潮发脾气。

陈潮也没太凶他，只说："他们应该也不能干别的，但是下次你长点儿脑子，不能他们说什么是什么。"

苗嘉颜是失落的，这么久了好不容易接到陈潮的电话，却只挨了顿说。

苗嘉颜坐得没刚才那么直了，肩膀塌下去，低头轻声说："……知道了。"

苗嘉颜因为照片挨了顿说，说他的还是陈潮，这对苗嘉颜打击可不小。

从那之后更不想拍照片了，他根本就不明白什么合同不合同的，也不明白陈潮说的"落纸上"是什么意思。苗嘉颜彻底不接找他拍照片的电话了，这样一了百了。

陈潮还不知道他一个电话给人家打得失落了两三天，他已经高三了，学习学得没白天没黑夜。

这一年对苗嘉颜来说还发生了大事。

他有了个弟弟。

苗嘉颜的妈妈预产期过了大半个月还没生，最后还是做了剖官产。苗奶奶有一周多的时间都在市里，照顾苗嘉颜的妈妈。

这个年纪生孩子算是高龄产妇了，身体肿得厉害，妊娠反应也把人折腾得够呛。

整个孕期她没有见苗嘉颜，苗建说她有点儿孕期抑郁，这一年她没回来过，苗嘉颜也没往跟前凑去坏他爸妈的心情。

奶奶回来了，苗嘉颜问她："弟弟可爱吗？"

"可爱，可好玩了。"奶奶摸着他的后背，看着苗嘉颜的眼神有藏不住的心疼，"看着你小弟弟我就想到你小时候，那时候奶奶天天抱着你。"

"长得和我像吗？"苗嘉颜又问。

奶奶说像，说和他小时候一模一样。

苗嘉颜先是笑了笑，又低声说："别像我。"

奶奶看着他，轻轻地叹了口气。

家里添个孙子，对老人来说怎么着都是个好事。可苗奶奶当着苗嘉颜的面没说出来，苗嘉颜白天上学了，苗奶奶在家悄悄地跟苗爷爷说："你说我这个当奶奶的，我怎么就好像有隔阂似的呢，我对那孩子怎么就没么喜欢呢……"

苗爷爷坐在门口的躺椅上晃悠悠地眯着眼，说："正常。"

"我在那儿住着，浑身不自在，以前也没这样啊……"苗奶奶一边给苗嘉颜织围脖一边和苗爷爷说话，"我看那孩子吧，就跟看别人家小孩儿似的，说喜欢也挺喜欢，可就没有对自己家孩子那股稀罕劲儿……唉。"

"你那是对儿子、儿媳妇儿有意见，把孩子也带上了。"苗爷爷说她，"打从最初你就没打算稀罕这小孙子，心里都垫着底儿了，防备着呢。"

苗奶奶赶紧否认："我可没有。"

苗爷爷也不和她犟，过了一会儿苗奶奶又说："那这孩子他们要来干吗的？还不就是不想管小颜了，说难听点儿，这孩子他们早就不想要了，这才又要了一个。你让我咋能待见他们？"

她说完，苗爷爷晃悠着说："你看，这不就得了。"

"反正他们一年也回不来几次，孩子也用不着我稀罕，有爸妈有姥姥和姥爷的，不差我一个奶奶。"苗奶奶也不知道是说给苗爷爷听还是说给自己听的，小声念叨着。

苗爷爷都快睡着了，又被苗奶奶给拍醒。

"他们回来你别就顾着小的顾不上大的，别天天抱着捧着新孙子，"苗奶奶嘱咐他，"你听见没有？"

苗爷爷都让她给说笑了："这说的什么话，都是你孙子，手心手背不都是肉啊？"

苗奶奶眉头一竖："你别给我来这套，小颜是咱们带大的，你别给孩子整伤心了。"

苗爷爷闭着眼睛不说话，苗奶奶又拍他说："孩子无辜，我是不应该把脾气往孩子身上带，可我们小颜无不无辜啊？爹不疼妈不爱的，我告诉你老苗头儿，你心里有点儿数。"

苗爷爷本来没想说什么，可苗奶奶在旁边嘟嘟囔囔地没完，苗爷爷后来只得用嗓子眼儿哼哼出了一句："这不废话嘛……"

苗嘉颜都不知道家里爷爷、奶奶计较着亲疏远近呢，这确实是苗奶奶多想了，苗嘉颜不可能会计较这个。

他都十六岁了，苗奶奶心里却还拿他当个小孩儿呢。

183

高二春季开学那会儿,苗嘉颜选了文科,倒不是对文科多喜欢,他也并没有多喜欢其中哪一科,历史细碎的知识点也挺让人头疼的。苗嘉颜高一时理科成绩还过得去,但他知道自己不是智商特别高的学生,怕到了高二高三物理和化学跟不上。

到了文科班,老师找他谈了两次话,第一次正式点儿,问他留头发是不是打算学艺术,苗嘉颜说没有。第二次没那么正式,把苗嘉颜叫到办公室去,拿着他的语文卷子,说你这字必须练练了,文科生写这破字高考你还考不考了。

老师之所以挺关注他,是因为苗嘉颜成绩不错,文科学生本来就少,苗嘉颜还是从高分班出来的,那班里就没出来几个文科生。

苗嘉颜几乎每天都临两张楷体字帖,到了冬天,这一学期过了大半,他的字确实好看了不少。

他以前写的字其实还行,后来总不好好写,就越来越难看了,练练好多了。

他一直不接电话,网店那边联系不上他,后来开车特意来了一次。

苗嘉颜放学回来看他们在自己家,以为他们又要收花。

上次的姐姐也在,她叫方方,看见他以后过来亲切地跟他打招呼,说:"你怎么不接电话啊?"

苗嘉颜说:"我不拍照。"

方方被他的反应逗笑了,说:"你到底怕什么啊?上次的照片你看到了吗?"

苗嘉颜说看到了。

"你自己说好不好看!"方方说着又把手机掏出来,从相册里翻照片,给他看,"就是普通的广告图,你看姐姐这儿有这么多呢,她们都是模特。"

苗嘉颜往后退了一步，说："那你找她们拍。"

"你不一样。"方方看着他说。

"她们更好看。"苗嘉颜客观地说。

"但是她们拍不出你的效果，"她认真地说，"她们有她们的风格，你是你。"

苗嘉颜不信她的话，陈潮上次说他了，让他长点儿脑子，所以苗嘉颜现在满脑子只有三个字——别骗我。

苗嘉颜穿着奶白色的高领毛衣，微低着头，下巴埋进领子里半截，不太好沟通的状态。

方方拉他在椅子上坐下，给他讲自己的工作，讲营销，讲为什么要拍照，还给他看以前拍过的各种各样的图。

"咱们家图拍出来跟谁家都不一样，姐姐上次给你两千对吧？别家你拍一天也挣不着五百块钱，姐姐没有坑你。"方方喝了口奶奶给她倒的水，苦口婆心地跟他说，"姐姐是良心商家，不会骗你。"

客观地说，她很真诚，而且她看起来是真的很喜欢苗嘉颜，说几句就要夸一次。

苗嘉颜其实并不讨厌拍照，甚至还有一点点喜欢。照片里的他和本身的他有些不一样，这种陌生和反差令苗嘉颜觉得新奇。有人看有人喜欢，对于一个从小不被接受的小孩儿来说非常难得。

苗嘉颜差点儿就要松口了，方方又说："姐姐拍出来的图经常有杂志买走的，好看的照片谁不喜欢，对吧？"

听到"杂志"和"买走"，苗嘉颜脑袋里"嗡"的一声，想起陈潮说他的话，差点儿站起来直接走了。

"你不是说不会放在别的地方吗？"苗嘉颜警惕地问。

"你的不卖，姐姐都答应你了，说话算话的。"方方哈哈地笑着，"宝贝你咋这么逗？"

方方后来把自己都给说笑了，又喝了口水说："姐姐自己都觉得好像骗子。"

苗爷爷、苗奶奶在旁边听着，这种事情对他们来说就像苗嘉颜小时候拍的生日照被照相馆做成大相框摆在门口一样。别人觉得好看就拍照当广告，不就这点儿事？

苗嘉颜后来终于被劝动了，答应可以再拍。

不等对方开口，苗嘉颜马上说："但是我要签合同。"

方方可能没想到他能说出这个来，愣了一下。

"不能签吗？"苗嘉颜问。

"能签，"对方笑着问，"你想怎么签？"

苗嘉颜茫然地看着她。

陈潮他们今晚的自习被占了，考了张理综模拟卷。两个多小时考下来，脑子一直在飞速运转，放学了才觉得有点儿累。

手机在兜里振动，陈潮摸出来，看见显示的备注，接了："喂？"

苗嘉颜叫了一声"潮哥"。

"嗯。"陈潮应了一声，"怎么了？"

苗嘉颜听见他的声音，顿了一下，忘了自己要说的话，轻声问："潮哥……你是不是好累啊？"

陈潮清了清嗓子，说："考了个试。"

"你的声音听起来没精神。"苗嘉颜握着手机，说。

"明天就好了，今天考试考晕了。"陈潮深吸了口气，问他，"找我有事？"

苗嘉颜已经不想说了，只说："我没有事。"

"不可能，"陈潮皱了一下眉，"说。"

苗嘉颜不敢对他撒谎，只得把网店的人来家里找他的事说了。

"那你想不想拍？"陈潮问他。

"我挺想的。"苗嘉颜诚实地说。

"那就拍吧，没事，把合同签了。"陈潮说。

"她问我怎么签。"苗嘉颜小声地说。

陈潮拧着眉："怎么签她问你？你没签过他们也没签过？"

苗嘉颜这个电话正好打在了陈潮状态不佳的时候，稍一点火就能让他变成炮筒。

"明天你让她给我打电话吧，中午一点前，"陈潮看了一眼表，"或者现在这个时间。让她直接跟我说，我发给我爸的律师过一眼，别在你那儿忽悠小傻子。"

苗嘉颜一听，觉得太麻烦了，刚要说不用，陈潮见他半天不说话，笑了一声："说你是小傻子不高兴啊？"

"没！"苗嘉颜忙说，"没不高兴，我不想拍了。"

"拍。"陈潮的语气听起来比刚才轻松了些，"上回拍得还挺好的，这次在哪儿拍？"

苗嘉颜答："她说去云南拍，去她们的种植基地。"

"……"陈潮得有十秒没说出话来。

"潮哥？"苗嘉颜看了一眼手机，以为对方挂断了。

陈潮刚才那点儿好脾气已经烟消云散了，问苗嘉颜："你知道云南在哪儿吗？"

"可远了。"苗嘉颜一个文科生，中国地图在脑子里记得相当清楚。

"知道可远了那你就让她们就近拍，爱拍拍不拍拉倒。"陈潮这个炮筒终究还是炸了，"两千块钱给她拍个广告还得上趟云南，她要给五千是不是得去美国拍了？给一万上南极？"

陈潮"炸"了的时候，苗嘉颜是最害怕的，他在电话这头马上坐得板板正正，一副准备好挨骂的模样。

"你答应了？"陈潮又问。

"没有，"苗嘉颜连忙说，"我说我得问问才能答复她。"

陈潮听见这个好歹算没继续燃烧，问："说什么时候拍了吗？你不上课了？"

"没说呢，"苗嘉颜小心地回答着，"什么都没说呢。"

苗嘉颜现在穿的睡衣是陈潮之前留下的旧衣服，那时留下的不少衣服苗嘉颜到现在都还在穿。这会儿听着他在电话那边发火，虽然胆战心惊的，但这种感觉让苗嘉颜觉得很熟悉。

"明天她给我打电话，我再问她。"陈潮的语气还是不怎么好，问苗嘉颜，"最近考试了吗？考得怎么样？"

苗嘉颜说："没考，期中考试也没正式考，就卷子发下来随堂考随堂讲了，没交上去批分。"

"是真没考还是你没考好啊？"陈潮严肃地问。

"没考，"苗嘉颜急急地说，"我不骗你。"

苗嘉颜本来也不会骗人，好像天生就没点儿撒谎的技能指数。

第二天，苗嘉颜把陈潮的手机号给了那个姐姐，还反复强调了两次，让她在中午十一点半到一点间才能给陈潮打电话，或者晚上十点后。

姐姐问："这是谁啊？"

"我……"苗嘉颜顿了一下，之后接着说，"我哥哥。"

"哥哥啊，"女生想到苗嘉颜反复强调的时间，问，"哥哥工作很忙？"

苗嘉颜说："他在上学。"

敢情是从一个小孩儿这里转到另一个小孩儿那里去了，姐姐让他逗得不行，哈哈地笑着说："行，姐姐知道了。"

然而另一个小孩儿却一点儿都不好对付，比苗嘉颜难缠多了。

苗嘉颜尽管防备心很重，但别人说什么他都是在听的，这个"哥哥"就不一样了，你跟他说什么他就跟听不见似的，只抓着他自己提的问题，你要不给他个答复出来他就要挂电话,说"那不拍了"。

对这些苗嘉颜都不知道,他中午吃饭的时候还在想对方有没有给陈潮打电话,会不会影响他午休。

之前前桌的女生现在还跟苗嘉颜在一个班里,他们俩现在是朋友。

女生叫谭心艺,现在不坐在苗嘉颜前桌了,可离得也不远。她挺喜欢聊天的,在班级里人缘很好。

"我昨晚看了篇漫画,那里面的男孩子跟你很像,"课间休息时女生坐在苗嘉颜旁边,和他说,"你有QQ吗?昨晚看的时候我就想发给你了,但我看班级群里没有你。"

"我没有,"苗嘉颜不止一次被问这个问题了,可他真的没有,"我不上网。"

"那等你有QQ了记得加我,到时候你告诉我就行。"女生看着苗嘉颜,说,"我要第一个加你,当你列表里面第一个好友。"

女孩子总是有这种奇奇怪怪又没什么用的小关注点,苗嘉颜当时都不明白加好友什么的,可后来等他有了QQ、有了微信,很长一段时间里他的好友列表里只有陈潮。

跟那边的合同磨了好几天,后来陈潮也不管了,都扔给了他爸的律师。陈广达现在生意做得大,平时合同往来多,他当年就是吃亏在合同上,所以后来一直很重视这些,合同都有专门的律师把关。

一天晚上苗嘉颜已经准备睡了,收到了陈潮的短信。

潮:*合同我让他们寄给你了,你自己也再看一遍。*

苗嘉颜赶紧回复:*谢谢潮哥。*

这是苗嘉颜人生中的第一份合同,之前只在电视里看见过。他自己签了字,爷爷也帮他签了字。合同里好像每句话都要明明白白地讲清楚,细致得令人惊讶。

苗嘉颜看了一遍，太细碎了，什么都没记住，只记得说要连着拍三组照片，一共八千块钱。

拍照时间在寒假，在那之前苗嘉颜该干什么干什么，课还得好好上。

苗嘉颜每天认认真真地上课，笔记都记得很仔细。一天两张字帖也没落下过，每晚都临。

期末考试，苗嘉颜的成绩果然不错，在文科班里考了第六。文科班每年能考出去几个一本，前十名都是有希望的。苗嘉颜主动给陈潮发了短信，把自己的考试成绩发了过去。

陈潮回他：挺好。

苗嘉颜把最近新学会的符号表情发了过去：^^。

他都放寒假了，拍照那边却一直没动静，也没说什么时候去。

苗建打电话说过段时间会回来住几天，过年就不回来了。苗嘉颜判断不了现在有了弟弟，他爸对他是会宽容些还是一如既往，他想在他爸回来的那几天出门拍照。

对方联系他的时候，苗嘉颜正在花棚里育苗，电话在兜里响了，他满手是泥，稍微擦了擦就去摸手机。

"姐姐这段时间要忙死了，都没顾上你，"女生问，"最近没什么事吧？咱们下周去？"

苗嘉颜疑惑地问："去哪儿？"

"去基地啊，不是说好了吗？"姐姐提高了声音，"宝贝你不是没看过合同吧？"

苗嘉颜说："我看了啊……"

但是苗嘉颜看到的是就在本市拍，没说要去云南。

女生跟他说："看的是第三页？你应该是漏看了。"

苗嘉颜还不等问漏看了什么，对面又说："我问过你哥了，他定的下周,姐姐再跟你确认一下就要订票了,你不晕机对吧?"

晕不晕机苗嘉颜不知道,他没坐过飞机。但他现在人倒是挺晕的,让对方给说迷糊了。

"到时候你就先去你哥那儿,姐姐让人过去接你们去机场。"女生说,"姐姐在这边等你哈。"

苗嘉颜被她的电话弄得一头雾水,挂了电话正准备找出合同再看一遍,手机又响了。他以为还是刚才的姐姐,然而却是陈潮。

"潮哥。"苗嘉颜接了起来。

陈潮先是"嗯"了一声,又说:"我放假了。"

苗嘉颜的第一反应是他要回来过年了,语调有一点点压制不住地扬起来:"你要回来了吗?"

"我不回。"陈潮说。

还没等失落感漫上来,苗嘉颜又听见陈潮说:"你直接上我这儿来。"

"嗯?"苗嘉颜有点儿蒙。

"收拾好东西,带套换的衣服。"陈潮和他说,"我去车站接你。"

苗嘉颜在这种时候总是反应慢半拍,他过了半天思路才渐渐清晰起来,难以置信,甚至有点儿不敢问出口:"潮哥……你是要跟我一起去吗?"

陈潮也愣了一下,反问他:"那不然我跟你在这儿说什么呢?"

苗嘉颜一时间心情复杂得厘不清,手抠着桌子角,什么都说不出来。

"你自己去我怕你让人卖了找不着家,"陈潮笑了一声,"要把咱俩都卖了,我好歹还能找回来。"

第八章
月季花田

合同里面细碎条款太多,反正是陈潮帮他定的合同,苗嘉颜当时稀里糊涂地看完,就记住了在省内拍三组八千元。他看漏了前面那页写的,如果去云南基地拍,要去六到十天,拍四组主题照,除了包食宿机票,还要给苗嘉颜一万六千元。

当然这次的照片不只贴在详情页当广告用,合同里放宽了授权,这些苗嘉颜都没细看,看也看不明白,好多词他都不知道什么意思。对苗嘉颜来说,"陈潮"这两个字就代表着安全,他看过的东西苗嘉颜闭眼签就可以了。

苗嘉颜没出过门,从小到现在还没出过省。陈潮让他提前一天过去,第二天一早,他们俩就得去机场。

让陈潮跟他一起出门那么多天,苗嘉颜觉得给陈潮添了很多麻烦。苗嘉颜很不好意思,可又不能一直跟陈潮说谢谢。

说多了显得虚伪,陈潮也用不着他说谢谢。

苗嘉颜出门只背了个书包，里面装了一套换洗的衣服，还带了套睡觉穿的，以及手机、充电器、钱、身份证，除此之外什么都没拿。

他在头一天下午坐车出了门，下车前陈潮打电话给他，问他到了没有。

苗嘉颜说："还没有，但是应该快了。"

"我不知道你在哪儿下，我在车站对面商场门口等你。"陈潮那边人很多，电话里听着特别乱，车声、人声混在一起。

"好的，"苗嘉颜看着车窗外面，说，"好像到了，现在在车站附近。"

"行。"陈潮说，"东西拿好。"

苗嘉颜又说"好的"。

车在出站口停好，苗嘉颜下车之前突然有些紧张。

他好久没见过陈潮了，这一年里他们的联系也只有那么几次短信和电话。去年陈潮短暂回家的那十天，还没等苗嘉颜记熟他那时的样子，他就又走了。所以在苗嘉颜的印象里，陈潮更多的还是初三离开时的模样，稍显单薄、高高瘦瘦的初中少年。可他现在已经高三了。

苗嘉颜穿着白色短棉服，领子遮着下巴，头发散散地披在背后。他背着书包，手里攥着手机，顺着人行道跟着人流过了巨宽的马路。

对面商场的人很多，可苗嘉颜还是一眼就看见了陈潮。

陈潮没想到他这么快能到，正站那儿看小孩儿哭。他旁边不远处有个小孩儿吵着要吃肯德基，妈妈不给买，小孩儿正撕心裂肺地"作"呢。

苗嘉颜恍惚间觉得陈潮跟他印象里比变化很大，眉眼都长开了，头发很短，下颌线很明显，这样从侧脸看过去非常帅。

苗嘉颜都走到他旁边了，陈潮还在看小孩儿哭。

"潮哥。"苗嘉颜叫他。

陈潮这才回头看，看见苗嘉颜正笑盈盈地看着他。陈潮说："我没看见你过来，我想看他妈什么时候才能忍不住揍他。"

"现在不让打小孩儿。"苗嘉颜说。

陈潮带着他往前走，身后小孩儿还在尖叫着哭，走过肯德基门口陈潮突然问苗嘉颜："你想吃吗？"

苗嘉颜于是又笑了，问："你是怕我也这么哭吗？"

陈潮也笑了，说："让你这么哭你都不会。"

苗嘉颜从小就是乖小孩儿，不乱要东西，也不哭。陈潮认识他的时候，苗嘉颜尽管也五年级了，可看着还很小。

陈潮话说完才想起苗嘉颜也是这样哭过的，那年头发被他爸一剪子剪没一半，苗嘉颜就是这么哭的，在隔壁院子听着都让人心惊。

不知道苗嘉颜自己还记不记得了，总之他没刻意去提醒陈潮的不严谨，只笑道："哭谁都会的。"

又这么久没见，跟去年不一样的是这次他们俩见面并没生分，都很自然，没有谁别别扭扭的，好像他们还是跟从前一样，每天在一块儿。

陈潮后来还是去给苗嘉颜买了个全家桶，苗嘉颜一路只能抱着个红桶走，有点儿哭笑不得。本来陈潮提肯德基就是因为那小孩儿哭才随口一问，等他们俩走了一段，不知道为什么陈潮突然又折回去买了个桶出来，还同时拿了个冰激凌。

苗嘉颜没有吃过这个，这一路都在闻着那股油腻腻但是很香的味道，并且一直担心纸桶会透油蹭到衣服上。

大冬天在外面吃冰激凌真有点儿傻，苗嘉颜边吃边觉得冷，但还是坚持着吃完了，这毕竟是陈潮给他买的。冰激凌的口感很细腻，除了冷点儿，确实很好吃。

老实小孩儿还不知道这是套餐里附带的，只当是陈潮特意买的。

陈广达也在家，晚上带着他们俩出去吃了饭。苗嘉颜抱了一路的桶还没来得及吃，只得又抱了出去。

这是苗嘉颜长这么大第一次在别人家住，他连在自己爸妈那儿住的时候都少。尽管他只住一晚，明天就跟陈潮一起走了，陈广达还是往家里买了好多东西，零食、水果、酸奶，完全把苗嘉颜当成了个小孩儿。

　　"苗儿厉害，高中没毕业呢就能挣钱了，我看还挣得不少。"陈广达穿着套格纹睡衣，坐在客厅跟苗嘉颜说话。

　　苗嘉颜后背挺得溜直，有点儿拘谨，说："还没挣着呢。"

　　"拍完不就挣着了吗？"陈广达是真觉得挺厉害，问他，"你爸妈知道吗？"

　　苗嘉颜摇头："不知道，没有跟他们说。"

　　陈广达看着苗嘉颜清清秀秀的一张小脸，感叹说："你跟你爸可太不像了，你爸大脸盘儿。"

　　苗嘉颜说："我奶奶说我爸小时候也挺精神的，说我小时候和他小时候可像了。"

　　"可拉倒吧！"陈广达脱口而出，"你爸小时候长什么样我知道，你奶奶这可真是不客观了哈。"

　　苗嘉颜笑了起来，陈潮在房间里收拾东西，也让他爸夸张的一声"拉倒吧"给逗乐了。

　　陈广达是个让人发自内心感到轻松的长辈，他一点儿长辈的架子都没有，也不端着，说着说着还躺下了，腿往沙发背上一搭，指着茶几上的眼药水说："苗儿，把眼药水递给我。"

　　苗嘉颜递了过去，问："眼睛不舒服吗？"

　　"长了个疙瘩，磨得慌。"陈广达躺那儿扒着眼皮滴眼药水，喊陈潮，"你咋还不出来？"

　　陈潮拎着书包出来，放在门口，跟苗嘉颜说："你要累了就洗澡去躺着，不用在这儿陪他聊。"

　　苗嘉颜赶紧说："是叔叔陪我聊。"

"他那是憋的，平时没人跟他说话，逮着个人说起来没完。"

"那不然咋整，"陈广达闭着眼说，"你也不搭理我。你看看苗儿跟我你一句我一句的多亲近。"

"那是他不敢走，"陈潮拿了新毛巾往苗嘉颜的脑袋上一搭，"去吧。"

苗嘉颜看看陈广达，有点儿不好意思走，陈潮把他的胳膊拎起来："赶紧去。"

苗嘉颜这才站起来走了。

苗嘉颜在陈潮家客房睡得还挺香，第二天闹钟响的时候苗嘉颜有那么一会儿不知道自己在哪儿。

醒过神来想起自己现在在陈潮家，赶紧起了床。

陈潮已经起来了，他平时也经常早起背知识点，起床不费劲儿。这会儿跟初中时有起床气的他可不一样了，那时候睡不好就黑着脸。

陈广达打着哈欠从房间里出来，说："不着急，你俩慢慢收拾，一会儿我送你们去。"

"不用你，我打个车就行，你睡你的。"陈潮说。

"我不困了，送你们正好回来办点儿事，顺路。"陈广达又转头问苗嘉颜，"昨晚睡好了吗？"

"挺好的，叔。"苗嘉颜刚睡醒头发还乱糟糟的，衣服也还没换。

陈广达笑着说："那你平时放假了就过来玩啊，别老在家待着。"

苗嘉颜笑了一下，说"好的"。

陈广达把他们俩送到机场，苗嘉颜一路跟着陈潮，坐飞机时夹在陈潮和一个陌生人中间，陈潮和他说："得坐挺长时间，睡会儿。"

"我不困，你睡吧。"苗嘉颜轻声说。

这一天对苗嘉颜来说，有点儿乱糟糟的。

几个小时后飞机落地，马上又要坐三个小时的高铁，下了高铁有人来接他们，接下来又开了将近两个小时的乡道。

苗嘉颜看着车窗外偶尔才有一辆车经过的乡道，心想这还真有点儿像要被人卖了。

后来路边开始能看到花了，车里也能闻到花香味儿，才算有了点过来拍照的真实感。

司机是当地人，说着一口方言，苗嘉颜和陈潮什么都听不懂。到了地方司机自己下车了，把他们俩连车带人往那儿一放，走之前说了句什么他们俩也没听懂。

在这么陌生的地方，苗嘉颜不太有安全感，所以一直挨着陈潮。

之前一直联系他们的方方过了一会儿才来，招呼说："是不是挺远的？姐姐也才到，路上耽误了一会儿。"

苗嘉颜跟她打了招呼，又介绍陈潮说："这是我哥哥。"

"我知道，"方方笑着说，"他很不讲理。"

苗嘉颜心想，不可能。

方方来回打量着他们俩，问："亲哥哥啊？亲兄弟？"

苗嘉颜摇头，没说话。

方方没再跟他们闲聊，而是开始聊起了工作。

苗嘉颜第二天早上要去试衣服，顺利的话下午就要拍第一组，就在这儿拍。前两组在这边拍，后两组在另外一个市，开车要四个多小时。

方方说："今天就住基地吧，这边有房间住，也很干净，他们来拍照都住这儿。"

她安排什么苗嘉颜都没意见，都是说"嗯"或"好的"。

直到听见她说："明天给你剪剪头发，现在的太长了。"

苗嘉颜猛地一顿，问："要剪头发？剪多少？"

"剪到这儿?"方方伸手在苗嘉颜的肩膀上比了个位置,"行吗?"

"不行,"苗嘉颜很干脆地摇头,"我不剪。"

他下意识地去找陈潮,陈潮回头看看他。

"就剪一点儿没事的呀,"方方说,"不然一直不剪也不好看是不?"

苗嘉颜摇头。

陈潮说:"你剪太多了,快给剪没了。"

方方让他们俩给弄得哭笑不得,只得问:"那总得修修吧?宝贝儿你这自然生长的没型,修修更好看。"

苗嘉颜是真的有点儿慌,无措地看着他们。

"没不让你修,是不让你剪。"陈潮说着伸手在苗嘉颜后背上比了一下,"最多到这儿。"

说完问苗嘉颜:"到这儿行不?"

苗嘉颜连连点头。

"他不让动头发,从小留的。"陈潮平静地说,"你们修图的方法多的是,别难为人。"

方方本来也没想难为他,最后无奈地笑着说:"你俩太逗了,别把我放在对立面啊,姐姐带你们赚钱的。"

陈潮说:"没放对立面,不剪头发就行。"

其实苗嘉颜并不是不能接受剪头发,他不能接受的只是"被迫"剪头发。对方提起工作,上来就说要剪他头发,这会让苗嘉颜非常没有安全感,好像为了拍照就要做出妥协。

在这样的情况下他心里会抗拒得很厉害,会把防备的小刺儿都竖起来。

陈潮在他背上比了一下定了个标准,就让他觉得有人还跟他站在一边,帮他留着头发替他说话。其实这个时候哪怕陈潮跟方方刚才比的是同一个位置，苗嘉颜也会毫不犹豫地同意。

晚上苗嘉颜和陈潮住一个套间，套间是由以前这边的民宿改的。这边和他们那里温差很大，对他们俩来说外面有点儿热了，但房间里很冷，而且可能因为常年没人住，房间里很潮，也有一点点霉味儿。但是收拾得很干净，苗嘉颜没在外面住过宾馆，这比他想象中的平房强多了。

房间里有个浴室，俩人分别冲了澡换了套衣服，他们都只带了一套，苗嘉颜洗完澡直接把他们的衣服都洗了。去外面问人要了瓶洗衣液，没用洗衣机，两套衣服很快就用手搓完了。后来热水用完了，水有点儿凉，洗完衣服，他两只手都是红的。

"会不会干不了啊？"苗嘉颜感觉以房间里的温度来说，一宿肯定干不了。

陈潮找了个插口把手机插上充电，蹲在旁边在回消息，闻言抬头四处看了看，说："挂空调风口。"

苗嘉颜本来都把衣服用衣撑挂起来了，又摘下来用力地拧了一下，才重新挂起来。

"潮哥，你晚上是不是没吃饱？"苗嘉颜问陈潮。

晚饭是跟这边的人一起吃的，陈潮吃饭挑食，这边的菜和他们那儿的口味差很多，苗嘉颜都没见陈潮吃几口东西。

陈潮说："还行，我本来也不饿。"

他现在就是饿，苗嘉颜也给他弄不出吃的来，而且他们住的这边是个小村子，也没地方弄吃的。苗嘉颜想明天如果碰到小超市要买点儿饼干、香肠，放包里，等陈潮饿了吃。

敲门声响起来，陈潮去开门。

苗嘉颜听见外面方方的声音在问："你们还没睡呀？"

陈潮说："还没，怎么了？"

"吃泡面吗？姐姐带的泡面，如果饿了跟姐姐说。"

苗嘉颜赶紧说："有多的吗？有多的给我一桶吧。"

方方马上笑了，声音扬起来一点点和他说："姐姐带了十桶，这边东西吃不惯，我每次都自己带粮食！"

苗嘉颜在心里"哇"了一声，想说这也太艰苦了吧。

过了一会儿，方方送泡面过来，她也把衣服换了，现在穿着大T恤和睡裤，妆也卸了，头发随意地绑在脑后。

"给你拿了两桶，你俩吃完早点儿睡哈，尤其是你，颜颜，明天如果拍的话状态得好点儿。"她说完又补了一句，"不过也没事，你们这年纪扛造，十六七岁，一夜不睡拍照也不显。"

苗嘉颜说："你也很年轻。"

"哈哈哈姐姐已经开始在衰老了！"方方大大咧咧地甩了一下手，"姐姐也是红过的，以前好多人拿我当QQ头像，我高中的时候可是非主流女神，明天我拿朵大花叼嘴里你可能就觉得眼熟了。不对，忘了你不上网，算了。"

她胳膊上有大片文身，苗嘉颜第一次看她露胳膊，也是第一次看见文身。方方于是抬起胳膊给他看，说："好看吧？"

在当时的苗嘉颜眼里，他还欣赏不了这个，只觉得看着有点儿吓人。

"姐姐腿上也有呢，夏天你就能看见了，行了我回去啦，吃完早点儿睡吧。"女生说完挥了挥手，走了。

在苗嘉颜心里，关于"云南四季如春"的印象，在这一晚破裂得稀碎。他半夜被冻醒了好几次，空调开了一宿，干巴巴的热风吹得脸很难受，可还是觉得冷。

陈潮在隔壁房间里也睡得不好，早上苗嘉颜起得很早，在陈潮房间门口看他睡得还挺沉，没叫他，在自己房间又坐了半小时。

陈潮睡醒了出来，边走边喊："苗儿？"

"唉，潮哥，"苗嘉颜赶紧走出来说，"我在这儿。"

陈潮以为他自己出去了，见他还在就没再说话，去洗手间了。

昨天过来折腾了一天，晚上又睡得不好，陈潮这一天看起来就有点儿臭着脸。但苗嘉颜倒是不觉得害怕，陈潮还在老家住的时候苗嘉颜就已经不怕他的起床气了，也敢在他睡觉时叫他。

上午剪头发时，陈潮坐在苗嘉颜身后，苗嘉颜从小小的一块方镜子里看他，陈潮闭着眼睛打盹儿。

方方应该是特意说过的，造型师刚开始真没怎么剪，一直在修。

后来见苗嘉颜没那么防备了，才问："再剪一点儿可以吗，小帅哥？"

苗嘉颜点了点头。陈潮睁开眼睛看过来，苗嘉颜跟他对视上，觉得自己是安全的。

这次拍照跟上次在家里拍他采棉花很不一样，没那么轻松了。

这次苗嘉颜得换衣服，得化妆，现场布了打光板，一堆人看着他拍。

"穿这件可以吗，颜颜？"方方拿了一件给他看，试探着问。

苗嘉颜想了想，说"可以"。

"真乖。"方方摸摸他刚弄完的服帖光亮的头发，说，"不过咱们不会都穿同样的。"

苗嘉颜说"好的"。

苗嘉颜虽然之前很防备人，可真拍起照来相当配合，怎么安排他就怎么拍，来来回回地拍也不会生气。

跟上次一样，刚开始苗嘉颜拍出来的效果并不好，很僵硬。第一套衣服方方估错了尺寸，苗嘉颜穿着不合身，拿大了一号。于是又换了条短裤，上身是宽袖口的细线白色薄毛衣，下身是条到膝盖以上的短裤，毛衣不长，走起路来有时会露出很窄的一截腰上的皮肤。

陈潮觉得这搭配有病，毛衣搭短裤。

"腿必须露出来，底下都是花，有花的地方衬上裤腿显得土。"女生解释说。

陈潮心想，那你倒是别给穿毛衣啊。

方方替苗嘉颜把头发放到后面去，说："会有点儿冷，只能辛苦颜颜，早点儿拍完姐姐带你去吃东西。"

苗嘉颜说："没关系。"

这一天拍的是郁金香，明艳的黄色连着片，然而是阴天，光也特意没打得很强，就是要稍微灰点儿的调。

本来这一天不是在这儿拍，是赶着阴天特意挪的，郁金香在晴天拍会显得更艳，也更俗。只有阴天里搭上白色的小男孩儿，才会看起来更干净。

苗嘉颜听着指令一会儿走一会儿坐，笑一点儿收一点儿，虽然配合却一直没进入状态。

摄影师的脾气不太好，看得出来已经有些不耐烦了，小声说了句："没灵气。"

"放屁，你知道什么叫灵气？"方方的声音也很小，嘴唇都不动地哼哼着说话，"你拿他跟拍熟了的网红比呢？你好好给我拍，别给我摆臭脸。"

摄影师估计跟她很熟了，说："拍不出来，太硬了。"

"那是你的问题，"方方说，"坯子放这儿了你不会磨。"

"我没觉得多好看，还不如去年那个。"摄影师低头看着照片，说，"我看你白费劲儿。"

"你会看个屁。"姐姐"哧"的一声笑了，"上次拍他的小荣，没你这些废话。"

"他那是图省事，今天还那么拍？那你给他带这儿来干什么，找个花市穿身破衣服拍算了。"

方方不跟他说了，扔了句"别废话"就走了。

他们说话苗嘉颜听不见，他还茫然地坐在刚才的位置上，不知道下一步又要干什么，眼睛茫然地看看这个、看看那个，安安静静的。

他坐在地上，半个身子都被花挡着，从陈潮这边看，他就只能看到肩膀和脸。

苗嘉颜在那边听不见别人说话，陈潮是能听见的。刚才拍了那么久，没有能用的片，摄影师不满意，方方虽然没不满意，可这半天调不出来，多多少少也有些着急。

陈潮看着刚站起来拍拍手上的泥又拍了拍屁股的听话的苗嘉颜，却觉得一棵颤颤巍巍长大的小花苗要打花骨朵了。

苗嘉颜衣服换了一套又一套，他们也换了不少地方，郁金香几个颜色都拍全了。

换衣服的时候，方方给他拿了块超大的布，让陈潮举着把他围起来，苗嘉颜就在布里换衣服。平时，男生都是直接换，反正有内裤，男生也不怕被看。方方照顾苗嘉颜胆小内向，才特意给他准备的。

他换衣服，陈潮问他："累不累？"

"还行，我也不用干什么。"苗嘉颜又说，"就是不知道做什么表情，拍照那个哥哥都不跟我说话了。"

"别理他，爱说不说。"苗嘉颜从布里钻出来，陈潮放下胳膊，对他说。

苗嘉颜在冬天这么来来回回地换衣服，而且一直是短裤，冻得都有点儿哆嗦了，抬头跟陈潮笑了一下说："嗯嗯。"

"行了别说悄悄话了，最后一组拍完咱们就走了，姐姐带你们去吃好的。"方方过来说。

"好的，"苗嘉颜跟她过去，问，"还在昨天那儿吃吗？"

"不了，咱们开车出去吃，昨天我看你俩都没怎么吃。吃不惯对吧？"方方笑着问。

"我哥哥不喜欢。"苗嘉颜说。

203

方方看着他,说:"你怎么这么乖啊!"

苗嘉颜没说什么,笑了一下,看着车窗外面。

拉一个敏感内向的农村小孩儿来拍照,让他在打光板旁边自然地摆姿势,在镜头前要笑得好看,下巴要抬到合适的高度,眼神要不软不硬,这确实是难为他。

第一天拍下来,方方虽然一直说"很好很好",可从摄影师看照片的表情来看,拍的效果并不好。

苗嘉颜换回自己的衣服,终于暖和多了。

晚上方方开车带他们去城里吃石锅鱼,可能为了拉近苗嘉颜跟摄影师之间的距离,吃饭也带上了摄影师。

"这个哥哥叫小狄,你们就叫他狄哥。"方方指了指摄影师,"别被他的臭脸唬住,他其实除了干活儿时间外都很和善,你们可以一起打游戏。"

苗嘉颜被他凶了一天,有点儿怕他。

"说话,别装。"方方在狄哥后背上用力一拍,他原本在喝饮料,被这么一拍喷了自己一身。

"你是不是有病啊!"狄哥的脸都黑了,站起来抖搂着衣服。

方方趴在桌子上乐得哈哈哈的,苗嘉颜递了纸过去,狄哥接过来,说"谢谢",低头擦自己身上的水。饮料沾在身上很黏,狄哥擦了一会儿,看起来更生气了。

"哎哟笑死我了,你丢透人了!"方方还在笑,转头跟他们俩说,"别让他唬住,他生气也不会怎么样。"

苗嘉颜挨着陈潮坐,总感觉摄影师会一抬屁股走人,可他擦完身上的水却黑着脸又坐下了。

"你是不是怕他?"方方问苗嘉颜。

苗嘉颜没敢说是，方方转头跟狄哥说："你别吓唬小孩儿，你是夜叉啊？"

狄哥让服务生又拿了个杯子，给自己倒饮料，说："我就长这样，我有什么办法？"

方方带他们吃饭本来是想拉近一下关系，所以一直想让狄哥接地气一点儿，可作用不大，那俩小孩儿就低头吃饭，也不参与。陈潮不爱吃鱼，苗嘉颜就总给他盛椰子鸡，陈潮喜欢吃里面的椰肉条。

陈潮跟着拍了一天的照片，虽说什么都不用干，可也折腾得够呛，白天就坐在地上睡了一会儿。吃得差不多了，他抽了张纸巾擦嘴，说："不赖狄哥，苗嘉颜胆小。"

方方说："怎么不赖他，死鱼眼一耷拉，烦人。"

陈潮说："应该的，他不懂怎么拍，得听狄哥的。"

陈潮话说得好听，可表情却是冷淡的，没有半点儿恭维的意思。方方笑着问狄哥："你听出来没有？人家哥哥也嫌你凶了。"

狄哥竟然也笑了，说："听出来了。"

苗嘉颜在底下轻轻碰碰陈潮的胳膊，示意他别说了。

陈潮说："你们找他拍也能猜到他的状态，你们拍的不就是这个？不然就直接找模特了。"

陈潮这一天都没说什么话，不搭理人，这会儿吃饱了开始说了。

"他挺听话的，你们想要什么就跟他说，骂两句也行，他不会生气，也不记仇。"陈潮扫了一眼苗嘉颜，接着说，"但是别一直吓唬他，今天他都蒙了，他一蒙你们更拍不好。"

陈潮这会儿就很像个哥哥，因为小弟今天看了人家一天的脸色，不乐意了。

狄哥和方方都笑了，狄哥靠在椅背上看着陈潮，问他："你多大了？"

陈潮平静地回答："十七。"

狄哥点点头，说："你好像十七八岁的我。"

"现在的你也就这么回事，你当你长大了呢？"方方知道陈潮的脾气不好，有心理准备了，这会儿倒不意外，"你现在也就是比你十七八岁又拔拔高，本质上没变。"

狄哥看着陈潮，还挺感慨，说："那还是不一样的，搁那时候我现在已经走了，再不济我得损几句。"

陈潮白天看苗嘉颜穿着短裤冻得哆哆嗦嗦的，在那边看人家脸色，该怎么拍也没人告诉他，无措地远远地往这边看，陈潮心里这点儿气窝一天了。

"行了我知道了，小哥哥，"狄哥还挺买账，跟陈潮说，"明天我送点儿温暖。"

"谢谢狄哥，"陈潮冲他点点头，说，"添麻烦了。"

"我知道你心里骂我呢，可别谢了。"狄哥笑笑说。

"那不至于，真没有。"陈潮摇摇头，真诚地说。

狄哥说了明天送温暖，第二天真就和蔼了不少，苗嘉颜昨天被磨了一天，眼见着状态比昨天好了很多。拍了一小会儿之后狄哥看着刚才拍的图，夸了句："不错。"

苗嘉颜不知道他是真夸还是敷衍意思意思，也没当真，昨晚陈潮回去又说他了，不让他一直没脾气，那样别人要欺负他。

第二天拍得挺顺利的，很多事情一旦进入状态就会进展很快。苗嘉颜其实只要忽略镜头就好了，他昨天只是没学会把注意点放在镜头之外的地方。

但是昨天拍的照得重新拍，他们还得继续留在这儿。

陈潮没意见，没拍好重新拍应该的。

这天结束晚上回来苗嘉颜冲了个热水澡，这两天冻得腿疼。洗完澡出来陈潮正在打电话。

通话的对象是陈广达，问他们俩在这边怎么样。

陈潮一边聊电话一边冲苗嘉颜招手，示意他过来。苗嘉颜进去了，坐在陈潮的床上，等他打完电话。

房间里很冷，苗嘉颜洗完澡只穿着睡衣，两只胳膊支着床沿，看起来十分单薄。陈潮聊着电话，扯了被子给他，苗嘉颜就拿陈潮的被子把自己围了起来。

"还得几天，"陈潮跟陈广达说，"到时候我提前给你打电话。"

苗嘉颜裹得像颗蛋，洗完澡头发绑了个鬏儿，眼神简简单单干干净净，陈潮朝他笑了一下，在他脑门儿上弹了个响。

"这么拍照你喜欢吗？"陈潮挂了电话，把手机插上充电器，然后问他。

苗嘉颜没什么喜欢不喜欢的，没有觉得讨厌，也没有觉得很喜欢。他照实说了，陈潮又问："下次如果还来找你拍，你还拍不拍了？"

苗嘉颜想了想，说："应该会的。"

"为什么？"陈潮看着他，问，"因为给钱？"

"就是……"苗嘉颜想了想应该怎么说，"就是没有不喜欢这个，也没觉得累，除了有点儿冷都还好。然后能让我觉得我是有用的。"

陈潮又说："你本来也挺有用的。"

苗嘉颜于是笑了，陈潮说他："拍照别这么笑，太傻。"

"拍照我都笑不出来，"苗嘉颜苦着脸说，"我笑啥啊。"

后来苗嘉颜坐累了，就躺了下去，侧着脸隔着半张床看陈潮，很安静地一直看着。

陈潮问："这么看我干什么？"

苗嘉颜于是转开头，脸朝着门的方向，浅浅笑着说："愣神儿了，不看啦。"

苗奶奶每天会给苗嘉颜打个电话,问问有没有吃好,在那边顺不顺利,有没有遇到什么困难。

苗嘉颜每天都说一切都很好。

事实上也确实都很顺利,除了第一天没找着状态,后面的进展都很顺利。

这边的几组照片拍完,得转去别的市了,要坐四个多小时的车。

苗嘉颜和陈潮一起坐在后座,俩人都有点儿困了。陈潮倚着车窗昏昏欲睡,车一颠簸他的头在车窗上磕得"当"的一声响。苗嘉颜听见了睁开眼,看了看他,坐得直了些。陈潮也被磕醒了。

苗嘉颜说:"你靠着我。"

陈潮靠过来,又闭上了眼睛。

苗嘉颜把头枕在后座两个椅背靠枕中间的小空隙里,他怕头发搔着陈潮的脸,把头发都顺过来放在另一侧。

方方在副驾上回头看他们,苗嘉颜和她对视上,方方朝他笑了一下。

苗嘉颜也对她笑了一下,说:"你也睡会儿吧。"

方方说:"我都睡好几觉了。"

路不是很平,时不时就会有那么一段很颠簸。遇到坑坑洼洼的路段,车会颠得厉害,这么颠来颠去陈潮睡得不安稳。

陈潮有时醒了就睁眼看看,换个姿势再继续睡。

苗嘉颜的头发有一些从那边肩膀落了下来,盖在陈潮的脸上。陈潮"嗯"了一声,含糊地说:"头发。"

"嗯。"苗嘉颜侧了侧头看他,把头发又都顺到左边去。

快到地方了,陈潮睡醒了,坐了起来。

"快到了。"苗嘉颜说。

这边基地离市区不远,就在城市周边,不像上次是在村子里。车停在加油站，前面还有几辆车在排队，他们趁着等加油这点儿时间下车站了会儿。

陈潮拿了瓶水喝，喝完伸了个懒腰。

苗嘉颜看着他笑，陈潮问他："刚才你睡着了吗？"

"睡着了，"苗嘉颜说，"睡了挺久的。"

"你俩都睡得挺香，我不困了想找人聊聊天，你们都睡觉，把我闷坏了。"方方在一边说。

苗嘉颜笑着说："一会儿不睡了。"

"废话，都要到了你肯定不能再睡了。"方方说，"你俩能不能有点儿出来干活儿的样子？我好歹也是你们的金主姐姐，你们就不能巴结巴结我？嗯？哄哄姐姐开心？"

她这么多年接触过大把的漂亮模特，一般分两种，一种是特别高冷能装的，一种是巴结讨好人的。苗嘉颜和陈潮既不高冷也不热情，这俩一个没搭上神经，一个不可能讨好别人，就他们俩天天说小话，干什么都在一块儿，也不带着别人一起说。

方方反正也习惯了，看着苗嘉颜说："不哄就不哄吧，你给姐姐好好拍照就行了。"

苗嘉颜拍照很努力了，一天换好几套衣服，让光脚踩在地上就光脚踩，让穿什么就穿什么。孩子的鼻尖儿都冻红了，在镜头底下牙齿打战，基地虽说暖和，可这么一直冻着也真是够呛。脚下的土很凉，苗嘉颜的脚指头都缩了起来，一只手轻轻地搓着胳膊。

"这儿。"狄哥出声示意他。

苗嘉颜拍了几天已经被训练出条件反射了，边回头边收着下巴看向镜头。

镜头里的他身体明明还没准备好，表情和眼神却已经就位了。这给狄哥整得心软了，笑了笑说："看给孩子折腾成这样。"

209

苗嘉颜自己反应过来也没忍住笑了,有点儿不好意思地笑着缩了一下肩膀。

狄哥一直在拍他,把他这一连串反应都给拍了下来。拍完上翻照片,说:"你还是挺灵的。"

今天拍的是月季基地,苗嘉颜穿着一身纯白色衣服站在红艳艳的花田里,像是被丢在纯粹记忆中的少年。明艳热烈的一片或深或浅的红色中有一个光着脚的背影,瘦瘦的手臂,纯白的衣服下摆沾了一点点泥土。

他不带杂念地回头看你,目光是沉静的。而你朝他笑笑,他就抬着下巴笑起来,刚才的疏冷一扫而空,眼睛里多了温度,变得感性和温柔。

狄哥让苗嘉颜站在原地不动,自己来来回回地找角度拍了他很多张照片,拍完又回翻去看前面的,说:"你确实是个好坯子。"

他不让动,苗嘉颜就一直站着没动,方方从外面过来,狄哥叫她过来看照片。

方方凑着头过来看,"啊啊啊"地叫着表示喜欢,抬头看看苗嘉颜,跟他说:"你真是姐姐的好宝贝。"

苗嘉颜觉得她有时候说话有点儿肉麻,农村小孩儿不知道网络上大家都比较开放,方方天天"宝贝宝贝"地叫,苗嘉颜其实有点儿不自在,可也不好说什么。

"我就说他不一样,你是不是能明白一点儿了?"方方问狄哥,又说,"他身上的气质很特别。"

狄哥还在看照片,"嗯"了一声,说:"沉默的包容性。"

"不太对。"方方摇了摇头,却也想不出怎么形容合适。

陈潮也被叫过来看照片,他抱着苗嘉颜换下来的衣服,先扔了件外套过去。苗嘉颜想他们应该还得研究一会儿,就把外套披上了。

陈潮看着照片,没说话,苗嘉颜身上那种特别的气质,让他有一种独属于他自己的模糊暧昧感。

"小哥哥帮着拍几张。"狄哥突然跟陈潮说。

"我?"陈潮挑眉问。

"对,你,"狄哥抬下巴朝苗嘉颜的方向扬一扬,"帮搭一下。"

陈潮不等说话,苗嘉颜先说:"别。"

方方问:"怎么啦?"

"他不拍,"苗嘉颜像是有点儿着急,皱着眉说,"他不拍这个。"

"这个怎么了?"方方听出他的语气里像是觉得拍照这事不太好,有点儿惊讶他的反应。

苗嘉颜看着陈潮,朝他摇头说:"潮哥不拍。"

狄哥于是说:"那我找别人跟你拍?我要几张有别人的。"

苗嘉颜仍然微蹙着眉,想了想说:"行。"

狄哥又问:"那不让他露脸呢?"

苗嘉颜又看向陈潮,陈潮问狄哥:"你想怎么拍?"

"就搭一下,很简单。"狄哥跟方方说,"你给他收拾下头发,换身衣服。"

"收拾头发?不是不露脸?"苗嘉颜这几天里第一次表现出执拗的坚持。

"答应你了就不会骗你,放心。"狄哥跟他说。

陈潮倒挺配合,他对这个无所谓,露脸也没什么,不是很在意,发出去谁认识他。

化妆师把陈潮的头发给剃得更短了,让他穿了件灰黑纯色 T 恤,衣服稍宽松,领口开得大,袖子也微长,乍一看觉得衣服有点儿松垮。

陈潮没穿过这种衣服,嫌弃得很。

苗嘉颜远远地看见陈潮走过来,又跟方方重复着说了一次:"不要拍他的脸。"

方方先是说"好的",又问他:"为什么不想让他拍?"

苗嘉颜像是不太想说。

方方试探着问:"你是觉得我们拍这个不好?"

苗嘉颜看着陈潮越走越近,没直接回答,只轻声说:"他成绩很好的。"

"不冲突啊,"方方哭笑不得,"你是不是把自己当成坏孩子了啊?好孩子不能像咱们这么拍照片?想什么呢宝贝,姐姐模特里还有清华的呢。"

苗嘉颜不说话了,陈潮走过来,问狄哥:"怎么拍?"

打光板挪得远了些,方方也走开站远了,狄哥说:"随便。"

"……"陈潮突然知道了苗嘉颜第一天拍照的感受。只不过体现在苗嘉颜的脸上是平静的迷茫,到了陈潮这儿就是无语。

"我不会随便,随便不会拍,你说。"陈潮看着狄哥,"你不说我走了。"

狄哥从镜头里看他,抓拍了两张陈潮不耐烦皱眉的照片,说:"你俩随便干点儿什么。"

陈潮现在就想倒回三天前,向第一天拍照说苗嘉颜没灵气的狄哥再戗两句。

谁知道你要拍什么。

苗嘉颜见陈潮要上来脾气了,过来拉住他的手腕,抬头看他。

镜头就在旁边架着,陈潮于是也低头看苗嘉颜,从他黑亮亮的眼睛里看见了自己。

"小哥哥往前走。"狄哥说。

陈潮抬腿就走。

"光脚走。"狄哥又说。

陈潮回头问:"你能拍着脚?"

狄哥说能。

陈潮于是把鞋和袜子都脱了，苗嘉颜弯腰拎起鞋袜送到镜头以外的地方，跟自己的衣服放在一起，又匆匆跑回来。

"手拉上。"

陈潮把手伸过来，苗嘉颜握住，陈潮还没拍一会儿，手还很热，苗嘉颜拍了一阵子了，冻得手指冰凉。

陈潮也换了条纯色裤子，裤腿有点儿长，脱了鞋之后裤腿后面就挨着地了。月季有刺儿，陈潮尽管站在两排花的中间也还是偶尔被剐着脚，苗嘉颜一直光着腿拍，都不知道被剐多少次了。

高高的短发男生大步往前走着，身后跟着纯白衣服的小少年。小少年紧紧盯着前方，怕自己跟不上。

"回头，颜颜。"

苗嘉颜听见了马上回头，身子却还跟着陈潮走。

狄哥已经不管打光板了，随他们俩走。

"手放开。"狄哥说。

苗嘉颜松开了手，站在原地看着陈潮。

陈潮回头看了一眼，继续走，后背直挺挺的，背影很帅气。

苗嘉颜一直看着他，眼睛里不急不躁，站在原地，始终是柔和的。

狄哥拍他已经拍上了瘾。他看着陈潮，狄哥拍他。

陈潮走了很远也没听见狄哥叫他，再走估计都拍不进镜头了，于是自己又回去了。

回去了发现狄哥始终在拍苗嘉颜，心想，我走那么远的意义是什么。

"还用不用我了？"陈潮光着脚走了这半天，脚都走凉了。

"用，没拍完呢。"狄哥说。

"那拍。"陈潮说。

狄哥绕到陈潮身后去，拉开一点儿距离，出声提示："颜颜。"

苗嘉颜站在陈潮身前，这样全被陈潮挡住，拍不到。他往旁边挪了一步，从陈潮旁边露出来。

狄哥说："回去。"

苗嘉颜很迷茫，又一步迈了回去。

狄哥又说："颜颜，看我。"

陈潮："……"

苗嘉颜却好像明白了他的意思，抬头看了看陈潮。陈潮拍得都没脾气了，觉得苗儿这钱挣得也真不容易。

苗嘉颜比陈潮矮，陈潮这个子蹿起来没完，苗嘉颜现在也就一米七出头。

当他隔着陈潮的肩膀看向镜头，狄哥说："漂亮。"

狄哥走近了点儿，苗嘉颜平静地看着镜头，右手搭着陈潮，左手垂在身侧。

从陈潮的肩膀能看到他的一点儿轮廓，和他肩膀上挂着的衣服带子。

踮脚一直站着站不住，苗嘉颜累了，把胳膊收了回来。

狄哥说："小哥哥坐下。"

陈潮问："还拍多久？"

狄哥说："最后一组。"

陈潮于是原地坐下，狄哥单手拎着架打光板过来，支在稍微远点儿的地方。

陈潮是盘腿坐的，狄哥说："后背不用挺那么直，好像打坐。"

没脾气了的陈潮把肩膀塌了下去，后背也放松地微弓着。

狄哥满意了，示意苗嘉颜："坐。"

苗嘉颜也盘腿坐了下来，跟陈潮膝盖顶着膝盖。

"你不用弓着，你挺直点儿。"狄哥说。

苗嘉颜把后背绷成一条线，直溜溜的。

"OK，看他。"

本来就阴天,又因为时间晚了,这会儿天色很暗了。

苗嘉颜看着陈潮,和他对视。

陈潮感到苗嘉颜的腿在发抖,不知道是不是太冷了。

一个挺直一个微弓,他们此时完全平视着。苗嘉颜鼻梁上凸起的小骨头变得有些明显,陈潮在这种暗度下,看见了苗嘉颜脸上有几颗小小的痣,分散在各处。有一颗就在嘴巴下面,离他的下唇线可能只有半厘米。

"再近点儿。"狄哥说。

苗嘉颜于是又往前探了些,他的手撑在地上,正按在一株月季的花茎上,小刺扎进手心,苗嘉颜的睫毛轻轻地颤了一下。

"眼神别飘。"镜头离得很近。

苗嘉颜手心上的小刺儿扎得更深,疼得他差点儿失去平衡。

陈潮伸手将他后背一拦,苗嘉颜抬眼看他,两人再次对视上。

狄哥连着按下好几张。

这一天照片拍下来,方方那个 16G 内存的手机都变卡了。

"姐姐恨不得现在就发出去,你就是我今年的大惊喜。"方方来回翻着手机里拍下来的那些照片,说,"要不是天黑了实在拍不了了,我估计你们狄哥还得接着拍,他很久没这么拍过谁了。"

她在副驾上兴奋地说着话,后座俩小孩儿各自看着车窗外,都沉默着。

苗嘉颜冻了一天,现在衣服穿上了也还没缓过来,一直有点儿发抖。车还没开进市区,车窗外黑漆漆的,偶尔路过一片小村庄,会有星星点点的灯火。

这样的小村庄让苗嘉颜想起了家,这个时间爷爷、奶奶应该都在看新闻。

"小哥哥你也挺绝的,你很上镜。"方方放大一张照片,她离得远,只能模糊拍到陈潮借着苗嘉颜的力站起来，陈潮的胳膊抬起的弧度，膝盖弯曲的弧度，整个身体伸展得很健朗帅气。

苗嘉颜想看看照片，但又不太好意思。

方方看照片已经看入迷了，也无暇顾及他们俩说不说话。

今晚的狄哥格外热情，吃饭的时候主动挨着苗嘉颜坐，方方笑话他，跟陈潮说："你看你们狄哥多现实。"

狄哥明显对苗嘉颜比前两天亲切，四人座的桌他挨着苗嘉颜，方方挨着陈潮。点完菜狄哥问苗嘉颜："还想吃什么？"

苗嘉颜说"都可以"。

"你什么时候开学？"狄哥问。

苗嘉颜说："三月一日。"

狄哥默默地算着时间，方方问："你还想拍他？"

"可以回去拍一次。"狄哥说。

方方损他："不是没灵气吗？回去找个花市穿破衣服拍啊？"

狄哥也不理她，问苗嘉颜："回去你还有时间吗？"

苗嘉颜刚想说有，开口之前及时收住，看向陈潮。

陈潮问："拍什么？"

狄哥说："拍雪景。"

"雪景也像今天这么拍？"陈潮想想白天环着他肩膀的那只冰凉的胳膊，以及顶着他的颤抖的膝盖，说，"你要回去还让他光脚拍，那就真冻出毛病了。"

方方"哈哈"笑着，说："小哥哥不愿意了。"

陈潮没接这个话，狄哥说："穿雪地靴拍。"

"给钱。"陈潮说。

这次狄哥和方方一起笑了，方方笑得趴在桌子上，说："我真是服了你了。"

既然这边能住在市区,自然用不着再委屈着住基地了。

方方给他们订了一间房,苗嘉颜推门进去,终于可以休息了。

陈潮拎着包进去,把背包放椅子上。

俩人分别洗了澡,苗嘉颜跟每天一样把衣服洗了,吹干头发出来。

陈潮已经睡着了。

苗嘉颜轻手轻脚地晾好衣服,关了灯,借着安全出口提示灯的光,轻轻地爬上空着的床一侧。

陈潮的呼吸平平稳稳,让人觉得很安心。

苗嘉颜把头发绑在头顶,怕睡着了散开扫着陈潮的脸。他本本分分地占着自己这一小块地方,两只手交叠着放在自己肚子上。

苗嘉颜睡觉很老实,他这一宿都没怎么动过。

陈潮睡得很实,中间有一次一只胳膊砸过来,苗嘉颜被他砸醒了。他睁眼反应了两秒,而后托着陈潮的胳膊从自己胸口上挪了下去,继续睡了。

合同里原本签的只有四组照片,可他们实际拍的远比这多。苗嘉颜不懂这个,陈潮也没太计较,既然都来了,多拍几组也没什么,一万多块钱并不少,苗嘉颜不算吃亏。

苗嘉颜这些天换了几十套衣服,什么样的都有。中间有两天甚至都不是狄哥拍,换了个更年轻的摄影师,也不像狄哥要求那么高,苗嘉颜随便摆摆就行。

陈潮看着苗嘉颜一上午的工夫换了五套衣服,问:"你还卖衣服?"

方方知道陈潮应该猜到了,倒也没骗他,诚实地说:"我朋友店里的。"

"照片给他们用?"陈潮问。

"嗯哼，"方方笑了，"要加钱吗？但我得提醒你，合同里这次可是没限定网店的哦。"

陈潮皱了一下眉，说："第一天看你那一车衣服就猜到了，你不能直说吗？非得拐弯糊弄人？"

"哪有糊弄你们？"她并不在意陈潮的语气不好，说，"我并没压你价格，你要翻倍我直接给你翻倍了。但你也得站在我的角度考虑考虑，两万多拍一次图对我来说成本太高了，不合算。多出来的钱我一点儿都没扣，全给你们了。"

陈潮看着苗嘉颜在那边被机械地拍拍拍，想要过去拉着他走掉，但最终还是站在原地没动，看着那边跟方方说："你可以从开始就直说，他挺相信你的，别坑他了。"

"姐姐真的从来没想过坑你们，"方方很认真地跟陈潮说，"我干这行很多年了，不是靠坑人做起来的。"

"你不用跟我说。他给你拍一回照片，你别让他今天在你这儿卖花，明天在你朋友那儿卖衣服，后天又在谁那儿卖项链，大后天卖头绳洗发水就行了。"陈潮显然已经不高兴了，脸上冷冷淡淡的。

"不会的，颜颜是我打算常用的，你让我那么搞我也不会。"方方递给他一瓶水，"消消气小哥哥。"

陈潮接过来喝了口，不再说话了。

"你俩真的很互补，各方面都是。"方方过了一会儿说。

陈潮现在不想说话，拉了把椅子过来坐下，也不回应。

苗嘉颜拍完了照片过来，方方和他说："你哥哥跟我生气了，快帮姐姐哄哄。"

"嗯？"苗嘉颜连忙低头看陈潮，问他，"怎么了潮哥？"

陈潮问："今天拍完了？还有没有？"

"还有几套，拍完咱们就走。"方方赶紧说。

"摄影师去洗手间了，歇会儿。"苗嘉颜蹲在陈潮旁边，说，"我今天有点儿困。"

在这俩小孩儿里，明显陈潮是更难对付的那一个，苗嘉颜什么都听他的。他生气了，苗嘉颜就也跟着不说话。

方方哭笑不得："真这么生气啊？"

陈潮其实没什么生不生气的，他就是不想让这事轻飘飘地就过了，否则就还得有下次。拍花跟拍衣服虽然都是拍照当模特，但区别还是有的，就不是一回事，这次要是默许了，估计以后每次拍的照片都得拿去做衣服的卖家秀。

苗嘉颜身上像是装着感应陈潮情绪的雷达，他感觉到陈潮不太高兴，对这方面他向来敏感。他本能地想要哄哄，蹲在那儿仰着脸跟陈潮说话，像个小朋友，也像只小狗。

陈潮嫌他傻，按着他给推到一边去。

苗嘉颜又仰起来，陈潮看着他说："傻子似的。"

照片马上要拍完了，方方本来想带他们在这边玩几天，俩人都拒绝了。这么多天下来他们俩都挺累了，而且苗嘉颜从来没离开家里这么长时间过，他想爷爷、奶奶了。陈潮更不用说，他不可能愿意跟不熟悉的人在外面玩。

明天是最后一天，晚上他们拍完再住一晚，后天上午就直接去机场了。

苗嘉颜跟奶奶打电话的时候说后天就回去，奶奶可高兴了。

然而第二天的工作却没能顺利结束，他们也没能顺利地离开基地。

天气预报说这天有阵雨，这些天也下过几次雨，都是下一会儿就停了。最后一天他们在室内基地拍，外面下雨对他们影响不大。然而天气阴得厉害，影响了光线，靠打光打出来的光感和自然光还是不一样，狄哥拍得不是很满意,说回去再修。

苗嘉颜换回自己的衣服,他深吸了口气又长长地吐出来,跟陈潮说:"潮哥我终于拍完啦。"

陈潮也快累死了,这几天折腾得明显瘦了一圈。

东西都收拾好装到车上,这些天苗嘉颜穿过的衣服方方说都送他了,苗嘉颜不要。方方说:"拍完本来就送给模特了,你留着穿。"

苗嘉颜还是摇头,说:"这些我平时也穿不了,我不要。"

方方没拗过他,最后只得说:"行吧,那我送给别人了哦。"

苗嘉颜点头说:"好的。"

本来想等雨停了再走,一行人等了两个多小时,雨还没有要停的意思。

陈潮有点儿困,靠在椅子上半睡不睡的。苗嘉颜坐在他旁边,趴在椅背上睡着了。

这些天里还是头一次下这么大雨,方方有点儿担心室外的花。基地这边技术指导倒是说没事,花本来就在室外,是不娇气的。

苗嘉颜睡了一觉醒来,外面的雨还没停。

这么等下去也不是个事,最后他们还是决定冒雨回去。反正离市区就几十公里,开慢点儿也没什么事。

雨点噼里啪啦地砸在车顶上,在雨天开车会让人觉得心里发慌。今天狄哥也在他们车上,坐在副驾,所以后座上除了苗嘉颜和陈潮,还有个方方。他们仨都瘦,这么坐着也不挤。苗嘉颜和陈潮挨着,尽量留更多的空间给方方,也尽量避免碰到她。

方方和狄哥说着话,苗嘉颜看着车窗外面的雨。这种天气必然开不快,车以四十迈的速度缓慢行进,雨不见小,速度也提不上来。

最后他们却没能走成。车行至一半,前面停了不少车,都开着双闪。

"前面出事故了?"方方问。

司机说:"不知道,估计是。"

司机拿了把伞下车,去前面询问情况。过了十几分钟回来,他身上已经被雨浇透了,一上车就说:"封道了。"

"啊?"方方追问,"为什么封?"

"说是前面滑坡了,今天估计走不成了。"司机说。

往市区去要经过一小片山区,公路两边都是山。去市区就这一条路,这边封了就走不了了。

"那怎么办?"方方显然也是第一次遇到这种情况,有点儿蒙。

"没别的办法,出不去。"司机是本地人,平时就在基地这边,明显更有经验,安慰说,"不一定是真的滑坡,有山的地方都小心,雨大就封路,雨停了就通了。"

方方有点儿不死心,说:"那等会儿?"

他们已经走了一半路程了,而且现在被夹在中间,前后都有车,不等也没办法。

现在停的位置前不着村后不着店的,外面景色也没什么看头,雨没半点儿转小的趋势。车停了不能一直开着暖风,司机把火熄了,车厢里渐渐冷了下来。

外面气温也就六七摄氏度,这种温度下不开暖风,车里很快就凉透了。苗嘉颜和陈潮坐得近,他们俩挤着倒还好点儿。

"冷不冷?"陈潮低头问苗嘉颜。

"还行。"苗嘉颜回答。他伸手从后备厢里拿了两件这两天穿过的外套,一件给了方方,一件大的铺开了盖在他和陈潮身上。

陈潮挨着车门,侧面透风,苗嘉颜又从后备厢拿了件衣服,把侧面给挡住了。

路不通,这么一直等着也不是办法,后面渐渐地开始有车陆续掉头了。

方方也等得没耐心了,决定先回基地,等路通了再走。万一今晚都不通了,他们总不能在车里等一宿,冻也冻死了。所以他们从基地离开了几个小时后,又回到了这儿。

基地这边倒是也有几个空房间,不过跟上次基地的比不了,来这边拍摄的一般都去市里住了,所以空房间也没怎么收拾。

方方嫌弃了一通房间,但她的性格有点儿随遇而安,最后说:"既然已经这样了,咱们将就将就吧。但是也别在这儿窝着了,我去安排,晚上咱们嗨起来。"

晚饭都是她张罗的,用厨房里现成的食材做了一桌子菜,还让人去村里买了不少东西。

苗嘉颜帮她打下手,方方问他:"你会做饭?"

"会一点儿。"苗嘉颜说。

"厉害。"方方边切菜边和他说话,"不过我像你这么大的时候也什么都会做了,我有两个弟弟妹妹,我爸妈上班,我得给他们做饭吃。"

苗嘉颜干活儿很利索,只是不爱聊天。

外面雨还没停,他们把桌子支在花棚一角,又暖和又亮堂。虽然这一天有点儿令人糟心,可这会儿倒也觉得没什么大不了的了。

方方系着围裙,妆已经卸了。她搬了箱啤酒进来,重重地砸在地上,说:"累死我了,来陪姐姐喝酒。"

狄哥说:"姐姐自己喝吧,小弟困得不行,着急吃完回去睡觉。"

方方很能喝,她说是这几年练出来的。

她跟苗嘉颜讲了很多她刚开始创业的事,也给他讲了些其他模特的故事,苗嘉颜听得晕乎乎的。

陈潮看看他,苗嘉颜就回望过去,陈潮问他:"晕不晕?"

苗嘉颜看着他摇头。

"姐姐真的很喜欢你，你是我挖到的，我不好好对你，你早晚得被别人挖走。"方方跟苗嘉颜说，"所以你们不用怕我坑你们，姐姐虽然是个商人，但也没那么坏。"

她看起来很真诚，苗嘉颜觉得自己也没什么能被坑的。

"你会火的，宝贝。"她摸了摸苗嘉颜的头发，说，"我想让你从我这儿出去，而不是别人家。"

陈潮很冷静地看着她，她笑着说："小哥哥你也别看那么严，你看不住，他早晚会被别人看见。"

"那挺好的，"陈潮点点头，垂着眼睑说，"不被坑就行。"

方方喝了不少酒，看了他们一会儿，突然说："我见过很多像你们这样单纯的孩子。"

陈潮没搭话，苗嘉颜倒是好奇地问了一句："什么样？"

"很好，"方方想了想说，"很纯粹。"

他不由得再次看陈潮，不等他说话，就听见方方又说："你们现在的纯粹，一半是因为简单，一半是因为站在天真的年纪上。"

方方不知道想到了什么，慢慢地说："后来年纪过了，见得多了，自然也就慢慢都变了，没那么简单了。"她又说，"我见过太多个'你'了，颜颜。"

苗嘉颜不太能听得懂，她说："简简单单地出来，不用多久就能把自己身上的简单抹得一点儿不剩。"

陈潮看了苗嘉颜一眼，没说话。

方方其实一直很注意分寸，跟苗嘉颜没什么过近的接触，并没有让人觉得轻视他。这会儿可能是喝多了，她抬起手摸了摸苗嘉颜的头发，眼神很亲切，也很柔和，说："姐姐希望你不要那样，你要纯粹得久一些。"

苗嘉颜没有见过许多人，他都没怎么出过那个小镇，他现在还不明白。

223

狄哥早就回去睡觉了,后来就剩下他们仨。他们只剩下一把伞、一件雨披。陈潮让苗嘉颜坐着,他先把方方送了回去。

陈潮回来的时候,苗嘉颜已经趴在桌上睡着了。

"苗儿。"陈潮站旁边叫他。

陈潮蹲下,问:"醒着没?"

苗嘉颜"嗯"了一声,趴在那儿看他,叫"潮哥"。

"嗯,起来。"陈潮把身上湿淋淋的雨披脱了下来,让苗嘉颜穿上。

苗嘉颜很听话地坐了起来,把雨披穿上了。陈潮去门口把伞也拿了过来,塞进苗嘉颜手里,说:"等会儿出去你打开。"

说完再次蹲了下去,说:"上来,背你回去。"

苗嘉颜于是伏在陈潮的背上,被他背了起来。

外面有灯,不会很黑。苗嘉颜被陈潮背着,一只手抱着他的脖子,一只手打伞遮在陈潮的头顶。他一直睁着眼睛,有时看路,有时侧着脸看陈潮。

这样背着他在泥泞的路上走,陈潮的呼吸稍微有一点儿重。

不知道是不是因为方方晚上讲的那么多个没有好结局的故事,以及那些或平凡或特别的人,苗嘉颜被陈潮这样背着走,听着他的呼吸,突然觉得非常难过。

"苗儿。"陈潮开口叫了他一声。

苗嘉颜贴着他,轻轻地应着:"唉。"

"伞抬高点儿,我快看不见了。"陈潮说。

苗嘉颜抬了抬手腕,说:"好。"

苗嘉颜不重,这么背着陈潮不会觉得吃力。陈潮每一步都走得很稳,手也很稳地托着苗嘉颜的腿。

"苗儿。"陈潮又叫他。

苗嘉颜又答："唉。"

"你会一直干干净净的，不会像她说的那样，不用害怕。"陈潮说。

苗嘉颜说："嗯。"

"你会遇到很多人，很多很多。"陈潮停顿了一下，继续说，"会有你喜欢的，会有喜欢你的。"

苗嘉颜没有出声。

离房子还有十几米，他们的路还剩下一小段。

"你可以和喜欢的人在一起。"陈潮把他往上托了托，过了十几秒，才说，"你会遇到最好的一个。"

苗嘉颜在雨伞遮住的这小小一方空间内，闭上了眼睛，轻声说："好的，潮哥。"

第九章
在各自的天空下

"我受不了了,快要热死了。"邹逾趴在床上,半边身子从床上探下来,手悬在半空中一捞一捞的。

陈潮洗完澡出来,穿了条短裤,身上的水都还没擦干。

"练什么功呢?"陈潮把洗完的衣服晾在阳台,问了一句。

"我想喝水。"邹逾还在那捞,头朝下差点儿要掉下来。

陈潮甩了甩头上的水,走过来拿了桌上的水递给他:"你是不是热得精神不好了?"

"快了,我已经快熟了。一条熟了的鱼怎么会有思想呢?"邹逾喝了口难以下咽的温水,快要流泪了,"这几天为什么这么热啊!"

陈潮说:"你去冲个澡,然后躺着别动。"

"我今天已冲了三次了,可我还是觉得本小鱼快脱水了。"邹逾的脑袋顶上一层汗,看见陈潮在穿衣服,问他,"潮哥你要干什么去?"

"打球。"陈潮换上球鞋,开门就要走。

"你是疯了吗?"邹逾像看傻子一样看着陈潮,"这种天气你要去打球?运动?出汗?"

陈潮说:"有空调。"

"那我看你也不正常,在宿舍躺着睡觉多好啊。"邹逾完全不能理解,陈潮都关门了他还觉得这些爱运动的男生都有点儿毛病。

他冲着关上的门喊:"回来给我带瓶饮料,凉的!"

陈潮大二那年短暂地进过校篮球队,后来时间太紧了也没时间训练、比赛什么的就退了,但基本每周也会打一次球。上了大三以后,时间就更有限了,连每周打一次都实现不了。

一起打球的这些人关系都不错,有几个跟陈潮很熟,从大一就经常在一块儿。

那会儿他们都是刚军训完的大一学生,现在一晃大三都要结束了。除了陈潮,这些人里不少下学期开始都要去实习,之后可能就不怎么回学校了。

场馆的空调开得很足,可真在球场上跑起来,开没开空调区别并不大。男生们跑了一身汗,球服都湿透了。

陈潮上两周跟系里同学一块儿出去写生了,他有半个多月没这么跑过,一场球打下来汗出了个透。

"哎,潮,我听说你们暑假要去哪儿来着,还去不去了?"旁边一个朋友问。

陈潮喝了半瓶水,坐在场边地板上,拧上瓶盖说:"去。"

"我问小凯让他带上我,他不带。"朋友拿毛巾擦着头上的汗,跟陈潮说,"正好我不知道干吗去呢,跟你们凑个热闹得了。"

陈潮坐那儿歇着,累得不想动,说:"那你得问小凯。"

"他不乐意,小心眼儿,怕我分他的课题分。"北方男生说话语速很快，毛巾搭在脖子上说，"再说吧，说不定到时候我又有别的事了。"

陈潮说："你先把试都考过再说。"

陈潮回去的时候正赶上下午第二节大课结束，满学校都是人。

邹逾发微信给他：啊啊啊，潮哥你什么时候回来啊？鱼要渴死了！

陈潮回他：就回。

鱼：要冰凉的甜水儿，谢谢潮哥！

陈潮：知道了。

鱼：你要是方便的话可以帮我把饭也带上来。

陈潮：知道了。

宿舍楼里没空调，男生又没那么讲究，所以一进宿舍楼就有股味道，类似汗味儿。陈潮在这儿住了三年还是没习惯，到了夏天一进楼里就心烦。

邹逾听见门响，"扑棱"一下从床上坐起来。

"潮哥你再不回来就没有鱼了！"邹逾光着膀子，在床上生躺了一下午，后背上硌的都是凉席的印子。

"下来吃饭。"陈潮把东西放他桌上，说。

"你给我递上来吧，我不能离开这个风扇。"邹逾回头看看自己床头的小风扇说。

"在床上吃？"陈潮没理他，边走边脱了衣服，要去冲澡。

邹逾只得从床上爬了下来，把桌子简单收拾了一下，给自己腾出了个吃饭的地方。

他们宿舍另外俩人嫌热出去开房了，顺便复习。这几天只有陈潮和邹逾在，陈潮是懒得折腾，邹逾是觉得浪费。

反正还有半个多月就放假了，可以将就。

"潮哥，下学期的课你选了院草的没啊？"邹逾边吃边问。

陈潮花三分钟冲了个澡，洗手间关着门也听不见外面邹逾含含糊糊说的什么。邹逾于是大喊着又问了一次。

陈潮答道："没选上,被踢了。"

"不是他让你选的吗?被踢了你跟他说了没有啊?"邹逾有点儿酸溜溜地说,"我们想选都选不上,人家还指定让你去上。"

他说的"院草"是他们学院副院长,因为年轻时长得很帅,所以大家私下里都这么叫。陈潮之前上过他的课,也跟过他的写生。一次他问陈潮想不想读研,这可把邹逾羡慕坏了。"院草"这几年已经不带硕士了,他这么问就是想带的意思。

但陈潮当时没说想读,只说还没想过这个问题。

"不知道下学期还能不能再补选一次,他的课我还一次都没上过。"邹逾叹了口气说,"希望给鱼留个位置。"

陈潮前两年暑假都没回家,寒假也是回家待十天左右就走了。陈广达有时候来这边出差就顺道看看儿子,就是离得太远了。当初报考志愿的时候陈广达没参与,陈潮就跑到千里之外学建筑来了,陈广达想儿子归想儿子,但他也觉得男孩子就应该在外面闯闯。

晚上十一点半,陈潮已经睡着了,陈广达的电话打了过来。

陈潮被吵醒了,眯着眼看了下手机屏幕,接了。

一听陈广达那声音就知道他喝酒了:"你睡没,儿子?"

陈潮看了一眼时间,说:"你猜。"

"我猜没睡,你肯定打游戏呢。"陈广达说。

陈潮说"嗯",又问:"怎么了?"

"没怎么,想你了给你打个电话。"陈广达每次喝酒都想儿子,一喝了酒就黏黏糊糊地打电话。

陈潮笑了一下,问:"你喝了多少啊?"

"没喝多少,还挺清醒。"陈广达笑了两声,"真喝多了现在应该已经开始哭了。"

这已经是陈潮大一那会儿的事了,陈广达喝多了说想儿子,在电话里说着说着声音就变了。陈潮当时就让他给整蒙了,在走廊里哭笑不得地说:"行了啊爸,你干什么?"

邹逾白天躺了一天,晚上睡得晚,在那边摸黑玩手机。

室友还没睡觉,陈潮就能陪他爸说会儿话,他爸絮叨了半个多小时,陈潮也没提起要挂断,后来陈广达打哈欠了,陈潮才说:"你去洗漱赶紧睡吧。"

陈广达说"行"。

人就是很奇怪,当初陈广达一走三年把陈潮扔在奶奶家,也一样一年见不着几天,那时候他就没这么惦记,没像现在三天两头就打电话。

邹逾在那边说:"你跟你爸关系真好啊,潮哥。"

陈潮说:"我俩一直挺好的。"

"我跟我爸就不行,他看不上我,我也看不上他。"邹逾晃着腿,吹着小风扇说。

晚上并不会比白天凉快,一样很热。陈潮刚才睡着了被电话吵醒,现在一时也睡不着了。打开手机随便翻翻,这个时间点对大学生来说其实并不算晚,朋友圈里还很热闹。陈潮看了几条就退出了,他现在处于一种又困又睡不着的状态,有点儿心烦。

微博上乱七八糟什么都有,陈潮看了两眼,退出之前随手一刷新,刷出了一条新微博:*我的月季晚上偷偷开花了*。还配了张图,图上苗嘉颜盘腿坐在一盆小月季旁边,低头高兴地看着花。小小一盆花里面有三四个花骨朵,其中有一朵已经开了,浅黄色的小花从叶子中间含蓄地探出头来。苗嘉颜从小笑起来看着就傻,长大了笑着的时候也没能变得更有气质。

评论第一条就是:*那么问题来了,谁拍的照?*

刚发了这么一会儿工夫就已经有几十条评论了,陈潮随手点了个赞,锁了屏。

"你怎么还不睡觉?"苗嘉颜穿着条裤腿宽宽的睡裤,上面穿了件背心,外面随便套了件很薄的防晒服挡蚊子。刚才拍照穿的就是这身,评论里都在夸好看,说很仙。

"不困,这才几点。"姜寻看着刚发上去的微博,把几条难听的评论删掉。

"那我去睡啦。"苗嘉颜没有陪他的意思,打了个哈欠说,"你早点儿休息,寻哥。"

姜寻叫他:"哎,你等会儿。"

苗嘉颜回头:"嗯?"

"明天吃饭你去不去?"姜寻问。

苗嘉颜赶紧摇头:"我不去。"

"那行,睡觉去吧。"姜寻挥了一下手,说"晚安"。

苗嘉颜的账号现在已经有不少粉丝了,他发微博不算多,发了也不经常去看评论。评论里总会有人说得很难听,看多了就免疫了。可尽管这样他还是不怎么喜欢看,粉丝们太热情会让他觉得有点儿慌,两年多了,他还是没有适应网络上这些没来由的爱恨。

当初高考苗嘉颜考得不错,过了一本线。很多人给他提意见,让他学营销,学新闻,学与传媒相关的。苗嘉颜却谁的也没听,最终报了农业。

现在已经大二了,还高高兴兴地在本省重点院校里面学种菜种花。

比起跟人打交道,苗嘉颜更喜欢跟植物打交道,小花小草没那么多乱七八糟的。

姜寻总嫌他话说得不对,要不就是语气太柔和了,要不就是太容易踩坑里了。苗嘉颜虽然不笨,但他也确实听不明白很多话里的额外意思,有时候别人嘲讽他,他也听不出来。

因为这个他也吃过亏，别人几句话就能把他套进去。好在方方那儿能帮他挡一道，姜寻这儿再拦一道。

上次有人说他"扮猪吃老虎"，姜寻还跟人说："他还用扮吗？他本来就是猪，也没想吃老虎。"

猪别说吃老虎了，猪什么都不想吃，猪只想种地。

第二天的饭局苗嘉颜不去姜寻得去。

约饭的是个公司经理，底下签着大把网络红人，对方不止一次提过想签苗嘉颜，他们这边都没松口。苗嘉颜的热度不错，而且成长很快，不少人想捧他，但直到现在，苗嘉颜还是网上的一个"小散户"，只专注卖花，偶尔接点儿广告。这两三年下来苗嘉颜也赚了点儿钱，虽然没有人家赚得多，可对他来说已经很够用了。

苗嘉颜想过自己以后考上大学出去工作赚钱，也想过一直陪爷爷、奶奶种棉花赚钱，但是从来没想过自己会像现在这样靠着网络挣钱。

当初在云南拍的那组图方方发出去就火了，二十四小时转了两万多条。明艳的红色花朵里一个纯白色的他，强烈的视觉冲击对比下，他的姿态、他的眼神里的天真和温柔显露无余。

方方也是真的没藏着，当时就让苗嘉颜开通了微博账号，没舍不得热度。

苗嘉颜什么都不会，最初建这个号就是姜寻帮他弄的。那时候苗嘉颜还没有智能手机，后来还是方方给他买了台手机，苗嘉颜一直用到现在。

方方：颜颜，你去跟大钟吃饭没？

方方的微信发过来的时候，苗嘉颜正在上课。校选大课，阶梯教室里估计有几百个人，苗嘉颜来得晚没有好位置了，坐在第三排。上课的老师说话有口音，而且口音很重，他讲课苗嘉颜经常听不清楚，而且老师语速又慢，会让人很困。

苗嘉颜正强挺着没趴在胳膊上睡觉,感觉到手机振动,从兜里拿出来看了一眼。

他回复:没有,我上课呢。

方方:别签他,他那儿太乱了,不适合你。

苗嘉颜:好的。

讲台上老师坐在电脑那儿,还在以不变的语调讲着课,一排排的学生相继倒下,苗嘉颜的胳膊支着头,觉得自己也快挺不住了。

身后有人轻轻碰他,苗嘉颜回过头,是个笑眯眯的女生,递了杯冷饮给他。

苗嘉颜赶紧摆手,小声说:"不用,你自己喝。"

"我这儿有呢,给我室友买的,她没来上课。"女生还要递给他,说,"我关注你好久啦,你越来越好看了。"

苗嘉颜猝不及防地被同学夸了,他还是不怎么会面对生活里的这种突如其来的小善意,显得有点儿无措,笑了一下说"谢谢"。

"你拿着喝,不然下课了我拿回去也不凉了,温的就难喝了。"女生很真诚地想给他。

苗嘉颜没再拒绝,接了过来,又在自己书包里摸了半天,奈何实在没什么能回赠的,书包里能吃的只有剩下的半包饼干,于是只得放弃,在手机备忘录上记了一条:选修课给同学买饮料。

苗嘉颜从小被人孤立着、欺负着长大,进了大学才知道为什么当初陈潮跟他说外面的世界很大。

大学里的同学从全国各地来,跟苗嘉颜从前所处的环境不一样的是,大学里好像没有谁和谁之间有明显共性,大家都不一样。生活习惯不一样,说话方式不一样,校园里面能看见穿汉服的,身上有文身的,以及染红头发、蓝头发、绿头发的。苗嘉颜掺在这些看起来"特别"的人群里,没有人会多看自己一眼。

虽然不能说完全没有异样的眼光，但显然包容的视线更多。

这跟他出来之前想象的不一样。外面的世界真的很好。

可他依然几乎每周都回家。

爷爷、奶奶年纪大了，奶奶这两年血压经常会高，如果周末没事苗嘉颜都会回家。

奶奶有时嫌他太折腾，不让他回，苗嘉颜嘴上答应着，还是会一下了课就去坐车。

他给爷爷、奶奶也买了手机，让他们平时给自己发视频。爷爷经常晚饭过后坐在竹椅上晃悠着给他发一个，奶奶也会凑过来说几句话，问问吃饭了没有，明天上什么课。

"明天全天都有课，晚上要上到八点呢。"手机支在旁边，苗嘉颜一边洗脸一边跟奶奶说话。

"这学期就是课多，上学期都没听你说晚上有课。"奶奶可喜欢看苗嘉颜洗脸了，稀罕地看着屏幕。

苗嘉颜洗脸的时候会拿个发圈往头上一勒，后面的头发随便一扎，把一张脸都露出来。他涂着洗面奶，脸抹得白刷刷的，说："本来这学期也没有，有节课的老师调时间了。"

"一洗脸就像小花猫。"奶奶笑着说。

苗嘉颜低头冲水，不方便说话，听见奶奶在叫陈奶奶过来看他。

"我看看小苗儿。"陈奶奶的声音传过来，"下课啦？"

"这儿呢。"苗嘉颜赶紧抬起头，叫了一声"陈奶奶"。

"唉，快洗吧快洗吧，"陈奶奶见他一脸没冲干净的沫子，忙说，"别流眼睛里。"

苗嘉颜洗完脸还得贴个面膜，这都是方方让他这么做的，让他夏天面膜不能断，身上得大面积地涂防晒霜，脸上的防晒霜更得随时补。这都是因为大一军训那会儿他什么都没涂，军训第一周刚结束方方见了他差点儿流出眼泪来。

"宝贝,你别吓姐姐,你晒得跟个煤球蛋儿似的,咱们怎么拍啊!"她捏着苗嘉颜的下巴,绝望地看着他晒透了的那张脸,以及军训帽檐遮出来的那条明显的黑白分界线。

苗嘉颜当时说:"我以前夏天都是这么过的。"

"以前是以前,以前你在田里种地谁管你?"方方恨铁不成钢地说,"你现在靠脸吃饭呢,这是你的饭碗,你就这么糟践啊?"

那年夏天苗嘉颜的照片全靠化妆和精修,从那之后到了夏天人人都提醒他要防晒。

"又整这个啦?"奶奶看着屏幕里苗嘉颜往自己脸上贴面膜,"哈哈"笑着问。

苗嘉颜贴着面膜张不开嘴,含糊地说:"这周可能要拍照。"

"拍完记得发你爷爷手机上,"奶奶说,"你的照片我们都留着呢。"

苗嘉颜眯着眼睛说"好"。

敷完面膜洗了下脸,又涂了点儿东西,苗嘉颜看着洗脸台上面柜子上的那一堆东西,看了半天突然叹了口气,心想,挣钱真不容易。从前苗嘉颜都是用香皂洗脸的,一早一晚抹点儿香皂沫划拉几下就行了。现在左一套右一套的,有时候也记不清,真把人难死了。

姜寻打来电话,问苗嘉颜要不要吃东西。

"不吃,我晚上吃饭了。"苗嘉颜揪掉了花盆里月季两片不太好的叶子,说,"什么都不用帮我带。"

姜寻说:"知道了。"

过了一会儿,姜寻过来敲门,苗嘉颜给他开门,姜寻拎了两个纸袋。

苗嘉颜看了一眼,姜寻说:"大钟给你带的。"

苗嘉颜赶紧摇头说:"我可不要。"

"那我也不能不收啊,我还能让他拿回去?"姜寻坐在椅子上拆盒子,一盒是护肤品,另外一盒拆开是个双肩包。

"还行,加一块儿两三万块钱吧。"姜寻说。

苗嘉颜吓得往后躲了一步,又重复了一遍:"我可不要。"

"你不要咱也不能扔了啊,"姜寻把护肤品拆出来,盒子扔了,"不要白不要,给你你拿着就完了。"

"我不拿,我不认识他。"苗嘉颜连连摇头,坚定地说,"为什么给我这么贵的东西?"

"礼貌而已,他总不能空着手。都这样。"姜寻没怎么当回事,跟他说。

"他是礼貌了,我拿完我就不礼貌了。"苗嘉颜有自己的一套逻辑,把东西往前推远。

姜寻都无奈了,最后笑着说:"那回头买点儿东西给他寄过去,你就当这是你买的吧。"

苗嘉颜一听,皱皱眉,心想,天哪,我为什么要花两三万买它们?

虽然他现在有了点儿小钱,可也没这么花过,但这也比白收了强,买就买了吧。

陈潮在外面待了一天,晚上回来邹逾已经躺下了,听见他开门,邹逾探头出来,招呼道:"回来了潮哥?"

"嗯,睡你的。"陈潮说。

"我睡不着,热。"邹逾躺回枕头上,摊成"大"字形,"鱼脱水了。"

陈潮回宿舍的第一件事永远是洗澡,夏天他平均一天得洗四五次澡,南方的夏天和冬天他都很难适应。

冲个澡出来,手机上有两条消息。

一条是小凯发的,问他订票了没,用不用帮他订。

一条是姜寻发的，问：哪天回来，潮？

陈潮分别回完了，邹逾在上面说："我从来没遭过这罪哪！"

"前面都过了两年了。"陈潮拆穿他。

"我是说来这儿上学之前。"邹逾补充说。

陈潮本来想说"谁不是"，不等说又收了回去，想起他初一夏天那满后背的痱子和那罐印着小孩儿屁股的痱子粉。

微信又来了消息。

姜寻：潮，你订票没啊？赶上暑假不好订。

陈潮：订完了。

姜寻：订的五号？我要是没出门就去机场接你。还定不下来出不出门。

陈潮：不用接我，我们人挺多，打个车就走了。

姜寻：我必须接，咱俩都多久没见了！想你了，宝贝！

陈潮笑着回了一条：你正常点儿。

姜寻：哈哈哈，本来就是嘛！

姜寻：行了不说了，我睡了啊。

陈潮：睡吧。

姜寻：mua！

陈潮又笑了一声，直接发了条语音给他："你能不能稍微正常点儿，我受不了你了。"

"我要睡觉了，你也早点儿睡。"姜寻跟苗嘉颜说。

"好的，寻哥。"苗嘉颜应道。

手机在兜里响，姜寻见是条语音消息，直接点开了。

陈潮带着笑意的声音传出来，苗嘉颜回头问："潮哥啊？"

"啊，我问他什么时候回来。"姜寻回答说。

"那什么时候啊?"苗嘉颜问。

"五号。"姜寻锁了屏,揣起手机说,"到时候不出去的话我去接他,顺便吃个饭。"

说完问苗嘉颜:"你去不去?"

苗嘉颜想了想,说:"五号我有考试。"

"啊,行,那我自己去吧。"姜寻说,"我忘了你有考试的事了,你们定下来哪科五号考了?"

"没呢,猜的。"苗嘉颜答说。

"那到时候再说。"姜寻抬了几下胳膊,摆摆手,"睡吧。"

为了还大钟的礼,苗嘉颜被迫花了钱,这钱花得他心疼了好几天。

双肩包他本来想给姜寻的,但是姜寻不喜欢,整这么个又贵又不实用的东西在手里,为了不让钱白花,苗嘉颜往里头装了几本书,自己背上了。

大夏天的整个那么大的包背着,有时候热得后背都出汗了。出汗也得背着,这是苗嘉颜花两万七千九百元买的书包,得一直背到它破。

在这之前苗嘉颜买过最贵的书包就是大一那会儿买的一个,花了四百元,一直到现在出门的时候还背呢,能装两套衣服。

苗嘉颜从最初被人看见就是穿着最普通的衣服,衣着打扮都很普通,甚至第一次在棉花田里拍的那组照片就是拍的干活儿。直到现在他照片里也没出现过奢侈品,没有很贵的东西。方方说他这个人设挺好的,苗嘉颜不懂什么人不人设的,他根本不可能花那么多钱买东西。

平时用的护肤品都是合作方给的,或者别人送方方的,让他自己花几千元买一套抹脸的,苗嘉颜无论如何都不可能买。

从某些方面来看他就跟个小貔貅似的,只知道挣钱,却不舍得花钱。

一天晚上,苗嘉颜的小月季又开了花。他拍了两张照片,发了条微博：给你们看小花。

热评第一：今天这个视角是自己拍的。

下面回复：哈哈哈哈哈看破不说破啊姐妹。

苗嘉颜没看评论，发完就退出了。他最近复习任务可重了，考试时间挨得很近，有时候一天要考两场。他从上大学之后还没挂过科，虽然成绩也没好到能拿奖学金，但已经挺努力了。

陈潮五号回来，姜寻早早地就去机场等他。

姜寻：潮，7号出口等你啊。

陈潮那边飞机还在滑行，开机了回复他：我还得等会儿。

姜寻：不着急，你先去取行李。

"潮哥，等会儿你不跟我们一起走，是不？"

陈潮他们同行一共八个人，都是他们学校的。其中，章凯跟陈潮关系很好，他们俩很熟。

"嗯，不一起。"陈潮说。

"那我们不等你吃饭了，你晚上是不是得挺晚回来？"章凯问他。

"不用等我，我不知道得什么时候。"陈潮低头跟姜寻发着消息，说，"你们吃完直接去办入住就行。"

"行，我饿死了。"章凯拿手机屏幕当镜子照，弄弄头发说，"我有个高中同学在这边上学，她还约我见一面呢。"

陈潮随口一问："在哪儿见啊？"

章凯说了个地方，陈潮说："离住的地方相当远。"

"那我还见吗？我本来想着晚上吃完饭去转转，喝个咖啡什么的。"章凯想想说，"那不去了。"

陈潮不管他，他不用取行李，下了飞机跟他们说了一声就先走了。

姜寻在出站口那儿等他，陈潮背着包出来，姜寻抬起胳膊喊："潮！这儿！"

陈潮看见他，笑着走过来，姜寻跟他撞了一下肩膀，说："我潮咋这么帅？"

不等陈潮说话，他又说："就是黑了点儿，你天天在外面跑啊？"

"总得出门，"陈潮跟着他走，"我们就这样。"

"那跟我差不多。"姜寻说完笑了一下，"但我有时候喷点儿防晒喷雾，哈哈哈。"

他们俩上次见面还是前年冬天，一年半没见了。他们小时候是邻居，从穿开裆裤的时候就在一起玩，直到陈潮他们家搬走，是实打实的发小儿。

姜寻想吃肉好几天了，苗嘉颜跟他吃不到一块儿去，陈潮回来，姜寻可找着人陪他吃了。

"我自己出来吃饭没意思，苗儿也不吃。"姜寻吃了块牛腩，觉得相当幸福，"我们学校那点儿饭我都吃腻了。"

陈潮一个在南方上学的还没说腻，他这个守着家的说腻了。

陈潮都笑了，说他："别矫情了。"

"真不是我矫情，"姜寻边吃东西边说，"什么饭天天吃都腻，不过我有时候能回家，反正离得也不远。"

在本地上学就这点好，想回家就能回。

饭吃到一半，手机振动声响起来，听见声音俩人都看了一眼桌上各自的手机。姜寻放下筷子，拿起手机说："苗儿。"

陈潮收回视线，继续吃饭。

姜寻接了起来。

"喂？"

"接到了啊，我俩吃饭呢。

"你过来吗?"

"也不远,你打个车,半小时差不多了。"

姜寻说完看了一眼时间,说:"这个点儿可能堵车,你不然看看地图。"

不知道对面说了什么,姜寻说:"那行吧。"

姜寻挂了电话,陈潮看了他一眼,姜寻说:"他不过来了,学校那边堵。"

陈潮"嗯"了一声,问:"你们最近忙吗?"

"还行,考试月留时间了,没什么安排。但是之后要忙,每年暑假都闲不下来。"姜寻把手机放一边,说,"去年暑假最热的时候一直在外边跑,把我俩全折腾中暑了。"

陈潮跟他们离得远,平时联系也不多,关于他们工作上的事陈潮不了解,也说不上什么。他这次回来算是帮小凯一个忙,小凯学传媒的,毕业设计打算拍个纪录片。

他拟了好几个题材,来这儿拍的是其中一个,拍三个省份的乡土人情。陈潮不会在这儿陪他拍到完,只把他们带过来让他们自己拍,他待个一周左右就走了。

"你毕业什么打算啊?回来吗?"姜寻问他。

"还有两年呢。"陈潮说。

"两年还不一晃就过啊?"姜寻看着陈潮说,"我感觉你不会回来。"

陈潮没说话,给他倒了杯水。

一顿饭边吃边聊,吃了挺久,饭后姜寻回学校,陈潮回家。

他没提前跟陈广达说自己要回来,这会儿陈广达在外面吃完饭回家冲了个澡,正准备给儿子发个视频。开门声一响,陈广达吓了一跳,原本歪着斜靠在沙发上,一下坐直了。

陈潮开门进来,陈广达的眼睛瞪得溜圆,看着他。

"干什么这么看我，"陈潮换鞋进来，把背包随手放一边，"蒙了啊？"

陈广达才回过神，走过来搂了陈潮一把，难以置信道："你咋回来了儿子？"

"放假了啊。"陈潮笑笑，"你也没问我回不回来。"

"我哪想到你能回来啊！你平常一放假就出去，"陈广达这才真正笑起来，眼睛笑成一条缝了，"爸正想你呢，要给你发视频，你竟然开门进来了！"

陈潮去洗手，问他："你吃饭了没？"

"吃过了，我晚上有个饭局，你吃了没有？"陈广达捏捏儿子的胳膊和肩膀，说，"结实了。"

陈潮说："跟姜寻吃的。"

"小寻啊？"陈广达问，"我前两天还跟他爸遇上了，说了几句话。"

陈潮回来他爸显然兴奋坏了，都半夜了还不去睡觉，也不让陈潮睡觉。

陈潮困得眼睛都快闭上了："你不困吗，爸？"

"我不困，你也别困，跟爸说说话。"陈广达拍拍儿子的腿说。

"明天再说不行吗？"陈潮都不想张嘴了，"你儿子早上六点多就起来了。"

陈广达不上当："明天你不得走吗？"

陈潮说："我去我奶奶家，你也一起去不就得了。"

"明天我看看吧。"陈广达打了个哈欠，也有点儿困了，"我要能安排开，就跟你一起回。"

陈广达没能安排开工作，公司还有事，他不能说走就走。

陈潮提前很久就跟爷爷、奶奶说过了，奶奶老早就在等着他们。

奶奶家住不下这么多人，小凯他们装备带得很全，还带了帐篷，说要直接在院子里支帐篷睡。两车年轻小伙儿把大包小包拿下来，带着他们的帐篷以及拍摄器材,把陈奶奶的小院子都堆满了。

陈奶奶高兴坏了,见着孙子稀罕得不行,搂着胳膊一直看也看不够。

陈潮单手环着她,说:"你不用太照顾他们,让他们自己活,咱们给他们提供场地拍就不错了。"

小凯在旁边赶紧点头说:"是的奶奶!我们自己能活!"

陈奶奶让他们俩的话逗得笑了半天,说:"哪能呢!奶奶天天给你们做好吃的,你们爱吃什么就跟奶奶说。"

"您做什么我们都吃!"小凯长的一张笑面,看着挺讨人喜欢。

"这么多东西啊?能放下不?"苗奶奶过来看看,说,"放不下就放我们院去。"

陈潮打招呼叫了一声:"苗奶奶。"

苗奶奶答应着,看着陈潮说:"每次见都觉得你又长高了。"

"这两年都不长了。"陈潮笑着说。

"你奶奶天天等着呢,终于把你给等回来了。"苗奶奶跟陈潮说,"让你的这些小同学、小朋友的,想吃什么就去苗奶奶后院摘。苗儿不在家都吃不过来了,西红柿都熟透了,等会儿你去摘了给你同学尝尝。"

小凯听见赶紧喊:"谢谢奶奶!"

"谢什么,"苗奶奶"嘿"了一声,摆手道,"算不上什么,随便摘着吃。"

小凯他们说话的时候已经有人拿着手持摄影机在录了,小凯说:"没收音,拍了效果也不行。"

陈潮问苗奶奶最近血压稳不稳定,身体怎么样。

"好着呢,"苗奶奶毫不在意地说,"苗儿给我买的降压药,我吃了几天血压降下去了再就没高过,我这只要上不了火不着急就没事。"

苗奶奶说完,想起来又问:"你回来苗儿知道不?"

陈潮说"知道"。

243

"那他怎么没回来呢，"苗奶奶感叹说，"小时候他跟你最好了。"

"他忙，"陈潮说，"别折腾他了。"

小凯见了这边连片的棉花田，兴奋坏了。

苗家现在不只种棉花，也有二百多亩的种植基地，搭的大棚，里面种的都是鲜花。

"你们这边还种花啊？"小凯挺纳闷地问，"这种鲜花不都是长在南方吗？"

"也能种。"陈潮说。

"这都是玫瑰？"章凯拍了几张照片，相机挂在脖子上来回拍。

陈潮说："月季。"

章凯伸手摸摸茎上的小刺儿："这不是有刺儿吗？有什么不一样？我感觉玫瑰就长这样啊。"

陈潮想起高三那几片不同颜色的月季花海，说："两种东西，花型和刺儿都不一样。"

"你咋知道？"章凯蹲着问。

陈潮捡了根小棍把棚杆上的蜘蛛网卷走，说："见过。"

"这儿就只有苗奶奶家种花吗？家里是有开花店的吗？"小凯问。

陈潮没跟他说过苗嘉颜，只说："有销售渠道，你别拍这个，拍花可以。"

"为什么？什么渠道啊？"小凯随口问。

"潮哥？"

身后的声音突然响起来时，陈潮还没回答小凯的问题，回过头朝声音来处看。

苗嘉颜站在花棚最外面的门口处，探着头朝里看。他刚过来，声音还不稳，带着轻微的一点儿喘。他穿着宽松的长衣长裤，头上戴着遮阳的棒球帽。头发顺着他的动作滑下来,看起来很柔顺。

陈潮抬了一下手,说:"在这儿。"

苗嘉颜于是站直了,背着包走进来,摘了帽子,轻轻笑了笑:"我看了好几个棚,你都没在。"

"这是?"章凯看苗嘉颜已经看愣了。

"苗嘉颜。"陈潮介绍说。

"我是章凯,你叫我小凯就行。"章凯顾不上看苗嘉颜的眼神有点儿不礼貌,控制不住地看着他。章凯没有别的意思,单纯就是惊讶,觉得他这样的打扮很"特别",却又奇妙地和他整个人不违和。

苗嘉颜笑了一下:"欢迎你来。"

"苗奶奶是你奶奶吧?"章凯问。

苗嘉颜点头说:"是的,那是我奶奶。"

小凯反应过来,问他:"这些花都是你种的吗?"

"我奶奶帮我种的。"苗嘉颜在外面走了会儿,脸上热得有点儿红了,他伸手到后面,从背包里掏了半瓶水出来,拧开喝了一口。

章凯还要再问,陈潮打断他:"你查户口?"

"我这也是工作……"小凯"嘿嘿"笑着,倒也没再继续问。

陈潮问苗嘉颜:"什么时候回来的?"

"刚回来,可能明天还得走。"苗嘉颜用帽子在脸边轻轻地扇了扇。

"折腾。"陈潮说,"那你还回来干什么?"

苗嘉颜抬眼看他,带着一点儿笑意说:"潮哥回来我还是要来看看的。"

苗嘉颜本来是没打算回来的,昨晚视频时苗奶奶问他回不回来,他还说最近应该回不去,好多事情。他今天回来算是临时起意。

"这次待多久,潮哥?"三个人出了这个花棚,走进下一个,苗嘉颜走在陈潮旁边问他。

"一周吧。"陈潮回答。

章凯走在前面,时不时地回头问苗嘉颜问题。他不问的时候苗嘉颜就和陈潮慢慢地聊着天。

走到外面,苗嘉颜把帽子又戴上了,陈潮看着他,苗嘉颜解释说:"怕晒黑。"

陈潮点点头,苗嘉颜笑着说:"你黑了好多,潮哥。"

陈潮本来没觉得自己多黑,这次回来谁见他都说他黑,陈潮抬起自己的胳膊看看,笑了:"我感觉还行啊。"

"不……太行。"苗嘉颜的眼睛弯弯的,"你以前夏天再晒也没这么黑。"

陈潮说:"可能那边阳光更强点儿。"

苗嘉颜小声说:"刚刚远远的我都没敢认。"

陈潮挑眉:"有那么夸张?"

苗嘉颜笑着点头说"嗯"。

章凯听着他们俩聊天,偶尔回头看一眼。这俩人看着就是很亲近的、许久没见的朋友。

"嘉颜,你学什么专业?"章凯问。

苗嘉颜答道:"农学。"

章凯的表情很意外,发出了个惊叹的语气词,说:"我以为你是艺术生,学音乐、美术或者表演什么的。"

"没有,"苗嘉颜笑笑说,"我是种地的。"

"看不出来你学这个,"小凯感觉这个专业说起来和他很不搭,想不到一起去,"你气质不太……农业。"

苗嘉颜走着走着就蹲下把旁边一块掉落的棚布支起来,陈潮说:"那是你看的时间短。"

"嗯，"苗嘉颜弄好了，站起来拍了拍手上的土，跟小凯说，"潮哥总嫌我土。"

　　"你还土？"小凯说，"别闹了。"

　　陈潮只笑了一下，没说话。

　　小凯拍了很多照片，打算正式拍摄的时候过来取景，几个人往回走着，小凯回头看看苗嘉颜，跟陈潮说："潮哥，我有个不成熟的想……"

　　陈潮打断他："不成熟就别想了。"

　　小凯还想再争取一下："你让我问问！"

　　苗嘉颜眨着眼睛看他们，小凯问："嘉颜，我能采访你吗？"

　　"我？"苗嘉颜愣愣地看着他。

　　"我想做一期关于你的课题。"小凯其实走这一道都想半天了，听着他跟陈潮说话，脑子里都已经在琢磨课题名字了。

　　不等苗嘉颜说话，陈潮就开口说："不能。"

　　"潮哥！"小凯简直想用胳膊肘儿把他推开，"我也没跟你说话啊！"

　　陈潮的脸上虽然没什么表情，但是很明显是不能商量的态度："跟谁说也不能。"

　　于是苗嘉颜顺从地接着陈潮的话说："那就不能。"

　　他说这话的时候是带着笑的，像是有点儿开玩笑的意思，小凯一时间摸不清他是不是真的拒绝。

第十章

同　框

家里一下子来了这么多小伙子，陈爷爷、陈奶奶在厨房忙活着，苗奶奶也过来帮忙。苗嘉颜跟着陈潮回来，先回了自己家一趟，跟爷爷说了会儿话，再来的时候端了一盆水果。

除了小凯别的同学还没见过他，显然有点儿蒙。

苗嘉颜把水果放在院子中间的石桌上，跟他们打了个招呼，说："欢迎你们来玩。"

男生们赶紧跟他问好，苗嘉颜说："你们尝尝水果，自己种的比买的甜。"

陈潮从楼里出来，听见有个男生说："我看你特别眼熟……"

苗嘉颜没说话，那男生自己都有点儿不敢相信，说："我好像看过你直播。"

"啊？"小凯问，"什么直播？"

"我女朋友喜欢的一个博主，"男生越看苗嘉颜越觉得像，"我忘了叫什么,我问问。"

他说着就低头给女朋友发微信,苗嘉颜站在原地没动,说:"可能是我。"

"真的是你?!"男生有点儿激动,说,"我老婆超级喜欢你!"

苗嘉颜本来想说"谢谢你老婆",但又觉得很怪,最后只能说:"谢谢你女朋友……"

"她在上课,她不知道她错过了什么!"男生都替他女朋友可惜,"这不得哭吗?"

苗嘉颜哭笑不得,赶忙说:"不会的,我今晚都在的。"

苗嘉颜明天一早就得走,工作什么时候能结束还不知道,有可能陈潮走之前他都回不来。

所以就像他说的,他这次回来确实是为了看看潮哥。

不算陈潮在这里,还有七个男生住在这里,家里的空房间能装下四个,剩下三个要在外面支帐篷。苗嘉颜跟陈潮说让他们去自己家住,男生们没去,觉得在外面睡帐篷更自在。

那个男生的女朋友刚给小朋友上完家教课,看见微信上的留言,果然快哭了。

苗嘉颜还没走,在跟陈潮说话,男生开着视频过来,镜头没直接转过来,先问他:"可以视频吗?"

"好的。"苗嘉颜点点头说。

男生于是把耳机线拔了,站到苗嘉颜旁边去,让镜头照到他。

"啊啊啊啊颜颜!真的是你吗!"屏幕里是很可爱的一个小姑娘,短发圆脸,激动得一直在喊。

"你好你好。"苗嘉颜坐得很直,肩膀都绷得直溜溜的,朝着手机挥了挥手。

"天啊啊啊啊啊,我在做梦吗!我还没醒吗!"女生兴奋得不知道怎么办好,捂着脸看苗嘉颜,"我为什么会在我老公的手机里看见我家颜颜啊!"

女生还在走路,从家教上课的地方回住处的路上,她激动得走几步停几步,苗嘉颜温声提醒:"小心,看路。"

"好的好的。"女生和他说,"颜颜我们都爱你,你加油啊!"

苗嘉颜笑着说:"好的。"

他一本正经地和女生说话,虽然一直是被动回应,可都认认真真的。陈潮侧头看着他,在室外环境里想听清视频里说话需要很专注,苗嘉颜没有注意到陈潮的视线。

男生拿回手机走了,又把耳机插上继续跟女朋友聊天了。

苗嘉颜呼了口气,有点儿无措地看了一眼陈潮,朝他笑了一下。

陈潮问他:"紧张?"

"也不是紧张……"苗嘉颜放松了些,肩膀不那么端着了,"就是不习惯。"

"还没习惯吗?"陈潮掐了掐手背上的一个蚊子包。

"我总是怕说错话。"苗嘉颜想了想,说。

"说错就说错,"陈潮问,"说错怎么了?"

苗嘉颜回答说:"说错了会有人骂我。"

"骂了,然后呢?"陈潮歪着头,挑眉问他。

苗嘉颜仔细想了半天,没有想到什么,摇了摇头,说:"没有然后了。"

陈潮手背上的那个包被他掐成了三横三竖的方格,他低头看了一眼,说:"所以你怕什么?"

苗嘉颜最后笑了一下,双下巴若隐若现的,眼睛里映着院子里的小夜灯,看着陈潮说:"好的,潮哥。"

院子里几个男生挤在最大的那顶帐篷里打扑克、喝啤酒。

苗嘉颜问陈潮："潮哥，你毕业了会留在那边吗，还是去别的地方？"

陈潮向来是个有规划的人，他要做的事情他心里总是有数的。苗嘉颜知道他一定有打算。

"接着读。"陈潮说。

"保研？"苗嘉颜问。

陈潮没说话。

"你要出国吗？"苗嘉颜眨了一下眼睛，问他。

陈潮说："可能。"

"那还回来吗？"

"回。"陈潮肯定地说。

"那你还要读好久，"苗嘉颜笑着说，"我毕业了就不读啦。"

陈潮也笑了，跟他说："你不用读了，还真去钻研农业啊。"

陈潮是苗嘉颜最熟悉的那些人里的一个。

苗嘉颜和他说话时不用坐得很直，也不用管头发乱了没有，笑得好不好看，可以完全放松。

那晚他们好像也没说很多话，低头一看时间却已经十点半了。他们这几年很少联系，也没有见过，可见了面又很奇妙地能一直说话，说什么都不觉得唐突。

小夜灯底下蚊子和小飞蛾围成一圈又一圈的，偶尔撞在灯罩上，会发出轻轻的一声"啪"。

"我走啦，潮哥。"苗家颜说。

"嗯，"陈潮说，"我也要睡了。"

"不知道你走之前我能不能回来，我尽量快点儿拍。"苗嘉颜和他说。

"没事，"陈潮露在外面的两条胳膊上被咬了好几个包，他随便划拉着胳膊,"你忙你的,我待几天就回去了。"

苗嘉颜点点头:"你这儿住不下你就让朋友去我家住,我家还有空房间呢。"

"他们喜欢,不管他们。"陈潮说。

苗嘉颜压低了声音,偷着跟陈潮说:"你怎么不好好招待朋友?"

"麻烦。"陈潮也低声说。

后来苗嘉颜回去了,陈潮也上楼了。

外面一群男生还在帐篷里闹,还知道压低声音不打扰家里老人休息。

俩人几乎是同时开了灯,对着的两扇小窗户相继亮了起来。苗嘉颜撩开窗帘朝对面晃胳膊,陈潮抬了抬下巴,示意他该干什么干什么去。

没过多久,两边又相继关了灯,只剩下楼下男生们帐篷里的小灯。

苗嘉颜早上五点多就从家里走了,得赶去机场,上午十点半的飞机。

陈潮难得放假还这么清闲,一觉睡到快中午。中间小凯上来看过他几次,见他睡着也没打扰,男生们自己出去拍了。

陈潮不让拍苗嘉颜,小凯想采访苗爷爷和苗奶奶。好不容易等陈潮睡醒,小凯问能不能拍,陈潮说:"谁管你。"

"那你昨天不让拍。"小凯说。

陈潮边往洗手间去边说:"昨天你说要拍苗奶奶了?"

"拍他咋就不行嘛!"小凯耍赖说。

"拍他你要问什么?"陈潮挤上牙膏,说。

小凯没马上答,过会儿说:"就正常采访呗。"

陈潮扫了小凯一眼,低头刷牙,小凯觉得已经被他看了个透,笑出了声。

"无聊。"陈潮含糊地说了一句。

"不让拍拉倒,"小凯撇撇嘴,说陈潮,"你最不够意思了,这么长时间你都没告诉过我你认识这么一位,你就看着我因为没有好题材发愁。"

"'这么一位'怎么了?"陈潮看他,"别人特别就得当你的课题?"

"小抠,"小凯"哼哼"两声,"除非你让陈爷爷拉我出海,我才能承认你是我好兄弟。"

陈潮笑了一声,咬着牙刷说:"你自己跟我爷爷说去。"

"说就说。"小凯"哼哼"着下楼了。

本来苗嘉颜是来得及的,九点半之前到机场,值机足够赶上了。然而路上出了点儿状况,出租车司机没走高速,走的是一条平时没什么车的路线,说这样更近,他平时都是这么走。

谁知道那条路上发生了一起事故,有一辆大货车侧翻了,把路差点儿封死,只留了单车道的空间。堵了很久,过了事故区域只剩二十分钟就停止值机了。

姜寻打电话问他:"你到哪儿了啊?"

苗嘉颜说:"我也不知道。"

姜寻都无奈了:"你还能赶上不?"

苗嘉颜问司机:"我能赶上吗?"

司机正在极速飙车,后仰着说:"我尽量,应该能!"

苗嘉颜转述:"应该能。"

姜寻说:"我真是服了你了。"

苗嘉颜还挺淡定,平静地说:"要是我赶不上你就先去,我坐下一班。"

"下一班下午五点,你得在机场等一天,你长点儿心吧。"姜寻问他,"还有多少公里?"

"还有多少公里?"苗嘉颜问司机。

"四十二公里。"司机看了一眼导航说。

苗嘉颜说："四十二公里。"

姜寻："……"

姜寻说："行，你尽量吧。"

苗嘉颜觉得这一早上太波折了，自己想想竟然还笑了出来。

司机可真是拼尽全力了，一路飙去机场，他内心也很愧疚，如果不是他说这么走更近也不至于赶不上飞机。

最后苗嘉颜踩着停止值机的时间去的值机台。姜寻带着他去安检，说他："你说你这人，叫你去吃饭你不去。"

苗嘉颜差一点儿就赶不上了，也觉得很不好意思，解释说："我本来没想看。"

"那你还回去？"姜寻把身份证和机票递给安检台，苗嘉颜在他身后等着。

等俩人都过来了，苗嘉颜才轻声说："应该看看的。"

"应该看你还不去吃饭，不去又后悔了。"姜寻嫌他拧巴，在他帽子上弹了一下。

苗嘉颜这次出去是狄哥约的他，狄哥老早就要拍他，但因为苗嘉颜要考试一拖再拖。

给狄哥拍照是很累的，他要求高，总是这不满意那不满意。有时候一组照片得拍好多天，直到拍到他满意。所以苗嘉颜每次来给他拍照都预估不好时间，运气好的话一天就能拍完，运气不好一周都回不去。

苗嘉颜好久没直播了，这个月还没播过，得直播混混时长。所以苗嘉颜在拍照时把直播开了，让姜寻给他拿着手机，给大家看他拍照。

狄哥拍苗嘉颜也拍了三年了，这三年里他在苗嘉颜身上的风格偏好和审美取向就没变过。有回方方说狄哥就是直男审美，喜欢的永远是这一套。狄哥当时说："他身上最出色的就是这种气质，不拍这个拍什么？"

"能拍的多了，你就不能换换？"方方很嫌弃地说。

"不换。"狄哥说，"我就拍这个。"

"我站着还是坐着？"苗嘉颜问狄哥。

"随你。"狄哥向来不管他，不给提示动作，但是做得不好狄哥还不乐意。

苗嘉颜摸不清他想要什么，只能问："狄哥，你想要什么感觉？"

狄哥从相机里看他，贴着他的脸拍了一张，说："欲望。"

狄哥随便给了个词，他们俩那边正常拍摄，直播滚屏这边却已经疯了。

屏幕上滚的全是"啊"。

姜寻本来开直播不说话的，他就是个人形手机支架，这会儿却也没忍住说："你们吵到我的眼睛了。"

滚屏里又是一连串的"啊啊啊"。

——寻哥你终于说话了啊！

——有生之年我还能等到你们同框吗！

——你给我们看看你！

"看我干什么，看你们颜颜。"姜寻说。

苗嘉颜这个号最初就是姜寻帮建的，后来姜寻也一直帮他打理。号上的粉丝对他并不陌生，虽然没见过脸，但是也知道苗嘉颜身边一直有这么个人，直播的时候能听见他们说话。

苗嘉颜嘴上涂了很淡的口红，不是很明显，几乎看不出来，但是能让嘴唇质感看起来偏哑光。头发上的水滴在锁骨和后背上，有几滴洇进了衣服布料里。他直直地看着镜头，眼神并不热烈，却很专注，隔着镜头和他对视上，让人转不开视线，只想安静地看他的眼睛。

"漂亮。"狄哥说。

苗嘉颜后来把头发扎了起来，半湿着高高地扎个马尾，脖子后面还有一绺没扎上去的头发松松地落下来。

——我要怎么才能亲到我宝贝啊!

——颜颜就不是一眼美,但是真的耐看,架得住细看!

——绝美颜颜是我的呜呜呜。

——怎么不是一眼美啊?我觉得乍一看就很美啊,并不是浓眉大眼的才叫美,好吧?

——我也觉得,淡颜才是真的绝。

——你们客观点儿可以嘛,大家都喜欢颜颜,但颜颜确实不是一眼惊艳型的啊,也不用这么无脑吹捧吧。

……

姜寻隔了一会儿没看屏幕,滚屏上"浓颜党""淡颜党"已经吵起来了。

"审美这么随心的东西就不要争了吧?"姜寻笑着说,"你们吵出花来也说服不了对方。"

狄哥在看照片,苗嘉颜正好歇着,听见姜寻说的话,往这边看了一眼,说:"怎么啦?不要吵架。"

"你们要我告诉他,你们因为什么在吵不?"姜寻问。

屏幕一水儿的"不不不"。能来看直播的大部分都是喜欢苗嘉颜的,少数路人点进来,可能会说不好听的话,姜寻要是看见了就拉黑,屏幕滚太快看不见就算了。

直播间里的小姑娘们都很可爱,总是在鼓励他,也会可爱地互动。

"手机要没电了啊,说不定什么时候就下播了。"姜寻说。

——可是我们还没看够宝贝啊!

——换个手机播,你们那么多人呢,不信没有其他手机了!

——不要下!!!

"还剩百分之六的电了。"姜寻提示道,"随时可能关机。"

苗嘉颜在那边看狄哥的脸色,觉得他不是很满意,主动说:"再来一次。"

狄哥没说话,姜寻趁空叫他:"苗儿。"

苗嘉颜看过来,用眼神问"怎么了"。

"跟大家说再见,快没电了。"姜寻说。

苗嘉颜马上摆摆手,要说"拜拜",想想还是过来了,他拍照是光脚的,这会儿光着脚跑过来,拿手机把镜头翻转过来,跟大家说:"今天一直在拍照,没能跟你们聊上天。"

公屏的弹幕炸了一样地滚动,都让他再说说话。

苗嘉颜小声说:"狄哥脾气很差的,今天要好好拍照。"又说,"下次跟大家聊天。"

公屏问下次是什么时候,他好久才播一次。

苗嘉颜确实有点儿愧疚,说:"下周吧,下周一定播,到时候跟大家说话。"

苗嘉颜陪她们说话说到手机关机,说了好多次"再见"。他向来脾气好,公屏说什么也会认真看,很平和的态度。

这次真没带充电宝出来,姜寻从包里拿充电器把手机放一边充电,问苗嘉颜:"还得拍多久?"

苗嘉颜回头看看狄哥,悄悄说:"不知道呢,应该还得一会儿。"

狄哥对片子满不满意全凭心情,有可能今天怎么看怎么不喜欢,明天再看突然又觉得完美。今天显然狄哥是不满意的一天,又拍了一会儿,跟苗嘉颜说:"不拍了,吃饭去。"

苗嘉颜说"好的",又问:"明天还来这儿吗?"

"再说。"狄哥还没想好,"今晚早点儿睡。"

他就是不说苗嘉颜也会早点儿睡,拍狄哥的照是万万不敢晚睡的,状态要是不好狄哥会骂人。

陈广达又过了三天才回来,陈潮本来已经收拾东西打算后天走了,陈广达说什么也不让,说想儿子。

"那你跟我走得了。"陈潮说。

"我也就是走不了,不然我就跟你去。"陈广达现在公司做大了,事情多,不像以前自在。

陈潮的机票都订好了,说:"我寒假回来。"

"你再待两天!"陈广达往他腿上一躺,不挪地方,"你陪陪爸!"

陈潮只得把票退了,问他爸:"那我订哪天的?"

"订下周的。"陈广达倒也没说得太不靠谱,"爸这一周都没事,时间都挪出来了,你陪爸一周。"

陈潮说"行"。

苗嘉颜在狄哥那儿一拍就是五天,等狄哥发话让走了,苗嘉颜立刻就订了当晚的票,多一宿都不住,怕狄哥又反悔。

姜寻留在市里,苗嘉颜自己回了家。

本来以为陈潮肯定已经走了,结果回去时看见陈潮正端着盆在他们家院里用井水洗西红柿。苗嘉颜恍惚间愣在门口,陈潮听见声音看过来,问:"回来了?"

"潮哥,你还没走啊,"苗嘉颜走进来,摘了背包放在石桌上,说,"我以为你已经走啦。"

"没呢。"陈潮把盆里的水倒了,苗嘉颜过去帮他,陈潮说,"下周走。"

"那挺好的,"苗嘉颜笑着说,"陈奶奶肯定很高兴。"

陈潮问他:"工作都忙完了?"

"狄哥的拍完了,后面还有别的,还没约时间。"苗嘉颜说。

"他现在还那么凶?"陈潮又问。

苗嘉颜连忙摇头,笑说:"不凶了。"

"凶你你就罢工,不拍了。"陈潮和他说。

苗嘉颜不敢说"好的",他好像都不怎么会发脾气,也学不来。

苗家、陈家许久没这么热闹过了,两个孙子都在家,家里还来了那么多年轻人。

他们每天出来进去的,拍拍这里拍拍那里,小凯主意很多,看什么都想拍,打算都拍了回去再剪。他拍得还算顺利,就是中途收音设备坏了,录不了声音,新设备来前就空了两天。

陈爷爷带他们出海,小船装不下太多人,只能前一天带几个,后一天再带几个。男生里面有从沿海省份过来的,对海并不陌生,还能帮陈爷爷一块捞网。

陈潮和苗嘉颜坐在最靠边的地方。捞上来的渔网和海鲜被扔过来时,陈潮虽然脸上没显出来什么情绪,苗嘉颜还是笑着往前推了推。

"你在那边习惯吃海鲜了吗?"苗嘉颜问他。

陈潮面无表情地说:"并没有。"

苗嘉颜看着他嫌弃地往前踢了踢跳到这边的一条踏板鱼,心里觉得有点儿好笑,面上没敢笑出来。

回去收拾渔网,苗嘉颜还开了会儿直播。

他戴着大大的遮阳帽,蹲着给直播间的粉丝看捕上来的收获。内陆人对出海总是好奇的,觉得很好玩儿。苗嘉颜蹲在陈爷爷装鱼货的桶边捞鱼给她们看,还给她们讲解这是什么鱼,怎么做好吃。

"看这只虾是不是很大?"苗嘉颜从桶里拎了只虾出来,拎着虾须给她们看,"我拿着手机没法儿给你们比了,它有我手这么长。

"这个是海鲫鱼,它很好吃,很鲜。跟淡水鲫鱼不太一样。

"这个是针鱼,你们看它的嘴巴像针一样,又长又尖,我小时候被它咬过,很疼。"

苗嘉颜从小到大跟陈爷爷出海的次数并不算少,对海鲜相当了解,随便捡一条都能说半天。

陈潮过来递了瓶水,见他的手不方便直接拧开了给他,镜头里照到了他的手,苗嘉颜接过来喝了一口。

"是问这个吗?"苗嘉颜拎起绳子上缠的一堆乱七八糟的东西,"这个就是你们平时说的生蚝,我们叫它海蛎子。它就是附在什么东西上长的,不是在海里游的。"

他说话的时候没看公屏,等再看的时候发现公屏都在刷"看寻哥"。

苗嘉颜茫然地说:"寻哥没在这儿啊。"

陈潮坐在凉棚底下喝水,看他爷爷拾掇渔网,听见苗嘉颜蹲在那边小声说:"那是潮哥,不是寻哥。"

公屏上又在刷"那看看潮哥"。

苗嘉颜的声音更小了,把镜头牢牢对着桶,说:"你们还是看鱼吧。"

屏幕上一水儿的"看看",苗嘉颜背对着人,悄悄说:"你们不看鱼我就下了啊……潮哥的脾气可暴躁了。"

陈广达睡了个午觉,从小楼里迈出来,晃晃悠悠地先走到苗嘉颜那儿,问:"拍什么呢,小苗儿?"

苗嘉颜抬头看他,说:"陈叔,我直播呢。"

"哟,直播呢?"陈广达也蹲下了,往他屏幕上看,"我看看。"

苗嘉颜把手机往他这边歪了歪,给他看。

"看陈叔,"陈广达读出来,笑着问,"她们这是要看我啊?"

"是,周围有谁她们就想看谁。"苗嘉颜说。

"陈叔相当帅气了,"陈广达自己说,"但是陈叔不出镜了,你们还是看鱼吧。"陈广达说完站了起来,晃悠到老爸那里看了会儿网,最后晃到儿子旁边坐着。

"这种生活也挺好的,是不?"陈广达问儿子。

陈潮"嗯"了一声。

陈广达舒服地抻了抻胳膊，说："我小时候就这么过的。"

"不用显摆，"陈潮说，"我初中也这么过的。"

提起初中，陈广达心里总有点儿不得劲儿，觉得那时候心也是真大，把孩子往这儿一扔就不管了。可那时也实在没办法，压力太大了。

他们俩在这儿聊着天，苗嘉颜那边把鱼都讲完了，打算下播了。

今天算是临时播的，时间很短，不算上次答应的陪她们聊天的直播。

"我下啦，"苗嘉颜站了起来，穿着长衣长裤这么晒着实在是热，"这两天晚上我找时间和你们聊天，白天真的很热。"

公屏上又在说"看潮哥"。

苗嘉颜轻轻地"嘘"了一声，摇头说："不可以的。"又说，"我们不要打扰他。"说到这儿他回头看了陈潮一眼，发现陈潮正在看他，于是赶忙收回了视线。

陈潮在家都待了这么多天，就算他不说，该知道的人也知道了。

丁文滔气哼哼地回来，进门就横冲直撞去找陈潮，陈潮正跟小凯坐在一块儿吃西瓜。小凯拿着老大一块西瓜啃着吃，陈潮手里有个小果盘，里面的西瓜都是挖好的球，他拿牙签扎着吃。

陈潮听见声音一抬头，看见丁文滔拧着眉头就冲过来了。

"薄情寡义！"丁文滔边喊边将胳膊砸在陈潮身上。

好在陈潮平时打球，手稳，不至于被他这一扑把西瓜扣一地。陈潮另一只手在地上支了一下，咳嗽着说："好汉饶命。"

"不饶！"丁文滔的胳膊勒着陈潮的脖子，"你回来为什么不告诉我！"

"你不是出去玩了？"陈潮把手里的果盘递给旁边的小凯，怕等会儿撒一身，"你爸跟我爸说的。"

"我还玩一辈子啊！"丁文滔早回来了，嫌回家没意思，在学校住了两天，早上听他爸说才知道陈潮回来了。

丁文滔在一家民办本科院校学物流管理，他们家都以为他上不了大学呢，能考上个大专读就不错了，没想到高考时他还挺争气，考了三百多分。

陈潮上次回来他见着了，他、陈潮和姜寻一块儿吃了顿饭。这仨人很有意思，随意两个人之间都有朋友关系。

"丁文滔，"陈潮跟小凯介绍他，"这一片区的管理者。"

苗嘉颜正好从门外走进来，听见这个介绍没忍住笑出了声。

小凯倒很上道，顺着陈潮说："大哥你好！我是章凯，你叫我小凯或者凯凯就行！"

丁文滔长大后终于没那么"非主流"了，跟陈潮说："你咋这么能寒碜我？"

苗嘉颜走过来，陈潮抬下巴示意他打招呼。

苗嘉颜果断地叫了一声"棍儿哥"。

丁文滔回头看他，问："你就不能跟他们学点儿好的？"

"这不是讲礼貌吗？"陈潮又把西瓜盘端了起来，扎西瓜球吃。

"一个你，一个姜寻，"丁文滔说，"把苗嘉颜教坏了都。"

陈潮是丁文滔初中的好友，他走了后丁文滔郁闷了好长时间，后来姜寻续上了。姜寻和陈潮从一个小区来的，他们俩身上的某种气质很像，都很吸引丁文滔。

难得人这么齐，丁文滔撺掇姜寻也过来，大家一起热闹热闹。姜寻在家正闲着，被他一撺掇，说明天来。

姜寻穿着工装短裤来的，背着个包，最滑稽的是还打了把伞。

一帮人看着他打伞进小院都蒙了，这好娇的一个"寻"。

"现在这么精致的吗？"丁文滔愣愣地问。

姜寻把伞收了，递给苗嘉颜，说："苗儿的伞，落我这儿了。"

"那你背着过来不行吗？还非得打过来？"丁文滔质疑地问。

"这不是晒吗?"姜寻笑着说,"我正好遮遮太阳。"

苗嘉颜坐在一边叠伞,他旁边还有个石凳,姜寻直接坐下,看见有人端着相机在拍他。

"嘿,"姜寻朝那边问,"拍什么呢?"

对方拿开相机"嘿嘿"一乐,说:"拍点儿素材。"

姜寻好久没来这儿了,得有两年多的时间了。

人多坐不下,晚饭是分开吃的,小凯他们一桌在外面吃,姜寻、陈潮他们四个在屋里边吹风扇边吃。老房子还是没装空调,陈潮不在这儿住也没必要装。

陈奶奶给他们蒸了好多海鲜,还炒了好几盆海丁海螺小花蛤,让他们吃着玩。陈潮也不是所有海鲜都不吃,几种不那么腥的鱼他也能吃。他喜欢吃奶奶蒸的大黄鱼,也只吃奶奶蒸的,和外面做的味儿不一样。

正经饭吃完,剩下的都被丁文滔端楼上陈潮的房间去了。苗嘉颜拖了地板,又拿了张盖秋菜的塑料布,擦得干干净净的铺在褥子上。

苗嘉颜去洗手间放拖把,回来的时候这仨人已经坐下了。

陈潮和姜寻坐在靠床的一头,丁文滔坐在他们俩正对面的中间,苗嘉颜想坐下可以插空坐在丁文滔的左边或是右边。

左边是陈潮,右边是姜寻。

苗嘉颜在丁文滔身后顿了一下,刚要往左边去,丁文滔仰头看了一眼,屁股往左边一挪。

苗嘉颜沉默着坐下,姜寻把放那儿的手机拿了起来,陈潮往自己这边又让了让,给他们让了点儿位置。

丁文滔戴着手套捏小花蛤吃,问姜寻:"再回这儿来啥感觉?"

姜寻在剥虾,听见了抬起眼皮,嗤笑了一声,说:"没感觉。"

"这可是你的伤心地。"丁文滔的欠嘴闲不住,突然想起来陈潮还不知道这事,转头跟陈潮说,"你是不是还不知道呢?你寻在咱们这儿高中让人开除了。"

姜寻踢了他一脚,问:"你咋这么烦人?"

陈潮确实挺惊讶,完全没听说过:"怎么回事?"

姜寻垂着眼睛,看起来毫不在意:"年纪小不懂事。"

丁文滔说的是事实,姜寻在这边确实高中没读完,高三春季学期就被学校给开除了,而且闹得相当难看。

姜寻本来也不是老实人,他跟陈潮不一样。陈潮在这儿的时候是个"学霸",也不打架,没人招惹他。姜寻的脸上挂着条小时候在外面玩划的疤,看着就不像好人,性格也没陈潮那么踏实。

来这儿没多久,姜寻就被老师列为了重点监管对象,高一、高二两年虽然偶尔打架,但也没闯大祸。

直到高三那一年闹了次大的,最后传到了校长那儿。

"我那时候真不想念了,反正我成绩也不怎么好,"姜寻把剥下来的虾壳扔进装壳的盆里,说,"早点儿出去闯闯也没什么不好的。"

"我也以为你不念了,"丁文滔接话说,"我都没敢问你。"

当爸的就算快气死了,恨不得把儿子抽死,也不能真不管他,最后把姜寻弄回了市里的学校。这种在乡镇中学被开除的学生没学校收,姜爸为了他高三最后的一个学期,砸了大几十万进去,把他扔进了一个破烂学校。

"现在回头想想也没别的,就是感觉对不起我爸。"姜寻说,"我爸头发都愁白了,那时候是真不懂事。"

陈潮听着他们说话,同时嫌弃这一股海鲜味儿,一退再退,后来腿都没地方搁了。

丁文滔看着这个房间,感叹着说:"我好久没来了,我看这儿可太亲切了。"

苗嘉颜摘了手套，站起来，兜着塑料布把这些东西一起端走。陈潮终于能把腿伸直了，苗嘉颜问："吃水果吗？"

"我不吃，你问他们俩。"陈潮说。

姜寻在旁边说："我也不吃。"

"我吃，苗儿。"丁文滔举举手，"我有点儿吃咸了，随便给我整点儿啥水灵的就行。"

"你吃你自己整，别使唤我苗儿。"姜寻跟苗嘉颜说，"咱不给他整。"

苗嘉颜兜着一堆垃圾穿上鞋下楼了，姜寻说："我们好歹小网红，谁听你使唤。"

"刚才他自己问的。"丁文滔说。

"问也不是问你。"姜寻往后靠着，跟陈潮一样的姿势，用胳膊肘儿搭着床。

"那我好歹罩了他三年呢。"丁文滔想想又说，"初中我也算罩了，那会儿我天天跟潮哥在一块儿，我们俩干啥都一起。"

丁文滔回忆起来没完没了，开始感叹岁月如梭，把自己惆怅得够呛。

苗嘉颜拿了两根黄瓜上来，给丁文滔。

丁文滔手上还都是刚才吃海丁沾的油，站起来去洗手了。苗嘉颜顺势坐下，这次挨着陈潮。

这一天陈潮似乎情绪不高，虽然面上并不显，但是熟悉他的人能够感觉到。

苗嘉颜挨着他坐，和他离得更近，本来也是这里面最了解他的，所以感受得更明显。

丁文滔和姜寻说话的时候，苗嘉颜时不时看看陈潮。陈潮有时跟他碰上视线，终于有一次不带表情地问："看我干什么？"

苗嘉颜摇了摇头，转了回来。

"你是打算以后开公司吗？"丁文滔问姜寻。

"有这个打算。"姜寻说。

丁文滔离他更近了点儿:"那你带上我,咱俩一块儿干。"

"不带,"姜寻一点儿面子没给,"丑拒。"

"你们公司招人还看脸?我当幕后还不行吗?"丁文滔问。

"偶尔直播也能露着脸,你看现在苗儿直播我要不小心露个脸还能凭我的帅脸增加点儿热度。"姜寻看着丁文滔那张大脸,"回头镜头一歪看着你了,人家都得把苗儿取关,直接幻灭了。"

丁文滔瞪他:"滔哥减减肥颜值也是很可以的,好吗?"

苗嘉颜的手机响了,他拿起来看了一眼。

陈潮没想着苗嘉颜手机,只是因为手机响时一个下意识的动作,还不等陈潮反应过来收回视线,苗嘉颜却先微侧了侧手,不明显地挡了一下。

陈潮站了起来,丁文滔仰脸问:"干什么去?"

"厕所。"陈潮说。

丁文滔晚上肯定要住在陈潮这儿,就要在陈潮房间打地铺,说这样能找着回忆。

苗嘉颜回自己家,问姜寻:"寻哥你怎么住?跟我回去还是在这儿?"

姜寻说:"我可不跟他挤。"

"啧啧啧,还找理由,"丁文滔说,"赶紧走吧。"

姜寻也不解释,他向来心眼儿多,似笑非笑地穿上鞋跟苗嘉颜走了。

苗嘉颜答应了小粉丝们的那场直播定在第二天晚上。

白天下了点儿雨,晚上天气很好,小凯他们带着帐篷要去野营,说要去草甸子上住。这个岁数的半大小子最能折腾,也不嫌蚊子咬。

姜寻也要跟着去凑热闹,苗嘉颜边走路边开着直播。

"他们要去搭帐篷住,我们跟着逛逛。"苗嘉颜举着手机支架,和直播间的人说话,"晚上吃了什么啊……吃了我奶奶蒸的大包子。"

"就吃了一个，那个包子非常非常大，你们女孩儿饭量小点儿的可能一个都吃不完。

"为什么不卖花……因为我的花还没有长好，你们想要花可以去方方那里买，她那里一直都有的。

"收到花都蔫了……收到花要醒花的，深水醒花，之后每一两天换换水，能开很久。

"明天生日……生日快乐呀，又长大一岁了，开心快乐。

"剪头发了吗……没有剪啊，可能天黑你们看不清，没剪的。"

苗嘉颜絮絮叨叨不停地说话，之前女朋友跟苗嘉颜视频通话的那个男生回头说："我老婆也在看直播。"

"谁在说话……一个朋友。我知道你们要说看看，今晚你们要是来一个就要看一个的话就看不过来了，这里现在有很多人。

"寻哥？寻哥今晚在的，他过来玩。

"别看了，他们都在搭帐篷。

"什么时候再跟寻哥同框……什么同框？

"月季花田那张太绝了……你们说的同框是说这个吗？"

"直播挺费嗓子啊？"丁文滔跟姜寻说，"这一直说一直说。"

"那你以为呢？"姜寻回头看了一眼。

苗嘉颜因为在直播，不能走太快，所以落在最后面。离他最近的是陈潮，时不时回头看看他。中间公屏说要看看环境，苗嘉颜一边说天黑看不清，一边停下转着手机给她们看了看，等再走的时候发现陈潮也在不远处站着。

"怎么了？"陈潮见他不动了，扬声问。

"没！"苗嘉颜赶紧走了几步。

这次他们俩一起走的，从苗嘉颜镜头里能扫到陈潮一点点肩膀。

公屏上开始刷屏说"寻哥好"。

苗嘉颜冲他们摇摇头，说"不是"。

小姑娘们倒是转得很快，马上开始滚屏。

——潮哥好！

——陈叔好！

——海鲫鱼好！

苗嘉颜被她们逗笑了，说："海鲫鱼过分了。"

白天刚下了雨，草甸子并没那么好走，不当心的话有可能会踏进小水洼里去。

苗嘉颜一脚踩进去"哇"了一声，陈潮伸手托了他胳膊一下，皱眉说："你看着点儿路。"

"好的。"苗嘉颜应着，又说，"还好我穿了拖鞋。"

陈潮长衣长裤，从头到脚捂得严严实实的，苗嘉颜没他那么招蚊子，又喷了驱蚊水，所以穿着短裤和人字拖就出来了。

"好凶……凶吗？"苗嘉颜看着公屏都在说刚才说话的人听起来好凶，"他就是这样子的。"

陈潮只要一张嘴，小姑娘们自然就听出这不是姜寻了，寻哥说话总是笑呵呵的，话音里带着点儿天然的吸引力。

——啊啊啊不许凶我宝！

——旁边的谁啊走开！换寻哥回来！

——不喜欢他！！！

苗嘉颜心想，刚才你们还说"月季花田那张太绝了"，现在就不喜欢了。

他笑着说："他真的不凶，一直就是这样的。"

陈潮就在苗嘉颜旁边，苗嘉颜没法儿说太多，也没法儿说他多好，那样像是故意说给他听的。

公屏不买账，一直刷不许别人凶她们的颜颜。

陈潮听了半天，还有人在这儿说"凶凶凶"的，突然说："好好聊你们的得了，带什么节奏。"

苗嘉颜没想到他能说话，都有点儿愣了。

"凶不凶的也没凶着你们，别没完没了。"陈潮又说。

苗嘉颜都笑了，冲着手机说："完了，你们惹着潮哥了。"

公屏上说什么的都有，有说粉丝玻璃心的，有说这个潮哥脾气不好的。

后来苗嘉颜坐在一个铺好的帐篷垫上，她们说看不清他，苗嘉颜就把带来的补光灯支上了。

——一看颜颜这么盘腿坐我就能想起那张图。

——上面说的是月季花田那张吗？

——吸溜吸溜！

……

苗嘉颜不敢把这个念出来，陈潮在外面跟小凯他们说话，苗嘉颜看着他的背影，说："你们都很喜欢那套图吗？"

——当然啊，那是白月光！

——11111！

——那套图让你成了我永远的白月光。

姜寻这一晚上都没管苗嘉颜直播的事，这会儿闲下来没事干，开了直播偶尔看一眼。

丁文滔问他："你为什么想干这个啊？"

姜寻一笑说："能看美人儿啊。"

丁文滔撇撇嘴："一听就不是什么正经理由。"

姜寻和他坐在另一张帐篷垫上，手机里苗嘉颜的直播当背景音，加上身后他的现场版，还能弄出混响来。

过了一会儿陈潮也来了,坐下说:"这儿跟家里院子有什么区别?"

"这儿不是开阔吗?"姜寻躺下去,下完雨天上的云朵全散了,星星很清晰。

陈潮低头看了一眼姜寻开着直播的手机,问:"得播到几点啊?"

"等人数少点儿吧。"姜寻说。

公屏上都在说那套照片的事,苗嘉颜说:"我们不说这个了吧?说点儿别的。"

陈潮放下手机,也躺了下去。垫子不够长,他和姜寻的腿都在草地上。丁文滔一看他们都躺了也想躺,可是没有地方了。

草地上的水珠沾湿了裤子,潮湿的触感让陈潮不知道为什么想到了刚才公屏上都在说的照片。

姜寻和丁文滔这俩人脸大不知道害臊,赖在别人家里不走了。

丁文滔天天在陈潮床底下打呼噜,把陈潮烦得半夜踢他,丁文滔翻个身接着睡,还哼唧着说:"谁踢我?"

陈潮本来就是个对睡眠质量要求高的人,睡不好就容易黑脸。苗嘉颜一早上端着油饼过来,上楼见床上那个用胳膊挡着眼睛躺着,地上那个仰脸朝天呼噜打得很响。

这呼噜声谁能睡得着……苗嘉颜心里想着,放轻脚步走过去,蹲下推推丁文滔。推一次没推醒,苗嘉颜又加了点儿劲儿。

丁文滔睁开眼,先看见的是苗嘉颜的长头发,登时眼前一黑,吓得"妈呀"喊出声。

"你别喊……"苗嘉颜"嘘"他,"你翻个身,别打呼噜了。"

丁文滔好半天才回过神来,瞪苗嘉颜:"我睡得正香呢,你推我干什么?"

苗嘉颜瞄瞄床上的陈潮,低声跟丁文滔说:"你今晚跟我走吧,去我家睡。"

"我不去,"丁文滔翻身,含含糊糊地说,"我跟过去算咋回事。"

苗嘉颜向来是脾气最好的,几乎看不到他生气,这会儿却在丁文滔侧身朝上的胳膊上稍用力地一拍。

丁文滔睁眼看看他,困得不想说话,眼睛马上又闭上了。

苗嘉颜无声地瞪了他两秒,才绷着脸站起来下楼了。

陈广达中间回了市里两天,处理完公司的事早早就回来了。一回来就在院子里喊:"儿子!"

陈潮在楼上打电话,听见就下了楼,站在门口冲他爸指了指手机。

陈广达"啊啊"地点头,也冲陈潮指指自己刚才拖进来的丝袋子。

陈潮挑眉,问他是什么东西。

陈广达做口型说"羊"。

北方男人少有不爱吃羊的,陈广达特意从开牧场的朋友那儿挑了两头小肥羊,收拾好了带回来。

陈潮就是这个少有的北方男人,他不喜欢羊肉的膻味儿。

陈爷爷把苗爷爷那口能移动的地锅给推了过来,炖了满满一铁锅的羊骨头汤。家里现在十来个大男孩儿,除了陈潮没有不爱吃羊肉的。

陈广达亲自下厨爆炒的羊杂、青椒炒羊肉,还用砖搭了简易炉子,支上筛网给小伙子们烤大片羊肉。香味儿飘满了院子,陈广达的脖子上系着毛巾,忙忙活活地热出一脑袋汗。小凯拍得相当痛快,他素材拍得差不多了,一伙人已经订了后天的机票,但小凯是真有点儿没待够。

"我想住在这儿,我不想走。"小凯在陈潮旁边的小板凳上坐着等吃,"潮哥,我想在你家当废物。"

"谁不让你住了,反正你回去也没事。"陈潮被满院子的膻味儿要折磨死了,"待着你的。"

"你不是要走了吗？"小凯的胳膊支着下巴，闷闷地说，"你走了我自己住？"

陈潮没说话，他确实要走了。

陈潮是个学建筑的，这个专业就注定待不住，他不可能放假了跟别人一样在家待着，他得出去走，去看。总不能只靠纸上的东西研究，领域内优秀的成果在外面，格局和眼界也在外面，陈潮这几年假期都是这么过的。

苗嘉颜刚开始在厨房帮忙，后来没什么能用得上他的地方了，就回了自己家。

陈潮半天没看见他，在院子里找了两圈，都没有。

"苗嘉颜呢？"他问姜寻。

姜寻失笑说："我哪知道啊？"

男生们都在吃羊肉，陈潮吃了两块就不吃了，吃着又膻又腻。

陈潮转了两圈，正要晃悠出门去，苗嘉颜端着大碗进来，俩人差点儿撞上。

"吃饭了，"陈潮皱了一下眉，又问，"你干什么去了？"

"我去给你拌了个面，"苗嘉颜低头示意自己手里的大碗，"我怕你吃不下羊肉。"

陈潮跟在他后面又回了院子。

"他们俩开小灶！"丁文滔眼尖，冲着姜寻说，"苗嘉颜给潮哥开小灶了！"

姜寻从凳子上站起来，走过来扫了一眼陈潮的碗，"哟"了一声："你这个一看就解腻。"

陈潮去抽了两根筷子，端着碗吃他的专有凉面，没表现出要分享的意思。姜寻问苗嘉颜："为什么我没有？"

苗嘉颜说："潮哥不吃羊肉。"

姜寻故意阴阳怪气的:"嗯嗯嗯。"

苗嘉颜站在旁边,看陈潮坐着吃面。

姜寻说:"我不管,我也要一碗。"

还不等苗嘉颜说真的就剩这一袋了,就听陈潮先开口说:"大热天你少折腾人。"

"你是不是有点儿无耻了啊,"姜寻简直哭笑不得,问陈潮,"你自己折腾人你怎么不说?"

陈潮不理他,低头挑面碗里的黄瓜丝吃,跟苗嘉颜说:"吃饭去。"

苗嘉颜过去给自己盛了碗饭,坐下吃东西。陈潮惬意地把一碗凉面全吃了,姜寻说:"看你那无耻的样子。"

陈潮也不搭腔,自己去把碗洗了。

陈潮要走了,小凯他们都要撤了,姜寻和苗嘉颜也来了新的工作,等他们都走了,他们俩也就走了,这儿到时候就又剩下丁文滔自己。本来每个假期都这么过,将就将就也就过去了,可这热闹后再回归平静,就让人格外无法接受。

"等你们都走了我也回学校。"在院子里的小夜灯下面,丁文滔郁闷地说,"你们把我自己留在这儿,我待不下去了。"

"回学校不也是你自己?"姜寻很没有同情心地说,"反正在哪儿都没人陪。"

"学校有考研的,好歹能看见人。"丁文滔趴在桌子上说。

"你们学校也有考研的吗?"姜寻问。

丁文滔点点头:"当然了,什么学校都有考研的,越不好的学校越想改变。"

"找个女朋友吧。"姜寻给他出主意。

丁文滔看起来有点儿提不起兴趣:"没意思,老是吵架了再哄,处多了很没劲儿,吵架都吵够了。"

陈潮本来在一边剥毛豆吃,姜寻突然把话题引到他身上,问:"潮呢?交女朋友没?"

突然被问到,陈潮抬头,说:"没有。"

"怎么不找?"姜寻看着陈潮说,"我潮应该相当抢手啊。"

"那是了,初中那时候就有人给他送情书,都从我这儿经手。"丁文滔说。

陈潮接着低头剥毛豆,说了句:"没时间。"

男生八卦起来也没完没了,丁文滔问:"潮哥,你喜欢啥样的?"

陈潮说:"不知道。"

苗嘉颜在旁边趴在桌子上刷朋友圈,侧着手指从下往上滑啊滑的。他穿了件短袖,白白的胳膊贴着石桌,胳膊肘儿上被蚊子咬了个包。手机上来了条消息,苗嘉颜点开看。陈潮注意到他稍微有点儿支起胳膊,挡着他的视线。

陈潮沉默着侧过身,有点儿背对他,让苗嘉颜不用觉得没有安全感。

"寻哥,方方找你。"苗嘉颜说。

姜寻说了个"啊",掏出手机看。

苗嘉颜锁了屏,又趴了回去。他发现陈潮跟刚才坐的姿势不一样了,于是侧脸枕着胳膊看陈潮。

陈潮感受到他的视线,问:"聊完了?"

"完啦,"苗嘉颜回答说,"她有事找寻哥。"

连丁文滔都表现出来很不舍,可在苗嘉颜身上却看不出来。

他什么多余的话都没对陈潮说,平静地接受分别。

可能因为他们原本就很久不见面,这次如果不是陈叔把陈潮留下来,他应该已经走了。

他们各有各的生活,且迥然不同。

陈潮订了后天的机票,要飞去贵州。苗嘉颜和他说:"潮哥你别穿短袖了,那边现在应该很热,一直晒会晒伤。"

"嗯,我有防晒服。"陈潮答说,"而且我去的山上,没那么热。"

"那就好。"苗嘉颜用手指按着手机一角,在石桌上转圈。

过了一会儿,苗嘉颜又问:"有人陪……有人跟你一起去吗?"

"有。"陈潮说,"设计院不少人去了那儿。"

苗嘉颜没有其他的话说了,就趴在那儿看着陈潮笑,眉眼弯弯的。

短暂的一次夏天相聚又要结束了,好像自从陈潮初中毕业离开这儿,他们每次见面彼此的变化都不小。没有人知道,下次见面的时候,他们又会变成什么样。

苗嘉颜的头发柔顺地披在后背上,发尾微弯,有几绺小小地翘起来一个尖儿。

陈潮不知道在想什么,跟个手欠的孩子似的,把那绺头发塞到其他头发底下去了。

苗嘉颜感觉到他在碰自己的头发,回头看了一眼,又转了回来继续趴着。

如果事情一切如计划发展,他们会各自去到他们应该去的地方。陈潮去贵州,丁文滔回学校,姜寻先回市里,过两天苗嘉颜再跟他一块儿去找方方。

他们会在时间里沉默着疏远,又会在下一次见面时重新恢复默契。这在他们之间好像已经变成了一个循环,总在重复着这个模式。

然而不知道是天意如此还是事在人为,在既定的安排之外,陈潮没能走成。

一个滑稽的意外把他留了下来,而且短时间内他都走不了了。

第十一章
小意外

　　小凯他们第二天上午就收拾东西走了，小凯还恋恋不舍地说没待够，以后还想来，陈奶奶送他们到路口，说欢迎他们放假再来玩。

　　小凯之前跟陈潮说过付钱的事，刚起个头陈潮说他有病给岔过去了。小凯也没再多提，他和陈潮的关系在这儿，心里记着，以后再找机会还呗。

　　陈潮当天晚上也走了，他第二天的飞机，到时候直接从市里去机场更方便。陈广达车上拉着他，拉着姜寻，拉着丁文滔，把他们都拉回了市里。

　　走前姜寻跟苗嘉颜说，让他在家待两天就去找他，他们俩也得干正事了。

　　苗嘉颜点头说："好的。"

　　说完他又去看陈潮，问："过年回来吗，潮哥？"

　　"回。"陈潮回答。

　　苗嘉颜就也跟他说了一次"好的"。

他们时常分别,因此也没有什么嘱咐对方的话,苗嘉颜把这一车人都给送走了。

陈奶奶有点儿上火了,家里一下子变得空落落的。

"这不是还有我呢,我先不走。"苗嘉颜搂着她的肩膀,对她说,"等会儿叫上张婶儿和王婶儿,还有我奶奶,你们打牌啊?"

陈奶奶摆摆手说:"心情不好,玩牌肯定输。"

苗嘉颜笑着说:"不会的,我帮你看看,肯定能赢。"

陈奶奶想了想,最后心思有点儿活了,说:"那也行。"

"那我等会儿去叫张婶儿,"苗嘉颜突然想起来,笑呵呵地问,"上次她欠你三十块钱还了吗?"

"还啦。"陈奶奶也笑了,"她不还我,我和你奶奶再不跟她玩了,我俩牌搭子有的是。"

苗嘉颜在家陪了几个老人两天,她们玩牌他就在旁边帮忙看着。岁数大了有时候跟不上,别人打牌看不见。

两天之后,他也走了,苗奶奶、陈奶奶觉得没趣,一起去花棚里干活儿。孩子们都不在家,两家人连饭都不用怎么做了,到时间了随便做点儿什么就够四个人吃。

老人们以为孩子们各忙各的去了,都回到了各自该去的地方。殊不知市里还有这么一对父子,正处于水深火热、人仰马翻的焦灼状态。

——字面意思上的"人仰马翻"。

陈潮躺在病房的床上,听着旁边那位小朋友每天十个小时起的嘹亮哭声,内心格外平静。不烦躁,也不想发火,那是一种心如死灰的平静。心里唯一的念头就是又一次想回到九年前,回到他爸妈离婚之前的那个春天,选择跟姜荔过。

陈广达躺在他旁边靠窗的那张病床上，上半身扭成侧躺的姿势，看着手机上不知道哪来的无聊段子，发出"嘿嘿"的笑声。

这事还得回溯到陈潮走的前一天傍晚。

陈潮洗完澡出来，光着上身穿着条大短裤，去沙发那儿陪他爸坐着。陈广达不知道从哪儿掏出来个小灯，问陈潮："好不好看？"

挺有设计感的一个小灯，陈潮看了一眼，说："好看。"

"你给爸换上，"陈广达冲他招招手，"我放这儿老长时间了，我不爱动弹，正好你回来了，你帮爸换了。"

陈潮就去把电闸推了，拿着那灯研究了会儿，跟他爸说："给我搬把椅子。"

要换的是个玄关小灯，陈广达去阳台搬了个塑料凳子来。

陈潮指指餐厅的椅子说："给我搬那个。"

"那个太沉，你就踩这个吧，"陈广达把塑料凳子往陈潮腿边一放，说，"爸把着你腿，你整就完了，怕啥。"

陈潮也没跟他多说，去拿了绝缘胶带过来，这么一个小灯绑两根线也就完事了。

陈广达真是亲爹，特意去阳台搬了这么个六年"高龄"的凳子。当初买的时候那二百来斤的店主双脚离地踩着凳子都纹丝不动，但六年过去，它诚然已经变了。

陈潮站在上头接他爸递给他的钳子，一弯腰，只听"咔嚓"一道破裂声，陈潮当时神经一紧，想赶紧跳下去。

然而他爸抱着他腿抱得相当牢，嘴里还喊着"哎哎没事"。陈广达剩下半句"爸把着你呢"都没说出口，那凳子已经彻底碎了，陈潮连个借力点都没有，跳也跳不开，扶也没得扶，结结实实摔了下来。

亲爹心疼儿子，那可真是宁可伤着自己不能摔坏儿子，到底没松开手，陈潮摔下来的时候他也跟着倒了，一百好几十斤的儿子砸在他小腿肚子上，一个寸劲儿，就又听见"咔嚓"一声。

陈潮在病床上，侧过头看他爸。

他爸感受到他的视线，也看过来，刚才乐的劲儿还没收回去，笑着问："干啥，儿子？"

陈潮面无表情地转回脸，不明白自己究竟怎么到了现在这种境地。陈潮从小自认体面，穷讲究，姜荔教导他不管到什么时候都不能丢了仪态，得有气质，得有样儿。

三四天过去了，陈潮到现在都没法儿回想他们父子俩是怎么来的医院，又是怎么双双瘸着腿挂的急诊。

他爸那小腿当时就动不了了，陈潮比他强，疼，但是还能走。

陈广达坐在地上问："咱俩咋去医院？"

陈潮彻底没了脾气，平静地说："我现在背不了你。"

后来陈广达叫了个住得近的朋友来，把他们俩送到了医院。陈潮瘸着腿自己走，他爸得靠人扶着加上单腿蹦。

这一路蹦过来后，陈广达那条腿肿成了根棒槌，陈潮的脚踝也肿得老高。陈广达当天就急诊进了手术室，小腿下了三根固定的钢钉。陈潮没那么严重，韧带拉伤，得静养。

第二天，果篮就源源不断地往病房送了进来，医院床位紧，俩人都能有病床已经相当难得，就别要求单人间双人间的了。陈广达的朋友来看他们，慰问苦难父子，伴着旁边小孩儿的洪亮哭声，坐一会儿就走了。

后来陈潮不让陈广达再见客了，自尊实在受不了。年纪轻轻的，要脸。

"咱俩回家咋整啊？"陈广达问儿子。

陈潮闭着眼睛不说话，假装睡着了。

"哎，跟爸说说话，腿疼。"陈广达躺了好几天躺得难受，叫陈潮，"咱俩这生活都不能自理，要不雇个护工？"

陈潮还是没睁眼，只问："你就没个女朋友什么的？能照顾你的。"

陈广达失笑:"我要有不就跟你说了吗?这我有什么好瞒着你的。"

陈潮先是被他坑,又跟着他丢了这么多的脸,那点儿父子情谊快散没了,只说:"你自己想办法。"

苗嘉颜在方方那儿待了四天,见了一些人,谈了些合作。

中间给陈潮打了次电话,问他到贵州没有。

陈潮只说:"没,有点儿事。"

他明显没想多说,苗嘉颜也就没问。

姜寻给苗嘉颜拍了张在飞机上睡觉的照片,眼罩扣在眼睛上,露出来的下半张脸显得格外秀气。

回来之后姜寻闲着没事给发上了微博,下面评论唰唰唰就开始了。

苗嘉颜抱着个肯德基全家桶下的车,上车之前觉得饿,特意去买的,上了车也没好意思在车上吃,等一路晃悠回来,就没那么饿了。

苗嘉颜这些天工作忙,也没跟奶奶视频太久,每天打个电话报个平安就挂了,这会儿他回来奶奶还不知道。

一回到这儿,苗嘉颜就觉得极放松,这里是他的家,是他自由自在长大的地方。

苗嘉颜用纸巾垫着,从桶里拿了块炸鸡,边走边咬着吃。在外面从来不边走路边吃东西,回了这儿那些规矩全没了,手里拿着东西就想吃。

"苗儿回来啦?"路上苗嘉颜碰见张婶儿,张婶儿远远地和他打招呼。

苗嘉颜手上拿着东西也没法儿摆手,只能笑着叫了一声"张婶儿"。

苗奶奶在厨房炖汤呢,苗嘉颜背着包进来,问:"炖什么呢?"

"炖点儿骨头汤。"苗奶奶见他回来高兴了一下,给他看锅里的汤,"我让你爷爷去等着的,最新鲜的大骨头,我炖一个小时了。"

"夏天怎么喝骨头汤?"苗嘉颜问。

"给你陈叔炖的,"苗奶奶和他说,"你陈叔爷儿俩都摔坏了,在你陈奶奶这儿养着呢。"

苗嘉颜吓了一跳:"陈爷爷摔了?!"

老人摔跤不是闹着玩的,年龄大伤筋动骨不好恢复。

"没有没有,"苗奶奶赶紧说,"不是陈爷爷。"

苗嘉颜放心了,先是"啊"了一声,松了口气。过了两秒刚松的那口气又猛然提了起来,眼睛瞪圆了看着奶奶:"那是谁啊?"

跟陈叔是"爷儿俩"的,去掉陈爷爷,还能剩谁啊?

苗嘉颜不等苗奶奶回答,放下手里抱着的桶就跑了出去,背包都没来得及放下来。

刚进院子,苗嘉颜就听见陈叔笑嘻嘻的声音:"儿子你剃头真帅,有我当年的风采。"

苗嘉颜推开门跑进去,循声进了一楼的房间,一手油都顾不上擦,进了房间当场蒙在原地——陈潮和陈广达一人躺在一张床上,脚都高高地垫了起来。只不过陈广达的腿上打了石膏,陈潮的没有。

这爷儿俩都剃成了圆寸,头型一模一样。俩人听见有人跑进来,都朝门口看。

陈广达还笑着跟他打招呼:"苗儿回来了?"

陈潮看了他一眼就把视线垂下去了,接着看手机。

"怎么了?"苗嘉颜拧着眉,慌张地问,"怎么弄的?"

"小意外,小意外。"陈广达安慰他,"没啥事,就是需要养养。"

苗嘉颜先看看陈广达明显更严重的腿,问了他几句。陈广达一直是那副没正经的样子,也看不出来他难不难受。

他跟陈广达说话的时候视线经常隔着陈广达落在陈潮的身上。"你呢,潮哥?"苗嘉颜跟陈广达说完话,走到这边来,坐在陈潮的床边问他,"你怎么样?"

陈潮说:"还行。"

苗嘉颜看着他肿着的脚踝,眉头一直皱着:"一点儿也不能动吗?得躺……得养多长时间啊?"

"看情况,"陈潮回答说,"过一个月看看恢复成什么样。"

苗嘉颜只搭了个床边坐着,远远地避开陈潮的腿,怕碰着他。

"还磕着哪儿了吗?"苗嘉颜担心地问。

陈潮说:"没有了。"

打从陈潮记事起,这么丢人的状况似乎还没有出现过,这对这个城里酷哥自尊上的打击是巨大的。陈潮一边回答着苗嘉颜的问题,一边刷微博,正好看到苗嘉颜的照片。

底下评论说这说那,乱七八糟的。

苗嘉颜还忧心忡忡地看着陈潮的脚,陈潮却突然开口说:"开美颜了?"

"啊?"苗嘉颜不知道他在说什么,脑子还没转过来。

陈潮退出微博,锁了屏,手机随手扔在一边说:"痣都没了。"

苗嘉颜没跟上他的思路,愣愣地问:"什么痣?"

陈潮当然不会回答这个问题,侧身躺着,背对着苗嘉颜。

苗嘉颜没经历过这事,也没照顾过腿伤的病人,坐在陈潮床边一时间不知道能做点儿什么,只是担心地看看这里看看那里,手足无措。

陈爷爷端着两个大水杯进来,往两边床头各放了一杯水,跟苗嘉颜说:"没事,苗儿,别管他们。"

苗嘉颜问陈潮:"你喝水吗,潮哥?"

陈潮说:"不喝。"

"那你想喝什么?西瓜汁想喝吗?"苗嘉颜又问,"橙汁呢?"

"不想喝。"陈潮又说。

"你别管他,"陈爷爷碰碰苗嘉颜的胳膊,"他们俩啥用没有,别搭理他们。"

苗嘉颜仰着脸看陈爷爷，看起来挺难过的。

"别理他们，晚上咱们包饺子吃。"陈爷爷真心实意地嫌弃儿子和孙子，在家换个灯都能换成这样，确实是不中用。陈爷爷一辈子又出海又种地，手脚灵巧得很，他根本没法儿理解他们俩怎么能笨成这样。

陈奶奶虽然也担心得上火了，但其实内心多多少少也有点儿嫌弃，被陈爷爷挂在脸上的情绪给传染了。

那俩在床上躺着的没人管，老两口叫上苗嘉颜，仨人去包饺子了。苗嘉颜实际上并不想去，他还惦记着那两个伤者，一颗心没法儿落地。

"我去告诉你奶奶一声晚上别做饭了，来这儿吃饺子。"陈奶奶说着出了院子，往隔壁去了。

苗嘉颜心不在焉地在那儿擀饺子皮，眼神都不知道落到哪儿了。

"我都没见过这么笨的人。"陈爷爷在旁边念叨了一句。

终于把饺子包完，苗嘉颜擦擦手就出去了，陈爷爷烧着水刚想跟他说话，一回头人都不在厨房了。

苗嘉颜进门的时候，陈潮还以之前的姿势侧躺着，陈广达正在用大茶杯喝水。

"陈叔，你有什么事就叫我。"苗嘉颜说。

"苗儿正好你来了，"陈广达叫他，"给叔再拿个枕头，我脖子累得慌。"

"唉，来了。"苗嘉颜四处看看，没见着枕头，就先把陈潮头顶一个暂时没用的给拿过去了。

"舒服多了，谢谢小苗儿，"陈广达舒了口气，躺得百无聊赖的，"明天我得让我爸给我装个电视，这太没意思了。"

苗嘉颜抿抿唇，没出声。他心里想，陈爷爷看起来并不是很想理你……

他给陈广达弄好枕头，就绕到了陈潮那边，蹲着看他。刚才以为他睡着了，一看发现他睁着眼睛呢，视线往下落，沉默地看着床单上的花。

283

"你要什么吗,潮哥?"苗嘉颜这样蹲着,几乎跟他是平视的。

陈潮看了他一眼,摇了摇头。

苗嘉颜轻声问:"你是不是疼啊,潮哥?"

陈潮不说话,也不摇头了。

在这一瞬间陈潮突然很像个委屈的小朋友。他很少这样的,他总是自律又强大,很少把他的脆弱这样直观地表露在外。他这样苗嘉颜就更慌了,几乎是条件反射般伸手碰了碰陈潮的手腕,安慰地晃晃。

"那怎么办,你看个电影分散一下注意力?"苗嘉颜看着他问,"我去把平板给你拿来?"

陈潮摇头。

"要不你睡会儿呢?"苗嘉颜把着床边,说话声音小小的。

陈潮又看他,还是摇头。

苗嘉颜心里难受得不知道怎么好了,也想不到办法。陈潮什么话都不说,苗嘉颜不知道怎么才能让他不那么疼。

陈广达往这边瞄了两眼,偷着撇撇嘴。他这个骨折了下钢钉的都没怎么的,年轻人还是不扛事。

苗嘉颜没什么心情吃东西,陈潮没吃饺子,他也没吃。苗嘉颜怕他们俩热,把楼上和他们家的风扇都搬过来了,放在两边摇头吹。

陈潮这一天几乎没怎么说话,他不说话,苗嘉颜也不说,就在旁边安静地坐着。陈潮有时候会看看他,有时候看会儿手机,还接了几个电话。

到了晚上,他可能疼得轻了,看起来有精神多了,起来坐了一会儿。

他之前多的那个枕头已经被苗嘉颜拿走给陈广达了,陈潮回头看了一眼,跟陈广达说:"还我。"

"不还,你让你奶奶再拿一个。"陈广达说。

苗嘉颜这会儿没在,不知道出去干什么了。爷爷、奶奶也都在院子里,陈潮没喊,直溜溜地坐着。过了一会儿苗嘉颜抱着枕头、褥子和毯子过来，见陈潮坐着，先把枕头和毯子垫在了他背后。

"你干什么？"陈潮问他。

"我怕你和陈叔晚上有事。"苗嘉颜回答说，指指中间的地面，"我睡在这儿。"

陈潮想都没想："不行。"

陈广达也说："晚上你陈爷爷跟我住，你别管了，苗儿，回去睡你的觉。"

"陈爷爷年纪大了，还是我在这儿吧。"苗嘉颜看着陈潮，"你叫我不是更方便点儿吗？"

"不用，"陈潮说，"你回去睡。"

苗嘉颜还想再说话，陈潮皱眉看了他一眼，苗嘉颜就不敢说了，抿着唇在旁边站着。

这房间里有两张床，一张是原本就有的双人床，另外一张是陈潮现在躺的后加的单人床。这两天都是陈爷爷睡在陈广达床上，陈潮自己睡。苗嘉颜要想在这儿住只能睡地上，但是一楼不比楼上陈潮的那个房间，楼上是地板，一楼是地砖，地上太凉睡不了人。

陈潮不让他住，苗嘉颜也不敢硬留，最后只能一脸放不下地抱着毯子回去了。

"你有事就给我打电话，"苗嘉颜走前和陈潮说，"我明天一早就来。"

陈潮点头，"嗯"了一声。

他看起来真的很乖。苗嘉颜又看了他一会儿才走。

这爷儿俩也不太折腾人，尤其陈潮，他基本上没什么诉求，晚上睡前用轮椅推着他去趟洗手间，这一宿他就没别的事了。陈爷爷推他的时候很和蔼，也不凶。等到推陈广达的时候，就能听见这爷儿俩一路都在说话。

"爸，你慢点儿！"

"你别净事，要不你自己去，我能伺候你都相当够意思了。"陈爷爷暴躁又冷漠地说。

"你既然伺候了，你就伺候好点儿得了呗！"陈广达说。

"你赶紧的吧，平时这个时间我早睡觉了！我都快七十了，我还得在这儿伺候你吃喝拉撒！"陈爷爷念叨着。

陈广达说："你咋不说你孙子？你就能说我。"

"我稀罕我孙子，我乐意伺候他，"陈爷爷把他的轮椅往马桶边一放，"我稀罕你吗？"

苗嘉颜第二天很早就来了，过来的时候甚至院门都还没开，他自己摸进来开的。

陈爷爷和陈广达都还没醒，陈潮却已经醒了。苗嘉颜看见他睁着眼睛还很意外，陈潮一般早上都醒得晚。

"你醒啦？"苗嘉颜走过去，声音压得极低，用气音说。

陈潮点点头，问他："你起来这么早干什么？"

苗嘉颜没好意思说没睡好，只说："我醒了就起来了。"

陈潮说："不用来这么早，好好睡你的觉。"

苗嘉颜没回他这话，坐在他床边轻声说："你再睡会儿吧，还早呢。"

陈潮就把眼睛又闭上了，苗嘉颜把他有点儿歪了的枕头正了正。

人好像一旦被困在方寸之间，动也动不了，又没有事做，就会显现出一种沉默的服从态度。

困在床上的陈潮像是突然没有了脾气，变成了一个话少的听话小孩儿。谁让他干什么他就干什么，总是很配合，好像知道自己给大家都添了麻烦。苗嘉颜每天早上来晚上走，一直在陈潮的视线内。有他在，陈爷爷和陈奶奶省心很多，苗嘉颜几乎不用他们做什么，他比陈爷爷更温和，也不凶陈广达。

苗嘉颜自从回了家就一点儿动静都没了，姜寻这天给他打了个电话。

"干什么去了你?"姜寻问他,"我以为你丢了呢。"

苗嘉颜刚给陈潮榨了杯西瓜汁,拿杯子进来,苗嘉颜说:"在家呢。"

"那你没个声,"姜寻问,"回市里待几天啊?"

苗嘉颜说:"我不回。"

"你在家不无聊吗,苗儿?"姜寻估计在那边打游戏,键盘"嗒嗒"的,"在家有啥事干?"

陈潮不愿意别人知道他在家,苗嘉颜说:"陪我奶奶。"

姜寻找他也没什么事,说了几句就挂了。

陈潮坐着喝西瓜汁,陈广达说:"给我喝一口。"

"那我再给你弄一杯,陈叔。"苗嘉颜忙说。

"不用,苗儿,我就尝尝,我不爱喝这些。"陈广达说。

陈潮把杯子放床头柜上推过去,说:"刚才问你你不要。"

"你要有事就去,"陈潮抬头跟苗嘉颜说,"不用一直留在家里。"

苗嘉颜赶紧说:"我没事啊,还没开学呢。"

"你自己的事呢?"陈潮问,"最近不拍照吗?"

"不拍啊。"苗嘉颜说完沉默了几秒,才又开口慢慢说,"潮哥……你别总赶我。"

陈潮先是看向他,又挪开眼,说:"没赶你。"

"你跟陈叔都需要养伤,我就想让你们好好恢复。"苗嘉颜背对着陈广达,看着陈潮的眼睛和他说话,"哪怕你没在家,只有陈叔在我也会这样的。"

苗嘉颜像是想解释什么,又没办法把话说得太透,而且旁边陈叔还在,他不知道应该怎么说,想了想,又说:"我没有想别的,你也别……别觉得我怎么。"

陈广达感觉气氛有点儿不对,朝这边看过来,然而却不明白他们俩是从哪儿开始就别扭起来了。

287

苗嘉颜最后跟陈潮说:"你别赶我了,潮哥。"

苗嘉颜说完话就走了,之后一下午都没再来。

"咋整的?"苗嘉颜走了一会儿后,陈广达把西瓜汁推回来,看热闹没看明白,"你咋给人家苗儿整生气了?"

陈潮也不说话,皱着眉坐在那儿,看着也不是很高兴。

"苗儿还会生气呢?"陈广达觉得还挺新鲜的,这么多年也没见这小孩儿发过什么脾气。

陈潮显然没心情和他说话,拧着的眉心好半天都没松开。

陈潮躺一会儿坐一会儿,天都黑了也没见苗嘉颜再来。

陈奶奶进来把蚊香片给他们点上,陈潮问奶奶:"苗儿呢?"

"没看见呢,"陈奶奶也挺纳闷儿的,"这小半天都没在。"

"他们俩吵架了。"陈广达在另外一边接话说,"你孙子把小苗儿气走了。"

"啊?"陈奶奶非常意外,"怎么吵架了?因为啥呀?"

陈潮说:"我没吵。"

"他们俩从来不吵架,没见他们吵过啊,小苗儿性格可好了。"陈奶奶跟陈广达说,"你别在那儿欠,瞎说话。"

陈广达说:"我可没欠。"

陈潮和苗嘉颜也不算吵架,陈潮甚至都没说话,两个人各有各的心思,没想到一块儿去。

这一宿蚊子特别多,把陈潮烦得前半宿几乎没怎么睡,脚疼也不能乱动,翻身得折腾半天也闹心。

早上陈奶奶起来给他们做早饭,陈爷爷起得也早,陈潮后半夜才睡着,早上睁眼已经快七点了。外面陈爷爷、陈奶奶在说话,陈潮抬了抬脖子,环视了一圈,屋子里只有他爸在那边睡觉。

陈潮又躺下去把眼睛闭上,胳膊盖在眼睛上,像是又睡了。

苗嘉颜一早上坐在厨房的小板凳上,看奶奶蒸馒头。

苗奶奶蒸的馒头最好吃,面发得刚刚好,馒头蒸出来不软不硬,还特别香。村里总有人让苗奶奶帮忙蒸一锅馒头,冻在冰柜里留着慢慢吃。今天这份也是帮别人蒸的,发了满满一大盆面,膨胀了的面糊把盖帘都顶开了。

"今天怎么还没去隔壁呢?"苗奶奶见苗嘉颜一直在这儿坐着,问他。

苗嘉颜撑着脸,胳膊肘儿支在腿上,听见奶奶问,沉默着叹了口气。

昨天陈潮一直赶他走,苗嘉颜当时情绪上来说了一些冲动的话,其实说完就后悔了。

可说了就说了,后悔了也收不回来,苗嘉颜从昨天到现在都有点儿不敢面对陈潮。窝窝囊囊的苗嘉颜,说了两句觉得不合适的话,没等陈潮怎么的,自己就先后悔了。

陈潮被爷爷推去洗手间,解决完自己的问题,又顺便坐轮椅上把牙刷了,脸洗了,甚至还洗了个头。坐着洗头难度太高,半洗半擦地折腾得自己一身水。

苗嘉颜过来的时候,陈潮刚换完衣服,折腾了半天碰到脚好几次,这会儿疼得直抽气。

苗嘉颜走进来,陈潮听见有脚步声,睁眼看了看,看见是苗嘉颜,又把眼睛闭上了。苗嘉颜见他不说话,用手背擦了擦下巴,也没出声,在旁边站了一会儿,搬个小板凳坐下了。

平时他都是坐在陈潮床上的,今天他把在厨房坐的那个小矮凳搬来了,就坐在两张床的中间。

陈广达和他说话,问:"吃早饭了吗,苗儿?"

"我吃过了,叔。"苗嘉颜先回答,又问,"你们吃过了吗?"

"我们也吃过了。"陈广达小声地跟他开玩笑,问,"还生不生气了?"

苗嘉颜很不好意思，连忙摇了摇头。他有点儿心虚地回头看陈潮，陈潮没睁眼。

陈广达笑了一声，拿手机跟别人打电话去了。公司的事攒了一堆，也有合同等他签，今天还有人过来送合同。

过了一会儿，陈潮翻身过去，背对着这边。

苗嘉颜看着他，看陈潮背过身去了就更不敢说话了。

两个人一个躺着脚疼，一个坐着郁闷，看着都挺难受的。苗嘉颜靠着床头柜，安安静静地坐着，也不玩手机，也不跟人说话，坐得非常老实。

陈广达躺累了，坐了起来。苗嘉颜过去把枕头立起来垫在他背后，陈广达说："谢谢苗儿。"

苗嘉颜以为陈潮睡着了，轻声问："够高吗，叔？"

"够了，"陈广达和他说，"我这么坐着就行。"

苗嘉颜于是又坐了回去，陈潮躺得不舒服，又翻了个身，这次冲着苗嘉颜这边。他那腿得架高，这次翻过来腿动了一下，快要落下去了。苗嘉颜站起来托着他的小腿，轻轻地给放了回去。他脚肿得有点儿厉害，苗嘉颜把盐袋插上电，垫在他的脚下面。

都弄完苗嘉颜又坐了回去，微低着头，不知道在想什么。

陈潮是什么时候睁眼的，什么时候开始看着他的，苗嘉颜都不知道。他始终以一个姿势坐着，两只胳膊交叠着放在膝盖上，很乖，也莫名地有点儿孤独。

陈潮侧身躺着，上面那只胳膊动了动，伸到床边，用手指勾起苗嘉颜的一缕头发。

刚开始苗嘉颜不知道，等他察觉到看了一眼，发现陈潮在玩他的头发。

苗嘉颜愣了愣，看向陈潮的脸。陈潮也看了他一眼，什么都没说，只搓着他的一缕发梢，捻在指尖搓得沙沙响。

这么玩头发会有点儿痒，可苗嘉颜一动不动。

陈潮玩了一会儿放开了，就那样侧躺着，苗嘉颜不敢和他说话，也不敢看他。

过了几分钟，陈潮又捡起一绺搓，还在手指上卷了几圈。

"我没赶你。"陈潮突然说。

苗嘉颜慌忙地点点头，说："我知道的。"

陈广达往这边瞅瞅，笑了一声又转了回去。陈潮抬眼看了看他爸，视线重新落下去，跟苗嘉颜说："找你有事的话你就去，没事你就不去。"

"别因为我……"陈潮说到这儿卡了一下，补充说，"……和我爸影响你自己的事。"

苗嘉颜还是点头，低声说："我明白的。"

"谁赶你了，"陈潮看着他，又说，"我赶你干什么。"

苗嘉颜已经说不出什么话了，像个挨训的小学生。陈潮看起来也没多高兴，翻身转了过去。

陈广达心想，现在这年轻朋友之间咋都这么别别扭扭，一点儿不像他们那会儿敞亮。

但是心里吐槽归吐槽，陈叔还是很懂事地没有转过身来，极力降低自己的存在感。如果今天把苗嘉颜换成丁文滔，陈广达肯定得掺和，苗嘉颜没那么大大咧咧，陈广达怕他尴尬。

初中那三年是一天天过来的，他们俩好着呢。

陈潮故意说这个把苗嘉颜难受得快哭了，苗嘉颜轻轻地碰碰陈潮的胳膊，他没回头，苗嘉颜于是搬着小板凳绕到另外一边去，绕到陈潮的视线范围内。

"对不起潮哥……"苗嘉颜轻声说，"你别那样说。"

陈潮绷着脸，明显还是不高兴。

苗嘉颜嘴笨，而且也不好意思当着陈广达的面多说话，急得眼泪兜在眼眶里晃晃悠悠，显得眼睛水汪汪亮晶晶的。他趴在陈潮床边，脸埋在胳膊弯里，就在陈潮胸前的位置。头发上洗发水淡淡的青橘味儿扑过来，陈潮一低头，下巴就能碰到他的头发。

陈潮摸摸他的头，顺着头发从头顶捋到后背。

苗嘉颜趴着问他："你是不是脚疼，潮哥？"

陈潮不出声，只玩他的头发。

本来一个小小的别扭，俩人都消解完了，一个玩头发一个老老实实地给玩头发，已经和好了。然而好兄弟姜寻不知道犯什么毛病又给苗嘉颜打电话。

手机在兜里嗡嗡响个没完，苗嘉颜只能接起来。

姜寻一声"苗儿"轻脆地传过来，陈潮玩头发的手立时就停了。

"怎么了寻哥？"苗嘉颜问。

"你干什么呢？"姜寻在电话里问。

"没有干什么啊，"苗嘉颜说，"有什么事吗？"

"我一个人没意思，你啥时候回来？"姜寻说，"你想去新疆吗？咱俩去新疆转转？"

陈潮的手已经收了回去，苗嘉颜一边看了看他，一边跟姜寻说："我不去，你自己去吧。"

"一起去啊，我自己去有什么意思。"姜寻笑了一声，说，"去新疆拍几组照片，回来卖给方姐。"

苗嘉颜没有心思和他说这些，视线一直落在陈潮身上，说："我不去，我挂了啊？"

姜寻说："行吧。"

苗嘉颜挂了电话，陈潮已经又背了回去，后脑勺看着溜溜圆的。

姜寻一个电话把人家好不容易搞起来的气氛整得稀碎。

苗嘉颜无助地看着陈潮的后背，等了半天陈潮也没转回来，苗嘉颜只得又搬着小板凳，起来装模作样地先去给陈广达倒了点儿水，回来顺势坐在中间，坐在陈潮的眼皮底下。

陈潮侧躺着一只手玩手机，不看他了，也不玩他的头发。

苗嘉颜站起来要出去，陈潮问："干什么去？"

"喝水，"苗嘉颜条件反射般回头马上回答，"我忘带杯子了。"

陈潮"嗯"了一声，苗嘉颜问："喝西瓜汁吗？"

"不喝，你别整了，麻烦。"陈潮说。

苗嘉颜点点头要走，陈广达在那边回过头来："我想喝。"

陈潮挑着眉看他爸："嗯？"

"那天我尝了下你的西瓜汁，还挺好喝的，冰凉，"陈广达笑嘻嘻地说，"苗儿给叔整一杯行不？"

"啊好的。"苗嘉颜忙说。

"不给他整。"陈潮说。

苗嘉颜笑笑，转身走了。

"你不是不喝吗？"苗嘉颜走了之后，陈潮问他爸。

"甜滋滋的，比外头的好喝。"陈广达说。

苗嘉颜在厨房切西瓜，切成碎块扔进榨汁机里，还从冰柜里拿了袋冰块，扔了点儿进去。榨汁机嗡嗡地工作，苗嘉颜心里想着刚才陈潮说的那几句话。

其实陈潮暴躁的表象下有颗温柔的心，从小就是。他并没有表现出来的那么爱生气，他会纵容别人的小情绪，也会沉默着以他的方式包容下来。在苗嘉颜有限的几次跟他陷入僵局的情境中，都是陈潮先破冰的。

还是潮哥坦荡多了，苗嘉颜心里想。

苗嘉颜端着两个杯子回去的时候，陈广达那儿已经来了人，一个三十多岁的男人正在跟他说话。苗嘉颜把两个杯子都放在他们俩那儿，空着手跟陈潮说："没有西瓜了。"

陈潮正坐着看书，也没抬眼，只说："我不管。"

刚才他自己说不要，这会儿苗嘉颜把他的那杯送人了，他又不干。苗嘉颜试探着问："要不橙汁？橙子可甜了。"

陈潮翻了页书，淡淡地说："不爱喝橙汁。"

苗嘉颜说话还得顾忌着那边的人，靠近陈潮小声说："那没有西瓜了……你喝水吗？"

"人家喝甜的我就只能喝水，"陈潮掀起眼皮扫他一眼，"我咋那么受气。"

他这明显逗小傻子玩，小傻子却不明白，无辜地问："那怎么办啊？"

陈潮只说："不知道，我不管。"

苗嘉颜在这方面反应慢，心眼儿实，后来都要出去上哪个婶婶家借西瓜了，才被陈潮给叫住了："回来。"

"嗯？"苗嘉颜回头。

陈潮终于笑了，用下巴指指自己的床："消停坐着吧。"

苗嘉颜看他笑了，知道陈潮这是逗他，也笑了，说："我以为你真生气了。"

"我那么爱生气？"陈潮扬扬眉，"我闲成那样？"

"没有没有，"苗嘉颜笑着问，"那你喝橙汁吗？"

陈潮说："不喝，别折腾了，待着你的。"

不知道是不是苗嘉颜的错觉，还是他多想了，好像自从这一次他们俩算不上别扭的小小别扭开始，陈潮比之前话多了。这种话多体现在跟苗嘉颜的对话上，他看起来没有之前那么沉闷了。

苗嘉颜早上过来，陈潮已经醒了，睁着眼睛正在看他。

苗嘉颜冲他笑笑，陈潮清了清嗓子，朝他招手。

"怎么了？"苗嘉颜走过来，问。

陈潮问："几点了？"

苗嘉颜看看手机，说"八点十七分"。

"才睡醒？"陈潮问。

苗嘉颜愣了一下，抓了把自己垂下来的头发说："洗头发了。"

陈潮也不再说别的，苗嘉颜在他那待了会儿，问："我走了啊，潮哥？"

"干什么去？"陈潮问。

"我去花棚看看，我的花快能卖啦。"苗嘉颜小声说。

陈潮垂着眼说："去吧。"

苗嘉颜自己那两百多亩月季第一批已经长成了，方方怕他卖不出去，说要是最后卖不动了，她那边就搞活动帮着给清了。方方让他这几天开场直播，干点儿正事。

苗嘉颜其实没什么心思开直播，他那点儿心思天天都用到那父子俩身上了。

"你谈恋爱了？"方方在电话里问他。

苗嘉颜赶紧否认："没有。"

"没有你干什么呢？找你也找不着，正事也不干。"方方狐疑地问，又说，"谈恋爱了跟姐姐说。"

"真没谈。"苗嘉颜蹲着笑笑说，"谁跟我谈啊。"

孩子也二十岁了，要说谈个恋爱也正常，方方并没说不让他谈，以前是怕他让人骗，现在不用管他了。

"没谈你赶紧直播，爱情没有，不能连钱也没有，好好搞钱。"方方冷漠又客观地说。

"哦，好，"苗嘉颜答应着，"你有什么要卖的吗？我一起卖？"

"我没有，我断货了，你就卖你自己的得了，"方方才起床不久，脸上还贴着面膜,"别卖太多,你没发过货,先整两百束感受一下,有什么状况也好处理。"

"好的,"苗嘉颜摸摸一个刚要开花的小骨朵,"知道了。"

开场直播卖两百束花,听起来跟闹着玩似的。粉丝刚开始以为这是什么套路,说两百束一会儿加加加能加到两千,谁知道苗嘉颜就真只卖两百束,卖完拉倒再也没上过。

他认认真真地发条微博说要卖花,十秒不到结束了。

——宝你再上点儿吧,刚才那两百个里面会有退款的。

——加加加加,买买买买。

——卖货不是这么卖的,宝啊。

苗嘉颜为了卖花,特意在花棚里支了灯,搬了张小桌,架势摆得足足的。

他学不会那些卖货的套路,以前帮方方卖东西都是人家做好链接,也是人家上架,苗嘉颜只在旁边念念价格和库存,有多少是多少。

两百束卖完了也不好直接下播,苗嘉颜就坐在花棚里跟人聊天。

"什么时候发货……明天就发,不知道两百束能不能发完,发不完剩下的就后天发。

"能不能挑颜色……可以挑,备注上就行。

"寻哥在不在……寻哥不在,只有我自己。

"什么时候开学……九月一号开学,大家应该都是九月一号开学。"

苗嘉颜一个人在这儿直播,旁边连个助手都没有,好在他也不用干什么,每种花准备了一小束样品,还没等样品出场货就卖完了。

"下次什么时候播……我还不知道。

"失恋了好痛苦……会过去的,往前看吧。"

苗嘉颜又好多天没直播了,直播间人数很多,而且一直没有往下掉的意思。他想早点儿回去,可大家都很热情,他也不好直接下播。

直播起来没有两三个小时不会结束，挺晚了苗嘉颜也没能回去。

另外一个手机在兜里响，苗嘉颜接起来，陈潮在那边问："回来了吗？"

开着直播苗嘉颜不敢叫他，不然公屏又该带节奏了，只说："还没。"

"几点了还不回，"陈潮问他，"就两百束花还没卖完？"

"卖完了，聊会儿天。"苗嘉颜回答说。

"那你边走边聊，要是聊到后半夜，你今晚还住那儿了？"陈潮又凶了起来，"非得半夜了再自己走着回来？"

"我这就走。"苗嘉颜跟直播间的人说，"我拿着手机和你们聊吧，我得回家了。"

苗嘉颜快走到家的时候才下了直播，回家之前先来看陈潮。灯都已经关了，陈爷爷睡着了，陈广达和陈潮一人拿着一部手机在玩。苗嘉颜进来，走到陈潮那边，小声问他："你要什么吗，潮哥？"

"不要，睡觉去吧。"陈潮说。

"那我回去啦？"苗嘉颜的声音轻轻的。

"嗯。"

苗嘉颜起身要走，陈潮问他："明天去发货？"

"是的。"苗嘉颜点头说。

陈潮又问："那你明天还来吗？"

"来啊，"苗嘉颜回答他说，"发货应该很快的。"

"哦，"陈潮锁了屏，把手机放在床头柜上，"忙就不用来了。"

苗嘉颜虽然反应不是很快，可这时候竟然也感觉出了这话似乎不是真心的，笑着说："我来的。"

陈潮说："回去睡吧。"

或许是因为这么在床上躺着哪儿也不能去，离开这张床范围外的事情就需要别人的帮助。陈潮又是个自尊心极强且习惯独立的人，天天这么躺着不免让他的心理防线一退再退。

苗嘉颜是陈潮除了爷爷、奶奶和陈广达，每天能看到的唯一一个人。

苗嘉颜前一天卖了两百束花，去掉十多个没付款的，还有几个退货的，最后只要发一百八十束就行了。花剪下来包根，打捆包纸装盒，三个婶婶动作非常利索，速度很快。苗嘉颜刚伸手帮着剪了几枝花，后来发现根本用不上他，就只在旁边看着，把他觉得不行的花挑出来重新放一枝。

天热，苗嘉颜的胳膊腿不敢外露，怕晒黑。只能穿很薄的长衣长裤，连脚踝都不敢露。之前因为脚踝晒黑了，被狄哥好一阵嫌弃，说小腿没气质了。

前几天，苗嘉颜晚上洗澡发现自己的脚踝黑了点儿，吓得他赶紧把脸上贴过的面膜裹到脚踝上，又把面膜袋子里剩的一些精华都挤了出来抹在上面，不然下次拍照还得挨骂。

苗嘉颜又去别的花棚里看花，花种的批次不一样，有的花苗还没打苞呢。有几十个棚里都是进口花种，也更娇气，苗爷爷和苗奶奶盯得可仔细了。

苗嘉颜看了一圈棚，回来货已经发得差不多了，他一直在那儿等到快递车来看着快递员把一百多个纸盒拉走，才戴着大帽子回去。

陈爷爷不知道从村里谁家给陈潮借了根拐杖，他伤得没陈广达重，偶尔拄着拐杖可以走几步，只是不能多走，脚控的时间不能太长，也不能用劲儿。

苗嘉颜回来看见陈潮拄着拐杖在地上挪，魂都快吓飞了。

"潮哥你要上哪儿啊？"苗嘉颜过去托着他另外一边胳膊，眉头皱紧了，"不让下地呢。"

298

"回来了?"陈潮"嘘"了一声,"小点儿声,爷爷睡着了我才下来走走。"

　　苗嘉颜习惯了听他的话,刚开始确实压低了声音问:"你现在就下地能行吗?"

　　陈潮不在意地说了句"没事"。

　　苗嘉颜不说话了,闷了半天转头说:"我告诉陈爷爷去,陈爷爷就得把拐杖收走。"

　　陈潮连忙拉住他,攥着他的手腕笑着说:"哎哎,别去。"

　　苗嘉颜觉得他不听医生的话,不想和他说话了,只说:"一会儿陈爷爷醒了我就告诉他。"

　　"还会告状了?"陈潮觉得挺有意思,"我就去个厕所。"

　　苗嘉颜小声说:"晚上肯定要脚疼。"

　　现在下地还是早了,就走这么几步去个厕所的工夫,陈潮的脚踝又肿了。苗嘉颜嫌他不听话也不理他,陈爷爷把拐杖收走了,说下周再拿给他。

　　苗嘉颜坐在那儿用手机不知道在什么群里发言,一直在忙。

　　陈潮脚疼都是自己作的,也不能说。苗嘉颜头都不抬地坐在旁边,陈潮伸手卷了他一绺头发,苗嘉颜像是聊天太认真了没反应过来,随手就给捋到了前面来。

　　陈潮:"……"

　　方方让苗嘉颜下周再播一场,这片基地苗嘉颜投了不少钱,这几年挣的钱一半都在这儿了。他自己不着急挣钱回本,方方替他愁。

　　群里都是方方团队里的人,苗嘉颜现在的客服也是向她借的人,直接把售后挂他们那边了。

　　方方:你咋不知道愁啊?你那点儿钱再整赔了,本来也没多少。

　　苗嘉颜心想,我感觉挺多了啊……已经很满意了。

苗嘉颜：你别着急，姐。

方方：姐姐怕你这几年挣的那点儿钱再赔了，闹个白折腾。平时让你挣钱你也不好好挣，年纪轻轻的不多挣点儿钱干什么。

基本上她说一句，苗嘉颜在心里就要反驳一句，她说完，苗嘉颜心想，我已经很努力了。

苗嘉颜：我还有点儿钱。

方方：你可快算了。

方方：就你那点儿钱我还没数啊？

苗嘉颜心想，那得有多少算多啊？

陈潮脚疼，书也看不进去，手机也不想玩，平躺着累，侧躺着硌肩膀。

来回翻了几次，苗嘉颜才注意到他，转头问："不舒服吗，潮哥？"

陈潮问："忙完了？"

"没有呢，"苗嘉颜回答说，"还在说话。"

"哦，"陈潮躺平着看天花板，"那你忙。"

他们俩平时也不是一直说话，都不是话多的人，经常就是各自待着，偶尔说一两句。苗嘉颜跟方方她们说了很久，陈潮翻来翻去，后来陈广达也无聊了，开始找儿子唠嗑。

苗嘉颜被方方团队拉着上课，也没顾上听陈叔和陈潮在聊什么。

"小苗儿跟谁说话呢，头都不抬的。"陈广达往这边看了一眼，问。

"不知道。"陈潮说。

"明天你二叔他们回来，说要来看看咱俩。"陈广达说。

陈潮皱了一下眉："你告诉他们的？"

"我可没有，人家本来就要回来看你爷爷、奶奶，你奶奶才告诉他们的。"陈广达不像陈潮那么觉得丢人，二叔一家要回来他还挺高兴，省得

300

无聊。

陈潮想象到被二叔一家围着关切问候的场面，只觉得头疼。

苗嘉颜终于聊完了，陈爷爷也过来要推那俩去洗手间了，通常这个时间苗嘉颜就要回去睡觉了。

这一天下来，苗嘉颜和陈潮他们俩都没说上几句话，苗嘉颜说："那我走啦？"

陈潮不带表情地"嗯"了一声。

苗嘉颜嘱咐说："你晚上别一直翻身，脚别总是动。"

陈潮说："知道了。"

苗嘉颜准备回去了，陈潮抬眼看看他，又转开眼。

"明天上午去花棚吗？"陈潮问。

"不去啊，"苗嘉颜说，"明天没有事情。"

陈潮于是点点头，又说"知道了"。

第二天一早，苗嘉颜六点就来了。陈潮睡觉睡得额头上有一层薄汗，苗嘉颜去把风扇开了。

陈潮瘦了很多，没人天天这么躺着还能看着健康，陈潮很明显比放假刚回来时瘦了两圈。这是苗嘉颜从认识陈潮到现在，看到过的他最没有精神的状态。

陈潮睡醒了一睁眼，看见苗嘉颜在旁边，眼神定了一下，问："来了？"

苗嘉颜朝他笑笑，轻声说："早上好，潮哥。"

陈潮看着他说："一早上就笑，憨。"

苗嘉颜于是收起笑出来的双下巴，问他："你还睡吗？"

陈潮摇摇头，坐了起来。他的心情看起来不错，像是有点儿高兴，又表现得不是很明显。

苗嘉颜推着他去洗漱，陈潮要洗头，苗嘉颜没让他自己去够水龙头，而是给他脖子上围了条毛巾，打了小半盆温水放在他腿上。

之前每次洗头陈潮都得整一身水，苗嘉颜站在他旁边说："你别动，我给你洗。"

陈潮被他围着毛巾，这样抱着水盆坐着，感觉自己就像个幼儿园小朋友。苗嘉颜在陈潮头顶搓泡沫，他自己头发那么长，每次得用好多洗发水，一下子换到陈潮这种长度，没控制好量，泡沫越搓越多。

后来苗嘉颜自己边搓边笑，泡沫扔了一把，还能再搓出一把。

陈潮被人这样搓揉，也没见发火，带着无语的表情一直坐着。泡沫顺着额头流到眼眶，陈潮抬手用毛巾擦了一下，苗嘉颜问："怎么啦？"他边说话边探身过来看，弯着腰跟陈潮的视线平齐，看见陈潮半个脑门儿都是泡沫，一下乐出了声。

苗嘉颜边笑边给陈潮擦脸，说："对不起，我没整好。"

陈潮面无表情："没关系。"

虽说泡沫量有点儿失控了，但是洗头洗得相当舒服，陈潮平时都是拿水随便冲冲，今天洗漱出来只觉得神清气爽。但坐着的时间还是有点儿长了，脚疼。

"我听陈奶奶说今天二叔他们要来？"苗嘉颜问陈潮。

陈潮"嗯"了一声："下午。"

"家里人多，我在这儿不太方便。"苗嘉颜想了想问，"那我下午就先回去，你有事给我打电话？"

陈潮躺在那儿也不知道听见没有，也不说话。

说不方便也没有，两家这么熟，也没什么不能听的。但是二叔一家都回来，一家人说话屋里坐着个邻居家小孩儿，确实别扭。所以二叔他们到了苗嘉颜就回去了，走前在陈潮旁边和他说："我就在家，你有事就叫我。"

陈潮侧脸看着另一边，答应了一声："嗯。"

苗嘉颜跟陈奶奶打了一声招呼，回了自己家。

他刚走二叔他们就推门进来了，陈潮眼睛一闭躺了回去，假装睡着了。

二叔、二婶儿加上小弟，这仨人围在陈广达床边，关切的问询之下还带着压不住的笑意，陈潮眼睛都没睁，直到这个话题全聊完又过了会儿才睁眼。

小弟过来歪在他床上，说："哥，你可不帅了啊。"

陈潮说："没那些需求了，我现在只想下地。"

小弟放肆地笑了好半天，陈潮从枕头底下摸出手机。

陈潮：苗嘉颜。

苗嘉颜秒回：唉。

陈潮：你来。

苗嘉颜刚回来才两个小时。

苗嘉颜：咋了呀？

苗嘉颜把陈潮最近这种小别扭归结于卧床病人的心焦，他并不讨厌陈潮现在的状态。最近是陈潮初中毕业后到现在他们俩相处最自然也最不生分的一段时间。

苗嘉颜笑笑，又发：你需要什么吗？

第十二章
和　好

"哥，那你能洗澡吗？去厕所怎么办啊？"小弟毫不掩饰他的笑意，在笑声里关切地问道。

陈潮低头回消息给苗嘉颜：*我不想被慰问。*

"你是不是从摔了到现在还没洗过澡啊？"小弟"哈哈"笑着，往陈潮这边凑凑，"那你不得臭了啊？"

陈潮早上刚洗的头，这会儿身上是清清爽爽的洗发水味儿。陈潮伸手把小弟的脑袋推开，不搭理他。

"还怪香呢。"小弟闻闻说。

陈潮现在这个身体条件，天天洗澡的确不现实，但也不至于这么多天没洗过，前天还洗了。洗澡得借助许多外力，比如塑料凳子，陈潮现在看塑料凳子有阴影，每次坐下前心里都发怵。

"晚上我帮你洗洗啊？"小弟毫不吝啬地传递着自己的热情。

"不用，管好你自己就行。"陈潮说。

苗嘉颜回复：二叔他们问几句就不问了。

陈潮不方便挪动的腿又往边上稍微让了点儿位置出来，小弟往这儿一歪让人不怎么有安全感。他看着手机回复：从回来问到现在了。

苗嘉颜帮他想办法：那你要不然睡觉？

陈潮：我刚睁眼。

苗嘉颜能想象到陈潮被关切问候时的表情，他也想不出什么办法了，不管谁来了都不可能不问这对父子的腿。苗嘉颜安慰着挑了个系统自带的表情发过去，发完觉得有点儿不合适，犹豫了一下又撤回了。

小弟从小就比陈潮话多，一下午把陈潮烦得心都麻了。小弟盯着他的腿问个没完，陈潮后来说："你让我清净清净。"

"我这不是陪你呢吗？"小弟一边在手机上跟朋友聊微信，一边嘴不闲着，"陪你说说话。"

"我不想说话。"陈潮真诚地说，"你离我远点儿就行。"

"哥你咋这么孤僻呢，你这不健康。"小弟圆溜溜的大眼睛一眯，笑起来相当帅，"这几天我肯定好好陪你。"

陈潮不买账："你赶紧回家。"

小弟哈哈笑着往他身上倚："不回，我陪你。"

园子里的杏有的熟了，苗嘉颜搬个小梯子去摘了一小盆。这棵杏树是他小时候种着玩的，没想到还真活了。不过他们都不怎么爱吃杏，常常晾干了腌杏肉。

苗嘉颜在梯子上没看消息，等他摘完看见消息时都过去快一个小时了。

手机上躺着陈潮孤零零的一条消息：话题还没过去。

苗嘉颜回复问：现在呢？

陈潮：现在笑累了。

苗嘉颜知道陈潮现在肯定非常无语，于是问他：你要吃杏吗？

陈潮：不吃。

他们俩这么用手机说无聊的闲话，好像还从来没有过。高中时偶尔会发发短信，但是一般有事了才说几句。这样你来我往的闲聊，对他们俩来说都是一种陌生的体验。

陈潮：你晚上吃什么？

苗嘉颜：拌面？太热了吃不下什么。

陈潮：那我也吃这个。

苗嘉颜一边放水洗杏子一边回：好的。

他们俩隔一会儿发一条，苗嘉颜不管干什么旁边都放着手机，他这样隔着屏幕好像比当面说话稍微放得开一点儿，要更活泼一些。

还有二十天陈潮就要开学了，他在那之前肯定得走，还不知道到时候他能恢复成什么样，但不管怎么样他总不能一直在家躺着。

苗嘉颜过来送面的时候，陈潮正在看机票，看见是他进来，放下手机坐了起来。

小弟跟苗嘉颜打招呼，问："拿的什么好吃的？"

"拌面，有点儿清淡，你可能不爱吃。"苗嘉颜笑笑说。

他今天不用出门，在家穿得很随意。下午冲了个澡，换了件宽松的蓝色短袖，下面穿着短裤和拖鞋，透着股清清爽爽的自在。

"我有同学是你的粉丝。"小弟真心地夸他说，"你现在真的很好看。"

直男夸人总那么直白，让人连不好意思都省了，这么熟的关系苗嘉颜也用不着说谢谢，于是老实地回了句"还行"。

陈潮问："你吃了没？"

苗嘉颜回答说："我晚上不吃了，不饿吃不下。"

二叔一家和陈爷爷、陈奶奶去吃饭了，房间里只剩下了他们仨。

苗嘉颜和陈潮发了小半天的微信，这会儿却又没了话，苗嘉颜坐在床边他那小板凳上看着陈潮吃，陈潮时不时看他一眼。

他吃完苗嘉颜就带着碗走了，走前问陈潮："我走啦？"

陈潮嗓子里哼出个声算是表示听见了。

二叔、二婶儿有工作，不能一直在老家待着，待了两天他俩就走了，但把还在放暑假的小弟留下了。小弟反正在哪儿都是待，在这儿还能帮爷爷、奶奶照顾两个伤员。他回来了，苗嘉颜好像突然没了立场天天在陈潮床边晃悠，伤员都不下床，哪用得上那么多人。

小弟每天往陈潮或者陈广达的床上一歪，要不打游戏要不聊天，护工做得相当称职，要不是陈潮让他赶紧滚蛋，他能连澡都帮陈潮洗了。

苗嘉颜下午要直播，早上去花棚前来陈潮这儿看了一眼。陈潮刚起来正在换衣服，换下来的放在一边，要穿的还没穿上。小弟也刚醒，上半身光着，下半身只穿着条睡觉穿的大裤衩。

他进屋子时这兄弟俩都挺淡定，小弟还跟他打了声招呼。

苗嘉颜没往房间里走，站在门口跟陈潮说："潮哥，我去花棚了。"

陈潮问："今天卖多少？"

"今天要卖好多，和方方那边的一起卖，不知道卖不卖得完。"苗嘉颜和他说，"我晚上可能挺晚才回来，要是太晚我就不过来啦？"

陈潮说"行"。

"你忙你的呗，有我呢。"小弟每天都极热情，"你好好卖你的花，一会儿我去拍一单支持一下。"

"让快递拉走再送过来吗？"苗嘉颜说，"你别捣乱了。"

"瞧不起我呢，我没人能送吗？"小弟挺神气地说，"买了送昕昕。"

"那你买吧,"苗嘉颜笑着说,"你还可以备注要送昕昕,我剪玫瑰给她。"

苗嘉颜在门口站了会儿,说了要走却还不走,看着陈潮,问:"要我帮你洗个头吗?"

"我洗就行!"小弟冲他摆摆手,"你快走吧,去准备你那花去,还洗头,你可真有闲心。"

苗嘉颜:"……"

"那……行吧,"苗嘉颜抿抿嘴唇,只能说,"那我走了。"

"走吧走吧。"小弟说,"加油。"

苗嘉颜走了,陈潮说:"你小时候好像没这么欠。"

"嗯?"小弟套上衣服,"我怎么欠了?"

陈广达本来没睡醒,让他们说话给吵醒了,捡了个药盒扔在小弟后背上,说:"你是够欠的,你闭上嘴一会儿。"

小弟说:"行行,你睡吧。"

下午直播姜寻也来了,上次苗嘉颜自己播着玩,就卖了两百束花。正式播还是得有人跟他一起,他自己播,来回拿东西、上链接都不方便。

粉丝们在直播间里听见姜寻的声音,热情地和他打招呼。

陈潮一边放着直播当背景音,一边看书。

他上午自己走着去的洗手间,伤脚没用力,这会儿脚有点儿发胀,但并没有特别疼。年轻还是恢复得快,把陈广达都给羡慕死了。

"你爸我啥时候能下地?"陈广达惆怅地问。

"你早着呢。"陈潮说。

"你们买一束就行了,别买太多。"苗嘉颜在直播间里劝粉丝说,"一束十二枝,足够了,别浪费。"

公屏上有两个人说买了十束。

"十束太多了……十束不给你发货。"苗嘉颜说,"你退了重买吧,十束很浪费。"

人家粉丝就想多买他东西让他挣钱,苗嘉颜认认真真地在那儿不让多买,后来链接里让姜寻给设了限购。

"我知道你们支持我,但是我更希望这些花种出来真的让你们能看到,不然就没有意义了。"苗嘉颜拿着束包好的小月季给她们看,"这么好看的花,买多了你也顾不过来,买了就是为了扔,多可惜。"

陈广达在那边都听笑了,说:"孩子怎么这么实诚呢?"

陈潮看了一眼屏幕,说:"不好吗?"

"好,"陈广达说,"实实在在的,踏实。"

陈潮"嗯"了一声,接着将直播当背景音,他在一边看书。

苗嘉颜怕他这边发货供不上,没敢卖太多,感觉卖的数量差不多了就不再上链接,剩下的时间一直在卖方方那边的花。方方那边的花型很多,都是搭好的小花束,漂亮得很。

他一直帮方方卖东西,两边配合得很好,都用不着方方那边再派人来现场跟他播了。

姜寻在那儿摆样花的时间,苗嘉颜就闲聊,他卖东西的节奏总是很慢,边卖边聊,时间线拉得很长。后来因为说话说得嗓子有点儿哑了,公屏上一直刷让他喝点儿水。

苗嘉颜旁边放着个容量一升的大水杯,这是他直播的时候专用的,要不然水不够喝。苗嘉颜端起大杯子喝了一口,方方来电话说不让卖了。

"咋了?"苗嘉颜问。

"回去歇着吧宝贝,今天就播到这儿得了。"方方在电话里说。

苗嘉颜说:"我感觉还行啊,没特别累。"

"那也不卖了，"方方心疼孩子，"我让她们把链接撤了，留个周订链接，你最后上一款跟她们聊几分钟就下播吧。"

她那边链接已经撤了，苗嘉颜只得说："那行吧。"

他打电话直播间都是能听见的，都在问为什么不卖了。

姜寻说："说你们今天买太多了，发货压时间，今天就到这儿得了。"

公屏开始带节奏说方方那边一直打压苗嘉颜，定好的品说不给就不给了，链接也说撤就撤，都不跟人商量。

粉丝们多多少少都带点儿玻璃心，稍微有点儿小事就觉得自己喜欢的人是被欺负了。

苗嘉颜赶紧说："那不是的，方方看我嗓子哑了。"

——屁的嗓子哑，她就是看你卖得多，怕你起来太快。

——那女人心眼儿多着呢宝，别傻了。

——别跟她干了啊颜颜，她就是牵着你鼻子走！

苗嘉颜哭笑不得，往往到这时候他越解释她们就越上头。姜寻伸手在镜头前比画了几下打了个响指，说："别带节奏，美女们，没你们想的那么多利益关系，你们要想买现在链接我可以都挂上，你们自己随便拍。"

直播要一直像苗嘉颜似的软软乎乎不知道回嘴，那直播间就乱套了。一般这时候姜寻会压下声音说几句，总得有个人能拉下脸，姜寻又说："知道你们都护着颜颜，美少女们，但是别挑拨，别那么玻璃心，关系好着呢！"

苗嘉颜觉得一本正经地解释这个事情有点儿滑稽，不知道她们的想法都是怎么来的，姜寻严肃说话时他就得保持安静，看着跟一起挨训似的。

姜寻该凶的时候不含糊，粉丝偏就吃这一套，节奏也不带了，也不说方方坏话了。

接下来半小时的直播，苗嘉颜给方方卖了三百份一个月的周订，其他时间屏幕上全在说没用的，说得最多的还数苗嘉颜的情感问题。

苗嘉颜把一升的大水杯都喝空了，笑着说："我不讲，我要回家了。"

这段时间苗嘉颜每天陪着个臭脾气的别扭小孩儿，今天除了早上看了一眼还没见着呢。苗嘉颜心里有点儿惦记，但姜寻在呢，苗嘉颜还摸不准陈潮的意思，万一他不想让别人知道那又得发脾气，而且不知道这个时间他睡了没有。

这么晚了姜寻也不回市里了，而且明天还有事，他今晚得在苗嘉颜这儿住。

苗奶奶给他们留了吃的，俩人回去先简单吃了一口，吃完姜寻去洗澡，苗嘉颜去对面房间给他铺床单。

手机响了一声，苗嘉颜赶紧摸出来看。

陈潮：还没回来？

苗嘉颜速回：回来了，跟寻哥一起，他今晚不回市里了。

陈潮翻了个身，小弟刚才一直以为他睡着了呢，这会儿他突然一翻身把小弟吓了一跳。

"咋？干啥？去厕所？"小弟问。

陈潮说："关灯。"

"哦，正要关呢，先前你不是不让关吗？"小弟趿拉着拖鞋把灯关了，去陈广达旁边躺着。

陈潮的手机锁了屏放得远远的，过了一会儿手机在安静的房间里响了一声。

陈潮隔了几秒才拿过来看——

苗嘉颜：潮哥，可以让寻哥知道你在家吗？我想去你那里，我没敢。

陈潮枕着胳膊侧躺着慢慢敲了小句子发过去。

陈潮：那你来。

苗嘉颜原本准备洗澡，头发都在头顶扎起来了，这会儿拿着手机突然跑了。

311

姜寻洗澡出来屋里人都没了，不知道苗嘉颜干什么去了。

苗嘉颜边下楼边发信息问：都睡了吗？

陈潮：没呢。

苗嘉颜：好嘞。

他推开门进去，陈叔和小弟没睡，他就不用那么小心了，苗嘉颜摆摆手跟他们打招呼，然后去陈潮那儿。

陈潮背对着门躺着，苗嘉颜走过去在他后背上轻轻点了点。陈潮没转过来，苗嘉颜的膝盖在他床边点了一下，探身过去笑着看他。

窗户透进来的光在房间里足够把人的眉眼照清楚，苗嘉颜笑滋滋地轻声问："你要睡啦？"他嗓子哑了，用这么小的声音说话说不清楚，尾音都吞没了，听着又乖又可怜的。

陈潮说："你那有含片吗？等会儿含两片。"

"好的，我有。"苗嘉颜清清嗓子，说，"没事，我习惯啦，明后天就好了。"

小弟探着脖子支起身看他们俩，说："你俩这么晚都得唠嗑吗？"

苗嘉颜不好意思了，直起身说："就回去了。"

陈潮回头说："你这么晚都不能闭上嘴吗？"

小弟把脖子缩了回来，苗嘉颜朝陈潮指指门口，示意自己要走啦。

陈潮指指床头的那本书，手指随便一翻，从里面摸出张折着的纸，随手递给苗嘉颜。

苗嘉颜接过来问："什么？"

陈潮说："画着玩。"

苗嘉颜迷茫地捏着张纸回来，姜寻都躺下了，听见他上来了在隔壁房间扬声问："去哪儿了啊？"

"出去了一下。"苗嘉颜回答说。

他回了自己的房间，打开那张纸，被纸上的内容给惊住了。

312

纸上画的是他，穿着白天直播的那身衣服，头发散下来，手里拿着束小花。

纸好像是从书上撕下的最后一张空白页，用的笔就是普通中性笔。陈潮从小就经常画画，他画画很好看。他画下来的苗嘉颜眼睛很从容地看着镜头，微微张着嘴，像是要说话。旁边还写了行小字：**十束太多了……十束不给你发货。**

苗嘉颜看见那行小字忍不住笑了出来，当时不觉得，现在看着怎么这么傻。

纸的背面还有笔迹，苗嘉颜翻过来看，一角有一棵简单几笔随手勾出来的不知道是什么的苗儿，已经长得很高了，隐隐约约打了个饱满的骨朵。

苗嘉颜反反复复地看着这张画，后来小心地叠了起来，放在了自己的枕头上。他抱着膝盖坐在床边，侧脸贴着胳膊，安静地坐了很久。

第二天一早姜寻刚睡醒，正在刷牙，收到陈潮的消息。

陈潮：起来了吗？

姜寻还挺纳闷陈潮怎么这么有心情，边刷牙边回了条语音："刚起，咋了潮？"

陈潮：过来看我。

姜寻：？？？

陈潮：**苗嘉颜呢？**

姜寻：……没起来呢。

陈潮：还没起？

姜寻：？？？

姜寻真有点儿蒙了，不明白这是什么情况。

苗嘉颜从房间出来，头发还是昨晚的造型，头顶扎着个鬏儿，像个道士。

姜寻吐掉嘴里的泡沫，叫他："苗儿。"

"怎么了？"苗嘉颜走过来。

姜寻把手机递给他："这啥意思？"

苗嘉颜看了看，把手机还给了他，说："潮哥在家呢。"

姜寻彻底不会了："哪个家？这儿？？他不是走了吗？？？我们一起走的啊！"

苗嘉颜"嗯"了一声，说："有点儿小状况。"

这点儿小状况让人见一次就得笑一次，姜寻坐在苗嘉颜平时坐的那个小凳上，笑得趴在陈潮床上："是不是啊，兄弟，你从凳子上就能把韧带摔伤了？"

"那还有个没踩凳子还骨折的，"陈潮往他爸那儿看了一眼，说，"要笑赶紧的。"

"咋整的啊，叔，"姜寻跟陈广达那是熟得不行了，"让他砸的？你咋不躲啊？"

陈广达当时别说躲了，只要他能松松手他们父子俩都不至于造成这惨剧。陈广达脸皮厚不怕人笑，悠闲地说："我这不是找个机会放放假吗？清净清净。"

"啊，是这意思。"姜寻笑完又转头回去问陈潮，"现在怎么样了？能走不？"

陈潮说："能，就是不能多走。"

"我真是服了你，小时候我翻墙滚下去胳膊吊着环，那让我爸给我揍的。"姜寻现在想起来都意难平，"说我太淘，就你老实，让我像你似的有点儿样。我真应该给你拍个照发给我爸，我小时候因为你多挨多少揍。"

姜寻后来还掏出手机把这事告诉了丁文滔，快乐自然是要分享的，苗嘉颜没早点儿把这事告诉他们那是相当不够意思。

房间里人多，他爸和小弟在那边各自玩手机，陈潮靠在那儿坐着。其他人这会儿都低着头，只有姜寻和陈潮说话，姜寻看着陈潮，看一会儿还是笑了。

姜寻坐了一会儿就跟苗嘉颜一起走了，走前叫苗嘉颜："走了，苗儿。"

苗嘉颜跟着站了起来，姜寻说："挣钱去。"

陈潮当时正在手机上跟别人发消息，学校那边有点儿事找他。苗嘉颜走过去和他说："我走啦，潮哥？"

"去吧。"陈潮抬头看他一眼，问，"就穿这身去？"

苗嘉颜穿的一身就是早上起来随便套的，居家穿的短袖短裤和拖鞋。苗嘉颜今天心思一直有点儿飘，反应慢："怎么啦？"

陈潮提醒说："太阳大。"

苗嘉颜这才反应过来，忙说："我回去换衣服，要穿防晒服。"

"嗯，"陈潮的眼神很柔和，对他说，"去吧。"

苗嘉颜这一夏天过得都小心翼翼，防晒服、遮阳帽、遮阳伞，这些都不离手。人家不让他晒黑，苗嘉颜就敬业地好好防晒，但今天慌慌张张的，要不是陈潮提醒他可能真忘了。

要真这么出去晒一天回来，晚上苗嘉颜就完了，八成得把自己泡面膜里，这一夏天的防晒都白做了，到时候去摄影师那边还得挨骂。

这天发的货下午就被车拉走了，晚上苗嘉颜和姜寻回来，发现房间里只剩下陈广达了。

"叔，潮哥呢？"苗嘉颜惊讶地问。

陈广达指指楼上，说："人家腿能下地了，回自己房间了。"

苗嘉颜眼睛都瞪圆了："上楼了？"

"啊，"陈广达长长地叹了口气，"嫌楼下蚊子多。"

苗嘉颜转身就走，陈潮那腿不能使劲儿，上楼动作太大了些。苗嘉颜跑上楼，陈潮在床上坐着，小弟站在窗边戴着耳机跟昕昕打电话。

"回来了？"陈潮听见他上来，和他打招呼。

"你怎么上来了啊？"苗嘉颜看他的脚，"上楼能行吗？"

"没事，"陈潮不太在意地说，"楼下蚊子快把我吃了。"

姜寻晃悠上来，说："那我晚上在你这儿住。"

陈潮说"行"。

苗嘉颜想说"那我也住"，话到嘴边转了一圈又咽了回去。

陈潮上来了，小弟也不用再跟陈广达挤着睡，他睡陈潮之前的那张单人床。

姜寻睡在陈潮床边的地上，晃着腿叹息说："这也太舒服了，我头一回发现睡地上这么舒服。"

"这是丁文滔最喜欢的床位，"陈潮看着手机，跟姜寻说着话，"他要在你都挤不上。"

"他回不来，出去玩了，不然你当他还不回来笑话你啊？"姜寻笑了一声，"凑热闹的事还能少了他？"

陈潮手机上看的是苗嘉颜的朋友圈，他发状态的频率非常低，三两个月能发一条就不错了。发朋友圈跟发微博不一样，朋友圈里照片不多，就算有也就是拍点儿吃的、拍拍风景，很少有他自己的照片。

陈潮随意地往下滑着，刷了个遍之后打开和苗嘉颜的聊天框，发了一条：明天还去发货吗？

苗嘉颜秒回：去的，但是不用一直在那儿，过去看一眼就行了。

"你这儿比楼下凉快，还有点儿小风，"姜寻的脚抬起来搭在陈潮床上，惬意地说，"我说丁文滔那么愿意住你这儿呢。"

陈潮：知道了。

陈潮在手机上回复了过去，跟姜寻说："那你就多住几天。"

"不行啊，还有事呢。"姜寻说，"我陪你两天就得回去，一堆事。"

苗嘉颜在微信上回了陈潮"嗯嗯"的表情，小青蛙憨憨地点头。

陈潮说：这么傻的图。

苗嘉颜：！

苗嘉颜：不是挺可爱的吗？

陈潮过了好几分钟，也发了个"嗯嗯"的表情图，是简笔画的小粉兔。

苗嘉颜坐在床上，当时就被击倒了。

苗嘉颜马上回：还是你可爱。

陈潮跟姜寻说了句话，说完低头看手机，苗嘉颜撤回了一条消息。

苗嘉颜：还是你这个可爱！

陈潮：撤回什么？

苗嘉颜：打错字啦。

陈潮晚上上楼睡觉，白天在楼下陪他爸，陈潮要是下来晚了，陈广达就打电话叫他。

这几天晚上都是姜寻跟陈潮一起住的，表面上苗嘉颜自己在家住，实际上这俩人天天晚上在微信上说话，他们俩过去几年加起来也没说过这么多话。

姜寻明天得走了，比预计的多待了好几天，再不回去不行了。

"再有十多天就开学了，开学之前不把一堆事办了又不知道压到猴年马月了。"姜寻翻着手机上的备忘录，"苗儿估计不能跟我走，我自己去吧。"

手机上来了消息，陈潮低头看。

苗嘉颜：潮哥你什么时候走？

317

两边一结合，陈潮俨然是那个耽误了正事的拖油瓶。

心情一时间相当微妙，陈潮回了个省略号。

苗嘉颜在那边算着日子，还有半个月不到就开学了，潮哥那脚不知道能不能坐飞机，而且学校宿舍那床得上下爬，也不知道能不能行。

看见陈潮发的"……"，苗嘉颜毫无所觉，还继续问：潮哥你订票了吗？开学时间机票很难订。

陈潮看着这条，面无表情，又回了个句号。

他的不高兴已经表现得足够明显了，然而那边的苗嘉颜还陷在自己的愁绪中，尽管感觉到陈潮有一点点冷淡，却也没多想，主要是他不知道那边姜寻正在说要走的事。

苗嘉颜在这些年里早就习惯了跟陈潮的分别，可这次却格外难过。

两个人谁都没再发什么，原本每天晚上都进行的聊天环节在这一晚暂停了。一个臭着脸看机票，一个很舍不得地数时间。

第二天姜寻走了，苗嘉颜晚上自觉地回去抱了枕头被子过来，陈潮却没有要上楼的意思。

苗嘉颜只能抱着枕头坐在陈潮床边，陈叔和小弟已经在那边床上准备睡了，苗嘉颜才小声问："今天不上楼吗？"

陈潮耷拉着眼皮，不说话。

苗嘉颜摸不准他什么意思，只觉得今天的陈潮好像一直不太高兴。

"你上不上去啊？"小弟在那边打了个哈欠，说，"你要上楼我就等你一会儿，你要不上去我可在这儿睡了啊。"

苗嘉颜看着陈潮，想问不敢问。

陈潮没吭声，沉默着抬手把床边的充电器拔了，慢慢绕了起来。苗嘉颜马上站起来，拿起了陈潮的手机，并朝他伸出了手。

他本意是要接过充电器，没想到陈潮看看他的手，顿了一下，攥着他的手坐了起来。

陈潮单腿站着刷牙，这么站着很累，他闲着的那只手撑在洗手池边，手上骨节分明，食指随意地敲了两下。

等到苗嘉颜洗漱回来，陈潮还保持着坐在床边的姿势，还没躺下。

苗嘉颜赶紧说："别坐了啊，潮哥，坐的时间太长了。"

苗嘉颜的头发没扎全，落了小小一绺在脖子边。他刚洗完脸，周围碎碎的几绺头发都湿着。陈潮看着他走来走去，突然开口说："我订完票了。"

苗嘉颜动作一顿，过了好几秒才出了声："啊……好的。"

陈潮不明显地皱了一下眉，问他："你想让我早点儿走？"

"我没有，"苗嘉颜慌忙抬头否认，"怎么可能？"

陈潮说话的声音明明挺冷的，却不知道为什么显得还怪委屈的："我下周五走。"

苗嘉颜低着头，应了一声"嗯"。

气氛一下子变得有点儿沉重，关了灯俩人彼此沉默着，房间里太安静了，能听见对方的呼吸。

"凉不凉？"陈潮问。

苗嘉颜回答："不凉，我铺了两层褥子，也不硬。"

陈潮就又不说话了。苗嘉颜翻了个身，变成面朝着陈潮的方向侧躺着。陈潮也侧过身，低头看着他。

"你有没有话要跟我说？"陈潮清了清嗓子，问。

苗嘉颜先是不明白地"嗯？"了一声，过了一小会儿，轻声说："没有。"

聊天聊到这儿就彻底聊断了。

陈潮后来转了过去，背对着外面。苗嘉颜也开始平躺，盖着毯子躺得笔直。

陈潮好半天没动，不知道是不是睡着了。

苗嘉颜或许根本就没有明白陈潮在问他什么，他就是有点儿难过。

又过了几分钟，陈潮的手机在床边振动了一下。陈潮拿过来看了一眼，苗嘉颜的头像上有个小小的红色提示。

苗嘉颜：你睡着了吗，潮哥？

陈潮回复：还没有。

苗嘉颜抿着嘴唇，慢慢地敲字发送：你走了还回来吗？

他发完把手机攥在手里，直到手机振动了一下，才拿起来看。

陈潮带着点儿小脾气，侷了吧唧地回：废话。

八月的夏夜，外面连蝉鸣听起来都带着无力和疲乏，声音拖得长长的。

苗嘉颜发完这两条也没再发别的，在底下看着陈潮的方向，静悄悄的。陈潮也很长时间没睡着，轻浅的呼吸声证明两个人都没能很快入睡。

半夜外面下起了小雨，从窗户吹进来的小风变得凉快了不少，苗嘉颜起身去把陈潮床尾的小窗户关上了。

他一起身，陈潮问："怎么了？"

苗嘉颜一愣，回答说："我关窗户……"

陈潮又问他："你怎么还不睡觉？"

苗嘉颜关了窗户回来，小声回答："我还没睡着。"

陈潮凶巴巴地说："快睡。"

苗嘉颜点点头，说"嗯嗯"。

俩人都想起之前互相发过的表情包，苗嘉颜心想，他真的可爱。陈潮的声音也软了下来，扔出一句："睡吧。"

苗嘉颜闭上眼睛，没一会儿就睡着了。

掐头去尾，陈潮还能在家待一周时间。

苗嘉颜什么类似挽留和不舍的话都没说，他说了也没用，陈潮不能不去上学。苗嘉颜从第二天就开始帮陈潮收拾东西，表现得还很主动。陈潮不是很配合，问他什么他也不爱回应，冷冷淡淡的。

整个家里表现得最不舍的就是陈广达，唉声叹气的，发自内心地舍不得儿子走。

"你走了剩下爸自己躺在这儿了，爸不得哭吗？"陈广达眼巴巴地看着陈潮，"你爷还那么烦我。"

"你要早找个女朋友还至于有今天？"陈潮过去坐在他爸床边，拍拍他，"你找一个吧。"

"我就算找也得等能下地啊，我现在上哪儿找？"陈广达哭笑不得，"现在爸没能力啊。"

陈潮看着他爸，问他："你跟我妈还有联系吗？"

陈广达说："偶尔。"

陈潮问："那你怎么想的？"

陈潮很少过问他爸的情感生活，从他爸离婚之后陈潮就没太问，不愿意干涉他爸这事。陈广达也不提这个，父子俩就没聊过这个。

这次陈潮腿摔坏没跟姜荔说，打电话一直瞒着，姜荔都不知道他在奶奶家。这也是陈广达的意思，虽然他没直说，但是陈潮还是默契地感知到他爸并不想让姜荔过来。如果姜荔过来了就不可能走，陈潮是她儿子，她不管陈广达也不能不管陈潮。真照顾这一暑假，她和陈广达亲不亲远不远的，有点儿尴尬。

陈广达没直接答陈潮的问题，反问："你呢？你想让我们复婚不？"

苗嘉颜原本在房间里，觉得自己在这儿不太合适，站起来悄悄出去了。陈潮看了他一眼，回答他爸说："我没想法，随你们。"

陈广达不说话了，陈潮在他爸支着的腿上划拉着拍了两下，像是安慰。

"别纠结，你不是最痛快了吗？"陈潮笑了一下，看着他爸说，

"随心。"

陈广达不管什么时候总是带着笑,这会儿笑着叹了口气,问:"要是你呢?你怎么说?"

陈潮二十岁出头,他还是没法儿代入他爸的经历回答这问题,最后说:"我不知道,你就随心。"

陈潮身上很多方面都像他爸,他非常了解陈广达。

陈广达看着大大咧咧不靠谱,很多事不在意,但他本质上还是有传统男性的特质,甚至在一些方面有一点儿大男子主义的坚持。当时陈潮宁可在奶奶家住三年也没犹豫过要跟他爸,就是因为他知道陈广达并没有表现出来的那么看得开。

姜荔在陈广达最挫败的时候离开了他,那会儿的陈广达除了儿子一无所有。

当年陈广达把劲儿使足了才追上姜荔,追到手了也没对不起当初追求时费的心思,结婚十多年陈广达很顾家。年轻时确实做生意没经验,赔过几次,但在事业之外,陈广达没有对不起老婆儿子。

陈潮待在老家的那三年也是陈广达最难的三年,一个男人因为做生意赔得家都没了,这个男人听起来得多无能。陈广达骨子里相当要强,骨头硬。陈广达长情,这么多年他一直没找新伴侣,心里肯定还是放不下姜荔。可心里的坎儿也同样过不去,姜荔放弃过他。

这事陈潮给不了什么建议,也替他做不了决定。

苗嘉颜积极地把东西都快给收拾好了,陈潮本来东西就不多,回来的时候只有一个背包,走的时候一个包也都装下了。

陈潮垂着眼睛,淡淡地说:"你急什么?"

"没急,"苗嘉颜低声回答,"我就先收拾完放着,怕到时候临时收拾落下东西。"

陈潮问:"落了不能寄?"

苗嘉颜回话说:"怕你回去了缺东西用着不顺手。"

他话也不多,一直都是这样的,陈潮要走之前他从来不会多说什么。苗嘉颜有时走来走去拿东西,有时候就坐在那儿不动,陈潮看着他,苗嘉颜不敢与其对视。

晚上陈潮洗完澡躺回他的小床上,苗嘉颜回去取东西了,房间里开着灯,陈潮在看书。

过了会儿苗嘉颜回来了,说:"我去洗澡了,潮哥。"

"洗吧。"陈潮应了一声。

苗嘉颜有件很大的T恤,他平时当睡衣穿,下面再套个短裤。洗完澡出来套着宽宽大大的T恤,露出一截脖颈和锁骨,袖口一直垂到胳膊肘儿,显得他又瘦又小。

他头上绑了根发带,把头发乱七八糟地勒到了头顶,一张脸全露出来。

陈潮无意间抬头看他一眼,眼神却顿了一下,盯着苗嘉颜脸上的面膜看了半天。

陈潮看别人敷面膜看得还是少,平时接触不着女孩子,他爸妈离婚之前姜荔也很少用。眼睛和嘴巴处圆圆的窟窿,露出两只眼睛和嘴巴。苗嘉颜睫毛上还沾着面膜上的精华液,嘴巴说话时不太敢张,苗嘉颜还不是特别薄的那种嘴唇,这样限在一个圈里看,更显得他嘴巴有点儿圆嘟嘟的。

陈潮低下头,没忍住笑了一下。

苗嘉颜看见他笑,心里也觉得有点儿小小的放松,说:"你笑话我。"

"没有。"陈潮否认。

"你笑了。"苗嘉颜敷着面膜不能低头,坐到地上都小心翼翼的,他问陈潮,"你要来一个吗?"

陈潮赶紧说:"不来。"

俩人离得很近,陈潮这个角度刚好能看到苗嘉颜头顶被发带勒上来的乱乱的碎头发。

苗嘉颜的手机放在一边，手机响起来的时候，他微侧了侧身。

陈潮移开视线，接着看手上的书。前两天姜寻回来，有时苗嘉颜的手机来了消息都是姜寻帮忙直接回，他要是手上拿着东西不方便看，会说"寻哥你回吧"。

陈潮想到姜寻，把书放到一边，干巴巴地坐着。

他看着苗嘉颜低头回着消息，又想起高考前，那会儿因为合同，关于苗嘉颜的什么事方方都直接找他。方方说想让苗嘉颜开通微博，陈潮快高考了经常不看手机，他有天晚上给姜寻打了个电话。

电话里陈潮说让姜寻帮着开个微博。

姜寻当时笑着问："弄个微博号有什么不会的，你就让他自己开呗。"

"他没有手机，"陈潮边走路边说话，"也不会上网，整不明白。"

姜寻说："那行。"

陈潮又说："平时有事你看着点儿。"

姜寻又笑了两声问："你俩什么关系啊，还至于你特意给我打个电话说。"

陈潮说："我小弟。"

小弟姜寻真帮着照看了，照看到现在直播间粉丝都只认"寻哥"。

陈潮半天没出声，苗嘉颜放下手机，抬头看他。

低了半天头，脸上面膜都掉了，只剩下半部分还在脸上挂着，额头和半截鼻子上的都掉了下来。

陈潮本来在想着别的，一看苗嘉颜的脸，就忘了想的什么，被他滑稽的面膜给逗笑了。

苗嘉颜抬手摸摸，本来想贴上，一摸反倒下面的也给弄乱了。没等他站起来去洗手间贴，陈潮随手帮他贴好了。

本来这晚一直好好的，然而不知道为什么，过了一会儿两人却又闹了别扭。

倒也没什么大事,主要是这俩人的性格,陈潮别扭,有话不会好好说,苗嘉颜又胆小敏感。

陈潮随口问了一句:"你什么时候走?"

苗嘉颜让他问蒙了,想起之前陈潮赶他走的事。抿了抿唇,过会儿又问:"你又要赶我走吗?"

陈潮皱了一下眉,再开口就有点儿凶:"我这么说了?"

苗嘉颜不再说话了,去洗手间洗了脸,回来就关灯躺下了。

这俩人一个不会表达一个总多想,闹点小别扭再正常不过了。

从这晚开始,苗嘉颜似乎又退回到他们俩之前的状态,说生分不算生分,可说亲近又没那么亲近。苗嘉颜不再跟陈潮发微信了,就天天规规矩矩地在他周围,不盯着他看,也不多跟他说话。

陈潮几次想留住他说话,都让苗嘉颜给躲了。

这还是陈潮第一次发现苗嘉颜这么不好抓住,苗嘉颜晚上早早往枕头上一躺,开始装睡,白天家里始终有人,陈潮也没法儿多说什么。苗嘉颜躲他躲得拼尽全力了,陈潮想跟他说话都说不着。

苗嘉颜开着直播闲聊,上次有好多粉丝说想看看他的小园子,苗嘉颜今天要摘海棠果,就开着直播给她们看看。

"给你们看看我的园子。"苗嘉颜拿着手机,用后置镜头拍给直播间的粉丝看,"我这儿什么都有。"

"这棵是樱桃树,很小的那种樱桃,不是你们平时吃的车厘子。"苗嘉颜蹲在地上,来回拨弄着这棵小小的樱桃树,好不容易才从中间找到两颗小樱桃摘了下来,"看,就是这种。我们小时候都吃这个,没有很大的车厘子。不一样的味儿,这个酸甜,但是很有樱桃味儿。"

樱桃已经过季了,之前小凯他们在这儿那会儿就摘得差不多了,仔细翻才又从树上摘了几颗。

　　"哪个好吃?我觉得这种小的更好吃,也可能是我吃惯了,但是大的更甜。"苗嘉颜边说话边手心里托着那几颗小樱桃,走到墙边阴凉处,伸手递到陈潮眼前。

　　陈潮原本坐在那儿拿平板看设计图,苗嘉颜伸手递过来他原本下意识地要躲,这都没洗。

　　"不脏,"苗嘉颜小声说,"以前给你吃的也都没洗。"

　　陈潮猛地抬起头,震惊了。

　　苗嘉颜有点儿要笑的意思,跟他说:"这个小樱桃一洗就破了,我从来没给你洗过。"

　　"真的假的?"陈潮已经失去了表情管理能力,"那你说你洗了。"

　　"我说没洗你就不吃了。"苗嘉颜坦白说。

　　直播间公屏已经疯了一样地轮起了"哈哈哈",满屏的"哈"快速滚动着。

　　苗嘉颜又把手递过去,手心里一共六七颗樱桃,陈潮捏了一半走,勉强克服心理障碍放进嘴里。苗嘉颜把剩下的吃了,嘴里含着籽儿,回答公屏说:"我从小就这么吃,不会吃坏。"

　　陈潮把三颗籽儿一颗一颗地吐出去,苗嘉颜觉得他面无表情地做这种动作很有趣,弯着眼睛无声地笑了笑。

　　"我再给你们看看杏树,"苗嘉颜转身又回去了,"杏子被我摘了好多,留着腌杏肉了。

　　"杏子小……对,这棵树结的杏子一直不大,小小的。

　　"还有什么树……还有海棠,一会儿给你们看。

　　"刚才是谁……刚才啊,"苗嘉颜笑笑说,"不告诉你们。"

　　苗嘉颜在这边直播,陈潮就在不远处陪着,苗嘉颜今天主要给她们看园子，多的都没聊，公屏上的问题他也没读。

——颜颜我为什么觉得你今天不敢说话！

——宝宝你要是被挟持了你就眨眨眼！

——是因为那个吃樱桃的吗？

"摘点儿东西看看……行，我等会儿要再摘点儿海棠果，不然都掉了，我把手机放旁边喽。"苗嘉颜忽略公屏上的问题，自顾自地说着。

苗嘉颜把手机放在一边，拿了小盆和梯子过来，笑着说："你们是不是暑假太无聊了，摘东西也要看。"

手机一时间找不到合适的地方靠放，苗嘉颜正打算去拿支架，陈潮走了过来，直接把手机拿走了。

苗嘉颜有点儿担心他的脚，陈潮低声说："没事。"

苗嘉颜犹豫了一下，还是把手机给了陈潮，说："你们别乱说话哈。"

陈潮一只脚不能用力，他倚着另外一棵树，帮苗嘉颜拿着手机。

屏幕里苗嘉颜踩在小梯子上，端着小盆摘海棠果。

这事他驾轻就熟，单脚踩着梯子去摘更高处的海棠果，陈潮皱眉提醒他："你小心点儿。"

苗嘉颜扬声说："没事！"

——这谁啊！

——不是寻哥！

——你是谁？

陈潮没看公屏，他一直在看苗嘉颜。

苗嘉颜摘了一小盆海棠果，从梯子上下来，陈潮把手机还给他，苗嘉颜和他说："你别站着了，潮哥，你回去躺会儿吧，一直站着不行。"

陈潮问："你呢？"

苗嘉颜说："我等会儿洗完这些就下播了。"

陈潮确实坐着和站着的时间有点儿长了，脚踝发胀，但是也没走，只说:"我坐那等你会儿。"

苗嘉颜只得说:"好,那我快点儿洗。"

他们俩都没看公屏,苗嘉颜去水池那边洗海棠果时,才往公屏上看。

——潮哥!!!

——刚才颜颜是不是叫了声潮哥!

——我记得这个潮哥!凶了吧唧的那个!

苗嘉颜已经把画面调成了前置镜头,他冲着手机比了个"嘘"。

苗嘉颜晚上挺晚了还没过来,陈潮站起来往窗户外面看了一眼,苗嘉颜房间的灯还亮着。

陈潮已经没脾气了,他还从来不知道苗嘉颜能躲他躲成这样。

陈潮发消息过去:不来了?

苗嘉颜很快回复:马上!

陈潮:你躲我干什么。

苗嘉颜:没!

苗嘉颜又过了会儿才来,来的时候已经换好了睡衣,也洗完了澡。

陈潮的视线从手机上抬起来,扫了他一眼。

苗嘉颜来了就要睡觉,问陈潮:"我关灯了,潮哥?"

陈潮说:"关吧。"

灯一关,屋子里瞬间黑了下来,陈潮放下手机,就只剩下了月亮从窗户透进来的光。

苗嘉颜躺在他的枕头上,毯子拉上来盖好,一点儿声音都不再出。

陈潮翻身过来,看着苗嘉颜的方向。苗嘉颜背对着他,头发扎在头顶,躺得老老实实的,好像睡着了。

"苗嘉颜。"陈潮叫他。

"嗯。"苗嘉颜的肩膀不明显地一颤,小声应了。

"你怕我什么啊?"陈潮无奈地问他。

苗嘉颜没转过身来,回答说:"没怕。"

陈潮躺在床边,伸手过去,用手指点了一下苗嘉颜的后背。

"这两天我就想跟你聊聊,你老躲着我。"陈潮一只手枕在脸下,跟苗嘉颜说。

苗嘉颜这次没有再沉默,而是低声说:"我不想聊。"

陈潮的话还没等起好头,又让苗嘉颜噎了回去。

"你……"陈潮想发脾气又还没那么生气,想笑又笑不出来。

苗嘉颜用毯子遮着半张脸,说话的声音听起来都是闷闷的:"潮哥,我想睡了。"

陈潮果断地说:"不行。"

陈潮清了清嗓子,有些话要说出口还挺不好开口,他们太熟了。

"我……"陈潮别扭地说,"咱俩和好吧。"

番外

时间的河

苗嘉颜拍了小半天照片,一直没休息,打光板一直在他周围照着,把苗嘉颜热得都出汗了。姜寻在旁边问他:"歇会儿?"

苗嘉颜看了一眼时间,摇头说:"不歇了,我想快点儿结束。"

姜寻问:"你有事?"

苗嘉颜没好好回答,只笑了一下。

姜寻嗤笑一声,说他:"瞧你那样。"

勤勤恳恳地干了小半天活儿,还剩最后一组就结束了,苗嘉颜的手机忽然响了。

姜寻看了一眼,直接替他接起来。

"哟,谁啊?"姜寻故意笑着问。

对面也故意回问:"你是谁?"

"你打的电话你不知道我是谁?"姜寻反问。

对面不买账:"我给你打了?打你手机了?"

姜寻笑着骂了一句，说："他还没拍完呢，等会儿我让他给你回？"

陈潮说："行。"

苗嘉颜原本在那边地板上坐着，视线往这边看过来，问姜寻："是潮哥吗？"

姜寻挂了电话，"嗯"了一声。

苗嘉颜看起来挺开心的，抿了抿唇，跟摄影组说："来吧，咱们快点儿拍。"

陈潮背着书包上来的时候，苗嘉颜刚结束工作，衣服还没换，正站在那边和工作人员说话边喝水。

看见陈潮进来，一口水还没咽下去，咳了一下差点儿呛着。

他眼睛亮晶晶的，看着陈潮，小声叫道："潮哥！"

陈潮应了一声，说他："好好喝水。"

苗嘉颜不喝了，拧上盖子，回头和他说话。刚才还在跟他沟通的工作人员话说了一半，但苗嘉颜一心都顾着陈潮去了。

陈潮笑笑，按着苗嘉颜的头把他转了回去，和他说："说你的。"

姜寻下楼取东西去了，上来看见陈潮，惊讶道："你什么时候回来的啊？"

"下了飞机直接过来的。"陈潮说。

"那你不说？我接你去啊。"姜寻看见陈潮还是相当开心，多年的关系在这儿呢，"刚才电话里你也没说啊。你怎么找着这儿的？"

陈潮看了一眼苗嘉颜，昨晚微信里苗嘉颜就把地址发给他了。

苗嘉颜终于跟人说完了话，衣服都顾不上换，拿着自己的东西就过来了，笑眯眯地问："我们吃饭去？潮哥你是不是饿了？"

陈潮说："还行。"

陈潮现在大学还没毕业，他放假回来的时候不多。他实在太忙了，假期要忙着出去写生，忙着做模型，还要去实习。每次他回来苗嘉颜都很珍惜，把时间都留出来陪着潮哥。

他们俩这两年关系比原来还好，可以说从陈潮腿坏了那年的暑假之后，两个人的关系比起之前更近了一些。

之前那些时不时的生分和别扭现在全没了，俩人好得跟一个人似的。

姜寻知道他们俩好，有时候还开开玩笑，说苗嘉颜这么多年都没变，只要一碰上陈潮的事，就跟小时候一样，一门心思都压在上头。

苗嘉颜也不否认，这么说他他就笑着转开头。

毕竟陈潮对他来说是不一样的，那是苗嘉颜在当初那个闭塞落后的小镇，接触到的第一个"外面"的人，陈潮包容了他的那些"不一样"，告诉他外面很好，让他去看看。

陈潮这次回来也待不了几天，马上还得走。

姜寻没用苗嘉颜说，直接把他后面几天的工作能推的都推了。陈潮回来了，苗嘉颜肯定得陪他。

晚上吃完饭他们一起回了苗嘉颜租的小房子，姜寻上去坐了会儿就走了，陈潮白天坐了那么久的飞机，姜寻让他早点儿睡。

苗嘉颜忙前忙后地给他找东西，还自己嘟嘟囔囔地说着话，陈潮原本坐在沙发上给别人回消息，苗嘉颜来回转，终于把陈潮转晕了，陈潮伸手扯着他的胳膊让他坐着。

"你消停会儿，"陈潮笑着说，"我晕。"

苗嘉颜也笑，很听话地真的不动了，就坐在旁边，两只手都支着沙发边，坐得安安静静老老实实的。

陈潮回完消息扔了手机，一抬头见苗嘉颜坐得这么板正，一下子笑了出来。他站了起来，在苗嘉颜头顶按了一下，去洗澡了。

"潮哥，你带衣服了吗？"

"带了。"

"潮哥,浴巾要吗?"

"不用,我用毛巾就行。"

"那毛巾我放这儿啦。"苗嘉颜在外面说。

陈潮在淋浴间里说:"好。"

这么会儿工夫,苗嘉颜叫了好几遍"潮哥"。

"潮……"等他又要开口喊,陈潮拉开门出来,失笑:"干什么?"

苗嘉颜拿着他的手机过来,眼睛里的笑意很明显:"你手机,有电话。"

陈潮手上都是水,说:"接吧。"

苗嘉颜帮他接了,开了扬声。

打电话过来的是学校的一个硕士学长,过几天陈潮得去找他们,学长问他什么时候到。苗嘉颜拿着手机在旁边,陈潮就着他的手讲电话,随手把苗嘉颜乱了的一撮头发给拨正了。

陈潮回来不管去哪儿,他们俩都在一块儿,偶尔姜寻也在。丁文滔人没在本地,出去了,只能在群里和他们"云吃饭"。

无论过了多久,苗嘉颜在陈潮面前都是那个感觉脆生生的小男孩儿。后背直溜溜地挺着,视线永远清亮直接,却很温和。

陈潮身上的那些棱角还在,可眼角眉梢总带着点儿笑意,看着别人说话的时候,像个温柔的哥哥。

时间的河不停歇地流淌,少年们都坚韧挺拔地长大了。

图书在版编目（CIP）数据

还潮 / 不问三九著 . — 宁波：宁波出版社，2023.8

ISBN 978-7-5526-5026-6

Ⅰ.①还… Ⅱ.①不… Ⅲ.①长篇小说－中国－当代 Ⅳ.① I247.5

中国国家版本馆 CIP 数据核字（2023）第 094883 号

还潮
HUAN CHAO

不问三九　著

出版发行	宁波出版社
地址邮编	宁波市甬江大道 1 号宁波书城 8 号楼 6 楼　315040
责任编辑	朱璐艳
责任校对	孙秀秀
装帧设计	小茜设计
印　　刷	三河市金元印装有限公司
开　　本	880mm×1230mm 1/32
彩　　插	4
印　　张	10.5
字　　数	286 千
版　　次	2023 年 8 月第 1 版
印　　次	2023 年 8 月第 1 次印刷
标准书号	ISBN 978-7-5526-5026-6
定　　价	52.80 元

如发现缺页或倒装，影响阅读，请与印刷厂联系，电话：0316-3650243
（版权所有　翻印必究）